国家哲学社会科学基金项目"社会语境与文学理论形态生成"
（项目编号：05CZW001）的最终成果，鉴定等级"优秀"
本书获"河南大学文学院学科发展专项资金"出版资助

Chinese Literary Theory
of 1930s

20世纪30年代的
中国文学理论

张清民◎著

中国社会科学出版社

图书在版编目(CIP)数据

20世纪30年代的中国文学理论/张清民著. —北京：中国社会科学出版社，2015.12
ISBN 978 - 7 - 5161 - 6629 - 1

Ⅰ.①2… Ⅱ.①张… Ⅲ.①中国文学—现代文学—文学理论—研究 Ⅳ.①I206.6

中国版本图书馆 CIP 数据核字(2015)第 167007 号

出 版 人	赵剑英	
责任编辑	郭晓鸿	
特约编辑	王冬梅	
责任校对	牛　玺	
责任印制	戴　宽	

出　　版	中国社会科学出版社	
社　　址	北京鼓楼西大街甲 158 号	
邮　　编	100720	
网　　址	http://www.csspw.cn	
发 行 部	010 - 84083685	
门 市 部	010 - 84029450	
经　　销	新华书店及其他书店	

印　　刷	北京君升印刷有限公司	
装　　订	廊坊市广阳区广增装订厂	
版　　次	2015 年 12 月第 1 版	
印　　次	2015 年 12 月第 1 次印刷	

开　　本	710×1000　1/16	
印　　张	20.75	
插　　页	2	
字　　数	326 千字	
定　　价	78.00 元	

目　录

引　论

第一节　研究的逻辑限定与方法说明

立论之前当先"正名"，亦即对立论伊始所用的概念给读者以交代。"名正"（概念清晰）则"言"（表达、论证）"顺"（流畅、清晰），"名不正"则"言"必"不顺"。

首先向读者交代一下本书的名称及书名中两个概念的使用方法。本书是作者主持承担的 2005 年度国家社会科学基金项目"社会语境与文学理论形态生成——20 世纪 30 年代中国文学理论研究"的最终成果，为了便于读者把握书的内容和题旨，就换成了眼下这个名字。在这一名字中，有两个概念及其用法不能不对读者加以特别交代：一是"20 世纪 30 年代"这一时间概念，二是"文学理论"这一逻辑概念。在时间概念上，本书在谈到"20 世纪 30 年代"时，简称一律采用"30 年代"的写法；其他年代的简称亦依此例。在逻辑概念上，"文学理论"的学科和知识发展在当时尚未成熟，"文学理论"、"文艺理论"两个概念在该时期不同批评家、理论家那里称谓不一，其概念的所指内涵也不一致。因此，作者在行文之时，将根据所引文献资料情况和论证语境所需来使用"文学理论"或"文艺理论"。

其次向读者说明一下本书对文学理论创造者的称谓用法。20 世纪 30 年代，文学理论学科建制尚未成形，职业文学理论学者寥若晨星。许多理论主体兼有多重文学身份，他们虽然在创作、批评、理论等领域均有创获，但其主要成就和贡献不是理论而是创作，如鲁迅、沈从文、李健吾等；对这类人用"理论家"这样的学术专名进行身份定位显然有悖常识。为了避免这种逻辑尴尬，本书在一般情况下采用"文人"这一通名；对个别主体据具体语境需要用"批评家"或"理论家"这样的学术专名称呼之。

最后向读者交代一下本研究对象的时段规定、注释方式以及研究采用的方法。

在时段规定上，本书采取自然时间截面方法，把"20 世纪 30 年代"的时间范围限定在 1930—1939 年这 10 年期间，而非以国人习惯的中国现代政治革命史的划分方法——这种划分把 20 世纪 20 年代末的几年也划到 30 年代之下。既然以 1930—1939 年为界，那么本书在文献取舍上自然以这 10 年期间的材料为准；除个别不得不用的 20 年代末的背景材料，本书所用 30 年代的文献资料基本限定在 1930—1939 年期间。

在文献注释上，为了给读者以明晰的时间直观感，也为了读者便于把握 20 世纪 30 年代文学思想的时间流程，本书材料出处尽量以原始刊发的报刊为主。

在研究方法上，本书尝试采用社会学理论中的"社会网络矩阵"方法，对 20 世纪 30 年代的文学理论加以描述分析。如果把整个社会视为一个网络结构，那么文学理论及其相关的社会背景可以用一个矩阵图式表示。这个矩阵图以社会语境为底盘，以纵、横两个坐标轴分别表示文学理论的形态类型与社会功能，图例如下：

这个矩阵图只是社会网络关系的粗略结构。如图所示，纵轴中的理论形态还可细化为具体的理论类型，如思潮形态可分解为"古典主义"、"浪漫主义"、"现实主义"、"现代主义"等；横轴中的每种理论功能还可分解为相关的具体社会功能，例如，文学理论的话语功能可具体化为叙事功能、宣传功能、规训功能、批判功能等。这一结构图式虽然粗略，但它所指示的文学理论及其相关的社会关系成分却一目了然。文学理论的形态类型及其社会功能，文学理论形态、功能及其生成机制，文学理论的形态、功能及其生成语境，它们之间形成了多重组合关系。这一图式结构为本书提供了一个简明的逻辑描述框架。

位于社会网络矩阵底盘的结构因素是"社会语境"。社会语境是文学

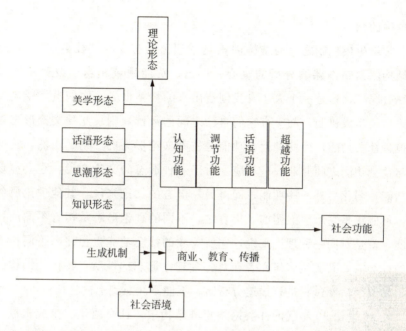

理论的生成始基，本研究以之为发端。由意识类型赖以生成的社会存在出发开始研究，既是马克思主义文学研究的常规思路，也是人们认识事物的一般习惯：由远及近，由外入内，由表入里。如以科学哲学的理论为参照，社会语境相当于波普尔所说的"第一世界"[①]，亦即影响文学理论生成的客体世界。之所以使用"相当于"一词，是因为人文形态的社会环境不同于自然形态的物理环境。社会生活中的权力斗争、文化生态、文人处境等因素在相当程度上是由主观因素造成的。

　　位于社会语境之上的结构因素是"生成机制"。文学理论的生成机制相当于波普尔所说的"第二世界"，这是一个与社会主体息息相关的世界，也是人与物、客观与主观、精神与物质交互联系的世界，里面有过多的主体经验因素的介入。正是相关主体的经验状态与经验类型，影响并决定着文学理论的风格、面貌、形态。在研究文学理论的生成机制时，既要注意到作为主体的社会行动者之间的关系，也要注意到相关客体对象的社会属性。忽略其中任何一个方面，都无法对文学理论的形态类型、话语特征作

[①]　波普尔的"三个世界"说参见其《客观知识》一书，上海译文出版社 1987 年版。

出准确的判断。

位于生成机制之上的结构因素是"理论形态"与"社会功能",这两个结构因素是本课题分析的重心。形态、功能领域相当于波普尔所说的"第三世界",这是一个人类自我创造出来的精神世界,它们虽然受制于社会语境与生成机制,却又有它们自己之间的运行规则:此种文论形态对应于彼种社会功能,而此种社会功能是彼种文论形态的产物。当然,文论形态与社会功能之间并非一一对应。对于一种形态的文论来说,它会显现某些功能,弱化另外一些功能;而对另一形态的文论来说,其他理论所忽略的,可能正是它所要强调的。换言之,不同的理论形态承担着不同的社会功能,就是对同一种理论来说,它所关注的社会功能也往往因不同历史时期的社会需要而变化。研究者在对各种理论形态的性质、特征、结构的发生、发展、演变过程进行描述分析时,不能不注意到上述特征。

在 20 世纪 30 年代的社会网络矩阵结构中,社会语境、生成机制、理论形态、社会功能四种因素共同构成了彼时社会生活的物质—精神网络集群,"认知"、"调节"、"话语"、"超越"等因素则是这一集群结构要素中的思想"结点"。30 年代中国文论的诸种问题表征,皆与上述结点有关;30 年代文学理论问题的诸种分析,也将紧紧围绕上述结点展开。

第二节　本研究对象的社会场域状况

文学领域是一个由各种社会地位的人们共同构成的多维活动空间,是整个社会精神生态空间中的分支区域,法国社会学家布迪厄称之为"文学场"。根据布迪厄的看法,文学场根本不是常人所说的"象牙塔",而是一个充满斗争与较量的社会"权力场","权力场是各种因素和机制之间的力量关系空间",也"是不同权力(或各种资本)的持有者之间的斗争场所"①。从 20 世纪 30 年代中国文学的发展状况来看,情形确乎如此:当时的文学场作为文学主体职业角色与社会地位的结构化空间,既是

---

① 〔法〕皮埃尔·布迪厄:《艺术的法则——文学场的生成和结构》,中央编译出版社 2001 年版,第 263—264 页。

他们施展自身力量的舞台，也是他们与其他社会主体得以产生社会联系的活动空间。

文学场"作为一种场域的一般社会空间，一方面是一种力量的场域，而这些力量是参与到场域中去的行动者所必须具备的；另一方面，它又是一种斗争的场域；就是在这种斗争场域中，所有的行动者相互遭遇，而且，他们依据在力的场域结构中所占据的不同地位而使用不同的斗争手段、并具有不同的斗争目的。与此同时，这些行动者也为保持或改造场域的结构而分别贡献他们的力量"①。作为特殊的社会权力场，文学场是一个充满利益斗争的社会空间，不同类型的精神投资者将其相应的社会资本注入其间，并以这些资本的力量，影响着文学活动的发展。以20世纪30年代的情形而论，注入文学场的资本成分，有经济层的商业资本（金钱投入），有行动层的个体象征资本（身份、地位、影响）和群体政治资本（团体影响、政体力量）。不同类型的资本及其力量在文学场中集聚、交汇，其斗争目标表现为不同的权力意图：政府或政治家希望得到的是政治权力和意识形态控制能力，商人、企业家希望得到的是经济利润，文学家希望得到的是自己倡扬的艺术观念得到传播和推广，文学投机者则想名利双收，提升自己在文坛的地位及影响。

文学场为文学理论资源的配置、生产提供了物质和精神的不同通道，文学理论的生产、流通、消费正是在这个充满矛盾和斗争的力量场域内进行的。在30年代文学场内，文学理论主体的个人身份与其所处的集团位置之间的关系错综复杂，由此体现出的政治关系和利益格局也十分复杂；文学从业者因其身份及在社会生活中的位置不同，其所操持的理论话语类型也各不相同。受各自所属的政治组织的规约，左、右两翼文人均以政治诉求作为文学活动的目标，其理论成果具有强烈的话语特征。国府的文人拿着国家的俸禄，自然要为政府说话，在立论时常常秉承国府宣传机构的旨意，以维护统治秩序的稳定为目的。即使那种旨意和统治秩序很不合理，他们也会从理论层面为之强辩甚至诡辩。左翼文人作为文化领域里的造反

---

① 转引自高宣扬《布迪厄的社会理论》，同济大学出版社2004年版，第138页。

者，其立论自然以自己所在阶级的经济利益和自己所在政治集团的政治目标为根基，同时以中共宣传机构的政策和要求为依据。和国府文人的文章一样，左翼批评及理论同样以话语斗争为宗旨，而不以推动文学发展或文学知识建构为目标。自由主义者的文学活动有两种：有政治立场的自由主义者虽不参政，却喜议政，他们对国府政治指指点点，并对国府的文学干涉政策常表不满；无政治立场的自由主义者追求文学自由，对国共两方的文艺争战均无好感，他们以审美创造和知识推进为目的，即使有时身陷国共之间的政治文艺论争，也秉持理性态度和科学精神，不偏不倚，客观论议。但是，学术上的中间立场同时遭受国共双方政治文人的不满和非议。大学教授的文学生涯则是另外一种情形：他们作为专业知识分子，享受着政府供给的丰裕薪俸，安居于象牙塔内，一边传播知识，一边对相关知识据世情进行修正、补充或更新。

在整个 30 年代，中国社会各阶级间的权利斗争十分激烈，这种斗争在文学场内的表现就是文学论争此起彼伏、连绵不断。由于论战的目的不是为了科学辨析文学问题，而是为了保卫各自阵营的阶级利益，因此论争各方在论争过程中常常政治意气当先，以谩骂、攻讦甚至造谣、中伤代替理性的逻辑分析。由于攻击、骂娘式批评成为积习，以致一些批评家对待非敌对对象也习惯性地加以谩骂和人身攻击。典型如左翼批评家对"自由人"、"第三种人"的谩骂，对"论语派"的冷嘲热讽，对"于抗战无关"和"反差不多"论的呵斥。左翼内部围绕"两个口号"展开论争时，个别极左文人还习惯性地把这一套方法用到了自己战友身上。

30 年代文学理论斗争的背景、原因颇为复杂：有政治意识形态因素（左右两翼的理论对攻），有审美观念的冲突（京派与海派的互相批评），还有审美观念与政治环境错位导致的误会式批评（反"于抗战无关"与反"反差不多"论）。有趣的是，左、右两翼文人在论争时确乎是依据在文学场"结构中所占据的不同地位而使用不同的斗争手段、并具有不同的斗争目的"。

30 年代中国文学场内因素的异质与多元并没有导致文学理论的昌盛，因为思想的昌盛是以思想对政治的疏离以及政治家不干涉思想的发展为前提，舍此前提不可能出现思想繁荣的局面。无论在什么时代，精神领域里的规训和整一在形成意识形态统一的同时，必造成思想的萎缩和僵化，无论这种规训方式是"焚书坑儒"的政治硬暴力还是"罢黜百家，独尊儒术"的政治软暴力。此外，学术自身的话语排斥和话语挤压之类的精神软暴力，同样会使思想失去茁壮成长的土壤。

　　30 年代文学理论发展的特殊性在于，它同时遭遇了政治暴力与话语暴力的双重挤压，其形态和种类虽然多元，但其理论基调却是政治，文学批评与理论论争多是围绕政治意识形态而行，其结果不是学术上的百家争鸣，而是政治上的思想围攻，尤其是国共之间的文艺思想对攻。就权力支配的一般情形而言，占社会统治地位的思想总是统治者的思想，因而一个社会的主导文艺话语与主流文艺话语是一而二、二而一的事情。30 年代中国文艺思想界的情形恰与之相反：国民政府倡导的"三民主义文艺"与"民族主义文艺"因缺乏深厚的哲学根基与现实感召力，无法进入民众心里，故其虽有话语主导权和支配权，却无思想引导力；受国府打击压抑的左翼文艺却深受民众欢迎，成为当时文艺话语的主流。主导者非主流，主流者非主导，这在中国历史上不能不说是一个精神奇观。

　　非主导的左翼竟成为主流，与当时国际国内的政治局势有关。30 年代初，世界范围内的经济危机与社会主义国家苏联（时人习称"苏俄"）经济、政治的成功，让中国的知识界作出思想反思。这一时期的知识分子在对"社会、政治、经济、文化问题的想法上，俄国肯定地而且明显地起着支配性的影响"①。政府体制内的学者把共产主义革命看成是一种社会政治试验，甚至向国民政府提出这样的理论构想："只要共产党肯放弃它攻城略地的政策，我们不妨让它占据一部分的土地，做它共产主义的实验。"②在政府辖下的学术体制内，竟然出现同情反对政府者的政治言论，这表明在意识形态领域，国民政府对学者具有相当程度的宽容。不管当时的国民政府出于何种考虑，这种宽容都给文人的思想表演提供了一个相对自由的

① ［美］埃德加·斯诺：《西行漫记》，生活·读书·新知三联书店 1979 年版，第 333 页。
② 丁文江：《废止内战的运动》，《独立评论》1932 年 11 月 6 日第 25 号。

社会空间。正是这种社会空间的存在，不同种类的理论才能够在当时的精神舞台上，依据各自的逻辑理据，共存而又共争。

第三节　本研究对象的社会系统特征

从矛盾、斗争的角度看，文学场是一个权力场域；从联系、互渗、共存的角度看，"文学场就是一个遵循自身的运行和变化规律的空间"①，或者说是一个特殊的社会系统。文学场虽然是一个充满矛盾、冲突、斗争与较量的矛盾空间，但其场域内部诸因素依然能够共融共存。基于共同的社会文化背景，文学场内的诸种因素会根据自身需要有选择地建立联系，从而使这一场域成为一个内部自洽又与外部环境不断发生信息和思想交换的精神系统。

文学场具有一般社会文化系统的共有特征，这一特征就是系统构成因素在功能上的分化性。文学理论系统的功能分化主要表现为文学理论类型及文学话语功能的分化。文学理论类型的分化表现在：学院派的学者大多注重文学基本理论如概念和命题的相关辨析，作家型的批评家注重对文学理论具体问题的探讨。文学理论的话语功能分化表现在：政治文艺的鼓吹者注重文学的宣传功能，自由主义文人倡导文学的艺术和审美功能，具有保守主义倾向的学者宣扬文学的道德和伦理功能。

文学场还具有一般社会文化系统共有的另一特征，那就是系统整体结构的自足性与结构运行的强制性。

文学系统整体结构的自足性表现为文学系统的自我维持与自我调节机能，这种自我维持和自我调节能力让系统能够排除外来因素如政治等的强力干扰，维持自身特征的存在。比如，30年代政治意识形态对文学理论的介入与规训程度虽然很高，但它仍然没能把文学理论完全变成政治论文或政府的红头文件，因为那样做会使文学理论彻底失去读者市场，从而使文艺论文承载的政治宣传内容完全失效。就此而言，外在的他律因素不管如

---

① ［法］皮埃尔·布迪厄：《艺术的法则——文学场的生成和结构》，中央编译出版社 2001 年版，第 262 页。

何强大，它都不可能把文学理论彻底非学术化，变成学术以外的东西。由此人们不难理解与此相应的现象：不管国民党领导下的三民主义、民族主义文艺运动还是共产党领导下的左翼文学，它们在规训、引导文学理论发展的同时，不得不在某些方面迁就文学理论自身的发展规律。具体来说，国府的民族主义文艺理论家和左翼文艺理论家在探讨各自的"主义"及文学的政治作用时，也不得不兼顾文学创作具体规律的讨论。"社会主义现实主义"对"形象"、"典型"等的探讨即为例证。

文学系统运行时的结构强制性首先表现为商业生产规律下的"杂志办人"[①]。"杂志办人"是指精神独立的文学主体因友情、组织、利益等的考虑不得不与相关杂志保持业务联系，甚至在与杂志经营者发生利益冲突时，也会勉力维持自己与相关杂志的合作关系。例如，傅东华主编《文学》杂志，鲁迅是该杂志的编委，并且是主要撰稿人，这份杂志"以鲁迅的声望为主要原因而在读者中间建立了威信"；后来二人产生矛盾，鲁迅愤然退出《文学》"编委"，不再向它投稿，结果双方一损俱损："鲁迅退出了，《文学》当然受到了重大影响。傅东华不能不懂得，他这根独木是难于支持一座大厦的。当然由于茅盾的恳请，鲁迅还是答应了再向《文学》投稿。较之其他的，《文学》已经走到了较广大的读者里面。他只好恢复了向它出卖劳动力的地位。"[②] 文学系统运行时的结构强制性还表现为同人刊物对作者写作的隐性牵制。这种牵制，一旦圈内同人商定了杂志的办刊方向，以后大家就要按照事先的集体约定为之撰写稿件。作者虽然在意志上是独立的，但在艺术趣味上又是属于某个团体或小圈子的。

文学场也有自身的特殊系统特征。作为艺术场域内一个独立的子系统，文学场内主体与主体、客体与客体、主体与客体之间互相联系、互相影响、互相制约而又共融共生。从主体与主体之间的相互联系来看，如果没有自由主义者与政治文艺家之间的思想冲突，就不可能出现"京

---

　　① 茅盾、梁实秋在回忆20世纪30年代出版界的情况时都使用过这一说法，见茅盾《我走过的道路》中册，人民文学出版社1984年版，第200页；及《梁实秋自传》，江苏文艺出版社1996年版，第141页。
　　② 胡风：《鲁迅先生》，《新文学史料》1993年第1期。

派"这种文学现象；从客体与客体之间的相互影响来看，如果没有国家分裂、阶级斗争激烈的社会局面，就不会出现国共之间的意识形态激烈对抗；从主体与客体之间的共生情况来看，没有阶级之间的对立和国共之间的意识形态斗争，左右两翼的文艺组织、文艺论战就不可能出现。

文学场的系统特征还表现在：文学系统内任一因素的变化，都会在文学场内引起连锁反应，从而影响文学理论客体环境的变化与文学理论性质及方向的变化。例如，20世纪30年代中期，日本帝国主义全面侵略中国的野心暴露，从而导致国共两党在政治上建立抗日统一战线，而抗日统一战线的建立，不但使国共之间的文艺对抗走向终结，也使共产党领导的左翼文艺阵线内部的两个口号之争走向终结。

文学场还具有一般社会系统少有的主体性特征。文学是人学，文学理论史首先就是各具精神个性的理论个体以及相关群集主体对文学精神的塑造史，正是不同理论主体的个性差异，才有了千姿百态的理论文本。当然，文学场内的行为主体并非只有单个的行动个体一种类型，其他行为主体也是助进或促成理论生长的因素，如作为群集主体的文学团体、同人圈子、高等学校、科研机构等。事实上，群集主体对文学的影响要远远高于单个的主体。例如，30年代的重大文艺运动、文艺思潮、理论论争均为下述两种群集主体所推动：一是国共领导下的文艺社团，二是没有组织约束的文艺同人圈子。

第一章 20世纪30年代文学理论的生成语境

　　任何事物都有其相应的生成语境，文学理论的发展自然也不例外。像一般文学形式一样，文学理论的发展受内外两种因素的影响。外部因素，也就是文学理论赖以生成的社会语境，对文学理论的发展有着不可忽视的作用。鲁迅说各类文学形式如"诗歌，戏曲，小说"等的发展都"与社会条件相关联"①，文学理论的发展又何尝不"与社会条件相关联"？就是以形式为文学本体的"新批评"理论家，也不认为文学的外部研究可以放弃。职是之故，论者在考察20世纪30年代文学理论的发展时，不能不遵循由外向内、循序以行的逻辑理路，先行考察这一时期文学理论生成的诸种社会语境。

第一节 权力斗争与文学理论生态

　　在引论部分，著者曾谈到文学场的"系统"性质及相关特征。从系统论的角度看，20世纪30年代的文学场就是一个特殊的精神生态系统。作为社会场域中的一个特殊系统，其发展必然受制于社会权力场的一般法则。社会权力场的核心因素是政治权力，而政治权力与政党政治或政治集团又密不可分，因此，要考察20世纪30年代文学理论的生态状况，就必须全面考察该时期的社会政治斗争状况。以此为基础，方能对该时期的文学理论生态状况作出相对准确的解释和说明。

　　20世纪30年代的政治情况异常复杂。在这一时段的政治权力格局中，

---

　　① 鲁迅：《论"旧形式的采用"》，《鲁迅全集》第6卷，人民文学出版社2005年版，第25页。

国民政府并不具有在全国的实际统治权。30 年代初期，"国民党的统治区域有限，蒋介石号令所及，仅东南数省而已"①，具体一点说，"1929 年……国民政府仅控制了 8％的国土和 20％的人口"，直到 30 年代后期，也就是"抗战前夕"，"国民政府"才控制了"中国 25％的地区和 66％的人口"，而且这样的统治也十分表面，因为"南京政府控制地区的许多政府官员和军队指挥官对南京的忠诚是非常脆弱的"。② 名义上的"中央陷于飘摇的局面"，"就政治方面来说，对外政策和对内政策已无从实施"，没有"一省的政治是诚意接受中央的命令……各省的大部分目中久无中央，较好的形式上还有交换的文书，等而下之无事不与中央作极端的反抗"，就经济方面来说，没有"一省的财政可以无条件的受中央的支配"，"两湖财政有两湖的独立，两广财政有两广的独立"。③ 30 年代后期，日本人、国民党、共产党三分天下，中国沦为日伪治下的沦陷区、国民党治下的国统区、共产党治下的解放区三个行政区域。

与这一时期的政治格局相应，30 年代中国的社会斗争也极为复杂。"帝国主义的列强和中国各地方各派各系的绅商……强夺民众膏血"④，因此，中国社会的民族斗争和阶级斗争盘根错节，难解难分。在整个 30 年代，享有"治外法权"的上海公共租界区域俨然一个个独立王国，国民政府鞭长莫及；日本先是策动东北独立，继而蚕食中国内陆区域，后仍欲壑难填，干脆于 1937 年发动全面侵华战争。因此，国民政府与帝国主义列强有着算不清的老账新账。中共长期"工农武装割据"，称雄一方，更是国民政府的心腹大患。国共两党的军事、政治斗争始终是 20 世纪 30 年代中国社会斗争的焦点，双方"短兵相接的阵势太分明"，"红白战争一天天剧烈"，"所谓剿匪是中国天字第一号的要紧事情"⑤。国民党在对付国内其他政治势力时易如反掌，但在对付共产党时，费了九牛二虎之力也不见功效。因为共产党不是单个人或某

---

① 杨者圣：《特工老板徐恩曾》，上海人民出版社 1997 年版，第 46 页。
② 易劳逸：《1927—1937 国民党统治下的中国流产的革命》，中国青年出版社 1992 年版，第 331 页。
③ 陈公博：《今后的国民党》，《革命评论》1928 年第 1 期。
④ 史铁儿：《屠夫文学》，《前哨》1931 年第 1 卷第 3 期。
⑤ 同上。

个小集团的势力，而是一个比国民党还要严密、精干的政治组织，不但建有政权、拥有军队，而且受广大底层民众拥护，背后又有苏联支持。

所以，国民党连续发动五次大规模围剿中共的战争，也没能将其剿灭，只是把中共逼走到偏远的西北而已。1936年12月12日，张学良、杨虎城在西安发动兵变，逼蒋抗日；赖中共从中斡旋，蒋介石骑虎得下，于是国共两党化干戈为玉帛，政治合作梅开二度。在整个现代中国历史上，国共之间的恩怨成了一笔谁也无法算清的政治糊涂账。从1924年国共第一次政治合作开始，两党同时在苏联的扶持下发展、壮大。两党都认同"反帝反封建"这一政治目标，也都认可苏联的政治意识形态，在苏联影响下使用着共同的政治话语，喊着共同的革命口号，同心协力举行北伐，两党联手势如破竹。至于两党的政治分家，只在早晚：国家政权谁主沉浮，两党哪一个都不会退让。

20世纪30年代中国这种复杂而特殊的政治环境在文学理论领域打上了很深的印迹。抗战之前，上海为代表的租界区域作为中国政治的化外世界，不同政治倾向和势力的文化都能在那里找到存身区域，左翼文艺、现代文艺、通俗文艺等各种文学类型都能在这一区域发展。租界里的"亭子间"更是成为左翼文艺家逃避政治迫害的避难之所。租界的存在，或者国家主权不独立是国民政府无法彻底灭绝共产文艺的根本政治原因。国民党的政治管区由于各种原因，存在着形形色色的文艺及其观念；而共产党领导下的苏维埃区域，政治意识形态高度统一，只有共产主义文艺一种。抗战之后，沦陷区、国统区、解放区各有自己的政治势力范围，三个区域的文艺创作及其理论形态自然各自服从自己所属区域的政治意识形态。

20世纪30年代的政治格局和政治斗争虽然复杂，但文艺领域里的理论斗争主要表现为国共领导下的文艺话语争战，因为当时的中国文坛因国共两大政党的介入形成右翼与左翼两大势力派别，形成"政府的裁判"和"'一尊独占'的趋势"①。形成这两种趋势的原因很简单：国共两党都有自

---

① 炯之（沈从文）：《一封信》，1937年2月21日天津《大公报》副刊"文艺"（抗战前《大公报》有津版和沪版，抗战爆发后津版、沪版告停，汉口版、香港版、桂林版、重庆版先后问世，故在其名前冠以地名以示区别。后引报纸与此类者照此处理，不再一一说明）。

己的政权和军队，都有为自己效力的文人学者，都以自己崇信的政治意识形态介入文艺领域。因此，在 20 世纪 30 年代前期文艺界的理论论争中，国共两党的政治文艺话语争战成为重头戏。国共因政治之道不同，各自在政治宣传上丑化对方，互以"走狗"、"反动"、"反革命"对骂，如共产党骂国民党是"帝国主义的走狗"，国民党则必还之以"赤色帝国主义的走狗"①。双方各自充分调动文艺宣传工具展开政治攻势，形成文艺领域里的意识形态对攻。共产党领导发起左翼文艺运动，国民党马上针锋相对，发起民族主义文艺运动。国共双方都在不断地调整着自己的政治文艺策略。30 年代初，国府的"三民主义文艺"与"民族主义文艺"各立山头、互不配合，在对付共产党的文艺战中意志涣散，战力软弱。1934 年，国府提出"文化剿匪"的口号，对左翼文艺的斗争政治上更为明确，程度上更为加重。共产党则以退为进，从阶级色彩鲜明的"普罗文学"到色彩略显中性的"革命文学"②，再到学术化的"文艺大众化"。中共在文艺口号上的一退再退，是在国民党残酷的白色恐怖下自保实力的政治手段，也是"敌进我退"的军事游击战术在文艺战线上的一种运用。30 年代中期，左翼文艺界在中共指示下提出"国防文学"的口号，则是中共在新的国内政治形势下文艺战线上的一种主动的战略出击，尽管这一口号由于宗派原因引起左翼内部的理论内讧，但作为文艺统战手段，共产党还是取得了主动。

国共政治上的反反复复，直接影响国共政治文学的生态状况。政治领域是一个严肃而又荒诞的社会游戏场域：今天血流成河，明天握手言和。是战是和，全视政治斗争的需要而定，此正所谓"没有永远的敌人，也没有永远的朋友，只有永远不变的利益"。而文艺斗争作为政治与军事斗争的辅助手段，自然要围着政治斗争目标以行。国共两党虽然长期打打杀杀，拼得死去活来，但那终究是兄弟之间的家庭斗法；一俟日本人接二连三地陷掠华北大片国土，一向把剿杀"赤匪"放在第一位的国民政府也不得不改变自己的政治目标，要联合共产党共同抗日了。政治局

---

① 《十一师克复海陆丰经过详情》，广州《民国日报》1928 年 3 月 24 日。
② 因为国民党也是"革命党"，同样以"革命"作为号召民众的政治口号，"革命文学"的口号不会触动国民党宣传部门的政治神经。

势急转直下，文艺斗争自然随之改变。因此，在20世纪30年代中期，随着民族矛盾的进一步加剧，国共双方都在悄悄调整着各自的文艺战略。国府于1935年将"图书杂志审查委员会"解散，以反共为主要目标的"民族主义文艺运动"自然随之偃旗息鼓；中共则根据共产国际指示，于1936年3月将"中国左翼作家联盟"解散。这样，国共双方文艺意识形态的尖锐对立整体上暂时趋于缓和。1937年8月2日，苏联与国民政府签订"中苏互不侵犯条约"，成为政治与军事上的合作伙伴，这使国共之间的合作在政治上更加稳固。1938年3月，国民党中央宣传部文艺官员王平陵发起成立"中华全国文艺界抗敌协会"，左右两翼文人踊跃参加，中共文艺理论干将郭沫若、冯乃超、茅盾、胡风榜上赫然有名，文艺界"国共合作"的政治局面正式形成，以往国共政治文艺的对峙和争战宣告结束。

文学领域里的政治游戏，更由于个人因素的介入，变得更加迷离无常，让当局者也会产生仿佛局外人的感觉。个人，哪怕是置身事中的"伟人"，在面对政治问题时，其言其行常常也会显得十二分的孩子气。在"中国左翼作家联盟"（习称"左联"）成立之时，为挟鲁迅以令文坛，中共中央宣传部文委书记潘汉年要冯雪峰"去同鲁迅商谈，并说团体名称拟定为'中国左翼作家联盟'，看鲁迅有什么意见，'左翼'两个字用不用，也取决于鲁迅，鲁迅如不同意用这两个字，那就不用"①。然而，"左联"解散之后，因为没有按照这个"'左联'的委员长"②的思路发表解散声明，这位昔日的文坛盟主心内百味杂陈，一种被忽略的失落感，在他的交往信件中，虽然相当克制却又十分明显地发作了："集团要解散，我是听到了的，此后即无下文，亦无通知，似乎守着秘密。这也有必要。但这是同人所决定，还是别人参加了意见呢，倘是前者，是解散，若是后者，那是溃散。这并不很小的关系，我确是一无所闻。"③说自己对"左联"的解散"一无所闻"并不客观，无论冯雪峰还是徐懋庸后来的回忆，都证明

---

① 冯夏熊整理：《冯雪峰谈左联》，《新文学史料》1980年第1期。

② 徐懋庸：《徐懋庸回忆录》，人民文学出版社1982年版，第74页。

③ 鲁迅：《致徐懋庸》，《鲁迅全集》第14卷，人民文学出版社2005年版，第84页。

"左联"在解散前的确征求过他的意见。没有按他的要求发表解散声明，自然是出于政治策略的考虑："'文总'所属左翼文化组织很多，都要解散，如果都发表宣言，太轰动了，不好。因此决定'左联'和其他各'联'都不单独发表宣言，只由'文总'发表一个总的宣言就行了。"① 单就这一点来说，深知人情世故的鲁迅却黯于"政治世故"：政治所争，全在实际上的利益和好处，至于斗争所取的手段和形式，并没有太大的意义。在社会生活中，政治家的思维与文学家的思维完全相反：政治家要的是实际，为实际可以忍胯下之辱；文学家要的是面子，为面子"士可杀不可辱"。鲁迅所争，无非是"在解散时发表一个宣言……无声无息的解散，则会被社会上认为我们禁不起国民党的压迫，自行溃散了，这是很不好的"②，说穿了，还是一个面子问题。为面子计较形式，无疑是小孩之间争强好胜时的任性使气，这在政治领域显得很是稚气：两党既已握手言和，血流成河的斗争就已成为过去，再在枝节性问题上较真实在不足取。这种事实表明，决定文学场域存在的因素，可能不是文学场自身的游戏规则，而是自身以外的政治游戏规则。文学活动的规则和利益不可能化约成政治场域的规则和利益，对文人而言的那种"精神天下兴亡"的生死攸关感，政治家根本不可能感知到，因为他不了解文人对文学游戏规则的心态和精神寄托。借用布迪厄的说法，文学这种游戏"类型的利益，对于其他的利益和其他的投资来说"，其兴其亡"都是无关紧要的"。③ 在 30 年代的政治棋局中，一个服务政治斗争的文学组织，作为一个政治弃子，实在可以忽略不计。

国共对峙的政治文艺格局还直接影响着其他类型文艺的发展。由于政治斗争的需要，国共双方都对文艺持有功利主义的政治文学观。对那些一味醉心于艺术探索和实验的现代派文艺，国共双方的文人都斥之为"颓废"、"堕落"；而对大学里的书斋理论，国共双方的文人同时责之曰"象牙塔"内的理论。所以，在两大政党你死我活的文艺政治话语争战中，自

---

① 徐懋庸：《徐懋庸回忆录》，人民文学出版社 1982 年版，第 87 页。
② 同上。
③ 转引自高宣扬《布迪厄的社会理论》，同济大学出版社 2004 年版，第 139 页。

— 16 —

由主义文艺思想生存维艰。标榜"自由主义"的胡适、林语堂们，标榜"自由人"、"第三种人"的胡秋原、苏汶们，还有什么都不标榜事实上奉行中间路线的朱光潜、沈从文们，在文艺领域面临着同样的尴尬处境，想争取文艺上的创作和言论自由而不得。因为国共两家都想在政治上最大限度地孤立对方，都不愿看到政治立场骑墙者的存在，"非友即敌"是国共双方政治文艺家的共同思维方式，自由主义者不表态则已，一表态必受攻击——至少受一方的理论攻击。当然，最易遭受的攻击来自左翼文艺批评家。因为左翼文学阵营内受"左倾"政治路线的支配，外受国民政府的疯狂镇压，形成敏感而又脆弱的政治神经，凡有任何不利于左翼文学的理论话语，必引起左翼文学界的激烈反击。30年代前期，"自由人"、"第三种人"对艺术独立性的追求，引起左翼文艺界的极大愤怒，也招来左翼理论家的思想围攻。30年代后期，针对抗战初期文艺作品出现的公式化、概念化等八股文风，沈从文责之为"差不多"[①]，梁实秋提出文学"与抗战无关"[②]的解决办法，这些立论同样引起左翼文艺阵营激烈的文字围攻，尽管这些观点并非完全针对共产党领导下的左翼文艺而发。

第二节　文化生态与文学理论形态

谈文学不能离开文化，因为"精神文明的产物和动植物界的产物一样，只能用各自的环境来解释"[③]。30年代初，周作人就已经提到，"文学和政治经济一样，是整个文化的一部分"[④]。既然"文学是文化中的一个部门"，文化顺理成章地被人视为文学理论这一特殊的"精神文明的产物"最为核心的"环境"。[⑤]

---

① 炯之（沈从文）：《作家间需要一种新运动》，《大公报》副刊"文艺"1936年10月25日。
② 梁实秋：《编者的话》，《中央日报》副刊"平明"1938年12月1日。
③ 丹纳：《艺术哲学》，人民文学出版社1963年版，第9页。
④ 周作人：《中国新文学的源流》，《周作人散文全集》第6卷，广西师范大学出版社2009年版，第53页。
⑤ 江流：《从本位文化说到本文文学》，《清华周刊》1935年第43卷第5期。该文题目中的"本文文学"为"本位文学"排版之误。

　　文学理论的发展不可能脱离它所处的时代的社会文化状况的影响，文化在社会发展中的作用，被 30 年代的中国学者视为与"经济"、"军备"并列的国家"势力"①。

　　文化是一个极为复杂的概念。它既包括人们的物质活动方式，也包括人们的精神活动方式；既包括客体的自然、社会的世界，也包括主体的情感、心理世界，还包括人类所创造的知识世界。科学哲学家波普尔把"世界"一分为三："世界 1"（客体世界，物质世界）、"世界 2"（主体世界，情感、心理世界）、"世界 3"（主体创造的精神世界，亦即狭义的"文化"世界）。作为由文学主体创造出来的"第三世界"，文学理论自然属于"世界 3"。文学理论的存在形态为前两个世界的社会生态状况所决定，亦即由社会客观因素（经济、政治、教育、历史等）和主体经验因素（艺术素养、审美趣味、创造能力等）所决定。

　　20 世纪 30 年代的中国文化形态主要呈现为城市文化形态，因为广大农村教育出奇地落后，民众基本上处于文盲或半文盲状态，文艺的创作、传播和发展主要是在城市区域内进行。该时期（1937 年抗战爆发以前）中国的文化重心是上海、南京、北平（现在的北京）三座城市。南京是当时国民政府的首都，因而是当时的政治文化中心；上海是当时亚洲最大的国际城市，是当之无愧的经济、金融、贸易文化中心；北平虽然在政治上比不了南京，在经济上比不了上海，但在高等教育和科学研究的力量上却远远高于南京，也高于上海，是当之无愧的学术文化中心。这种政治、经济、学术三分天下的地域文化格局，在 20 世纪 30 年代文学理论的发展过程及形态表现上打下了鲜明的印记，这个鲜明的理论印记表征就是南京文学、学术的乏弱以及上海"海派"与北平"京派"的对立。

　　作为政治中心的南京，在文学与学术方面为何比不上北平与上海两个城市？这与政治中心环境下的思想及言论自由限制过多有关。在中国的极权政治环境中，国家政府所在地通常被百姓称为"天子脚下"、"首善之区"。在这样的区域，文人自然不敢放肆，理论领域里的探索不敢乱

---

　　① 　王云五：《出版与国势》，《广播周报》1935 年第 36 期。

越政治的雷池。思想无禁区，思想一旦有了禁区，其生命便走向了终点。30 年代的国民政府由于军事强人掌权，其政治模式还基本上停留在"军政"阶段，蒋介石本人又十分崇信法西斯主义，在他直接掌控下的京畿之区，作为国民政府的政治中枢，意识形态管制较严，言论自由十分受限；即使在文艺领域，官方也给文人们制定了大大小小的政治紧箍。这种政治环境不可能不影响文人的创作与思想，不甘受约束的文人都选择了政治意识形态大逃亡：持不同政见的左翼文人跑向上海，自由主义文人北上北平，南京所剩的也就是一些想吃官饭的平庸文人。在此情形下，南京文学界不可能在理论上有什么作为。自古以来，凡政治意识形态管辖过严、政治标准第一且评价标准单一的时代和国度，精神领域必然萎缩，各种理论的发展必然走向穷途末路，西汉王朝"罢黜百家，独尊儒术"即为例证。

上海和北平的文坛出现"京派"和"海派"的对立，主要是因两地各自的地域文化生态而起。两地不同的文化生态，陶铸着两地的文化精神与文学风气；两地各自的文化精神与文学风气，导致两地文人在创作文体、创作风格、艺术追求上的巨大差异。受中国传统文化和西方古典主义文学的影响，北京的文人群体追求高雅、纯正、理想的艺术境界和人生旨趣；受殖民主义统治影响下的商业投机习气影响，上海的文人群体追求"名士才情"、"商业竞卖"。当然，这只是就地域文化的整体精神而言，不能一概而论。"京派"与"海派"概念的提出者沈从文对此说得十分清楚："海派作家及海派风气，并不独存于上海一隅，便是在北京，也已经有了人在一些刊物上培养这种'人才'与'风气'。"① 故此，"京派"与"海派"的划分，其逻辑依据不是地域，而是文人秉有的艺术价值观。

抗日战争以前，中国文艺界的精英集聚区域主要是北京和上海；抗日战争全面爆发以后，中国文艺精英大批南迁，桂林、昆明、重庆都曾一度作为 30 年代后期中国的文化中心城市存在。战时的中国一切以抗战为目标，偶有的理论争鸣与批评也都与战时政治有关，因此，谈及该时期的文

---

① 从文：《论"海派"》，天津《大公报》"文艺副刊"1934 年 1 月 10 日。

学批评与理论，时间上以抗战以前为主，地域上以上海和北平为主。事实上，30 年代文学领域的批评、论争和知识探讨，也主要发生在抗战以前的上海和北平。

先看当时上海的文化生态状况。30 年代的上海是中国最为特殊的一个区域，这一区域在地理位置、经济状况、政治环境等各个方面均与众不同。

从自然位置上说，上海地处长江口，交通便利，航运发达，是近代以来中国最大的港口城市。抗战以前，上海在行政区域毗邻国民政府首府所在地南京，属于国民政府治下的亚政治中心区域；抗战以后，南京陷落，成为汪伪政权的首府所在地，上海又成为日伪统治区的一个亚政治中心区域。抗战爆发以前，国民政府治下的上海并不是一个主权城市，因为它有许多帝国主义国家的"租界"区域。"租界"享有独立的政治和司法权，成为国民政府治下区域的政治飞地。无论是"共产党"、"第三党"还是其他政治反对势力，只要逃到租界内，就可以平安无事。以法租界为例："30 年代初期，最为突出的是国民党各派系、共产党及其他进步人士，在法国当局的'中立'政策下，把法租界作为政治舞台而激烈较量"，"根据中法条约，法国领事对法租界的法国侨民拥有司法裁判权，一般称为领事裁判权，由领事法庭行使司法权。同时，法国领事还攫取对租界内华人的司法审判权"，"根据该条约，法租界当局不承认南京国民政府颁发的《治安紧急条例》，因此，在客观上减轻了对中共和进步人士的迫害"。[①] 多重政治空间给多重政治势力提供了生存的土壤，既藏污纳垢又藏龙卧虎的上海因此成为各种势力尤其是国共两党政治、文艺的博弈中心：它既是左翼文学的大本营，又是右翼的民族主义文艺的集结地。

从经济状况上说，上海因其特殊的自然和政治地理位置成为西方资本家在远东投资的最佳场所。上海的工业、企业、金融、贸易在当时的中国首屈一指，其经济发达程度超过日本的首都东京，是一个典型的国际化、现代化的大都市，其娱乐和消遣条件也比国内其他大城市高得多。

---

① 薛耕莘：《上海法租界巡捕房与 30 年代的上海政治（一）》，《史林》2000 年第 3 期。

这里是花花世界、销金之窟，只要有钱，谁都可以在这里灯红酒绿、纸醉金迷。

从发展历史上说，上海有较长时间的殖民历史。受西方人价值观的影响，上海人在政治上倾向自由与民主，在商业活动中喜欢冒险和投机，在日常生活中喜欢放纵与刺激。西方殖民统治影响下的铜臭飘飞、人欲横流，上海人早已司空见惯。受此影响，上海形成了注重实用、势利的精神传统。在这个十里洋场，很少有人能够出淤泥而不染、见金钱而不眼开，也很少有人能够不趋时媚俗、不追新逐奇。

30年代上海政治与生活上的多元、混杂特征必然影响文学的存在和发展。上海的商业环境给许多到上海漂泊的文艺青年提供了谋生之路，以至于对"海派"文学的商业气息十分反感的沈从文也一度说："北京不是我住得下的地方，我的文章是只有在上海才写得出也才卖得出的。"① 左翼文学家正是"看中了文学的政治作用，更看中了上海，于是用租界作根据地，用文学刊物作工具，与三五小书店合作，'农民文学'，'劳动文学'，'社会主义文学'，'革命文学'……等等名称，随之陆续产生。租界既是个特别区域……商人目的又只在赚钱。与同业竞争生意，若投资费用不多，兼有相当保障，为发展营业计，当然就将这些名词和附于名词下作品，想方设法加以推销"②。同样，那些留学归国的前卫艺术家，他们秉持的先锋文学意识，在上海找到了现代派文艺的试验场域。这一时期上海文艺界的商业化、政治化、前卫化、通俗化等数重特征，正是在这样的文化环境下形成的。而"海派文学"的滋生，正是以此为文化背景。

再看30年代北平的文化生态状况。和上海相比，当时的北平是另外一番文化光景。该时期北京的经济发展与社会现代化③程度与上海相去甚远："与上海适成对照的是，30年代的北平经济基本上处于工业化以前的状态。除了电车以外，大部分北平人几乎没见过现代机器和现代化的生产关系。

---

① 沈从文：《致王际真》，《沈从文全集》第18卷，北岳文艺出版社2002年版，第143页。

② 沈从文："文艺政策"探讨，《文艺先锋》1943年第2卷第1期。

③ 近代以来，国人所说的"现代化"，如果不是从严格的学术意义上说，其实就是指"西方化"的程度和水平。因此，著者这里所说的"现代化"，也主要以生活的技术条件与思想、艺术观念的西方化程度为标准。

该城仅有的一点点工业大部分是一些分布在该市各处的以计件工作为基础的小工厂车间。"① 以 1933 年的情况为例，国民政府官方发布的《中国工业调查报告》数据显示，在全国 12 个主要城市之中，"北京工业……大多规模小、资金少，设备简陋、技术落后"②。到 1935 年时，北平的"工业始终没有长足的发展，由于聚集了大量的消费人口，城市商业以及金融、服务业的发展远比工业要快，据 1935 年统计，在全市资本总额中，工业资本仅占到 5.62％，商业、金融、服务业资本占 94.38％，其中商业资本占到 50.58％。依然是以消费商品为主，而且其中粮食和副食品还是占主要部分"③。这些统计数字表明，30 年代的北平虽然是一个大都市，但绝不是一个现代城市，因为社会现代化的硬指标之一就是科技和工业生产的现代化。在政治方面，自 1927 年国民政府定都南京，北平的政治中枢位置已然失去。然而，经济、政治的边缘化并没有导致北平文化发展中的边缘化。抗战之前的北平，其文化综合势力堪称中国的中心。

北平作为全国文化中心的原因有多种。一是现实原因。国民政府虽然定都南京，但其政权立足未稳，一时还顾不上文化建设，许多重要高等学校和研究机构仍然留在北平，这使北平的文化生产力一直在全国处于领军地位。二是历史原因。从明清两个朝代再到初期的民国，北平一直是中国的经济、政治、文化中心，其文化发展已历数世，积淀已久，底蕴丰厚，其精神地位和风貌一时难以动摇。三是文化自身的原因。文化世界的建构与发展，与物质世界的建构与发展规律并不一样：在物质世界的发展中，只要有足够的资金投入，机器设备、实验器具马上就能购来并投入使用，高楼大厦很快就能建造成功；文化的发展过程较之物质世界的发展缓慢得多，它需要薪火相传，靠一点一滴积累而成，其成也缓，其败也慢，不会随政治改变而立即改变。故此国民政府虽然定都南京，却也无法用几年时间就把南京改造成一个文化大城；同理，北京积累了数百年的文化，也不会因首都迁离而大厦倾颓，成为精神领域里的破落户，此正所谓"瘦死的

---

① ［美］马紫梅：《时代之子吴晗》，中国社会科学出版社 1996 年版，第 102 页。

② 隗瀛涛：《中国近代不同类型城市综合研究》，四川大学出版社 1998 年版，第 620 页。

③ 齐大芝、任安泰：《北京商业纪事》，北京出版社 2000 年版，第 98 页。

骆驼比马大"。

当然，京派和海派文学理论形态的差异还受制于京沪两地文人尤其是自由主义文人和左翼文人出身及教育背景的差异，也就是文学理论生产的主体世界差异，这种主体世界的差异隐然折射出现代外来文化与中国社会秩序的双重影响。从文学理论生产主体的教育背景来说，京派的自由主义者留学背景多为英美，英美国民价值理念奉行独立、自由、民主、平等，政治变革喜改良而不喜暴力革命，尽管美国是以暴力革命摆脱英国的殖民统治的，但这个国家与英国文化渊源关系毕竟太深，因此在政治理念上多与英国趋同。海派中的左翼文人大部分留学日俄，俄国政治革命当时是"正在进行时"，日俄两国虽有宿仇，却并没有影响两国之间的文化交往。苏联革命思潮对日本影响极大，日本人在政治理念上亦多受其熏染，苏联政治理念与文艺思想因此在日本得到广泛传播，并由留学日本的中国学生传入中国。从政治出身来说，留学英美者出身多是大户人家，而留学日本的多是出身草根阶层。大户出身的文化精英享受着较高的社会福利，在社会发展上自然是主张改良渐进，而草根出身的文化英雄饱尝压迫、剥削之苦，在社会发展上极力鼓吹暴力革命。用时下的话说，这叫屁股决定脑袋，利益决定立场。

上海、北平在地理位置、历史沿革、风物习俗等文化生态方面的差异，以及文学生产主体世界的差异，这两者是如何影响文学生产状态，从而影响文学理论形态的？客观的文化生态是如何通过主体情态对文学理论形态生成造成影响的？弄清这两个问题，对理解30年代文学理论形态生成的文化生态根基及其互相关系至关重要。在我国的学术环境中，人们习惯从马克思主义哲学角度强调物质对意识的决定作用，尽管从口头上承认意识对物质的能动作用，但在实际问题的分析中，往往不敢对意识的作用展开分析，生怕被人扣上"唯心主义"的帽子。然而，离开主体的意识分析，文化进化的链条根本无法得到相应的说明，因为文化世界的创生取决于主体的智慧而不是客体的对象。"吾心就是宇宙"、"意之所在便是物"，从精神创造的角度来说，这些命题确能成立。如果不是站在决定论的角度，而是站在实践论的角度考虑，在文学领域里，意识的确能创生"物质"：文学作品的虚构形象、文学理论的设计模式，一旦通过相关手段物化出来，就能成为人类创造的第三世界。在 20 世纪 30 年代，上海、北平的文化生态通过影响文学主体的下述成分，从而形成相应形态的文学理论。

第一，文化生态影响理论主体的集居状态。上海是一个巨大的工业、商业、金融、贸易城市，又有租界这样的特殊政治—地理空间，既能给政治上受迫害者提供一个安全的栖居之地，也能给普通人提供较多的生活和就业机会。早在 19 世纪末，人们就不顾"沪上开销之大"，从四面八方"源源而来者，以上海所谋之事多也"。① "混在杭州城里，一万年也不会有什么机缘。上海是通商口岸，地大物博，况且又有租界，有什么事，可以受外人保护"②。这虽是小说中语，却也是 30 年代闯沪众生真实的想法。从 30 年代的日常众生相来说，上海不仅是金融冒险家、商业投机者的乐园，也是下野高官、失意政客的寓居之所，更是持不同政见者的避难空间。从 30 年代的文学生态状况来说，上海不仅是先锋艺术家的实验之地，也是文学爱好者的谋生之所。京派作家沈从文一度漂泊上海，虽然沈氏对沪上文坛的政治性质和商业气味极为反感，但他对上海本身的生活环境却十分怀恋，他在给友人的通信中强调："北京一般朋友都劝我住在北京，他们在这里倒合适得很，各人在许多大学里教书，各人有一个家，成天无事大家就在一块儿谈谈玩玩。我怎么能这样生活下去？我心想，我一定还得回去，只有上海地方成天大家忙匆匆过日子，我才能够混下去。"③

为什么年轻的沈从文只有在上海"才能够混下去"？因为上海数百万人口之中，绝大多数都是低收入的贫民阶层，上海娱乐场所虽多，他们能够去的地方实在有限，于是，大报、小报的花边新闻、桃色事件、文艺副刊等，成为底层民众茶余饭后的主要娱乐对象。写稿件、赚稿费成为有文字写作一技之长的青年们的主要谋生方式，沈从文、曹聚仁、徐懋庸、谢

① 《申报》1896 年 7 月 14 日。
② 蓬园：《负曝闲谈》、颐琐：《黄绣球》合本，江西人民出版社 1988 年版，第 70 页。
③ 沈从文：《致王际真》，《沈从文全集》第 18 卷，北岳文艺出版社 2002 年版，第 144 页。

六逸等不同理论倾向的文学青年，在20世纪30年代文坛上都十分活跃，报上曾有专文称沈氏为"多产的沈从文"①。文学市场拉动文学消费，文学消费促动文学生产，文学生产的增长吸引更多的文艺之士走向文学创作，文学创作中出现的种种良好或不良现象，必然诱发相关的文学批评与理论反思，这是文学领域必然产生的多米诺骨牌效应。

第二，文化生态影响理论主体的经验形态。两朝古都与现代新城、慢条斯理与行色匆匆、余韵悠长与机器轰鸣：这就是20世纪30年代北平与上海适成对照的文化生态图景。两种文化生态图景的差异实质上是传统农耕文化与现代工业文化的差异，也是两种生活状态的差异；"京派"与"海派"的对立正是建立在这种差异状态下文人经验形态的对立。深受传统农耕文化影响的文人习惯了自然和谐、充满诗意的生活情调，无法忍受都市生活的机械快速、行色匆忙；适应了现代工业环境的文人习惯了都市的快节奏，在机械嘈杂的环境中痛并快乐地生活着。

"海派"文艺家喜欢现代都市文明，乐于表现灯红酒绿、纸醉金迷、挥金如土、鸳鸯蝴蝶等都市主题；"京派"文艺家自嘲是都市里的"乡下人"，他们崇尚自然状态的田园牧歌，虽然长期身处都市，却无法忘怀乡村生活。谈到"乡下人"或"都市里的乡下人"这种说法，一般人都熟知沈从文的"乡下人"宣言②，其实在20世纪30年代，京派作家中作出这种思想表述的非止沈从文一人。李广田自称："我是一个乡下人，我爱乡间，并爱住在乡间的人们。就是现在，虽然在这座大城里住过几年了，我几乎还是像一个乡下人一样生活着，思想着，假如我所写的东西里尚未能脱除那点乡下气，那也许就是当然的事件吧。"③刘西渭在评论李广田的诗文时则说："我先得承认我是个乡下孩子，然而七错八错，不知怎么，却总呼吸着都市的烟氛。身子落在柏油马路上，眼睛接触着光怪陆离的现代，我这沾满了黑星星的心，每当夜阑人静，不由向往绿的草，绿的河，

---

① 平凡：《多产的沈从文》，《社会日报》1932年7月31日。
② 沈从文："我是个乡下人"（《水云》，《抽象的抒情》，复旦大学出版社2004年版，第250页），"在都市住上十年，我还是个乡下人"（《箧下集题记》，天津《大公报》副刊"文艺"1934年12月15日），"我是个乡下人"（《废邮存底》，天津《大公报》副刊"小公园"1935年7月14日）。
③ 李广田：《〈画廊集〉题记》，《益世报》1935年3月20日。

绿的树和绿的茅舍。"① 京派文人普遍存在的"乡下人"心态，实际上是京派文人的生活经验形态在创作或批评上的一种理论折射，一种美学层面的理论还乡意识，这种理论还乡意识的表现，就是京派文人在批评与理论上的诗化风格的追求。②

第三，文化生态影响理论主体的创造心态。地域文化生态对文学理论形态的影响，鲁迅已然洞察："'京派'与'海派'……所指的乃是一群人所聚的地域……籍贯之都鄙，固不能定本人之功罪，居处的文陋，却也影响于作家的神情。"③ 鲁迅所说的"居处"，其实也就是地域文化环境，而他所说的"作家的神情"，则是指作家、批评家的创造心态。上海的文人大多生存比较窘困，许多人都有过居住狭小、昏暗、通风差、冬冷夏热的"亭子间"的经历，在那种恶劣的生存条件下，文人没有条件平心静气地从事文学批评和理论研究。在那个殖民化、商业化的环境里，生存是文人的第一法则，而要生存下去，只有两条路可走：堕落或走向反抗。大部分文艺青年走向了激进的政治之途，他们深知，"潜心于他的鸿篇巨制，为未来的文化设想，固然是很好的，但为现在抗争"④，更为符合自己的生活实际和心理需要。一心为生活抗争奋斗的文艺家只顾得了当下，当然没法"潜心于他的鸿篇巨制，为未来的文化设想"。

所以，那种深入细致、富有学理的学术论文在上海文坛根本没有生存的土壤；上海文坛所能产生的理论形态，只能是零零碎碎、难见系统。北平远离政治中心，没有花花世界的喧嚣与骚动，虽然其商业水平相当发达，却影响不了文人的生活水平，因为北平的文人都是生活处境优裕的教授、学者，他们没有上海穷文人的生活窘境，能够静下心来，一门心思搞学问。北平文人对文学问题的思考多是从文化精神的层面来考虑，其理论设想大都建立在人类生活常态这一暗含的假定之上，政治意识不强，很少从时局出发去考虑问题。他们谈天说地，谈生活，谈文化；"什么都谈，

---

① 刘西渭：《画廊集》，天津《大公报》副刊"文艺·书评特刊"1936年8月2日。

② 在京派文人的理论文章中，梁宗岱、宗白华、朱光潜等人的批评论文都有浓厚的诗化色彩。

③ 栾廷石（鲁迅）：《"京派"与"海派"》，《申报》副刊"自由谈"1934年2月3日。

④ 鲁迅：《〈且介亭杂文〉序言》，《鲁迅全集》第6卷，人民文学出版社2005年版，第3页。

只除了政治"①。"纯正"②的审美趣味、高蹈的文学理论，正是在这样的环境下形成，事实上也只能在这种文化情态下才能生成。

与平、沪两地的文化生态、文人情态相对应，京派与海派两个地域文化派别所生产的文学理论也表现为文体与逻辑两个种类的差异。

先看京派与海派理论文体形态上的差异。海派文人中的左翼文艺家因贴近政治、立场"左倾"、心态浮躁、情绪偏激等原因，坐不住冷板凳，其理论见解常常是以杂感、小品、随笔等文艺作品的形式体现；那些为数不多的学术长论，也都近乎长篇文艺政论。京派文人大都为学贯中西的学者，且大都在高等学府供职，远离政治与商业，远离杀戮和恐怖，所以能够安居于象牙塔内，谈审美，论距离，讲象征，说趣味，构制学理色彩浓厚的长篇大论；其于学术探赜索隐，旁征博引，哪怕是批评之作，也会洋洋洒洒，钩深致远。"京派"与"海派"文人在文学理论的逻辑形态建构方面，其精神差异更大。海派中的商业主义者，如张资平、叶灵凤之类的人物，其写作目标就是赚钱享乐，而不是艺术，这类文人在文学理论上毫无建树，因为他们深知高头讲章的理论文章根本卖不出去，换不成金币。

海派中的左翼文人大多是职业革命家，在上海那样的商业环境里，他们从事写作一方面也要顾及挣钱，但更主要的是殉他们的政治理想，其写作的根本目标是政治而非金钱——当然也不是艺术。左翼文艺家所建构的文学理论特质不在于科学性而在于政治性和斗争性，因此，左翼文学理论一般体现为意识形态话语；即使与纯文艺知识相应的讨论，也往往由于政治因素的介入，最后落成为思潮形态而非知识形态。

京派文人大都幽闭于高等学府的三尺讲堂和家庭书斋，他们衣食无忧，不用像艺术领域中的商业主义者那样为金钱而奔波；自然，作为"统治阶级中的被统治者"③，他们也没有左翼文艺家的革命冲动。从日常生活到精神活动，京派文人都比较讲究秩序，追求典雅和厚重，讲求趣味和水

---

① 西谛:《"随笔"前言》,《小说月报》1929 年第 20 卷第 1 号。

② 这是京派文人朱光潜在 20 世纪 30 年代反复强调的一个文学标准。

③ 包亚明主编:《文化资本与社会炼金术——布尔迪厄访谈录》,上海人民出版社 1997 年版,第 79 页。

平。他们关注的是艺术自身的存在与文学知识的传授，他们对相关文学的探讨往往出于纯粹的知识与理论兴趣，以及对于文学艺术自身深深的迷恋，他们在文学领域里的理论研究成果，落成为较深层次的知识形态。

当然，在纷然芜杂而又丰富无比的事实面前，任何逻辑概括都难免有削足适履之嫌。所谓"京派"与"海派"之说，也只是从两个地域的文学精神与理论形态的总体状况概括而言，理论上的实际存在情况却常常是"斩不断，理还乱"。以象征主义诗歌理论而论，左翼文人穆木天与现代派诗人李金发可谓标准的"海派"；然而，他们在探讨象征主义诗歌理论时，十分严肃认真，李金发的诗论没有表现出丝毫的商业主义市侩之气，穆木天的诗论也没有左翼理论家常有的机械"左倾"之弊。

第三节　文人处境与文学理论生产

本节标题之所以用"文人处境"而不是用"经济环境"，既有话语策略的考虑，也有对研究对象实际的考虑。就话语言说的角度而言，过于宏大的理论勾画在具体现象和事实面前往往显得不着边际，这也是 20 世纪后期以降后现代主义哲学极力贬低"宏大叙事"的原因之一。就研究对象的存在实际而言，文学理论的发展并不取决于客观的社会经济发展水平，而是取决于文人（理论主体）的经济收入与生活处境；文人的经济处境对文学理论的生成与发展效果最为直接，影响也最大。京派作家沈从文凭其朴素的生活经验认识到，"一切人的梦境的建设，人生态度的决定，多由于物质的环境"①。因此，理论主体在社会结构中所占的位置一定会在他的心理和思维上打上印迹，并通过他所选择的理论类型与话语方式呈现出来。

从人类文化史的事实来看，文学发展与经济发展不但不存在一一对应关系，而且常常处于不平衡状态。有时候，经济贫困落后的时代或国度，文学生产反而出现高涨、繁荣，而经济繁荣发达的时代或国度，文学生产力却趋于低下、平庸。原因在于文学创造的决定因素是主体而非客体，文

---

① 沈从文：《论朱湘的诗》，《文艺月刊》1931 年第 2 卷第 1 号。

学创造的水平取决于创作主体的文学素养、智力水平、精神状态、写作能力等主观因素，而非取决于主体物质生活的富足程度，否则人们无法理解：在"举家食粥酒常赊"的极度贫困状态下，曹雪芹却写出了《红楼梦》这样的经典巨著。文学的生产状况取决于具象的"个体"而非抽象的"主体"，是文学生产者个体的经济状况而不是社会整体或平均的经济状况影响着文学生产者的创作热情与创作精力投入。如果整个社会的经济相对发达，但文人个体的收入比较低，则其创造热情必然受到制约，甚至大大受挫。相反，哪怕社会经济整体积弱、全体民众相对贫困，如果该社会中的文人个体收入较高，则其创造热情就会大大提高，这一社会中的文学就会在整体上趋于繁荣，这一点在20世纪30年代文学界的表现异常明显。

30年代后期，日本发动全面侵华战争，中国国土被分割为沦陷区、国统区和解放区三个政治区域。三个政治区域各有自己的货币体系，物价指数与民众生活水平也各不相同。因此，此处所论30年代文人收入状况只能以抗战前的时期为准，所举事例上限为1930年，下限为1937年。

由于资本主义经济危机的影响，在全球范围内，"20世纪30年代，物价非常低"[①]，中国在此方面尤其具有代表性。不过，中国物价低的核心原因不在他国资本主义危机的冲击，而在本国特殊的国情：整个三十年代中国从来没有停止过战乱，常年的战乱状态使中国的生产力遭受严重的破坏，同时由于战乱的原因，瘟疫和自然灾害不断，底层民众基本的生活都没有保障，卖儿卖女司空见惯；在此情况下，物价想高也高不起来。然而，不管出于哪种原因，30年代中国物价低的程度都让现代人觉得离谱。以北京为例，30年代初，"四口之家，每月12元伙食费，足可维持小康水平"[②]；直到1935年，物价变化依然不大，"1元可买7—8斤五花肉"，而邻城天津在饭店吃上一顿美餐（主食花卷、七寸盘满盘的清炒虾仁，外加一汤），才花上"1角6分"钱。[③] 即使在30年代末，北平一户普通人家每月生活费平均只需要30块银圆左右。作为国际性大城市，上海的消费水准

---

① ［美］约翰·肯尼思·加尔布雷思：《不确定的时代》，江苏人民出版社2009年版，第150页。

② 陈明远：《文化人与钱》，百花文艺出版社2000年版，第91页。

③ 同上书，第94页。

比当时日本东京的消费水准还要高，然而从今天的眼光看，彼时的消费水平实在太低：一个普通职员 50 元的收入，每月除掉房租、伙食费、衣服、车费、杂项（日用品、交际应酬、娱乐），还有 11 元的盈余。① 只要不进行高档消费，上海人的日常生活开支十分低廉：1932 年，"一碗的阳春面"才需要 "12 个铜元（相当 4 分钱）"，"每斤鸡蛋价值不到 2 角钱"；1933 年，普通人在外吃饭，一日三餐 "每天不到 2 角钱，一个月伙食费 5—6 元就够了"。② 必须承认，30 年代物价虽然低廉，处于城市草根阶层的工人还只能维持在温饱线上，因为他们的工资收入非常低："1933 年，上海工人的月工资略微有所提高，通常为 16.7 圆到 33.3 圆，一般约为 20 圆。普通的工人家庭（双职）年收入平均达到 400 圆以上，比前几年有所增加。"③ 同年，天津工人平均月薪才达 12.13 元④。

与政府、公司中的职员及工人相比，文人无疑是 30 年代的富裕阶层。这有体制和市场两个方面的原因。从体制角度视之，30 年代有成就和影响的文人大多在高等学校供职，而民国政府坚持 "教育为立国之大本"⑤ 的文化理念，非常重视教育投资，高校教师一直收入不菲。早在 1927 年 9 月 12 日，民国 "教育行政委员会" 就发布 "大学教员薪俸表"，规定大学教师 "月薪数" 为：教授 400 元至 600 元，副教授 260 元至 400 元，讲师 160 元至 260 元，助教 100 元至 160 元。⑥ 1936 年，大学教授起点工资是技工起点工资 28.6 倍，教授最高工资是技工最高工资的 47.6 倍。⑦ 所以，在整个 30 年代，"知识阶层一般比较富裕"。还以当时的北平为例，"四五口之家每月的生活费（伙食、房租、交通、娱乐、应酬等）平均都在百银圆以上"⑧。就是省城师范或中学，教师收入也不低。1930 年，北大学生千家驹在河北大名省立第七师范兼职半年，"得薪金大洋 480 元，除了伙食以

① 《一页家庭账》，天津《大公报》1930 年 2 月 27 日。
② 陈明远：《文化人与钱》，百花文艺出版社 2000 年版，第 106、107 页。
③ 陈明远：《文化人的经济生活》，文汇出版社 2005 年版，第 185 页。
④ 郑也夫：《知识分子研究》，中国青年出版社 2004 年版，第 143 页。
⑤ 教育部编：《第一次中国教育年鉴·甲编教育综述》，开明书店 1934 年版，第 8 页。
⑥ 教育部编：《教育法令汇编》第一辑，上海商务印书馆 1936 年版，第 145 页。
⑦ 转引自于风政《改造》，河南人民出版社 2001 年版，第 7 页。
⑧ 陈明远：《文化人的经济生活》，文汇出版社 2005 年版，第 159 页。

外，净余 400 元，可以够我读两年大学的学费了"①。1934 年，济南省立高中国文教员月薪 160 大洋②，生活水平已超小康。

30 年代文人的收入，除了远超普通工薪阶层的职务薪水，还有不菲的额外进项，如外兼课的课时酬金、写作或翻译的稿费、著作出版的版税、编辑刊物的编辑费等。外兼课也不是一个小数目，以历史学者陈垣（援庵）教授为例，"陈援庵先生兼了许多职，每月收入上千"③。对于这类高级文人来讲，他们的生活处境极其优裕，因为其高收入和低物价之间的差距大得不成比例：1936 年，"北京大学文学院长胡适购置一辆小汽车耗资500 元"④，而"从景山到东安市场的车资只有 3 分钱"，而当时的高档娱乐场所"开明大戏院""前十四排每位 1 元 2 角，后十排每位 8 角"⑤，普通影院每张票价"铜子 30 枚（合 1 角）"⑥。

经济收入高，说话做事底气显得就足。毛泽东说，中国现代文人之中，鲁迅的骨头最硬，那是因为在中国现代的文人之中，鲁迅有"硬"的经济资本和生活底气。有人给鲁迅的收入算过一笔账，说鲁迅的收入有四个方面：公务员收入、教学收入、大学院特约撰述员收入、写作和翻译及编辑收入。1927 年秋—1936 年在上海期间共收入国币（法币）70142 圆 4角 5 分，月平均 674 圆。按照实际购买力计算，鲁迅 24 年（1912—1936）的收入相当于 20 世纪 90 年代中期人民币 392 万以上。⑦ 正是有如此高的收入，鲁迅才能摆脱生计的羁绊，既不必为生活去为官府"帮忙"或"帮闲"，也不必为养家糊口弄几个小钱写一些粗制滥造的文字。与鲁迅的"骨硬"适成对照的是胡适的"自由"。胡适与鲁迅是 30 年代文人中两个类型中的代表：一个是自由主义首领，一个是左翼文坛领袖。尽管两个人的学术背景、文学立场有很大差异，但在指点江山、对国府政治说东道西方

---

① 千家驹：《我与北大》，《文史资料选辑》（第 95 辑），文史资料出版社 1984 年版，第 61 页。
② 季羡林：《牛棚杂忆》，中共中央党校出版社 2005 年版，第 196 页。
③ 邓云乡：《文化古城旧事》，河北教育出版社 2004 年版，"代序"第 3 页。
④ 陈明远：《文化人与钱》，百花文艺出版社 2000 年版，第 89 页。
⑤ 同上书，第 90 页。
⑥ 同上书，第 96 页。
⑦ 陈明远：《鲁迅一生挣多少钱》，《语文教学与研究》2007 年第 6 期。

面，都有同样的胆气。相比而言，自由主义文人胡适的经济收入比鲁迅还要丰厚。也有人给胡适算过一笔经济账：1930 年至 1937 年间，胡适月收入平均 1500 银元，雇有门房 1 人、厨师 1 人、女佣 1 人、杂役 2 人、司机 1 人。① 由此看出，胡适在 30 年代的生活状态已入豪门之境，从"中华民国"到中华人民共和国，政界正部级高官的生活水平也不过如此。

生活状态决定精神状态。虽然中国有着悠久的官本位传统，但 30 年代的文人大多没有媚官意识。王元化谈及此种情形时说："那时候教师的社会地位和薪金都比普通官员高，所以当老师的也不大瞧得起那些在国民政府当官的。"② 不怕官才敢说话，才敢自由地发表意见。30 年代自由主义文人普遍喜欢文字干政，吃着国民政府的饭，还要砸国民政府的锅，一个很大的原因在于他们衣食无忧。和普通民众相比，自由主义文人在生活中"财大"，在公共空间说话自然就敢"气粗"。"经济基础决定上层建筑"虽然看似套话，实为人生至理。被京派文人深度鄙视的海派文学，根子还在一个"钱"字。以上海的生活条件，文人收入虽然比普通工人高，但在那个花花绿绿的十里洋场之中，无疑属贫困阶层。海派文学的商业化固然受资产阶级生活习气影响，但也与上海物价及消费指数太高有关。文人要卖文养活自己、养家糊口，就得拼命挣钱，"不论何等作家，每月总得十万字以上的稿子换生活费……故每天非有四五千字不可；这样大的产量，当然无力做考证文章，急了抄也不抄，用剪刀剪下，用浆糊贴上，略加笔削，前后倒置，换个题目，成为另一本书"③。靠卖文为生的文人哪还顾得了艺术不艺术？只要有钱赚，让他怎么写都成。沈从文指责海派，在某种意义上可以说是饱汉子不知饿汉子饥。人的生活处境不同，写作的动机也各不相同：有些人写作是为消遣，有些人写作是为宣传，有些人写作是为理想，也有人写作是为挣钱。消遣式写作是有钱有闲者的事情，宣传式写作是特定职业者的事情，在此不予讨论。单就理想化写作与挣钱式写作两种类型而言，为理想而写作、自愿忍受清贫者毕竟有限，为生活所困、想

---

① 曾进：《文化人的经济生活》，《外滩画报》2005 年 4 月 28 日第 30 版。
② 同上。
③ 魏京伯：《海派与京派产生的背景》，《鲁迅风》1939 年第 16 期。

通过卖文挣几个小钱糊口者居多，这是自然常理。对卖文挣钱者来说，写作目标自然是金钱第一，艺术水平是有是无、是高是低都无所谓。想让为挣钱而写作者像沈从文那样甘于清贫，为艺术而艺术，或为某种严肃的人生目标而艺术，不合人情常理，事实上也根本做不到。

沈从文的理想，只有高收入的文人们能够做到。陈寅恪在《清华大学王观堂先生纪念碑铭》中，盛赞王国维"独立之精神，自由之思想"①，然就一般情况而言，无论是精神的独立还是思想的自由，都须以一定的物质保障为基础。没有相应的生活条件，欲"独立"，"立"不起来；想"自由"，自由不了。京派文人之所以在创作和研究上都比较从容，那是因为他们大多在大学中有职位，而"北京的大学教授，接到聘书，即为终身职务，自己离开了北京，可以请人代课若干年，学校当局不能解聘"②。这类在生活上有丰裕经济保障的文人，自然可以在创作或研究上"十年磨一剑"。

有了丰裕的经济保障，文人在写作立论时才会少一些偏颇和情绪，站在中立立场上，客观冷静地考虑问题。在 20 世纪 30 年代的民间声音中，与自由主义者不偏不倚的姿态相比，左翼文人行文立论显得极端而偏激，这其间虽然有政治因素的影响，但也与左翼文人无地自由、无钱自由的切身处境有关。自由主义文人或为大学教授，或为报界达人，或为社会名流，薪俸优厚，受人尊崇；而左翼文人大多出身草根，作为沪漂一族，时时为亭子间恶劣的住宿条件揪心，天天为下一天的饭钱犯愁，月月为下一个月的房租奔波，日常生活"肚痛、寒冷和饥饿伴着我……什么家？简直是夜的广场，没有阳光，没有温暖"③，可谓贫困无助，甚至在死亡前还要发出这样的凄厉呼喊："朋友们快来救救我吧！快来救救我的孤儿女吧！"④在这样的生存处境面前，所谓精神，所谓艺术，所谓文学，所谓理论，还能够安然培植发育，岂不是咄咄怪事？思想的独立与自由也要依赖经济的

---

①　陈寅恪：《清华大学王观堂先生纪念碑铭》，《金明馆丛稿二编》，生活·读书·新知三联书店 2001 年版，第 246 页。

②　魏京伯：《海派与京派产生的背景》，《鲁迅风》1939 年第 16 期。

③　萧军：《萧军全集》第 9 卷，华夏出版社 2008 年版，第 341 页。

④　周葱秀：《叶紫评传》，重庆出版社 1993 年版，第 261 页。

独立与自由，毕竟"物质第一性，意识第二性"！

平心而论，在20世纪30年代的文学领域，自由主义文学无论其艺术品位还是理论水平，都达到了相当高的程度；然而必须承认：自由主义文学的高水平与自由主义者生活的高水平是同步的。在某种意义上，文学艺术不过是有钱有闲者的精神游戏之物。比如，30年代的自由主义文人就是因为收入高，所以才会不吝惜钱，自掏腰包玩沙龙、办刊物，通过沙龙进行艺术交流，通过办刊自由地表达思想。京派作家林徽因由于经常在家中举办沙龙，她家的客厅因而在文艺圈子内落了个"太太的客厅"的雅称；京派学者朱光潜每月在家里举办一次文艺聚会，其寓所和"太太的客厅"在京派文人圈子内有着同等的影响。文艺沙龙成为京派文人艺术交流和情感联络的重要媒介，他们都非常重视参加这种活动。1935年萧乾"接手编《大公报·文艺》后，每个月必从天津来北京，到今雨轩请一次茶会，由杨振声、沈从文二位主持。如果把与会者名单开列一下，每次三十至四十人，倒真像个京派文人俱乐部。每次必到的有朱光潜、梁宗岱、卞之琳、何其芳、李广田、林徽因及梁思成、巴金、靳以……还有冯至，他应是京派的中坚"①。

办刊物同样需要金钱做支撑。国民政府虽然在文学宣传内容方面控制很严，但对报刊的出版控制相对宽松，只要有钱、有人做出版发行的担保，申请个刊号、书号并不困难，困难的是办刊的成本费和印刷费。京派文人沈从文指出，"以趣味作'写作自由'的护身衣甲"的纯文学刊物《骆驼草》产生的根本原因，在于京派文人"生活从容"。② 同样是办刊，钱多钱少也是两重天地。自由主义者胡适自办《独立评论》，刊发论文不付作者稿费。然一办多年，影响甚广。盖办者、撰稿者多为学界达人、知识精英、社会名流、权界政要，他们办刊撰文只图有个说话之处，而不指望靠它赚钱谋生。适成鲜明对比的是，左翼文人办刊物，因经费没有着落，"总是出过一两期，钱用完了，刊物也被禁止了"③。

---

① 萧乾：《致严家炎》，《萧乾文集》第10卷，浙江文艺出版社1998年版，第406页。
② 沈从文：《高植小说集序》，《创作月刊》1931年第1卷第3期。
③ 胡风：《鲁迅先生》，《新文学史料》1993年第1期。

人的生活处境决定了人的政治立场，从而也决定了人在审美领域里的价值取向。正如沈从文当时所言，"文学作品……既受历史上那一大堆文学遗产所控制，又被人人赖以为生的各种职业所牵制"①。在文学活动中，自由主义者的中立态度和左翼文学家的批判立场，就是由各自生活处境的差异所造成。作为文化精英的自由主义文人虽然是"统治阶级中的被统治者"（布迪厄语），但与基层民众相比，却是有钱复"有闲"者：不管那个社会有多腐败和混乱，都丝毫影响不到他们的日常生活，他们有水平，也有条件和心境品味和鉴赏文艺作品。品味和鉴赏的心理前提是心平气和，在纷乱的革命、刺刀见红的战争等非常态社会环境下，人们没法品味和鉴赏，故此自由主义者都不喜欢"热烈"，而是喜欢"醇朴"、"静穆"、"超一切忧喜……泯化一切忧喜"②。亭子间里的贫困文学青年，没有可供他们浅斟低唱的象牙塔，没条件"超一切忧喜"，也没心境"泯化一切忧喜"，更没自己的刊物供自己谈直觉、论表现，或说象征、话意象，一会儿标举传统美、一会儿寻找"新感觉"。最适合他们走的就是革命一途，他们加入左翼文学阵营，目的就是想通过文学批判实行文化造反，发泄自己对腐败、不公社会的不满。所以，在文学理论方面，他们只选择能够反映和批判社会生活的"现实主义"进而是"社会主义的现实主义"文学理论——此正所谓"物质决定意识"，"位置决定思想"。

20 世纪 30 年代平、沪两地文人的处境差异很大，30 年代末有人对此作过两地文人生活条件的对比：上海"头等作家住房一幢，生活每月得二百元"，"京派中的头等学者……教授，月薪三百元。房租二十元，可以独占一间八九间的院子……有余钱可以购书，而且北京有大的图书馆可供参考"。其比较的结论是："京派与海派，非地域之不同而形成，实因经济条件之差异而产生。"③ 平、沪两地文人生存处境的巨大差异导致两地文学理论的生产方向、产品内容及形式上相应的差异。北京的文学理论生产者的文化身份多为大学教授、研究院学者或报刊的文学编辑，其读者主要是大

---

① 炯之（沈从文）：《一封信》，天津《大公报》副刊"文艺"1937 年 2 月 21 日。
② 朱光潜：《说"曲终人不见江上数峰青"》，《中学生》1935 年第 60 号。
③ 魏京伯：《海派与京派产生的背景》，《鲁迅风》1939 年第 16 期。

学生以及文人圈子，这种特殊的文学理论生产与流通关系导致文学理论向学院化、精英化的路途上发展。上海的文学理论生产者不是客串文学领域的政治革命者，就是喜欢精神刺激和艺术冒险的现代派文人，其理论产品的接受者不外是激进的文艺青年、生活放纵的文人圈子或普通文化小市民，这种情形下的文学理论生产与流通关系只能朝政治化、宣传化、商业化、刺激化的路子上走。

第二章　20世纪30年代文学理论的生成机制

文学理论在生成过程中，受多种因素的制约影响。其中，生产接受机制、教育承传机制、印刷传播机制等因素最为重要。从商业角度考察，文学理论发展靠的是生产与消费市场；从知识角度考察，文学理论发展靠的是研究过程中的发明创造、教育过程中的薪火相传；从传播角度考察，文学理论发展靠的是报刊、书籍等媒介形式的信息流通。

20世纪30年代，文学生产活动受商业化生产的影响已经相当大了。北伐战争胜利后，"商业资本复起始看中了文学，在一个不健全制度下形成一个新出版业。作家与商业结合，产生了一批职业作家"①。创作与商业的结合以及作家的职业化现象，打破了中国传统文学活动的自然状态与写作生态，文学理论的生产性质和状况也随之相应变化；正视文学生产的商业性质与特征，才能对该时期文学理论的发展状况作出全面的理解与合理的解释。

第一节　文学理论的商业生产机制

文学是人类世界特有的一种精神活动，受资本主义社会商品生产的影响，文学活动在近代西方逐渐开始商品化，形成商业领域一个新的生产类型。如果套用一般社会生产的模式进行比附，文学发展同样符合一般商品生产和销售的流程，即文学活动要经受"生产（创作）——流通（传

---

① 从文：《编者言》，天津《益世报》副刊"文学周刊"1946年10月20日。

播）——销售——消费（接受）"这样一个过程。在这个过程中，卖方（作者）和买方（报商、刊商、书商）也同样存在一个讨价还价的交易过程。如果从商品生产的角度对文学活动加以定位，那么文学家（作家、批评家、理论家）就是文学生产领域里的普通商品生产者。

早在 19 世纪，马克思就注意到了艺术活动的商业生产性质，"马克思把主要用于经济学的术语也用在文学和其他艺术的历史上，如生产（Produzieren，Produktion）等。他把诗人也叫作'生产者'，把艺术品叫作'产品'，虽然是一种独特的、有别于其他种类的'产品'"①。20 世纪初，德国文艺理论家瓦尔特·本雅明接续马克思的艺术生产思想，明确提出"作家是生产者"，认为要准确理解一位作家及其作品，就必须考察"作家……在生产过程中的地位"②，以及作家与他所处的时代的生产关系，因为作家总是处在一个时代的生产关系之中。30 年代的中国作家也看到了文学活动的商业性质：沈从文说"作家不过是一个商店的雇员，作品等于一种货物"③，萧乾直称作家为"文艺生产者"④，叶圣陶说"书刊要发行，要卖出去，这是商业"⑤。资本主义商业对文学领域渗透的结果，就是让文学写作成为一种职业："文士的职业是资本主义的私生儿，在合理的社会人人应有正当的职业"⑥；而身无长技的文人除了以卖文为生，好像也没有别的办法。

不过，文学生产不同于普通的商品生产，因为文学生产者在他的"生产中物化了"他的"个性"和他的"个性的特点"⑦；文学生产不同于普通商品生产的地方还在于，文学作品的价值固然可以按普通商品价值的计算

---

① ［英］柏拉威尔：《马克思和世界文学》，生活·读书·新知三联书店 1980 年版，第 383 页。

② ［德］本雅明：《作为生产者的作家》，《文艺学和新历史主义》，社会科学文献出版社 1993 年版，第 60 页。

③ 沈从文：《记胡也频》，《沈从文全集》第 13 卷，北岳文艺出版社 2002 年版，第 32 页。

④ 编者（萧乾）：《园例——致文艺生产者》，天津《大公报》副刊"小公园"1935 年 7 月 4 日。

⑤ 叶圣陶：《出版事业和出版史料》，《叶圣陶集》第 2 版第 17 卷，江苏教育出版社 2004 年版，第 384 页。

⑥ 岂明（周作人）：《半封回信》，《新晨报》1930 年 4 月 7 日。

⑦ 马克思：《詹姆斯·穆勒〈政治经济学原理〉一书摘要》，《马克思恩格斯全集》第 42 卷，人民出版社 1979 年版，第 37 页。

方式定价，但在消费过程中，其使用价值却不是普通商品那样单一，而是有多种。例如，文学作品所蕴含的教育、认识、审美、娱乐等精神价值，普通商业产品很难同时具备。同样，文学生产过程中的"精神生产力"与普通商品生产中的"物质生产力"也不尽相同①。文人的文学创造能力就是文学领域里的"精神生产力"，这是一种特殊的"艺术生产力"，人们亦可称之为"文学生产力"。文人与文人之间及文人与读者之间的复合关系构成文学领域内的"生产关系"。在文学理论商业生产场中，文学理论的生产过程是文学生产力、文学生产关系与流通（出版、发行）、消费（阅读、接受）等多种因素合力运动的过程。

艺术生产力的要素有三个：生产者、生产工具、生产材料。就某些艺术类型（如造型艺术）的存在来说，生产工具与生产材料至关重要，它们的发展变化会引发艺术类型的发展、变化，还会通过影响艺术生产关系的变化影响社会生产关系的变化，本雅明在《作为生产者的作家》《机械复制时代的艺术作品》等文章中对此作过专门论证。但是，在文学生产领域，生产工具与材料对文学创作的影响甚微，因为文学的生产过程是思维，文学的媒介材料是文字，文字对生产资料和生产工具的依赖性很弱。文学生产资料的变化，如文字书写工具从古代的软毫、现代的硬笔再到当下流行的电脑键盘、鼠标，只提升文学生产者的生产速度，却不能提升文学生产者的生产质量，或诱发文学的类型、文体等的变化与革命。因此，在文学生产力中，起决定作用的因素是文学生产者，而非生产工具或生产材料。与此相类，文学生产关系的核心要素也是文学生产者而非其他对象。以"京派"的发展历程为例，"京派"是一个没有社团组织的松散文学群体，这一文学群体的创造特点前后有着质的变化，而这种质的变化，恰正是由于相关人物的变化而起："1933年为京派一个分界线，在那之前（也即是巴金、郑振铎、靳以北来之前），京派是以周作人为盟主。那时，京派的特点是远离人生、远离社会、风花雪月，对国家不关痛痒。"② 而且

---

① "物质生产力和精神生产力"的提法见马克思《政治经济学批判（1857—1858年手稿）》，《马克思恩格斯全集》第30卷，人民出版社1995年版，第176页。

② 萧乾：《致严家炎》，《萧乾文集》第10卷，浙江文艺出版社1998年版，第406页。

事实上的京派并不完全以地域为限，尽管京派文人大部分生活在北京，人们对京派文人的划分标准依据的是作家本人对文学的态度及其崇奉的文学观念。比如，京派批评健将李健吾（刘西渭）虽然在 1934 年以后移居上海，却无妨于人们把他视为京派文人的中坚分子。

然而，文学生产者是一个十分复杂的因素。文学生产者主体世界的隐性因素（情感、个性、才气等）与显性因素（主体对待文学的态度、生活经历、生活状态、从事职业、学术师承、思想信仰、政治倾向等）都直接影响着文学生产的内容和结果——"京派"文人与"海派"文人之间的差异、两派文人内部之间的理论风格差异均源于此。

在文学生产者的诸主体因素中，决定主体创造能力的"个性"、"才气"这两个隐性因素至关重要。李长之在考证屈原的作品时，对"九歌"属于集体创作说颇不以为然，他认为"九歌"完全是屈原个人所创，理由是"文化的演进，究竟采取一种如何的形式，在这形式之中，个人和大众的关系究竟是如何的存在着，这都不是太简单而机械的事。以生物学的趋中律去看，在一般文化低落的时代，是越有少数的特殊才能的人物的；以演进的过程去看，文化同其他的社会现象一样，是在辩证法的开展着，那就是除了慢慢进化而外，还有所谓突变的跃进；以文化生物学的观点去看，个人是文化的负荷者，少数的个人是一集团，一阶级的文化的符号和代表者"①。李长之区分了创作与批评两种类型的文学生产能力：在作家，就是创造力和表现力；在批评家，就是识别力和理解力。李长之认为两种不同类型的能力各有其长、不可得兼："有识别力不一定有表现力，有表现力不一定有理解力，有理解力不一定有创造力。反过来……有理解力的就同样不一定有表现力了，有创造力的也不一定有理解力。"② 李长之据此提出文学生产的个体化特征，他认为，文学创作是一种个人行为，尽管作品创作出来之后，代表的是群体或曰"集团"的审美意识，因为创造作品的个别人物在生理、心理上都有他的与众不同之处："艺术出之于能表现

① 李长之：《屈原作品之真伪及其时代的一个窥测》，《文学评论》1934 年第 1 卷第 1 期。
② 李长之：《论识别力，表现力，理解力，创造力和天才》，《李长之文集》第 3 卷，河北教育出版社 2006 年版，第 437 页。

的人，这能表现的人是少数，这少数就是天才，他们表现个人主义也好，集团主义也好，反正艺术不是集团创造的。"①

　　强调文学生产者主体世界隐性因素的重要性，并不意味着主体世界的显性因素无关紧要。以主体态度而论，如果文学生产者对文学缺乏热情和献身精神，文学生产就不可能取得繁荣。沈从文指出，文学家对文学活动是抱认识生活、严肃创作，还是赌博投机、宣传渔利的态度，直接影响着文学自身的性质。② 30年代的国民党政权限制作家的创作自由，有人以此为文坛的不景气寻找借口，郁达夫从创作态度角度对此进行了批评，他说"文学必须成长在自由的空气里，这一句话，差不多弄弄文艺的人，都在当作自己不生产的口实；其实当重压之下，文学也何尝不可以产生？西伯幽而演《周易》，仲尼退而修诗书，太史公腐而《史记》以成，诗必穷而后工"；和沈从文一样，郁达夫认为"自由不自由，和文艺的兴起，关系还不顶大；现代中国文学衰落的绝对理由，却是在一般人的没有一个坚固的信念。……一看现代的那些朝谈杨墨，夕归孔子的纷挐转变，就知道大文学当然是不会产生在中国"。③

　　文学生产者的生产态度有"兴趣"、"信仰"两种类型。兴趣是一时的，信仰是长久的，生产者在信仰而不是兴趣的支配下才能生产出优秀的文学产品。沈从文在谈到这点时说，作家应该对文学有信仰，而且在信仰上颇类教徒对宗教的热忱，只有这样，他才能"勇于进取，超乎习惯与俗见而向前"；不唯如此，他还应具有"一种博大精神，忽于人事小小得失，不灰心，不畏难，在极端贫困艰辛中，还能坚持下去，且能组织理想（对未来的美丽而光明的合理社会理想）在篇章里"，在这种情形下，作家如果能够"低头苦干个三年五载"，必能取得文学上的大成就。④

　　文学观念与思维习惯、思维定式也是文学生产力中主体世界的隐性因素，这类因素的形成与文学生产者的社会地位、生活处境、政治信仰、社

---

　　① 李长之：《集团艺术是集团的么》，《李长之文集》第3卷，河北教育出版社2006年版，第439—440页。
　　② 见沈从文作《文学者的态度》，天津《大公报》"文艺副刊"1933年10月18日。
　　③ 郁达夫：《文坛的低气压》，《时事新报》副刊"青光"1935年9月4日。
　　④ 沈从文：《给志在写作者》，天津《大公报》副刊"文艺"1936年3月29日。

会立场等的关联甚密。"京派"文人大多游学或留学欧美，深受西方自由、民主、平等的文化理念影响，所以在文学认识上皆持自由主义信念。左翼文人多为组织中人，故其为文多有政治立场。左翼文人代表人物之一的周扬，在为文之时，思维上总是偏于极左，价值观上总是偏于政治，这种理论个性是他长期担任左翼领导、受苏联极左文艺思潮影响的结果。

文学生产者的诸种主体因素只是文学生产的潜在能力，只有经过主体的实际劳动，这些潜在的文学生产能力才会转化为实际的文学生产力。潜在的文学生产能力转化为实际文学生产力的中介是文化市场，因为市场商业价值能够直接表征文学作品的艺术价值，通过商业价值的中介，作家的创造能力才会得到物化的显现。文学生产走向市场需要相应的社会环境，30 年代的文学生产在此方面可谓适逢其时，因为该时期人们的娱乐方式极其有限，大众除了去茶社、影院、剧院，再也没有别的去处，看报、读书成为普通市民娱乐和打发时间最为常见的方式。"既有消费者，必有生产者，所以一面有消费者的艺术，一面也有生产者的艺术。"① 于是，艺术开始"和产业结合"②，著作者和阅读者之间因此发展成为一种商业之间的生产关系："读书界在这里包含：书的生产者、分配者和消费者。"③ 写作和阅读的市场化成就了一批身无长技的文艺青年："现在的所谓文学家最要卖弄文字，夺掉笔杆便一无所能"④，写作卖文挣稿费成为他们生活的主要来源。

文学活动的市场化、商业化成就了印刷业和出版业。在 30 年代，印刷业和出版业都是经济上剥削文人的艺术产业，报刊、书局、书店等出版机构都是控制文人及文学生产的商业机构。文化商唯利是图，只要能"给商人赚钱"，"普罗作品"照出不误，⑤ 没有利润，甚至利润低了都不会干。北新书局老板李小峰拿走鲁迅的《伪自由书》出版，"出版后李小峰向人表示失望，说，只赚了五六百块钱。鲁迅听了很气愤，一本杂感集赚了五

---

① 鲁迅：《论"旧形式的采用"》，《鲁迅全集》第 6 卷，人民文学出版社 2005 年版，第 24 页。
② 鲁迅：《〈新俄画选〉小引》，《鲁迅全集》第 7 卷，人民文学出版社 2005 年版，第 363 页。
③ 萧乾：《书评研究》，《萧乾文集》第 8 卷，浙江文艺出版社 1998 年版，第 78 页。
④ 鲁迅：《门外文谈》，《鲁迅全集》第 6 卷，人民文学出版社 2005 年版，第 88 页。
⑤ 沈从文：《记胡也频》，《沈从文全集》第 13 卷，北岳文艺出版社 2002 年版，第 36 页。

六百块钱还表示失望，那要赚多少才满意呢！他正是从切身遭遇到的小例子体会到了资本主义的贪得无厌"①。

市场的力量是强大的，不管何种类型的产品，只要进入商品市场，就无法逃脱商业市场法则的限制，报刊书籍的发行出版无不受这一法则的制约。在商业气息浓厚的上海，即使是纯文学杂志，也都以商业赢利为目的。例如，傅东华主编的"《文学》，那是商业杂志。出版它的书店，以多卖谋利为第一目的，非顾虑到广大读者的要求不可。它的编辑和支持它的，当然都是文坛有势者，但也非服从这个目的不可"②。左翼刊物"《海燕》被禁后第二个结果是出版了《作家》月刊。……第一期编成出版了。在销数上取得了大胜利。但这是一个商业性杂志"③。一些文坛上的过来人在忆及30年代刊物发展的情况时，常常感叹市场的威力和文化人的无奈：先是"人办杂志"，后是"杂志办人"。出版界的情形一样，"出版界不过是藉书籍以贸利的人们，只问销路，不管内容"④。即使一些有文化理想追求的出版商，为生存所计，也不得不抛弃以往的专业理念，"争出在买卖上得有利益的书籍。最初是新兴文学的书，其次是恶劣趣味的或二文钱的恋爱小说之类的书，再其次是教科书；同时集团性的杂志也渐渐地少起来，多变成商业性的名流招牌的混合杂志"⑤。在30年代的文学生产中，商业营销主体左右着文学生产："文学趣味的方面，并不在乎读者而转移。读者永远无能力说需要什么，不需要什么，一切安排都在商人手中。"⑥

在商业压力之下，有时政治也不得不屈从于金钱的利益淫威。30年代初，作为"民族主义文艺运动"话语阵地依托的现代书局承办的几家刊物停办改刊："现代书局准备于一九三二年集中全部力量，出版一种纯文艺的定期刊物，定名现代，以作现代书局永久的基础刊物。故将以前出版的

① 胡风：《鲁迅先生》，《新文学史料》1993 年第 1 期。
② 同上。
③ 同上。
④ 张静庐辑注：《中国现代出版史料》乙编，中华书局 1955 年版，第 196 页。
⑤ 侍桁：《关于文坛的倾向的考察》，《大陆》1932 年第 1 卷第 6 期。
⑥ 沈从文：《论中国创作小说》，《文艺月刊》1931 年第 2 卷第 5、6 号合刊。

现代文学评论，现代文艺，前锋月刊三种刊物，一律停刊。这期'中国文学特辑'便是现代文学评论最后的一期。"① 为什么要"出版一种纯文艺的定期刊物"？因为现代书局出版的《前锋月刊》《拓荒者》《大众文艺》等左、右两翼的政治刊物销量有限，大大影响了书局的商业利益，书局老板洪雪帆和张静庐不想继续这种状况，毅然决定改弦易辙，出版非政治的纯文艺刊物。左翼的情形比"民族主义文艺"阵营也好不到哪儿去："一九三五年夏，'左联'想恢复两年多没有办的内部刊物。为了这事，我同周扬争论过一下。周扬以为要办，就得办成十六开本的厚厚的一册，如以前的《文学导报》那样。我分析了情况，第一，稿件难得，因为内部刊物是不给稿费的，当时'左翼作家'不会有几个人愿意为此撰稿。"② 周作人在谈到商业化对文坛的影响时十分感叹："现今文学的堕落的危机，无论是革命的或非革命的，都在于他的营业化，这是落到了资本主义的泥坑里去了，再也爬不上来。"③

文学生产与商业生产并非绝对对立，二者之间虽然相互矛盾，却又相互促进，至少从金钱与文学生产者的关系而言如此。金钱在文人生活中的作用是积极而非消极的：有了经济上的独立，文人才可以选择鲁迅那样的职业撰稿人生活，才能够逃避政治或学术体制给予自己的种种限制和束缚，自由表达自己的思想或观点。以中国新文学的发展为例，"新文学同商业发生密切关系，可以说是一件幸事，也可以说极其不幸。如从小说看看，二十年来作者特别多，成就也特别好，它的原因是文学彻底商品化后，作者能在'专业'情形下努力的结果。至于诗，在文学商品化意义下实碰了头"，因为新诗读者较少，出版困难，一般报刊又"不大愿意登载诗歌"，"渐渐地，作者歇手，不欲歇手的纵有兴味写作也无多大机会写作"，"新诗的运命，真似乎不得不告结束了"。④

商业对文学的解放十分有限，因为文人一旦靠卖文维持生活，就得服

---

① 李赞华：《编辑后记》，《现代文学评论》1931 年第 2 卷第 3 期、第 3 卷第 1 期合刊。
② 徐懋庸：《徐懋庸回忆录》，人民文学出版社 1982 年版，第 81 页。
③ 岂明（周作人）：《半封回信》，《新晨报》1930 年 4 月 7 日。
④ 上官碧（沈从文）：《新诗的旧账》，天津《大公报》副刊"文艺"1935 年 11 月 10 日。

从无形的市场法则与书报商或出版商的要求，否则他的文章、书籍就售不出去。然而，文人一旦屈从市场的商业要求，其作品质量必然受到影响。周作人对此说："单依文学为谋生之具……势必造成文学的堕落。……现在的文学作品……必得由资本家的印刷所去印行才可。在这种情形之下……一想创作，先须想到这作品的销路，想到出版者欢迎与否，社会上欢迎与否……如是便一定会生出文学上的不振作的现象来。"① 然而，30 年代的中国社会毕竟不同于西方资本主义国家，哪怕是上海这样的十里洋场，市场法则也不能完全支配文学生产，因为市场以外的因素，诸如权力、政治、意识形态等，对文学生产——尤其是文学理论生产的影响有时要超过商业的影响。商业法则也受权力效应的影响——例如文人在文学场内的等级位置直接影响文学产品的卖点，唯利是图的文学商人不得不根据这类权力因素对资本进行配置发放，这是文学（理论）生产不同于普通商品生产之处。

从整体来看，30 年代的中国还没有发育出成熟的文学市场，因为其时的国家权力尚未统一，国民政府宣传机构注目于意识形态监控，无意——也无力于文学的市场管理，商业化的文学生产全靠市场自发调节，调节主体自然是那些文学商人。文学商人在对文学产品进行定价时，主要参照两个方面的因素，一是文学消费者的消费行情（读者的阅读兴趣与购买能力），二是文学生产者的文化身价（作者在文坛上的地位、名声、影响等）。从消费行情考量，如果报刊或书籍的销量大、利润高，报商或书商就会不失时机地提高文学产品价格，并适当提高作者的稿酬；从文化身价考量，作者的名气和社会影响越大，报商、书商给他开的稿酬就越高，例如，"梁实秋教授将翻译莎士比亚，每本大洋一千元"② 之所以产生这种情形，是因为出版业"逃不掉"两个规律：一是"逃不掉相互竞争这个普遍规律"，二是"逃不掉商品要以质量取胜这个普遍规律"。③ 作者的名声

---

① 周作人：《中国新文学的源流》，《周作人散文全集》第 6 卷，广西师范大学出版社 2009 年版，第 55 页。

② 鲁迅：《又是"莎士比亚"》，《鲁迅全集》第 5 卷，人民文学出版社 2005 年版，第 600 页。

③ 胡风：《鲁迅先生》，《新文学史料》1993 年第 1 期。

和影响越大，其产品的整体质量相对较高；文学产品的质量越高，它在文学市场上的竞争力越强；文学产品的竞争力越强，文学商的商业风险越小、销量越大；风险越小、销量越大，文学商获得的利润也越大——利润最大化是商家的职业本能和生活目标。

必须承认，作家及其作品在文学市场上的价格有差等。以 30 年代的上海文学市场为例，"上海的作家可分为四等"，"四等作家的稿子每千字为一元二元，每月得十万字左右，除卖不掉的，及稿费收不回来的外，每月有八十元收入，方能维持生活"，"第三等作家，稿费每千字可卖二元三元"，"第二等作家，稿费可卖三元四元。头等作家……稿费每千字四元五元"①。一些名气大的作者看到了文学市场的玄机，就开始利用自己的文化资本和社会资本做商业交易，"海派中有头二等作家以贱价收买三四等作家的稿子，用他自己的名字发表，从中取利"②，因为这些人十分明白，同样一篇文章，名声大的作者，"用他的名字发表……可多得些稿费"③。这种影响是双向的：名气越大，给的价码越高，而给的价码越高，创作者的创作积极性也就越高，越愿意投入更多的精力去创作。

文学产品的价格与价位取决于文学生产者的名声和影响，名声和影响是文人在文学生产场中赖以生存的"形象资本"，这种"形象资本"是作为生产者的文人的"象征财富"④，这种"象征财富"在商业场中能够直接转化为相应数量的"商品价值"，30 年代的文学商人本能地明白这一点。比如，《作家》杂志创刊时，发行人孟十还拉胡风、聂绀弩、萧军、萧红等作者做编委，意在利用他们的名声和影响作为金字招牌，吸引读者眼球，以便扩大销路，并非真的指望他们帮自己经办刊物；但在用稿和发稿时，孟十还根本不和他请的这些"编委"们商量，"编委"云云，不过是他糊弄读者的一个噱头。文人虽然比不上商人精明，却也明白文市行情，并且知道自己的文章在文学市场中的价码，否则鲁迅、老舍不会轻易辞去

---

① 魏京伯：《海派与京派产生的背景》，《鲁迅风》1939 年第 16 期。
② 同上。
③ 同上。
④ [法] 皮埃尔·布迪厄：《艺术的法则——文学场的生成和结构》，中央编译出版社 2001 年版，第 174 页。

大学教职做职业撰稿人。文学青年唐弢不明其中的利害，想辞去邮局职员位置做职业作家，这个想法给鲁迅一说，鲁迅立即表示反对，劝他最好"做个 Amateur，他以为这样生活比较有保障"①。鲁迅比唐弢本人更清楚辞职后的生活风险系数：一个在文坛出道不久的年轻作者，还不具备独闯天下的文化资本。

在不同地区，文学产品的价格是不同的。文学行业并非普通工业产业，文学产品亦非普通的日用消费品，文学产品同教育、文化、意识形态等因素难以分离，所以不同地域、不同刊物的稿酬也不同。"上海人作文投稿，每千字普通是三元；北京每千字普通为五元"，原因在于上海的报刊都是"私人资本"，老板"将本求利，不愿成本太大，在纯利上减少，故对稿费非常吝啬"，而"北京的学术刊物，是拿学校及文化机关的钱，主编人所收的稿子，都是他的亲朋和私党，拿公家钱出卖个人人情"。② 文学产品不同价也是京派文人与海派文人处境差异的构成因素之一。

第二节　文学理论的教育生产机制

影响文学理论生产的因素很多，高等教育是经济、商业以外直接影响文学理论生产因子的重要因素；文学观念、文学知识生产和传承的直接渠道就是文学教育，尤其是高等文学教育。从现代社会体制构成及各体制成分的作用来看，高等教育机构对文学理论生产的影响大大超过职业批评团体或专业研究机构。

30年代的国民党虽然疏于文化市场的引导管理，但对高等教育的管控却一刻不曾放松。国民政府深信"教育为立国之大本"，特别注重高等人才的培养，其于1929年4月26日颁布的《中华民国教育宗旨》中规定："大学及专门教育，必须注重实用科学，充实学科内容，养成专门知识技能，并切实陶融为国家社会服务之健全品格。"③ "学科内容"、"专门知识"

---

① 　包子衍等：《浮生自述——唐弢谈他的生平经历和文学生涯》，《新文学史料》1986年第4期。
② 　魏京伯：《海派与京派产生的背景》，《鲁迅风》1939年第16期。
③ 　教育部编：《第一次中国教育年鉴·甲编教育综述》，开明书店1934年版，第16页。

的教育宗旨规定，为文学活动走向专业化的精神生产提供了体制保证。但其"注重实用科学"的理念却给文学的学科发展带来了障碍。

1932 年 5 月 21 日广州《民国日报》报道，5 月 19 日广州"教育专家"在中山大学召开大学教育方针学术研讨会，会议达成"停办文法科，或减少数量"的共识。不久，国民党中央常委陈果夫提出削减文科教育改革方案，并于 5 月 30 日交国民党中央政治会议教育组审查。该方案提出"十年之内，停办文法学科"，理由是"现在我们所以不能抵抗日本的侵略，并不是我们的文章做他不过，也不是我们的法律讲他不过，是在我们没有抵抗的力量"。[①] 这一提案很快得到社会上的回应，从 6—7 月间的《大公报》《益世报》《北平周报》等媒体刊发的相关文章来看，社会上对削减甚至取消文法科、增加工科等实用学科表示赞同。这种认识在学界也有一定的市场，比如有的学者提出培养文科生"不合经济原则"，是"化有用的钱，造成一班无用而且殃民的游闲士大夫"，因而"是大学教育的最大浪费"。[②]兹后各国立大学招收新生时也出现了重理轻文的趋向。1935 年民国教育部整理大学院系，裁撤、归并或停止招生的文法科系竟达 30 个之多。在功利主义文化环境下，文学很难有发展空间。

功利主义诉求只是国民政府抑制文科发展的一个非常表层的因素，在此之后还有更深层次的政治考量。文科学生学习"既不踏实而又好乱成性，他们在学校就爱闹风潮，到社会也常常捣乱"[③]，文人学者指点江山，使"党化教育"[④] 难以推行才是文科遭受抑制的真正原因。

"党化教育"以国民教育做宣传工具，让学生以国民党的价值观为价值观，爱国民党之所爱，憎国民党之所憎，神化国民党领导者（如尊孙中山为"国父"），美化国民党的历史，从而让学生坚信国民党执政合理合法。这种教育模式遭到教育界、文化界有识之士的坚决反对和抵制。教育

---

① 陈果夫：《改革教育是消除国难的根本办法》，《中央党务月刊》1933 年第 54 期。
② 孙亢曾：《打倒浪费的大学教育》，《时代与教育》1932 年第 1 卷第 5 期。
③ 梦休：《整顿教育平议》，《北平周报》1934 年第 72 期。
④ "党化教育"是苏俄发明的教育模式，其特点是在学校设立组织、发展成员，并以执政党党义作为必修课程。1926 年 5 月 5 日，广东全省教育大会通过《党化教育实施案》，此应为民国当局党化教育意识之始。

家任鸿隽指出，以执政者的意识形态训化学生、往学校派驻党部以监控教育和学术的做法与教育的目标背道而驰，因为学校教育与党化教育目的不同：学校教育是知识教育，旨在让学生得到全面发展，而党化教育是组织培训，旨在培养党员的信仰；知识教育以人为本，党化教育以组织为本；知识教育旨在培养个体的健全人格与独立意识，党化教育旨在让个体学会对组织盲目服从、绝对忠诚；知识教育培养出来的是公民和人才，党化教育培养出来的是臣民和奴才。"党化"与"教育"因上述理由矛盾不两立："有了'党化'，必定是没了'教育'；反过来说，要有'教育'，必定要除去'党化'"。① 这一认识得到其他自由主义知识分子的认同，胡适在 1937 年 7 月国民党庐山会议上提出的教育独立、政党势力不得侵入教育等主张，即是出于反对高等教育领域推行党化教育的考虑。

整个 30 年代，对"党化教育"的异议和批评一直不断。《大公报》《独立评论》等知名媒体均对之有批评文章，谓以"党义"对青年一代进行思想规训是扼杀自由教育（Liberal Education）、推行愚民政策。有的学者直斥此举"就是在把一班青年都变成不会思想而只知劳作的马牛"②，原因不过是"深恐文法之士的大量生产，至有碍于政治秩序"③。由于各级各类学校对党化教育或消极抵制或拒不执行，国民政府的党化教育意图终未能在教育界推行开来。"健全品格"、"学科内容"、"专门知识"得以成为高等教育的精神基调，独立思想和自由精神得以在大学延续。

知识专业化与学科制度化无疑是现代学科知识得以发展的基本社会前提，作为知识生产和传播部门的大学和研究院（主要是大学）是文学认识科学化的物质载体。对中国现代知识分子来说，文学生产的专业化和制度化是一场巨大的文化革命，因为它把知识人的生活空间从政治、道德空间中剥离、分立，使之生存在相对独立的精神空间，这是一种巨大的"精神减负"。在这种"精神减负"之后，现代知识分子不必再像传统社会的"士"那样，在知识追求之外，还得为立德立功、博施济众、老安少怀的

---

① 　叔永：《党化教育是可能的吗?》，《独立评论》1932 年 6 月 5 日第 3 号。

② 　周予同、刘真：《中国教育现状之剖视》，《中学生》1934 年 1 月号。

③ 　怡：《重农工而轻文法!》，《大学生言论》1935 年 1 月 15 日第 6、7 号合刊。

庙堂理想而努力，为"立心"、"立命"、"继绝学"、"开太平"之类的生命理想伤脑筋，为"独善其身"还是"兼济天下"的两难选择而苦恼。

文学活动的专业化、制度化把文学认识引向科学化、规范化，同时也给普通民众理解文学提供了知识前提。文学认识普及的理论前提是人们对文学具有共同的知识，有了共同的文学知识，社会成员相互间才能就文学进行有效的沟通和交流。专业化的文学知识，其创造、建构、积累、推进要靠批评家、理论家、文学学者等人群的共同努力，其传播要靠媒体[①]以及相关体制内的教育、培训机构完成。文学教育、培训机构通过体制要求，对相关人群进行文学知识强制性灌输、传播，文学知识才能完成其社会化过程，成为整个社会的精神食粮，并使整个社会群体在文学素养方面提高。在现代社会，大学的文学教育降低了文学殿堂的门槛，产生了知识上的溢出效应，为社会整体文学水平的发展、提高提供了知识与人才条件；不可否认，这一任务主要是由高等教育来完成的。在文学活动进入专业化、制度化、知识化、市场化的现代社会之后，文学理论生产主体为了谋生，不得不进入教育或学术体制之内，获得教授或研究员资格，成为一名职业学者。高等学校和学术研究机构在知识生产方面所起的作用，从下面一组出版数据中一看便可明了：

> 北京是高等学府林立的文化古都，文人学者云集，……民国时期（含汪伪统治时期在内）北京约出书 7400 种，出书单位包括机关、学校、研究机构、学术团体、杂志社、报社、个人、新书店、古旧书店等等。绝大多数出版者仅出书一、二种，出书 10 种以上的还不到 100 家，而出版 100 种以上的仅 5 家。它们是北京大学、燕京大学、文化学社、地质研究所、北平研究院。除文化学社可以勉强算作经营机构外，其他 4 家都是学术机构。[②]

20 世纪 30 年代前期，中国大学布局情况如下："全国专科以上学校"

---

① 文学知识的媒介传播机制将在下一节专门论述，此处不再赘述。
② 郑士德：《中国图书发行史》，高等教育出版社 2000 年版，第 583 页。

共计 104 所，其中专科学校 28 所，独立学院 35 所，大学 41 所，"分布状况，可分为四大中心：在北部为平、津，共计二十校；在南部为广州，共计七校；在东部为京、沪，共计二十八校；在中部为川、鄂、豫、湘共计十二校，其他各省多则六校，少则一校。故我国专科以上学校之分布，东部居第一位，北部居第二位，中部居第三位，南部居第四位。"① 这是民国教育部 1935 的统计数字，基本上能反映出 30 年代中国高等教育资源的配置情况。如果只考虑综合性大学，而不把独立学院和专科学校计算在内，那么中国大学分布的具体数字如下：

国立大学 13 所：北平 4 所，上海 3 所，南京 1 所，广东、湖北、山东、浙江、四川各 1 所；

私立大学 19 所：北平 3 所，上海 7 所，南京 1 所，广东 3 所，湖北 2 所，山东、河北、福建各 1 所；

省立大学 9 所：辽宁 2 所，吉林、山西、河南、安徽、湖南、广西、云南各 1 所。②

从这组数字来看，20 世纪 30 年代中国的大学主要集中在北平、上海：三类大学共 41 所，北平、上海占了 17 所，接近总数的一半；国立大学 13 所，北平、上海占 7 所，超过总数的一半。作为民国政府首府所在地的南京，其高等教育实力平平，实在不比平、沪之外的任何一个省区好到哪里。

在北平和上海两个高等教育的强势区域之间，北平的教育资源又远远超过上海，虽然上海的大学在数量上占绝对优势，但从质量和水平上看，却比北平差得多。这一差异是由两地国立大学的数量分布决定的：国立大学是民国政府直接投资支持的大学，财力雄厚，有充足的资金延揽名师、吸引高级人才，其师资力量远非省立、私立大学可比，其地位犹如几十年后中国大学中的"985"高校，可谓大学中的重中之重。从 1932 年度三类

---

① 教育部编：《二十一年度全国高等教育统计》，商务印书馆 1935 年版，第 1 页。

② 同上书，第 11—12 页。

大学资金投入总额数量中可以看出这一点：国立大学年度投入资金总额数量为 18380720 元，私立大学年度投入资金总额数量为 7175557 元，省立大学年度投入资金总额数量为 2507400 元。① 在国立大学之中，平、沪和其他地域大学的师资力量相差也很大，北平的国立大学教授的数量是上海国立大学教授数量的 3 倍以上，国立大学教师总数是上海国立大学教师总数的 4 倍以上。具体情形从下面的"1932 年度中国大学教师不同级别数量构成及分布情况"图表中可以直观地了解到：

1932 年度中国大学教师不同级别数量构成及分布情况②

校别	教授	副教授	讲师	助教	总计
全国总数：	1669	280	1448	705	4102
国立大学总数	803	129	850	390	2172
北平大学	131		322	81	534
清华大学	77	11	46	37	171
北京大学	64	17	89	32	202
北平师范大学	35		108	21	164
北平总数：	307	28	565	171	1071
中央大学	140		36	88	264
暨南大学	55		20	20	95
交通大学	13	22	70	23	128
同济大学	23			7	30
上海总数	91	22	90	50	253
中山大学	117	11	33		161
武汉大学	72		8	20	100
浙江大学		63	37	50	150
四川大学	51	5	53	7	116
山东大学	16		17	4	37

如果仅考虑文学这一专业，并且只从大学文学生产的角度考察北平、上海两地的科研实力，上海根本没法和北平相比，其他地域更不在话下：

---

① 教育部编：《二十一年度全国高等教育统计》，商务印书馆 1935 年版，第 17 页。
② 同上书，第 62 页。

北平四所国立大学中，北京大学设有文学院（下设国文、英文、法文、德文、日文、史学6个人文系）和文史研究所，清华大学设有文学院（下设国文、外国文、哲学、历史4个人文系）和中国文、外国语、哲学、历史4个研究所，北平大学设有女子文理学院（下设国文、英文、哲学、史地、音乐5个人文系），北平师范大学设有文学院（下设国文、外国文、历史3个人文系）；上海三所国立大学中，同济大学、交通大学是两个纯粹的工科大学，只有暨南大学设有文学院（下设文史哲、外国语、中国文、外国文4个人文系）；南京中央大学设有文学院（下设中国文、外国文、哲学、史学4个人文系），武汉大学设有文学院（下设中国文、外国文、哲学、史学4个人文系），中山大学设有文学院（下设中国文、英文、史学、哲学4个人文系），四川大学设有文学院（下设中国文、英文、史学3个人文系），山东大学设有文理学院（下设中国文、外国文2个人文系），浙江大学设有文理学院（只有外国文1个人文系）。① 把8地13所国立大学的文学力量加以比较，便可看出这样一个事实：30年代上海这个中国最大的经济、贸易、金融中心和南京这个全国政治权力中心，在文学学科布局上，与湖北、广东、四川、山东、浙江等5个省区的比例是1∶1，没有任何优势可言；北平的4所国立大学均有文学系，再加上北京大学、清华大学各自所设的文学研究所，等于有6支文学力量，和上海、南京相比是6∶1的比例，文学格局占据绝对优势。

从科研条件、师资力量、教师队伍等方面来看，上海、南京的高等教育质量和水平都无法和北平相提并论，尤其是在师资方面，而"师资为大学第一要素……大学之良窳，几乎全系于师资与设备充实与否，而师资尤为重要"②。名师可开一代风气，带动许多人的创造和研究。例如，北京大学"自陈独秀君来任学长，胡适之、刘半农、周豫才、周岂明诸君来任教员，而文学革命，思想自由的风气，遂大流行"③。1930—1931年间，胡适任北京大学文学院院长，马裕藻任中文系主任，北京大学文学院教授有马叙

---

① 教育部编：《二十一年度全国高等教育统计》，商务印书馆1935年版，第51—52页。
② 刘述礼、黄延复编：《梅贻琦教育论著选》，人民教育出版社1993年版，第69页。
③ 蔡元培：《我在教育界的经验》之二，《宇宙风》1938年第56期。

伦、汤用彤、杨亮功、周作人、朱希祖、陈源、沈兼士、陈衡哲，讲师有郁达夫、黎锦熙、傅斯年、陈垣、陈寅恪等；从 1931—1932 年度 "中国文学系" 的部分课程表上，可看出北京大学文学方面的师资力量：中国文字声韵概要（教员沈兼士、马裕藻），中国诗名著选及实习（教员俞平伯），中国文学史概要（教员冯淑兰〔冯沅君〕），甲骨及钟鼎文字研究（教员商承祚），中国文字及训诂、石文研究（教员沈兼士），说文研究、中国音韵研究（教员钱玄同），古音系研究（教员魏建功），汉魏六朝文（教员刘文典），唐宋文、近代散文（教员周作人），文学概论（教员徐祖正），新文艺试作散文（教员胡适、周作人、俞平伯），诗歌（教员徐志摩、孙大雨），小说（教员冯文炳），戏曲（教员余上沅），目录学、校勘学、古籍校读法（教员余嘉锡）。[①] 1932 年，清华大学 "中国文学系" 有 "专任教授朱自清、杨树达、闻一多、刘文典、俞平伯、陈寅恪（与历史系合聘）、王力，专任讲师浦江清、教员许维遹、余冠英等"，"断续在中文系任教和兼课的教授尚有沈兼士、钱玄同、张煦、黄节、傅增湘、赵元任、许地山、赵万里、唐兰、刘盼遂、容庚、郭绍虞、罗常培、徐耀辰、罗根泽、商承祚、朱光潜等人"。[②] 1935 年，朱自清为清华校史所写的 "中国文学系概况" 中提供的中文系 "教职员名录" 为：教授兼主任，朱自清；教授：陈寅恪、杨树达、俞平伯、刘文典、闻一多；专任讲师：浦江清、王力；讲师：赵万里、唐兰；教员：许维遹；助教：余冠英、安文倬；书记：张健夫。[③] 如果只是着眼于文学在教育场中的生产，理论格局及重心已经注定非北平莫属；京派学者瞧不起海派学者的理论水平，原因就在这里。

新文学的历史毕竟不长，所以在 20 世纪前期的教育场中，话语排斥原则仍然在起作用。就连一些新文化人物都对新兴学科的学术意义估计不足，甚至公开表示轻视。像傅斯年所谓 "学术" 是 "国故的研究" 不关 "文学上的事" 之认识，[④] 在 30 年代仍然很有市场；许多人认为新兴文学知识的研究

---

① 萧超然等编：《北京大学校史》（增订本），北京大学出版社 1988 年版，第 279—280、287 页。

② 清华大学校史编写组：《清华大学校史稿》，中华书局 1981 年版，第 155 页。

③ 朱自清：《中国文学系概况》，《清华周刊》1935 年 "向导专号"。

④ 毛子水撰：《国故和科学的精神》文后的 "斯年附识" 第 2 条。见国立北京大学出版部发行的《新潮》1919 年第 1 卷第 5 号。

算不得学术，作为课程也上不得大学的席面。在高等教育体制内，"文学概论"课的地位和处境如同半个世纪后大学中文系里的"写作"课或公共语文课，被人们认为是没有学术含量的技术课程。不管是本土的教授，还是留洋回来的博士，都不愿意讲授"文学概论"课；凡教授这一课程的教员，大都是跑到大学混饭吃的新文学作家。在一般人眼里，作家是搞创作的，因而是"没有学问"的人，没学问的人自然只配教授没有学术含量的"文学概论"；所以在民国时期的大学课堂上，讲授"文学概论"课的教员几乎全是作家。1920—1926 年期间，北京大学讲授"文学概论"课的是作家周作人和张定璜（原名张黄，字凤举）。1926 年国立成都大学成立时，国文系"文学概论"课由作家李劼人讲授。30 年代，作家老舍、郁达夫、孙俍工等均讲授过"文学概论"课，并有"文学概论"之类的专著出版。30 年代后期，"国立西南联合大学"开设"文学概论"课程，由作家李广田讲授。[①]

　　著者据此大胆地推测，20 世纪 30 年代的"国立大学"之所以大部分都不开设"文学概论"课，主要是找不到合适的讲授人。作为"国立"的大学，开课自然是宁缺毋滥，找不到有声望和学术影响、又愿意讲授这门课的教授，宁愿把这门课停下来，不如此便无法理解北京大学、清华大学的课程变更情况。北京大学国文系自 1920 年起开设"文学概论"课，先后由周作人、张定璜、严锲和徐祖正讲授，一直延续到 1932 年；但到了 1933 年，北大国文系的课程表中就见不到"文学概论"的名字了。[②] 清华大学国文系也曾于 1930 年秋开设"文学概论"课，聘请北大国文系教授徐祖正讲授[③]，第二年改由浦江清讲授[④]，但到第三个年头，清华国文系的课

---

　　① 1948 年 9 月，开明书店出版的李广田的《创作论》，就是他在西南联大讲授"文学概论"课的部分讲稿，全部讲稿经他的女儿李岫整理后，于 1982 年 11 月由香港昭明出版社出版，名为《文学论》。

　　② 分别见于《国文学系课程指导书（十四年度至十五年度）》，《北京大学日刊》1925 年 10 月 13 日第 1708 号；《国文学系课程指导书（十九年九月至二十年六月）》，《北京大学日刊》1930 年 10 月 14 日第 2468 号；《文学院各系课程大纲》，《北京大学日刊》1931 年 9 月 14 日第 2682 号；《国立北京大学文学院课程一览》，《北京大学档案》BD1932009 号；《国立北京大学中国文学系课程指导书》，《北京大学档案》BD1932012 号。

　　③ 见《中国文学系消息》，《国立清华大学校刊》1930 年第 199 期。

　　④ 见《注册部通告第五十一号》，《国立清华大学校刊》1931 年第 314 号。

程表中"文学概论"课也悄悄消失了。当然，这种猜测并不全面，这里面还有教育体制规定的问题。教育体制在文学理论课程设置上的混乱规定，也是一些国立大学不愿开设文学理论课的主要原因。课程设置规定混乱的具体情形，本书第三章第二节"课程的错置与教育建制的混乱"将做专文论述，此处不再详叙。

尽管如此，国立大学在文学理论生产方面仍然是主力军。北平的国立大学大都能够"对于各家学说，依各国大学通例，循思想自由原则，兼容并包。无论何种学派，苟其言之成理，持之有故，尚不达自然淘汰之运命，即使彼此相反，也听他们自由发展"①。清华大学校长梅贻琦虽"对政治无深研究，于共产主义亦无大认识"，且"颇怀疑"，但他认为大学当局"应追随蔡孑民先生兼容并包之态度"，让共产主义学说"在学校应均予以自由探讨之机会"，如此方能"尽学术自由之使命"。② 国立大学思想自由与学术独立的风气对省立和私立大学具有榜样和示范作用，各省立、私立大学对学术自由的学术风气，必然于不知不觉中模仿、学习。加之民国教育当局对文学理论课程没有统一的要求和规定，文学理论教员遂能自行其道，不同性质的文学观念与认识得以在 30 年代的教育界自由发展，文学理论生产因而才有了百花齐放、百家争鸣的繁荣局面。

第三节　文学理论的传播流通机制

传播和流通是文学理论生产过程中一个不可或缺的环节，没有经过传播和流通的文学理论只是理论的潜文本，还不是现实的理论。传播和流通又必须借助特定的媒体介质，不管这介质的载体形式为何。20 世纪 30 年代，世界范围内的科学技术水平还都十分有限，还没有出现电子及多媒体这样的信息载体，知识传播方式主要是传统的印刷媒介传播。印刷媒介的介质是纸张，以纸张为介质的文学知识传播载体是报纸、杂志、书籍，掌

---

① 蔡元培：《我在教育界的经验》（之二），《宇宙风》1938 年第 56 期。
② 黄延复、王小宁整理：《梅贻琦日记》（1941—1946），清华大学出版社 2001 年版，第 184 页。

控报纸、杂志、书籍发行流通的机构为报社、杂志社以及各类出版机构。影响文学传播机构生存的是相关政治行政区域文学管理部门或机构，如国民党中央宣传部、图书审查委员会等。由于经办者的社会背景不同，30 年代的印刷传媒在价值旨趣上表现为五重维度：第一类报刊是普通商家所办，其目的是追求销路和纯粹的经济收入，如当时流行的各种小报和画报；第二类是商家开办而由文化人经营的报刊，这类传媒在商业利润之外，不忘传播某种艺术观念或理想，如上海的《现代》杂志；第三类是文人创办的刊物，初不以营利为目的，但由于有意无意间迎合了都市市民的趣味，在传播办刊者的某种社会或文化理念的同时，竟然获利颇丰，如林语堂创办的《论语》《宇宙风》杂志；第四类是由文人创办并经营，纯粹以传播某种精神理念、丝毫不考虑营利的纯学术或纯文学杂志，如胡适创办的《独立评论》和京派文人创办的《文学杂志》；第五类是以意识形态宣传为目的的杂志，这类杂志以国、共两方文宣组织创办的报刊为代表。

印刷媒体的传播速度尽管赶不上后来出现的电子媒介，但在那个科学与工业技术落后的年代，它在社会生活中的功能与作用已经显得十分巨大了。可以毫不夸张地说，30 年代的印刷媒介拓展了文艺活动的公共空间，并形成一股新的社会力量。把印刷媒介说成是一股新的社会力量，一点都不为过。《大公报》文艺副刊主编萧乾谈到印刷媒介的力量时，称其为影响文学发展的"一个新势力"①，这个势力在 30 年代社会生活中的空间的大小，从当时上海市望平街的报刊机构和文化街的出版机构数量可见一斑：

> 望平街为海上之报市，报馆林立，报人麇集。而大小各报暨期刊的发行，又必在望平街……东方既白，晨光熹微，其他街市，犹沉寂如死；望平街头，已熙熙攘攘，人声鼎沸，全上海之报贩，争先恐后，咸来取报。自福州路至九江路一段，两旁街沿积报如山，人头攒动，约历两小时……一年三百六十五日，日日如此……②

---

① 萧乾：《书评研究》，《萧乾文集》第 8 卷，浙江文艺出版社 1998 年版，第 1—2 页。
② 啼红：《望平街四大金刚又弱一个》，《铁报》1936 年 1 月 30 日。

在广东路中段，有亚东图书馆、文华美术图书公司、正兴画片公司等。在福州路上，自东而西，店面朝南的，有黎明书局、北新书局、传薪书店、开明书店、新月书店、群众图书杂志公司、金屋书店，现代书局、光明书局、新中国书局、大东书局、大众书局、上海杂志公司、九州书局、新生命书局、徐胜记画片店、泰东图书局、生活书店、中国图书杂志公司、世界书局、三一画片公司、儿童书局、受古书店、汉文渊书肆等；店面朝北的，有作者书社、光华书局、中学生书局、勤奋书局、四书局门市部、华通书局、寰球画片公司、美的书店、梁溪图书馆、陈正泰画片店、百新书店等，可见文化街上，书店确实是多的。在弄堂内、大楼内的，还不在内。此外，在山东中路、昭通路上的中小型书店尚未列举。①

1935 年，上海市教育局调查，全市共有书店 260 家。其中资金在 5000 元以下的小书店 164 家（多为零售书店），5000 元至 1 万元的 29 家（多以零售为主），1.1 万元至 5 万元的 28 家，5.1 万元以上的 39 家。②

20 世纪 30 年代文学理论的传播工具主要是报纸的文学副刊、专业的文学杂志以及其他类型杂志的文学论文专栏、单本刊印的文艺理论专著或丛书等。报纸、刊物、书籍之中，以报、刊传播、流通最为快捷。书的出版、发行和周转速度没法和报刊尤其是报纸相比，在传播竞争中显然敌不过报刊；而报刊中刊物又明显敌不过报纸，因为报纸的印刷与出版周期最短，发行渠道最广，发行数量最大，发行速度也最快，其信息流通即时性是杂志无法比肩的。因此，在整个 30 年代，无论是作者、编者、读者，还是文学报刊书商，都共同看好报纸和杂志，一些自觉的文学团体一开始结社就同时创办相应的文学报纸或杂志。天津《大公报》先后邀请杨振声、沈从文、萧乾在该报开办"文艺副刊"、"小公园"、"文艺"副刊园地，上海现代书局邀请施蛰存创办《现代》文学杂志，都是这方面典型的例子。

---

① 朱联保：《近现代上海出版业印象记》，学林出版社 1993 年版，第 6—7 页。
② 郑士德：《中国图书发行史》，高等教育出版社 2000 年版，第 560 页。

统观 20 世纪 30 年代，"杂志之多，多如雨后春笋"①，而"一切杂志报章，必有一文学副刊"②。

报纸文艺副刊、文学杂志、综合杂志文学专栏的繁荣与当时的精神生态有关。就文人而言，"文人不能无职业，在现在中国经济状况之下，文人没有办法拿文学做一个正当的职业，于是从事于文学者不投身于经院，就须投身于新闻界；经院数量有限，于是新闻界就变成大多数文人的遁逃所。……这种情况在目前似乎无法挽救，谈到究竟，还是生活问题"③。就受众而言，30 年代中国社会的生存状况和消费水平低下，普通民众的精神消遣方式极其有限，"有些人是极想看刊物以消闲"④，除了翻报纸、看杂志、读书籍，可供娱乐之处实在不多；《生活日报》报社门口木板上的"号外"，每天有"数千成群的读者静悄悄仰着头细细地看着"⑤，足以说明这种情形。所以，"当上海各大学禁止学生跳舞时，有位出版家曾点头称善曰：禁得好，禁得好；大学生在舞场跳一跳，就跳去我三份杂志。此语虽似笑话，实含至理"⑥。报纸、杂志和出版机构为文学领域里的自由言论提供了基本的物质条件。强调报刊在传播中的娱乐、消遣作用并不排斥其在思想与知识传播中的作用。在文学思想和知识的传播中，报刊、书籍所起的作用并不平衡，书籍与报刊相比虽然在信息传播方面显得稍慢一些，但其承载的思想、知识与信息密度却又是报刊所不及的。

影响文学观念和文学理论传播的因素，在传播媒介之外，主要是相关的制度性因素。制度性因素之中，主要是与政治意识形态密切相关的出版审查制度和出版界自身的商业体制，如报社、杂志社、出版机制的编审、组稿、稿酬、宣传（文学批评、图书广告）、奖励等机制。

文学审查古已有之，孔子删定《诗经》、柏拉图删定古希腊诗歌便是例证。但作为一种文学意识形态监控体制的出版审查制度，却是近代西方

---

① 林语堂：《编辑后记》，《宇宙风》1935 年第 1 期。
② 郑陆：《以文治国》，《人间世》1934 年第 4 期。
③ 朱光潜：《中国文坛缺乏什么？》，《世界日报》副刊"明珠"1936 年 11 月 4 日。
④ 林语堂：《编辑后记》，《宇宙风》1935 年第 1 期。
⑤ 邹韬奋：《韬奋新闻出版文选》，学林出版社 2000 年版，第 346 页。
⑥ 林语堂：《编辑后记》，《宇宙风》1935 年第 1 期。

文化的产物，后在世界范围内推行开来。在现代社会，出版审查制度是政府为统一政治意识形态打压政治异己声音而设的思想监控机器，如同马克思所言："追究思想的法律……是一个党派用来对付另一个党派的法律"、"在同人民根本对立因而认为自己那一套反国家的思想就是普遍而标准的思想的政府中，当政集团的龌龊的良心却臆造了一套追究倾向的法律"①。之所以设置这样的思想监控机器，是因为政敌的意识形态思想一旦与媒介配合，就会在思想领域极大动摇统治阶级的思想基础。

20 世纪 30 年代，执政的国民党最大的政敌就是共产党，而共产党在意识形态宣传领域又的确十分用力，"当时较大的刊物，几乎都是和左翼有联系，甚至有左联的人做后台"②。对付共产党的意识形态宣传，国民政府采取的最为直接、简单也最具毁灭性的办法，就是根据相关的图书审查政策和法令，对左翼刊物查封、取缔。在此意义上，出版审查制度是影响文学传播最为核心、也是最有弹性的因素。说它最为核心，是因为出版审查机关一纸公文就可以决定报、刊、书籍的生存；说它最有弹性，是因为出版物只要不涉及违禁成分，就可以安然无恙地出版发行。在出版物不违禁的情况下，或者说在常态的出版情况下，影响文学理论传播的主要是出版界内部的体制因素，因为文学生产的基本过程恰恰是由出版界内部的体制因素所决定的，这些出版界内部的体制因素对文学思想及观念的传播在价值取向上起决定作用。

30 年代的文学理论传播有政治文艺话语与一般文艺话语两种类型，政治文艺话语传播主要是国共两党组织下的文艺话语对抗。国民政府对体现国民党党义和政治要求的三民主义、民族主义文艺话语大力扶植和奖励，对宣传共产主义学说和阶级斗争思想的文学理论进行强力镇压、打击、查禁、封杀。国共两党在文艺话语领域里的政治斗争情况，著者将在第五章第二节"文学理论话语场域的权力争战"中详细述及。一般文艺话语的传播主要受出版界业内的种种体制因素影响，在此不妨作一下详细的分析。

---

① 马克思：《评普鲁士最近的书报检查令》，《马克思恩格斯全集》第 1 卷，人民出版社 1995 年版，第 121—122 页。

② 胡风：《鲁迅先生》，《新文学史料》1993 年第 1 期。

就常态情况而言，文学思想的传播要通过传播领域内诸多个体、集体之间的联系和互动来实现；作者与出版者、读者之间"同声相应"后，才会产生文学传播市场，有了传播市场，文学思想、文学知识才能得以有效地传播，相关社会成员也只有在这种情形下，才能够共享相应的文学成果和文学知识。

30年代的中国出版界从整体上看还算风清气正，该时期虽然是中华民族现代历史上的多灾多难之秋，但大多数出版机构能够秉承"学术建国"、"文化奋斗"①之旨进行出版运作，"社会科学的出版物风行一时"②，这种情形对当时文艺界理论思考的诱发和刺激作用不言而喻。有的人办刊纯粹是为了繁荣学术，"如在1935年，顾颉刚每月收入610元（其中北平研究院全薪400元，燕京大学半薪160元，兼职北大讲师薪金50元）。他以50元捐献《禹贡》，又以160元支付出版物的绘图、印图费用。从1934—1936年禹贡学会总共收到捐款4324元，其中顾颉刚捐款1500元，占三分之一"，顾颉刚硬是靠自己的经济力量"竟然做成了'禹贡学会'的大事业，开创了中国历史地理学"。③这虽是一个史学界的例证，但也可以给30年代文学刊物的繁荣作印证。

在文学刊物的出版中，出版商虽懂赚钱，却不一定懂文学，更不一定懂文学理论，所以在具体的办报、办刊、出书的过程中，还得委托文学圈子内懂行的人去干——这种人可以称之为"文学经理人"——如同现代企业委托某个人做职业经理。不唯如此，还要寻找那些在文坛有一定知名度的文人去做专业经营的负责人。国民党政要陈立夫在其回忆录中称，他所组织成立的"正中书局"为了在教育界扩大影响，"在上海设立分销中心，再邀请著名的教育界人士在各地成立我们的代理商"④。书商与受托者之间是老板与雇员、雇佣与被雇佣的关系。以《现代》为例，施蛰存说："我和现代书局的关系，是雇佣关系。他们要办一个文艺刊物，动机完全是起

---

① 张元济：《商务印书馆启事》，《编辑大手笔》，崇文书局2005年版，第214页。

② 君素：《一九二九年中国关于社会科学的翻译界》，《新思潮》1930年第2、3期合刊。

③ 陈明远：《文化人与钱》，百花文艺出版社2000年版，第88页。

④ 陈立夫：《成败之鉴——陈立夫回忆录》，台湾正中书局1994年版，第167页。

于商业观点。但望有一个能持久的刊物，每月出版，使门市维持热闹，连带地可以多销些其他出版物。我主编的《现代》，如果不能满足他们的愿望，他们可以把我辞退，另外请人主编。"①

"文学经理人"的存在对文学理论乃至整个文学生产的发展是至关重要的，没有懂行的文学经理人的存在，就不会出现文学生产的繁荣；没有文学经理人对文学稿件质量的把关、筛选，即使报刊、书籍销量很大，那也充其量只是出版业的繁荣而不是文学的繁荣。京派文艺的艺术水准与创作繁荣，与《大公报》的文艺副刊主编沈从文、萧乾及《文学杂志》主编朱光潜等人对文学刊物的艺术定位有很大关系。

文学经理人受出版商之托，首先要遵循委托者的意图，考虑报刊书籍的销路与商业利润。为了达到商业营利目的，必须设计文学商业广告。文学广告既是文学流通过程中必备的营销策略，也是促动文学消费不可或缺的手段。像普通商品广告一样，文学广告同样也需要名人效应；而拉文学名人对相关书籍做商业广告，又只能是文学经理人才能做成的事情，因为这类人本身是文学圈子内的人物，与那些在文坛具有名分和声望的文人有私人交情，那些文学名流应他们之邀作序言、写书评、作推荐不过是顺水人情，但对商家的影响却十分巨大。赵家璧主编"中国新文学大系"，拉胡适、蔡元培、鲁迅等社会名流加盟，由蔡元培做总序，每一分卷也都请相关领域的著名作家写"导言"，事实证明这种文学广告策略极其成功，它所获得的商业广告效应与文学接受效应远远超出了良友图书公司老板的预期：该丛书尚未出版大部即已预售出去，并且印数也根据社会需要增加了 2 倍。②

文学经理人进行图书选题策划时，还必须注意政治因素。还以赵家璧主编"中国新文学大系"而论，他之所以在编者队伍中拉上胡适、蔡元培，除了表明自己作为商家在政治上不左不右的中间立场，平衡编者中间政治上左右两翼的力量，以最大限度地扩大阅读和销售范围，更主要的一个原因是想通过具有官方背景的蔡元培和政治色彩被左翼视为右倾的胡适

---

① 施蛰存：《〈现代〉杂忆（一）》，《新文学史料》1981 年第 1 期。
② 赵家璧：《编辑生涯忆鲁迅》，人民文学出版社 1981 年版，第 63—66 页。

作挡箭牌，逃避国民党上海市党部的文艺审查。事实上此招确实奏效，尽管该丛书的参与者中间，鲁迅、郭沫若、茅盾、钱杏邨都在上海市图书审查机构的查禁人员名单中，"中国新文学大系"还是顺利通过了图书杂志审查委员会的批准。

文学经理人毕竟还是文人，文人的本色难以丢弃，他们在商业与政治之间游走时，还在坚持自己秉持的文艺观念与文艺理想，然后据之去组稿、约稿或处理自发来稿。施蛰存自述主办《现代》杂志时，"首先考虑编辑方向。鉴于以往文艺刊物出版情况，既不敢左，亦不甘右，又不欲取咎于左右，故采取中间路线，尽量避免政治干预"①。这一"编辑方向"当然是现代书局两位老板洪雪帆、张静庐的意思，因为现代书局曾因出版左翼刊物《拓荒者》《大众文艺》等遭国民党查禁，又因出国民党右翼刊物《前锋月刊》《前锋周报》遭日军炮火轰击，"这两位老板，惊心于前事，想办一个不冒政治风险的文艺刊物，于是就看中了我。因为我不是左翼作家，和国民党也没有关系，而且我有过办文艺刊物的经验。这就是我所主编的《现代》杂志的先天性，它不能不是一个采取中间路线的文艺刊物"②。为了向世人表明它的非政治色彩，创刊者不得不特意向世人声明该刊物只是一家"普通的文学杂志，由上海现代书局请人负责编辑"③。两位老板办刊的目标是追求商业利润的最大化，所以刊物就不能办成"同人杂志"、用稿"唯亲"——只用与自己艺术观念和评价标准一致的稿子；但在30年代，文学上的同人杂志甚为普遍，为了消除世人在此方面可能产生的误会，最大限度地拓展稿源，主编《现代》的施蛰存又不得不特意向世人声明，《现代》"不是同人杂志，故本志并不预备造成任何一种文学上的思潮，主义，或党派。因为不是同人杂志，故本志希望能得到中国全体作家的协助，给全体的文学嗜好者一个适合的贡献"④。

报刊编者或丛书的组织、策划者虽然受制于出版商的商业图谋与要

① 施蛰存：《浮生杂咏》，《沙上的脚迹》，辽宁教育出版社1995年版，第213页。
② 施蛰存：《〈现代〉杂忆（一）》，《新文学史料》1981年第1期。
③ 施蛰存：《创刊宣言》，《现代》1932年第1卷第1期。
④ 同上。

求，但也不是完全被动地接受其指令，他毕竟有自己的艺术信念与艺术理想，所以在不违背老板商业目标的情况下，还是能够根据自己心目中的艺术标准，对选稿发稿作出选择。在此情形下，报刊书局文学经理人的审美理想与审美趣味基本上决定了它们的文学性质和发展方向。萧乾主持《大公报》"小公园"文艺副刊，所取的就是唯美的艺术标准：刊发的首要标准是作品要有"创造性"和"艺术"，"流水账"式的以"记载"为能事的作品，"本园不愿刊登"。①《现代》主编施蛰存也公开声明："本志所刊载的文章，只依照着编者个人的主观为标准。至于这个标准，当然是属于文学作品的本身价值方面的。"② 话虽如此说，其实还是完全根据编者自己的主观标准，因为对不同"文学作品的本身价值"的看法，不同艺术趣味和学术背景的人，标准是不一样的；同样面对"文学作品的本身价值"，海派文人与京派文人的理解就不同。例如，施蛰存本人编辑《现代》，取稿时用的就是他自己的艺术标准："既然名为现代，则在外国文学之介绍这一方面，我想也努力使它名副其实。"③ 而同是"普通的文学杂志"，由巴金等人编辑的《文学季刊》在办刊的用稿范围与办刊方向上与施蛰存主编的《现代》就大为不同。《文学季刊》1934 年 1 月创刊号的发刊词中说，它的办刊宗旨除了"文艺创作"、"文艺批评"，就是在文学思想资源的整合利用，诸如"旧文学的重新估价与整理"、"世界文学的研究，介绍与批评"。

报刊之外的出版机构，其书稿选择与报刊的编辑情形相类。以经营文史书籍而出名的开明书店、文化生活社、良友图书公司等出版机构，其业务编辑都是颇负盛名的文人：开明书店总编为夏丏尊、叶圣陶，文化生活社总编是巴金，良友图书公司总编是赵家璧。这些编辑在书籍策划、出版方面的协调工作做得比较好，他们既能根据书商的要求保持商业利润，又能兼顾文学的传承与发展，在书籍的品种、品位与出版社形象定位等方面综合考量，使商业生产与艺术生产两不误，从而使商业与文学两者获得双

---

① 编者：《读者与编者——关于园例》，天津《大公报》副刊"小公园"1935 年 7 月 8 日。
② 施蛰存：《创刊宣言》，《现代》1932 年第 1 卷第 1 期。
③ 施蛰存：《编辑座谈》，《现代》1932 年第 1 卷第 1 期。

赢。例如，赵家璧主编的《中国新文学大系》系列图书，为良友图书公司创造了丰厚的商业利润，赢得了良好的文化声誉，同时也为中国新文学研究保存了系统的文献资料。

30 年代出版业的内部出版机制（编审、组稿、稿酬、宣传等）与文学经理人的编辑理念、艺术理想结合后的结果决定了文学生产的基本走向，出版物的奖励机制从另一层面引发文学主体的生产热情，使其朝着出版物指示的生产方向上走。特殊情况下，一些纯粹的文学刊物还可能超越商业赢利要求，纯粹以文学自身的存在为目的，京派文学刊物《水星》的存在即为例证。《水星》由"北平文华书局"发行，卞之琳、巴金、沈从文、李健吾、靳以、郑振铎编辑。书商重利，杂志自然免不了广告，《水星》既由书局发行，也就不可能出淤泥而不染，一点广告没有。《水星》创刊号（1934 年 10 月 10 日）的版权页，印有一个清晰的"广告价目"表：底封面之外面价位 60 元、半面 35 元，正底封面之里面价位 50 元、半面 30 元，目录前后正文前价位 40 元、半面 24 元，正文区全面 30 元、半面 18 元。事实上在正式运行时，刊物的编辑们根本没有按书商的意图进行商业运作，而是把它办成了一个没有任何商业气息的纯文艺杂志。其没有发刊词名称的发刊词内容中如此标榜杂志的"个性"："开场无白，编后无记，封面无画，正文前无插图，正文中无广告"。

文学生产中的奖励机制对文学的传播与发展也十分重要。在中国封建社会，读书人中间有一种广为流传的说法：学得文武艺，货与帝王家。在没有进入市场的情况下，"货与"云者，仅仅是一个比喻。只有进入现代市场经济下，读书人的"文武艺"才有可能"货"得出去，而且这"货"的对象可以是市场中的任何一个买主，而不是所谓的"帝王家"。在文学生产市场中，如果一个生产者的产品（诗歌、小说、散文或任何一种艺术形式的作品）能够卖得大价钱，生产者的生产热情便会大增；如果商家在稿酬之外，还有额外的物质奖励，则文学生产者的热情会倍增。

在中国现代文学史上，第一个文学奖是由《大公报》设立的。1936 年 7 月，《大公报》老板胡霖想搞一次纪念活动，征询文艺副刊主编萧乾的意见，萧乾提议依照美国哥伦比亚大学普利兹文学奖的颁奖办法，设置《大公报》文艺奖，认为这种方法既新奇，影响也会比常规的征文纪念活动大，这一想法当即得到胡老板的认可。1936 年 9 月 1 日，《大公报》刊出标题为"本报复刊十周年纪念举办科学及文艺奖金启事"的"大公报馆特启"，云"……为纪念起见特举办科学及文艺两种奖学金定名为'大公报科学奖金'及'大公报文艺奖金'由本报每年提存国币三千元以二千元充科学奖金一千元充文艺奖金……聘定学术界先进……杨今甫朱佩弦朱孟实叶圣陶巴金靳以李健吾林徽因凌淑华沈从文诸先生担任文艺奖金审查委员……特先通告用资纪念并祝学术界进步"。此次获奖作家作品为：曹禺的剧作《日出》、芦焚（师陀）的小说《谷》、何其芳的散文集《画梦录》。此次文艺奖励活动扩大了三个获奖作者的名声，同时也激发了其他作者向《大公报》文艺副刊投稿的热情和积极性。

文学奖励是极为个人化的文学写作社会化的标志，是社会分工进步后的社会团体对个人精神劳动认可的一种物质激励标志，这使中国传统社会"藏之名山"的写作事业开始进入社会公共领域。在中国文艺发展史上，这是一个从未有过的现象，这种做法在当时就引发了人们的理论思考，有人称"《大公报》举行文艺奖金，这是中国的创始，值得赞成的"[①]。还有人从世界文艺史的角度进行理论反思："文艺奖金的出现，还是 20 世纪文坛的新现象。在这以前，给与作家们的奖励和荣誉，很少以金钱为代表的。希腊罗马赠与诗人最高的荣誉是月桂冠；中世纪的文人，也只由王室或贵族看中之后予以收养，成为'御用文人'。英国皇家的'桂冠诗人'，至今也仅赐给田舍，算是保存古风。直接以金钱给予作家作为一种奖励或荣誉的表现，是 20 世纪商业资本化的产物。"[②] 这类说法足见文艺奖对文坛的影响。多年以后，萧乾（肖乾）回忆起这件事，还是不无自豪之情："1936 年的秋天，上海《大公报》搞过一次文艺奖金。当时，在文艺界也算一桩创举吧。"[③]

在中国古代社会，给相关书籍写评论只是少数文人雅士在酬唱应和时

---

① 周木斋：《〈画梦录〉和文艺奖金》，《生活学校》1937 年第 1 卷第 3 期。
② 叶灵凤：《谈文艺奖金》，《忘忧草》，文汇出版社 1998 年版，第 261 页。
③ 肖乾：《大公报文艺奖金》，《读书》1979 年第 2 期。

的事情，随着商业化和社会分工的发展，职业批评家开始出现。职业批评与古代批评的不同之处在于，前者常常是朋友间的友情评点或诗文鉴赏，后者则是"一项文化服务工作"①。之所以如此说，是因为职业批评具有宣传文学产品，推进作者与读者互动，促进作者、编者、读者三方友好往来等多种社会作用。客观、公正的文学批评既能起到普通商业广告无法起到的商业宣传作用，又能够帮助作者克服写作中艺术形式、技巧乃至思想方面的不足甚至缺陷，提高其艺术创作水平，并能对作家、作品与时代"加以综合，给它一个说明，一种解释"②。此外，高明的批评家在阐发相关作品的思想内容或艺术技巧时，还常常借机生发出一套自己的艺术观念或文学思想，梁宗岱、李健吾、李长之、朱光潜等人在做批评文章时就常常采取这种方式。就此而言，文学批评同样是文学理论传播、流通乃至生产机制中的一个重要成分。

---

　　① 萧乾：《一个乐观主义者的自白》，《萧乾文集》第 7 卷，浙江文艺出版社 1998 年版，第 149 页。

　　② 沈从文：《现代中国作家评论选题记》，天津《大公报》"文艺副刊" 1934 年 12 月 22 日。

第三章　20世纪30年代文学理论的社会文化症候

　　从五四运动至20世纪20年代，新文学在新旧意识的交替中艰难地行进。这一时期，人们对文学普遍缺乏科学层面的理解和认识，现代意义上的文学理论从逻辑上说还处于发生阶段。到了30年代，新文学在文坛上已经站稳脚跟，学界对文学理论的建设意识开始萌生，各类形态的文学理论开始进入本土化的探究阶段，这一时期因而可以说是中国现代文学理论的探索期。探索中的现代文学理论，其发展除了受新文学成熟程度的制约，还受人们的科学意识、理论意识、认知水平、学科建制、意识形态等的影响，30年代文学理论探索过程中暴露的一系列社会文化症候便是证明。

第一节　认识的混乱与科学精神的贫困

　　在社会的发展中，文化是一个看似无形却在暗中支配一个社会发展的软实力因素。鸦片战争以后，中国在军事和外交上的失败，让文化上的"体"、"用"之争变得毫无意义，"输入学理"、"再造文明"成为中国文化更新的必要步骤，引进西方文化、大力发展科学成为富国强兵别无选择的选择，科学精神和科学方法成为中国现代文化发展必需的精神质素。

　　科学精神和科学意识一般通过概念认识和学科意识彰显，30年代的中国文学界无论概念认识还是学科意识都较乏弱，当时的人们很少想到"从科学的态度去建筑文艺的理论"[①]，对文学的基本认识也很"不统一"[②]，这

---

　　① 祖正：《文学上的主张与理论》，《骆驼草》1930年第3期。
　　② 崔载之：《文学概论》，立达书局1934年版，第56页。

种认识上的"不统一"表现在文学定义内涵模糊、文学命题语义游移、文学研究缺乏条理等多种情形，这类情形暴露出该时代社会文化精神的诸种症候。

一个学科的成熟与否，取决于该学科的核心定义是否明确，因为学科定义决定着学科的界线、范围。文学理论的学科发展取决于人们对"文学理论"的定义，"文学理论"的定义取决于人们对"文学"的定义；因为从逻辑层次上说，"文学"是"文学理论"的上位概念，如果上位概念定义不清，人们在定义下位概念时必定陷入混乱。从事实上看，30 年代的中国学人缺乏基本的逻辑意识，两个概念在同一段文字中混合使用或交替使用，亦不觉其不妥。例如，1929 年《未名》第 8 期所刊鲁迅的《现今的新文学的概观》说："各种文学，都是应环境而产生的，推崇文艺的人，虽喜欢说文艺足以煽起风波来，但在事实上，却是政治先行，文艺后变。"再如 1933 年《青年界》第 5 期所刊郁达夫的《文艺与道德》一文，前两段使用"文艺"这一概念，第三段以后全都改用"文学"了。这类情形在当时的文章中司空见惯。从文化史的角度看，出现上述情形的原因并不难理解：中国文化向无科学意识与科学精神，这种情况不可能经过欧风美雨几十年的吹打立即发生改变。此外，还有一个特殊原因：当时的文艺研究者具有批评家和作家双重身份，而且其主业是创作而非批评。受形象思维习惯的影响，在理论写作时很难严格遵守逻辑思维的基本要求，一个概念采用两种说法的情况便也在情理之中。

概念表述的不统一源于理论认识上的混乱，该时期人们不仅对"文学"、"文艺"缺乏严格的概念区分，就是对单一概念"文学"或"文艺"的认识也不统一。由于情况复杂，下面分而述之。从当时一些学者对"文学"概念的界定来看，人们对文学本质的理解和认识有两种，两种不同类型的理解把文学研究引向两个不同的维度：审美与社会。第一种认识侧重语言、形式等内在审美因素，把文学视为艺术的一个特殊种类，强调文学是以文字为媒介、富含情感和形象的特殊艺术种类——"文学艺术"[①]，与

---

① 章克标、方光焘：《文学入门》，开明书店 1930 年版，第 16 页。

学术、实用类文体有着质的区别。但是，在具体定义时，不同理解者对文学"表现"生活和情感的功能理解，其侧重点又各有不同：钱歌川认为文学的本质因素是"媒介"[①]，张崇玖认为文学的本质因素是"思想"、"情感"、"审美"[②]，周作人认为文学的本质因素是"美妙的形式"[③]，孙俍工、陈穆如认为文学的本质因素是"思想"、"情感"的"艺术化"[④]，曹百川认为文学的本质因素是"美感"[⑤]，沈天葆认为文学的本质因素是"内容"上的"情感"、"形式"上的"音韵"[⑥]，刘麟生认为文学的本质因素是"美的色彩"[⑦]。

在这类认识中，最为值得一提的是夏炎德对文学性质的解释。夏氏对文学的界定引经据典、条分缕析，在概念辨析上表现出极为自觉的逻辑意识：

> 依大英百科全书的解释，文学两字的英文 Literature，含有两义：广义的文学包括一切哲学、伦理学、政治学、物理学等学科的文学，狭义的文学是与哲学、科学相对立的艺术的文学，即指纯文学而言，内容包括诗歌、小说、戏剧、谣曲等。此地所谓的文学是纯文学，即艺术的文学，为明了起见，不称文学而称文艺。[⑧]

强调文学的特指含义就是"纯文学，即艺术的文学"，为了和传统的"文学"概念拉开距离，他还特意用"文艺"的概念代替"文学"，可谓用心良苦，其于学科定位所特有的科学意识和科学精神，在当时可谓空谷足音。

---

① 钱歌川：《文艺概论》，中华书局1930年版，第35页。
② 张崇玖：《文学通论》，乐华图书公司1930年版，第11页。
③ 周作人：《中国新文学的源流》，人文书店1932年版，第10页。
④ 孙俍工：《文学概论》，广益书局1933年版，第15页；陈穆如：《文学理论》，启智书局1934年版，第8—9页。
⑤ 曹百川：《文学概论》，商务印书馆1931年版，第2页。
⑥ 沈天葆：《文学概论》，新文化书社1935年版，第5页。
⑦ 刘麟生：《中国文学泛论》，《中国文学讲座》，世界书局1935年版，第1页。
⑧ 夏炎德：《文艺通论》，开明书店1933年版，第18—19页。

　　第二种认识侧重社会、政治等外在因素，把文学理解为社会环境的产物，在分析、研究文学现象时，习惯从外部的他律因素入手。这种解释的学理基础是新兴的马克思主义文艺思想，其社会基础则是现实社会政治以文艺为宣传工具的需要。例如，王森然在解释文学的本质时说："文学'不但是一种产业的特别种类，而且是一种意识形态。'"[1] 视文学为"一种意识形态"，显然是马克思主义哲学观在文学研究中运用的结果，这一结果在顾凤城的《新兴文学概论》中的表现也十分明显。顾著所谓"新兴文学"实指无产阶级文学，只是他不想惹政治麻烦，所以才使用这种表述言语。从顾著对文学性质的定位来看，其思想资源无疑是苏联无产阶级文学观："我们要从唯物史观的立场上出发，才能探求出文学的真面目，和文学的今后的进路。唯物史观的作用是能够解释历史，改变社会，推进人生。"[2] 陈彝苏倡扬"文艺方法论"，也是立足于马克思主义理论，强调"只有那真正的从社会的历史底出发"的文艺理论才是"科学的理论"[3]，建立在阶级分析基础之上的文学研究方法，才是"科学的批评方法"[4]。持文艺社会学观念的人，在文学研究中把作品的非艺术特质放在第一位。例如，顾凤城特别强调文学研究中的"阶级性"，亦即文学的"非个人主义"和"大众的集团"的性质；[5] 王森然要"作家"把文学的目标放在"表现时代""斗争的生活"，"暴露旧势力的罪恶，攻击旧社会的破产"，"指示出一条改造社会的新路径，以启发未来"；[6] 孙俍工强调"文学"要表现"时代的精神"、"能感化民众"[7]。这类批评观的学理根基虽然是马克思主义文艺思想，但与中国传统思想也不能说没有关系。比如"改变社会，推进人生"与"文以载道"、"文以明道"之间，"表现时代"、"时代的精神"与"文章合为时而著，歌诗合为事而作"之间，精神实质上差别能有多

① 王森然：《文学新论》，光华书局 1930 年版，第 125 页。
② 顾凤城：《新兴文学概论》，光华书局 1930 年版，第 46 页。
③ 陈彝苏：《文艺方法论》，光华书局 1931 年版，第 46 页。
④ 同上书，第 145 页。
⑤ 顾凤城：《新兴文学概论》，光华书局 1930 年版，第 23 页。
⑥ 王森然：《文学新论》，光华书局 1930 年版，第 126 页。
⑦ 孙俍工：《文学概论》，广益书局 1933 年版，第 14 页。

大？只是前者采用了一种新的理论面孔，给人一种思想上的陌生化效应，让人觉其理论上新鲜。在某种意义上也可以说，中国的传统实用主义诗学观被西方现代思想激活，戴上了一幅理论新面具。

该时期人们对"文艺"的理解更为复杂，从总体上看可以分为两种情形。

第一种理解：把"文艺"理解为"文学"与"艺术"的合称。1930年《文艺研究》第1期的"例言"称："'文艺研究'又甚愿文与艺相勾连，因此徽志，所以在此亦试加插图，并且在可能范围内，多载塑绘及雕刻之作"。

视"文艺"为"文学"与"艺术"合称的认识在20世纪20年代末就已出现。1928年出版的傅东华著《文艺批评ABC》中说：

> "文艺"两字，分开来讲，就是文学和艺术；合起来讲，就是文学的艺术，或涵有艺术性的文学。照普通的用例，这两个字是合起来讲的。本书所谓文艺，也是合起来讲的。①

同年出版的孙俍工主编《文艺辞典》对"文艺"的规定是：

> 文艺普通用作总称文学美术的名词。比艺术意义稍狭，比文学意义较广。但有的时候单指文学（即纯文学），有的时候又用作艺术全体的意义。②

同一个概念，其意义竟然在不同内涵之间游移，有时候单指"纯文学"，有时候"又用作艺术全体的意义"，有时候是和"美术"的合称，有时候是和"艺术"的合称：可以想见当时文艺界的逻辑意识、知识意识、学科意识、科学意识有多么差。

30年代把"文学"和"艺术""合起来讲"的典型例子就是钱歌川所著的《文艺概论》，该书共分四章："艺术概论、文学概论、美术概论、音

---

① 傅东华：《文艺批评ABC》，ABC丛书社1928年版，第1页。
② 孙俍工主编：《文艺辞典》，民智书局1928年版，第55页。

乐概论"，仅从书名及这四章的题目，就能看出钱氏所说的"文艺"就是
"文学"和"艺术"的合称。

第二种理解：把"文艺"作为"艺术全体"的统称。蔡元培对人们以
"文艺"做"艺术全体"统称的原因进行了理论分析："文学是综合视听两
觉的，他的积字成句，积句成篇，是视觉的范围。他的语调，节奏，协韵
是听觉的范围。文学可以离其他艺术而独立，而其他艺术，常有赖于文学
的助力"，他由此断定"文学有统制其他艺术的能力"，并据此"推文学作
一般艺术的总代表"。[1] 郭沫若为文学"统辖其他艺术"的思想提供了认识
例证，他在讨论"国防文学"问题时说："我觉得'国防文学'不妨扩张
为'国防文艺'，把一切造形艺术，音乐、演剧、电影等都包括在里面。
凡是不甘心向帝国主义投降的文艺家，都在这个旗帜之下一致的团结起
来。"[2] "把一切造形艺术，音乐、演剧、电影等"都包括在"文艺"概念里
面的提议，正是以文学统制其他艺术的思想实践；1938年成立的"中华全国
文艺界抗敌协会"兼收并蓄了艺术界各路英雄，则是以文学统制其他艺术的
体制实践。20世纪40年代毛泽东在延安组织召开的"文艺座谈会"，从学术
理念上来说，仍然是"以文学统制其他艺术"的文学观念在起作用。以文学
统辖全体艺术的理由虽然说起来十分动听，从逻辑上来看却是一个错误：
"文学"作为"艺术"的一个分支，不管其功能多么特殊，都无法和艺术构
成并列关系，其理犹如不能因为孔子伟大谈起人类便称"孔子人"一样。

第三种理解：把"文艺"理解为"文字艺术"的简称，这种意义上的
"文艺"就是当时人们所称的"纯文学"、"美文学"、"狭义的文学"。20世
纪20年代末，夏丏尊就有了"文艺是什么？文艺与文学，有何区别？"的
疑问，他认为"文学与文艺，原可作同一的东西解释"，为了强调"文学"
与"史书论文"不同，"和雕刻音乐绘画"一样是"艺术的一种"，"所以
不称文学而称文艺"。[3] 夏炎德接受了夏丏尊的认识，他在《文艺通论》中

---

① 蔡元培：《文学和一般艺术的关系怎样?》，《文学百题》，生活书店1935年版，第3页。

② 郭沫若：《国防·污池·炼狱》，《文学界》1936年第1卷第2号。

③ 夏丏尊：《文艺论ABC》，ABC丛书社1929年版，第1—2页。1930年世界书局出版的夏
丏尊所著《文艺论ABC》实为ABC丛书社1929年所出同名书的再版。

界定"文艺"概念时几乎照搬夏丏尊的说法，也以"文艺"指称"纯文学，即艺术的文学"，并强调"所谓文艺，是艺术的一种"，因而不同于"哲学、科学"。①

两位夏姓学者试图通过概念之间的细微差异在传统的杂文学观念和现代纯文学观念之间拉开距离，体现了现代学者少有的科学精神及学科意识。把"文艺"界定为艺术化的表现文字，既突出了文字艺术的媒介和类型特征，又消除了人们在杂文学概念或广义文学概念认识上的混乱与歧见。"文艺"概念从逻辑学、认识论、学科意识等角度看，均有明显的认识区分意义。从逻辑上说，"文艺"这一名称比"文学"更能体现文字艺术的特征，因为"文艺"一词的中心语素是"艺"，"艺"字具有的心理暗示作用会引导读者自觉不自觉地往"艺术"的方向联想；而"文学"一词的中心语素是"学"，"学"字具有的心理暗示作用会引导读者自觉不自觉地往"学问"、"学术"方面联想。退一步说，即使采用"纯文学"、"美文学"这样的称谓，其效果也并不比"文艺"的说法好，因为"纯"、"美"虽然具有定义上的限制和区分作用，但三个字的称谓无论如何都比两个字的称谓显得啰嗦、累赘；再者，"纯文学"、"美文学"之类的概念再怎么强调也都脱不了一个"学"字。就此而言，以"文艺"指称文字艺术，比以"文学"指称文字艺术更富有合理性。

人们对上位概念"文学"、"文艺"认识上的参差，导致下位概念"文学理论"、"文艺理论"使用上的不统一，笔者对之曾作过两组概念使用情况的随机抽检：

郁达夫在1931年第3、4期《读书月刊》合刊中的《学文学的人》一文中使用了"文学理论"一词，胡秋原在1932年第2期《现代》杂志中的《浪费的论争》一文中使用了"文学理论"一词，周起应在1933年第1期《现代》杂志中的《文学的真实性》一文中使用了"文学批评"、"文学理论"这样的词汇，李长之在1933年第1期《清华周刊》中的《红楼梦批判》一文中混合使用"文学"、"纯文艺"、"文学理论"等术语，沈从文在

---

① 夏炎德：《文艺通论》，开明书店1933年版，第18—19页。

1934 年第 9 期《国闻周报》中的《禁书问题》及 1934 年 5 月 30 日《大公报》文艺副刊栏的《〈凤子〉题记》中均使用了"文学理论"这样的词汇，庚（鲁迅）在 1935 年第 4 期《文学》月刊的《非有复译不可》一文中使用了"文学理论"一词，胡风在 1936 年第 2 期《中流》杂志的《自然主义倾向的一理解》一文中使用了"文学理论"一词，沈从文在 1936 年第 3 期《大众知识》杂志的《文学界联合战线所有的意义》一文中使用了"文学理论"一词。

鲁迅在 1930 年第 4 期《萌芽月刊》中的《我们要批评家》一文中使用了"文艺理论"一词，易嘉（瞿秋白）在 1932 年第 6 期《现代》中的《文艺的自由和文学家的不自由》、宋阳（瞿秋白）在 1932 年第 3 期《文学月报》中的《论弗里契》中均使用了"文艺理论"一词，洛扬（冯雪峰）在 1933 年第 3 期《现代》杂志的《并非浪费的论争》一文中使用"文艺理论"一词，萧乾在 1935 年 3 月 10 日《大公报》谈书评的文章中也用到"文艺理论"这个词，1937 年 4 月 10 日《文艺科学》创刊号署名"编委会"的文章使用"文艺理论"一词，老舍在 1938 年第 7 期《抗战文艺》中的《鲁迅先生逝世两周年纪念》一文中使用"文艺理论"一词，周扬在 1939 年《时论丛刊》第 1 辑中的《一个伟大的民主主义现实主义者的路》一文中使用"文艺理论"一词。

读者从这两组统计中可以发现，该时期人们对"文学理论"、"文艺理论"的使用同样很是随意。细心的读者还会发现：左翼文艺理论家对"文艺理论"这一术语使用的频率远远高于"文学理论"。"左联"成立后，"左联"机关刊物《秘书处消息》和《文学导报》各期所发的"秘书处通告"中，凡涉及理论之时，均以"文艺理论"名之。"左联"理论骨干中，鲁迅、瞿秋白、冯雪峰用的几乎全是"文艺理论"这一术语，这自然是受前面提到的以文学"统制其他艺术"的实用思想的影响。

批评领域文学核心概念不清，教育体制内文学的学科归属及概念使用情形又是如何呢？就体制层面说，一个学科的成熟与否，首先要看该学科在教育体制内的建制归属。从学科建制来看，30 年代"文学"学科范围的边界十分模糊，学科建制规划也比较混乱：各大学"中国文学系的课程，范围往往很广；除纯文学外，更涉及哲学，史学，考古学等"①，国立清华大学"文学院"设有下列系目："中国文学系、外国文学系、哲学系、历史系、社会人类学系"②。由此可见当时人们对"文学"的学科定位尚不清晰，对"文学"概念的理解也不甚了了，在学科意义上的"文学"概念近乎"人文"、"文化"这样的大概念。这些情况表明，"文学理论"这一学科在 20 世纪 30 年代还处于探索阶段。

一个学科的成熟与否，还要看专业人员对该学科核心概念的使用情况。专业人员的职业使命就是制造知识，对每个名词、术语、概念考镜源流，细加推敲。文学理论专业人员主要是大学教师和研究机构的职员，他们的工作就是对文学理论学科的专业名词、概念、命题进行专业探讨或系统梳理，然后形成专著或教材之类的东西。30 年代的文学理论专著与教材虽然有很多，但在基本问题的认识上并不统一，对概念的理解也不一致；这一问题的基本表现就是文学原理类书籍在概念理解上不一致，在学科范围认定上有差异。

概念理解不一与学科范围认识差异表明 30 年代的中国文学界对"文学理论"学科尚未有明确的意识定位。学科命名不同于个体认识分歧，后者要求主体之间彼此彰显各自创造的独立性，个体之间的差异越大，越能彼此激发理论上的创新与发展。学科发展要体现知识的稳定性与统一性，任何一个学科领域，其基本概念的命名都需要统一和明晰，而不是"多元"和"差异"，因为多元和差异只能导致人们在基本问题理解与认识上的困惑、混乱。"文学理论"课程名称与教材名称的不确定，表明作为一个基本的知识学科，文学理论在 30 年代还未形成自身完备的知识体系和知识架构。"文学理论"命名过程中存在的问题，正体现了其时文艺家们背负的社会问题以及知识、文化结构存在的先天缺陷。

对"文学"、"文艺"、"文学理论"、"文艺理论"这几个名、义相近的概念的区分并非无聊的文字游戏，因为理论的意义取决于理论术语的描

---

① 朱自清：《中国文学系概况》，《清华周刊》1931 年第 35 卷第 11、12 期合刊。

② 见"国立清华大学规章"第二章第三条"文学院""分属之各学系"，《清华周刊》1931 年第 35 卷第 11、12 期合刊。

述，术语不准、概念不明，对意义的理解必至歧途。现代语言哲学正是借助于逻辑和概念分析，才完成其对意义世界的探索。分析哲学以及牛津日常语言学派的意义分析方法颇为值得文学研究者借鉴，这种方法从语义方面对哲学的词汇或概念进行分析，从相关词汇或概念的细微区别中，发现哲学意义混乱的原因，并加以意义澄清或排除。

同一术语同名不同实，或同一概念被不同使用者赋予不同的内涵，这类认识混乱产生了一系列难以克服的精神弊端，诸如"文学"学科无法明确定位，人们在问题讨论时自说自话、谁也说服不了谁。从逻辑上来说，如果讨论者使用的术语在概念上不同一，那么无论如何也不可能产生明晰的辩论结果。30年代的中国文艺界并不缺乏硕学鸿儒，也不乏具有清醒学科意识的有识之士，理论认识混乱的原因又在哪里？若细察之，就会发现原因多多。

文学认识混乱折射出30年代主体理论思维存在的问题。文学概念认识不清表明人们还没有摆脱传统的模糊思维习惯，还没有养成区分性、精密性的逻辑思维方式，这暴露出中国文学研究者在理论创造上的"原罪"——先天禀有的思维缺陷。模糊思维作为中国文学研究主体的集体无意识，直接影响、制约着主体在进行知识建构时的观念、方法与限界。如果把模糊思维比成无意识的语言结构，把文学理论创造主体比作言述的个体之"我"，那么文学概念认识混乱这一情况正好印证了现代语言哲学症候阅读的合理性：是"语言说话"而不是"人"说话，是"话在说我"而不是"我在说话"。这一情况还向人们表明，30年代的文学研究主体对科学意识这一现代文化"结构的作用听不出来、阅读不出来"[1]。个别学者虽然发现了文艺名称的非科学性问题，却没有沿着问题往前更进一步地思考，更没有从学科及体制方面思考这一问题的解决办法。

文学认识的混乱也折射出中国传统实用理性在20世纪30年代的强大影响。实用理性在中国有悠久的传统，为了某种功利目的，可以删改诗书，可以焚书坑儒。"五四"文化先驱虽然试图通过"输入学理"的方式

---

① 阿尔都塞：《读〈资本论〉》，中央编译出版社2001年版，第6页。

给这一传统进行精神换血，由于西学底子不够厚实，他们对"赛先生"的宣传既不彻底，也未能深入人心，以致知识界一直有人对科学抱有怀疑和敌视态度，怀疑和敌视的证据便是 30 年代初的"科玄论战"。"科玄论战"虽然以"玄学"派的失败而告终，却也从反面证明了非科学乃至反科学的思想在知识界还有相当大的势力。科学派只是取得了论战上的胜利——科学意识与科学精神并未在学术研究中得到实际应用和贯彻，文学研究中的概念认识混乱足以说明这一点。

以文学统辖其他艺术的认识是实用理性在 30 年代文艺领域继续延续和生长的明证。这一时期，中国社会阶级矛盾和民族矛盾日趋激化，革命与反革命的斗争以及侵略与反侵略的战争不断，这种复杂的社会局势使非科学的实用理性精神再次找到延续的社会土壤；各种政治势力和集团都极力通过意识形态宣传扩大自己的影响。在诸意识形态宣传工具中，感染性和鼓动性最强的莫过于文字艺术，因为文字艺术融艺术与思想为一体，文字类的标语、口号、诗歌、快板、报告、速写能够直接进入人心，且较少受媒介限制，宣传者既可直接用自己的嘴进行宣传演讲，也可以把宣传内容刻画在墙体上、树干上、道路旁，当然也可以通过印刷媒介以及无线电传播。因此，文学在那个时代被人们称为宣传领域里的轻骑兵。其他种类的艺术，如绘画、音乐、舞蹈、戏剧等，因受媒介限制，不但宣传范围大大缩小，而且在宣传方面的信息含量也赶不上文字作品。职是之故，文学在意识形态宣传中坐上了第一把金交椅，在政治宣传的社会目标下，各种艺术团体和组织在联合进行精神作战时，自然要统一在文艺的大旗之下。

文学认识混乱也暴露出 30 年代中国学界学科意识的匮乏及学科建设的不足。中国学术本来就缺乏科学主义传统，缺乏科学研究的精密意识和分析精神，在这种文化传统与现实社会斗争的双重影响下，文学批评家及专业研究人员头脑中不可能产生思想认识必须保持思维同一、严密的逻辑意识。没有同一、严密的逻辑意识，也就不可能对每个具体的概念进行学院式追根究底的推敲辨析；没有同一、严密的逻辑意识，其研究成果不可能严密、精确；研究成果不严密、精确，其相关认识也就不具有科学性；不具有科学性的认识自然无法得到知识共同体的集体确认，得不到知识共同体确认的认识无法成其为知识；没有确定性的知识支撑，学科构建也就无从谈起；没有明确学科形态的对象无法在教育体制内得到认可和重视。由于这种原因，该时期大学的"文学概论"课无人愿意讲授，各国立大学文学院虽都设置有文学理论课，终因找不到授课之人复又悄悄把该课程取消。直到1939年的新《文科大学现行科目修正案》把"文学概论"列为文学系第一必修课，这种情形才得以改变。

20世纪30年代文学认识不清的精神后遗症十分严重。在20世纪后期的中国大陆学界，人文学科的从业者对"文学"、"文艺"、"文学理论"、"文艺理论"等概念糊里糊涂。传播文学基本知识的"概论"、"教程"、"原理"类的教科书，其名称五花八门，有的名前冠以"文学"，有的名前冠以"文艺"，有的冠以"文艺学"。在以"文学"或"文学理论"冠名的期刊、辑刊、论文集中，常常收有美术、音乐、雕刻、电影类研究文章。直到现在，这种模糊认识仍未改变。认识未变的表现之一就是文学基础理论研究乏弱，而有限的文学基础理论研究中又很难见到概念辨析或梳理的论文，因为这样的研究会被人们认为很简单、很低级、缺乏创新。认识未变的表现之二就是专业期刊的名实不一。如在学界颇有影响的中国人民大学复印报刊资料系列，其中一辑名为《文艺理论》，该刊只复印文学艺术方面的研究文章，并不转载文学艺术以外的其他艺术门类的论文，其"文艺"二字显系"文学艺术"的简称。中国艺术研究院主办的专业名刊《文艺研究》所刊文章既有文学艺术方面的，也有美术、音乐、舞蹈等方面的，且以后者为主。该刊"文艺"秉承的理念显系20世纪30年代"以文学统制其他艺术"的思想。认识未变的表现之三就是词典表述的不确切。典型的如2012年6月商务印书馆印行的第6版《现代汉语词典》在1365页解释"文艺"一词时说："文学和艺术的总称，有时特指文学或表演艺术。"这种概念不清的情况给文学知识的讲授和传播带来了麻烦，给文学知识的接受者带来了不必要的记忆负担，给文学研究者造成了理解和认识的混乱，也给中国文学界与国际文学界进行学术接轨带来了障碍。

第二节　课程的错置与教育建制的混乱

作为一个学科，文学理论在 30 年代尚未发展成为一个成熟的门类，这主要表现文学理论在高等教育体制内，尚未拥有独立的建制，而教育建制是影响学术发展和知识传承最为重要的因素，因为大学的院系及课程设置是知识生产与传播的重要渠道。大学里的教授与学术机构里的研究员在社会生活中是一个特殊的知识团体，这类人远离政治与军事斗争的漩涡，其职业任务除了"传道授业解惑"，就是制造知识。现代学术体制内的知识分子，已不同于传统社会亦儒亦官的"士"，其所授之道已不再是传统的政道或治道，而是现代人所需的知识理念。为了学生理解和考试所需，他们必须把每一个概念性的定义、每一个知识点的来龙去脉向学生讲述清楚。

在 30 年代的中国教育体制内，"文学理论"的课程设置十分混乱：大学开设，中学也开设。一些国立大学的文学系鉴于许多中学已经开设过"文学概论"，便在课程安排中取消了这一课程。细察其原委，还得从民国初期的教育规程说起。

《民国元年所订之大学制及其学科》的有关规定中，"文学概论"已入"文学门"中，[①] 这表明文学理论作为一门学科开始在大学的建制中出现，文学知识的生产已被明确列入专业化教育的培养目标。1913 年 1 月 12 日，中华民国教育部公布的《大学规程》"第二章学科及科目第七条大学文科之科目"中，"文学门"下设 8 类科目：国文学类、梵文学类、英文学类、法文学类、德文学类、俄文学类、意大利文学类、言语学类，八大门类均设有"美学概论"科目，"国文学类"之外的七个门类都规定开设"文学概论"科目。[②] 但在"国文学"科目之下，是以倡扬国学为宗旨的"文学研究法"以及文字、音韵之类的课程，可见当时的人们把"文学概论"当成了一门"洋"课程。

---

① 王学珍、郭建荣主编：《北京大学史料》第 2 卷，北京大学出版社 2000 年版，第 73 页。

② 中国第二历史档案馆编：《中华民国史档案资料汇编第三辑教育》，江苏古籍出版社 1991 年版，第 114—118 页。

20 世纪 20 年代时，民国教育界的学科意识还相当模糊。早已在大学课程中出现的"文学概论"竟然被该时期教育家视为中学文学知识的普及课。1923 年 7 月，《教育杂志》刊发《新学制高级中学必修科课程纲要草案》，其中由穆济波拟定的"国文科学程纲要"规定"文学概论"为"第一组必修科"，其"内容计分三项 1、文学概说本项重要部分为——a、文学界说 b、文学与人生 c、文学家的人格与修养。教学时应注意之点（1）文学的意义与价值（2）文学的欣赏与创作 2、中国历代文学之变迁……3、近代世界文学之趋势……"；该"纲要"还规定"文学概论"开设两个学期，4 个学分，并要求教师在讲课时应说明"文学概论应先授以文学的范围与其研究之资料，说明其意义与价值。除了解本国历代文学之变迁外，应使知世界文学的趋势，作切实的比较的研究"。① 教育部官员们大概忘记了"文学概论"课早已在大学开设这一事实，竟然要求各地中学试行新学制，在中学中普遍开设"文学概论"。上峰有令，下级教育官员自然不敢怠慢，于是各级学校纷纷响应。教育家舒新城在主持中国公学中学部时，他设计的课程表中就有"文学概论"科目。②

1930 年，中华书局刊印的钱歌川著《文艺概论》的封面上，就印有"初中学生文库"的字样。1931 年北新书局印行的姜亮夫著《文学概论讲述》也是作者在一所中学讲课时的讲稿。后人还可从 30 年代初出版的此类书籍的序文中得到更为详细的信息。例如，章克标、方光焘合著的《文学入门》的"前八章，系方光焘君在国立暨南大学预科教授文学入门所用的讲义。……本书的辑成，是以中等学生为对象的，如同高级中学里要教授文学入门，或者文学概论"③；卢冀野所著《何谓文学》一书"曾先后在中央大学区立南京中学，钟英中学高中部，金陵大学诸校用作文学概论学程讲义"④；陈穆如称自己所编《文学理论》供"作高级中学及大学教本之用"⑤；崔载

---

① 《新学制高级中学必修科课程纲要草案》，《教育杂志》1923 年第 15 卷第 7 号。
② 舒新城：《中学学制改革问题》，《教育杂志》1922 年第 14 卷第 1 号。该杂志编校粗糙，目录页标题为"中学学制改革问题"，正文页标题却是"中学学制问题"。
③ 章克标、方光焘：《文学入门·例言》，《文学入门》，开明书店 1930 年版。
④ 卢冀野：《何谓文学》，大东书局 1930 年版，第 1 页。
⑤ 陈穆如：《文学理论》，启智书局 1930 年版，第 1 页。

之称其所著《文学概论》主要"为适应高中学生程度"①。

然而，"文学概论"课在中学不但超出了中学生的接受水平，讲授的教员也十分难找。尽管如此，国立大学还是不想再行开设这一课程。毕竟许多中学开设过这一课程，大学再行开设，无疑是重复劳动，这不但是对当时极为有限的教育资源的极大浪费，而且与大学"教授高深学术"的教育宗旨不符。1912 年 10 月 24 日，民国教育部发布的《大学令》第一条规定"大学以教授高深学术，养成硕学闳材，应国家需要为宗旨"，第六条规定"大学为研究学术之蕴奥"。② 1917 年 9 月 27 日民国教育部发布的《修正大学令》第一条、第六条内容与《大学令》第一条、第六条内容完全相同，一字未易。1927 年的"国立京师大学校组织总纲"第一条称："国立京师大学校以教授高深学术，养成硕学宏材为宗旨。"③ 这种情形自然导致大学教学与研究追求"高深"的学术价值取向。中学开设过的"文学概论"显然不在"高深学术"之列，在国立大学的课程中自然是被淘汰的对象。以北京大学为例，"北京大学……民国 10 年前后国文系设有文学概论、英诗译读、西洋戏剧与小说一类的课程"，"后来国文系在研究上加深了，标准提高了，……这些可能被人视为'不三不四'的文学概论以及译读一类的课程也就从国文系的课程表上被刷了下来"。④

"文学概论"在国立大学课程表中从开设到"被刷了下来"，表明 30 年代的高等教育在学科体制上缺乏考虑。在大学的课程设置上，教育部对各个学校并没有统一的安排。因此，当时的许多大学都是自行设计讲授相关课程，教学大纲、教学计划同样是各学校自己安排，所以一些省立、私立大学的国文系还是开设有"文学概论"。例如，私立齐鲁大学国文系就设有"文学概论"课程，主讲教师为作家老舍。

后来，民国教育部终于认识到"整理大学教育"的必要性："今日大

---

① 崔载之：《文学概论·例言》，立达书局 1934 年版。

② 中国第二历史档案馆编：《中华民国史档案资料汇编第三辑教育》，江苏古籍出版社 1991年版，第 108、109 页。

③ 同上书，第 219 页。

④ 冯至：《关于调整大学中文外文二系机构的一点意见》，《冯至选集》第 2 卷，四川文艺出版社 1985 年版，第 192 页。

学课程泛复凌乱，缺乏体系，已为不可掩饰之事实"，对"大学设置课程"，"轻视基本教学"，"轻于基本而重于专门"的做法提出批评，认为"专深之学，可任学生于毕业后之继续求成，不必虑其专深之不能穷，而纷设各种专门问题之课程，贪多务高，反掩基本课程之重"，强调大学课程设置"必须由基本而专门"。①

认识归认识，真要付诸实践，对高等学校课程进行新的规划和调整，还需要体制内部诸种因素的协调运作；而教育体制内部的诸种运作，还常常受教育以外的因素诸如经济条件、政治政策等的制约。所以，文学理论课被纳入大学必修课程，尚待相当多的时日。迟至30年代的最后一年，亦即1939年，中华民国教育部颁布《文科大学现行科目修正案》，把"文学概论"列为文学系的第一必修课②，"文学概论"才在大学课程设置中，从边缘走向主干课的位置。

本属高等教育课程的文学理论，竟然迟迟得不到大学教育的重视，错置在中学课程中间。人们从中既可发现当时教育建制混乱的知识表征，也可发现当时人们高等教育理念的滞后程度。《文科大学现行科目修正案》则向人们表明，人文学科仅凭自身还无法产生相关的知识效应，借助权力话语，人文知识的价值及其合法性才能得到实现。

第三节　经世致用心态与理论实用选择

"文学革命同社会上别的革命一样，无论当初理想如何健全，它在一个较长时间中，受外来影响和事实影响，它会'变'。"③这种认识用于描述30年代文学理论的发展尤为合适：该时期文学理论在思想上受苏联文论、欧美古典与现代派文论等的"外来影响"，在"事实"上受激烈动荡的社会现实的影响。在"外来影响和事实影响"的双重作用下，30年代的中国文艺界对文学理论作出了非常实用化的学术选择。

---

① 《九个月来教育部整理全国教育之说明》，《时代公论》（周刊）1933年第40、41号合刊。
② 王学珍、郭建荣主编：《北京大学史料》第2卷，北京大学出版社2000年版，第1062页。
③ 沈从文：《关于看不懂》，《独立评论》1937年7月4日第241号。

因特殊的政治时局，30年代的知识分子坐不住了："九一八以后，因为大局的危急，国人对知识阶级的期望和责备就更深了。我们靠知识生活的人也有许多觉得救国的责任是我们义不容辞的；我们不担负起这个重担来，好像就无人愿负而又能负了。"① 这种庙堂意识实在是知识分子的政治错觉：翻遍世界发展史，从来没有一个国家因知识分子问政缺失而亡。错觉归错觉，行动归行动。30年代的中国知识界为政治所感染，为革命所鼓噪，"非常自觉地把科学研究、学术探讨与政治任务联系起来，非常自觉地着眼于生产关系又特别是所有权与政治的联系"②。在这种特殊的政治、学术环境中，中国积数千年之久的经世致用的实用文化观再次派上了用场。以儒家思想为主导的经世致用文化观是政治功利主义与道德理想主义的思想合成物，受这种文化观的支配，中国传统知识分子骨子里都有难以消除的使命意识和庙堂理想，诸如"穷则独善其身，达则兼济天下"、"慨然有澄清天下之志"、"为天地立心，为生民立命，为往圣继绝学，为万世开太平"、"先天下之忧而忧"、"家事国事天下事事事关心"、"铁肩担道义，妙手著文章"……所有这些，归根结底就是一个入世干政的想法。这种文化观在30年代的中国知识界又有了新的行动体现，只是这种体现不再表现为某种道德理想主义的口号，而是落实为相关方面的行动，这些行动的表现领域有出版发行，有理论译述，也有文艺上的思潮选择。

30年代出版领域里的相关数字表明，出版界所出出版物中人文学科的书籍极少。据出版家王云五在1935年所作的统计，1934年即民国"二十三年度我国出版物，据上海申报登有广告者比较起来，社会科学居最多数占全体百分之三十六；文学次之，占百分之十九；应用科学又次之，占百分之十三；史地占百分之九；哲学占百分之六；艺术占百分之五；自然科学及语文各占百分之四；总类则占百分之三；宗教占百分之一"③。出版物中"社会科学居最多数"是现代中国知识分子"学术救国"思想的产物。

---

① 蒋廷黻：《知识阶级与政治》，《独立评论》1933年5月21日第51号。
② 李泽厚：《启蒙与救亡的双重变奏》，《中国现代思想史论》，安徽文艺出版社1994年版，第74页。
③ 王云五：《出版与国势》，《广播周报》1935年第36期。

早在 20 世纪 20 年代，恽代英就提出"学术救国论，以为社会科学能够救国，所以劝大家都来研究社会科学"①，这一思想在积贫积弱的中国很容易得到知识界的共鸣。及至 20 世纪 30 年代，"远东危机日益紧迫"，知识界再次发出"学术救国"的呼声，要求知识分子热切关注时局，"担任救国的工作"②。社会科学，如政治学、经济学、外交学等，直接关乎国计民生，成为"学术救国"的重要场域，为"救国"理想鼓舞的学者们积极主动往此处努力。在这样的社会氛围下，社会科学书籍成为出版界的热销产品。出版商也乐意印行社会科学书籍，因为出版这样的书籍既能获利，又能获得"爱国"声誉，可谓名利双收。文学可以直接用于政治宣传，且其本身兼具娱乐性，受众范围远高于其他类型的书籍；即使不考虑"救国"、"宣传"而只考虑市场前景，那不小的利润也会诱发出版商往此方面用力——这是文学书籍在销量方面仅次于社会科学著作的原因。文史哲一类的人文学科著作远离现实政治，既不能"学术救国"，又不能给人娱乐，市场前景暗淡——政界人士不喜，普通民众不爱，商家无大利润——其出版数量自然远逊于社会科学与文学著作。

　　理论选择的功利化倾向，就是在普通的民间文化活动中也有明显的表现。第二章第三节"文学理论的传播流通机制"谈到《大公报》十周年纪念活动，这一活动设了两种奖项，一为"科学奖金"，一为"文艺奖金"。"科学奖金"的奖励对象是自然科学和社会科学成果，"文艺奖金"只奖励文学作品，却不奖作为人文学科研究成果的文学理论。这虽是一个民间文化行为，却可从中看出 30 年代文化活动的功利化特征。

　　30 年代中国学术界的功利化、实用化思维特征因政治意识形态的介入变得更为复杂。在文学领域，学术研究并不完全受科学性的支配和引导，而是在很大程度上受党派政治及其意识形态的引领。30 年代初，新兴的社会主义国家苏联由于经济和重工业成就巨大迅速跻身于世界军事强国之列，新老帝国主义国家对之不得不刮目相看。各种各样的理论都只是在解释世界，只有马克思主义改变了世界，这一基本的事实让许多

---

① 正厂与代英的通讯：《学术救国》，《中国青年》1924 年第 28 期。
② 顾毓琇：《学术与救国》，《独立评论》1935 年 1 月 6 日第 134 号。

雄辩的理论相形见绌，共产主义因此成为世界范围内流行的政治意识形态。从外来思想影响来说，中国文学界一些激进人士走向思想左倾之路，他们开始从俄文翻译或从日文转译马克思主义文学思想，宣传无产阶级革命文学理论。

仅靠几个学者的努力，马克思主义文学理论断不足以造成太大的影响。马克思主义文学理论在 30 年代的广泛传播与中共直接政治参与并进行组织领导有关。"左联"成立后的执委会第二次决议强调指出："必须研究马克思列宁主义，研究一切伟大的文学遗产，研究苏联及其他国家的无产阶级的文学作品及理论和批评。"① 30 年代初，陈望道主编的《文艺理论小丛书》、冯雪峰主编的《科学的艺术论丛书》、郭沫若编译的《文艺理论丛书》对传播马克思主义文学思想、扩大马克思主义在文艺领域里的影响，起到了很大的宣传作用。陈望道、冯雪峰、郭沫若都是共产党在文艺领域里的理论骨干，冯雪峰还一度担任"左联"的党组书记，因此，这三种丛书的出版发行完全可以视为中共有意识组织的专项译述活动。这样一来，马克思主义文学理论的研究与传播和普通的学术研究就有质的不同了，因为任何学术活动一旦有政治党派、组织介入，它就成为该政治党派或政治组织的意识形态活动了。学术活动一旦有政治对象介入，就能获得强大的经费和人力支持，这也是普通学术活动所不能比的。

30 年代马克思主义文学理论译作的大部分译者都是共产党在文艺领域里的领导干部，在此意义上，马克思主义文学理论的译述不再是纯学术行为，完全可以视为中共在文艺领域里所做的意识形态宣传工作的一部分。这种译述大致有以下几种类型。

第一种类型是马克思主义经典理论家文艺论文、论著（包括摘编）的译介。这方面成果有：冯雪峰译《艺术形成之社会的前提条件——"经济学批判"序文》（《萌芽》1930 年第 1 期）、《马克思论出版底自由与检阅》（《萌芽》1930 年第 5 期），② 瞿秋白编译《"现实"——马克斯主义文艺论

---

① 《中国无产阶级革命文学的新任务——一九三一年十一月中国左翼作家联盟执行委员会的决议》，《文学导报》1931 年第 1 卷第 8 期。
② 两篇发表时译名均署"洛扬"。

文集》①、F. 恩格斯撰《巴尔扎克论》②（《现实文学》1936 年第 2 期），陆侃如译《恩格斯两封未发表的信》③（《读书杂志》1933 年第 6 期），绀弩译《恩格斯论巴尔扎克》（1933 年 10 月 3 日《京报》"复活"副刊），胡风译 F. 恩格尔斯撰《与敏娜·考茨基论倾向文学》（《译文》1934 年第 1 卷第 4 期），沈端先译《露莎·罗森堡的俄罗斯文学观》（《拓荒者》1930 年第 1 期），冯雪峰译 Vladimir Illich 撰《论新兴文学》④（《拓荒者》1930 年第 2 期），瞿秋白译乌里亚诺夫（列宁）撰《列甫·托尔斯泰像一面俄国革命的镜子》⑤（《文学新地》1934 年 9 月创刊号），陆梦衣译列宁撰《托尔斯泰——俄国革命的一面镜子》（《苏俄评论》1935 年第 6 期），周学普译列宁撰《作为俄国革命之镜的托尔斯泰》（《刁斗季刊》1935 年第 1 期），陈淑君译伊里支（列宁）撰《托尔斯泰论》（《文学杂志》1933 年第 2 期），郭沫若译卡尔撰《艺术作品之真实性》⑥（1936 年光明书局、东京质文社同时出版），赵季芳编译《恩格斯等论文学》（亚东图书馆 1937 年版），陈北鸥译恩格斯撰《作家论》（东京质文社 1937 年版），欧阳凡海编译的《科学的文学论》⑦（读书出版社 1939 年版）。

外国学者编纂的马克思主义领袖人物文艺观的译介成果也有不少，其中代表性的有：杨潮译 E. Troschenko 撰《马克斯论文学》（《文学新地》1934 年创刊号）、由稚吾译谢莱撰《恩格斯论文学》（《时事类编》1937 年第 5 卷第 8 期）、沈端先译列裴耐夫撰《伊里几的艺术观》（《拓荒者》1930 年第 2 期）、孟式钧译托里方诺夫撰《伊里奇的高尔基评》（《今日文学》1936 年第 3 期）。

---

① 收录恩格斯论巴尔扎克、易卜生，拉法格论左拉，列宁论列甫·托尔斯泰等论文。此项工作虽始于 1932 年，却一直未能出版；1936 年 5 月由鲁迅编入《海上述林》上卷，标题改为"现实——科学的文艺论文集"。1986 年，人民文学出版社出版《瞿秋白文集》文学编第 4 卷时，改用"'现实'——马克斯主义文艺论文集"的名字。

② 本篇发表时署译名"何凝"。

③ 一封信是《致哈克奈思女士书》，另一封是《致特里尔君书》。

④ 本篇内容为《党的组织与党的出版物》节译文，发表时署译名"成文英"。

⑤ 本篇发表时署译名"商廷发"。

⑥ 本书为《神圣家族》一书的摘译。

⑦ 收录《恩格斯底现实主义论》《恩格斯底巴尔扎克论》《恩格斯底易卜生论》《恩格斯给拉萨尔的信》《马克思给拉萨尔的信》《马克思与世界文学》等六篇论文。

第二种类型是外国马克思主义者文学论文、论著的译介。

外国马克思主义者的文学论文主要有：1930 年《萌芽月刊》创刊号载有（冯）雪峰所译弗理契撰《艺术社会学之任务及诸问题》、藏原惟人撰《艺术学者弗理契之死》。1930 年《文艺研究》创刊号刊登冯雪峰三篇译文：德国 F. Mehring 撰《资本主义与艺术》、匈牙利 I. Matsa 撰《现代欧洲无产阶级文学底路》、日本冈泽秀虎撰《关于在文学史上的社会学的方法》。① 1930 年《萌芽月刊》第 5 期刊登倩霞译 I. 卢波勒撰《文化问题》（介绍列宁的两种文化学说）、侍桁译 W. 霍善斯坦因撰《关于艺术的意义》。1931 年《北斗》第 3 期刊登何丹仁（冯雪峰）译法捷耶夫的演说《创作方法论》。1932 年《文学月报》创刊号刊登周起应译弗里契撰《弗洛伊特主义与艺术》，1932 年《文学月报》第 4 期刊登绮影译吉尔波丁撰《伟大的高尔基》、寒琪译罗曼·罗兰撰《论高尔基》，1932 年《文学月报》第 5、6 期合刊刊登何丹仁译克莱拉撰《论"同路"人与工人通讯员》、黄芝威译 IB 撰《普列汗诺夫批判》、沈起予译卢那察尔斯基撰《高尔基与托尔斯泰》。1933 年《文艺月报》创刊号刊登张英白译川口浩撰《文学的党派性》。1933 年《现代》杂志第 6 期发表森堡（卢嘉文）翻译的华希里可夫斯基撰《社会主义的现实主义论》。1933 年《文学》第 6 期刊登吴春迟译卢那卡尔斯基撰《社会主义的艺术底风格问题》。1934 年 4 月，《文史》创刊号刊登张我军译青野季吉撰《政治与文艺》②。

1930 年 1 月 1 日《萌芽月刊》创刊号③所登的售书广告中，计有上海光华书局出版的两套马克思主义文学理论丛书：

"文艺理论丛书" 4 本：画室（冯雪峰）译伏洛夫斯基著《社会的作家论》，雪峰译片上伸著《文学与社会》，鲁迅译勒伏夫、罗喀绥夫斯基著《最近俄国文学研究》（上、下）。

"科学的艺术论丛书" 12 本：鲁迅译蒲力汗诺夫著《艺术论》、鲁迅译

---

① 前两篇均署译名"雪峰"，冈泽秀虎那篇署译名为"洛扬"。

② 该刊校对工作极差，"政治与文艺"是在正文中的题目，目录中文章的名字却叫"文学与政治"。

③ 《萌芽月刊》为左联机关刊物，中共恨屋及乌，为了表示与国民党不两立，在刊物出版日期上不用当时通行的"中华民国××年"，特意标志为"一九三○年×月×日出版"。

卢那卡尔斯基著《艺术之社会的基础》①、鲁迅译卢那卡尔斯基著《文艺与批评》、鲁迅译卢那卡尔斯基著《霍善斯坦因论》、鲁迅译《文艺政策》、雪峰译蒲力汗诺夫著《艺术与社会生活》②、雪峰译蒲力汗诺夫著《艺术与文学》、雪峰译梅林格著《文学评论》、沈端先译列什涅夫著《文艺批评论》、林伯修（杜国庠）译雅各武莱夫著《蒲力汗诺夫论》、冯乃超译《艺术与革命》、苏汶译波格达诺夫著《新艺术论》。

1930 年 5 月 1 日《萌芽月刊》第 5 期所登售书广告中，有上海光华书局出版的"文艺理论小丛书"三种：雪峰译《艺术及文学底意义》《艺术社会学底任务及问题》，鲁迅译《关于美术与演剧》。

其他外国马克思主义者的论著主要有：弗理契（V. M. Friche）著《艺术社会学》（水沫书店 1930 年刘呐欧译本，神州国光社 1931 年胡秋原译本、1933 年再版），伊可维支著《唯物史观的文学论》（水沫书店 1930 年戴望舒译本），雪峰译梅林格著《文学评论》（水沫书店 1930 年第 2 版）；大江书铺 1930 年出版雪峰译匈牙利学者玛察著《现代欧洲的艺术》，苏联学者弗里契著《艺术社会学底任务及问题》，陈帆（陈望道）译冈泽秀虎著《苏俄文学理论》；1936 年 5 月，萧参（瞿秋白）译《高尔基论文选集》由鲁迅编入《海上述林》上卷《辩林》；1937 年生活书店出版绮雨、靖华等译高尔基等著《给青年作家》，天马书店出版杨伍编译《高尔基文学论集》。

从上述译作之中不难发现其间隐含的意识形态行为：第一，翻译人员中，除少数具有左翼倾向的普通学者，大部分为中共文艺干部（如瞿秋白、冯雪峰、冯乃超、周扬、杜国庠）和"左联"成员；第二，译述的"丛书"表明这些翻译是有计划有组织的精神活动；第三，译述对象以与阶级斗争密切相关的社会、文化、文艺政策为主，表明这些翻译的关注点不在艺术本身，而在艺术活动的社会效用；第四，马克思主义领袖人物的

---

① 该书事实上由雪峰译出，水沫书店 1929 年 5 月出版，翌年 3 月 2 版，列入"科学的艺术论丛书 4"。

② 该书为"科学的艺术论丛书 2"，水沫书店 1929 年 8 月初版，翌年再版，作者译名为"蒲力汗诺夫"；1937 年 12 月生活书店列入"世界名著译丛之四"出版，著者译名更改为"普列汉诺夫"。

文论中间，最受关注的是苏联革命领袖列宁的革命文论，一篇"俄国革命的镜子"至少有 4 种译本即为例证。

文学理论选择上的功利化和意识形态化有着深刻的文化原因。自近代以来，中国因政治上的封建专制、文化上的愚昧落后，在与外国列强的军事较量中屡屡挨打，这种状况成为中国人心头永远无法抹去的痛。因此，在"五四"时期，民主与科学即"德先生"和"赛先生"成为最能体现时代强音的口号；中国知识界希望通过某种强有力的理论学说谋求一种思想救国之路。20 世纪 30 年代，中国的政治结构、政治格局变化不断，社会长期动荡不安，日本帝国主义的侵略使本来就乱成一锅粥的中国社会变得更加复杂多变，激烈的阶级斗争、民族斗争交织在一起；与之相应，文学领域内的话语纷争与斗争也变得极为复杂多样，带有运动和思潮性质的文学理论也就纷至沓来，且有一个共同的特点：其讨论或论争不仅仅是文学本身的问题，相伴而生的还有政治问题与民族主义感情。文艺话语与政治话语混杂在一起，理解、认识上的混乱与莫衷一是自然难免，职是之故，30 年代的文学论争常常成为谁都难以说清的文坛糊涂账。

30 年代学术界对于理论的实用选择，导致文学基本理论介绍和研究的薄弱。不要说批评家，就是学院派的学者们，他们也不大关注文学基本理论研究，这是 20 世纪 30 年代中国文学界缺乏基本理论建树，提不出独立的理论命题，引进的理论认识不清、术语名词变来变去的学理原因。

第四章　20世纪30年代文学理论的精神生态症候

文学理论形态与文学生态圈有关。自然界是一个生态系统，从功能模拟的角度看，文学在艺术界也是一个独立的精神生态系统。如果对之加以理论界定，文学生态系统应该如此表述：文学是由文学主体及其社会文化环境共同构成的艺术功能圈，在这一艺术功能圈中，艺术与非艺术、审美与非审美、主体与客体等内部与外部因素之间互相影响、互相交流、互相作用、互相依存。文学生态系统中的主体由三种因素组成：文学生产者（作家、批评家、理论家）、文学消费者（读者）与文学传输者（报刊商、书商）。在文学生态系统中，艺术与非艺术、内部与外部等理论链条之间的地位此消彼长、循环互动，同时又自动适应、自动调节；其适应和调节受理论生长的主体资源（艺术信仰、审美趣味、审美价值观等）、环境变量（政治生态、文艺政策、时代精神、理论对手等）、收支交换（文艺与社会彼此间的需要交换）等多重因素的影响。

在文学生态系统中，文学思潮是文学生态圈中艺术精神"食物链"的一个部分，艺术精神食物链的发展主要受文学生产活动中结构与功能两个方面的限制。结构因素指文学生态圈中文学生产者及其所处的经济、政治、文化环境等客观成分，功能因素是指文学生产与再生产的循环发展情况。文学功能因素受制于文学结构因素，如果结构因素中的经济、政治、文化等环境因素恶化，那么文学生产力必然衰退，文学系统的自调节能力也会随之下降，从而导致某个区域文学生产类型的衰竭、暂时的停滞或永久的消亡。

在文学生态系统中，不同理论派别、文学思潮、文学流派等占有的精神空间、所发挥的功能作用以及它们各自在社会环境中的梯次位置，构成了该对象在文学系统中的"精神生态位"。根据普通生物学中的"生态位原理"，生态位相似的物种在不稳定的环境中不能共存，环境的改变会导致竞争方向的改变。

20 世纪 30 年代文学生态系统中的生态竞争主要表现为以文学思潮形式呈现的文学观念之间的竞争。文学思潮是近代西方资本主义文化的产物，该时期文学思潮的主流是西方 19 世纪流行的古典主义、浪漫主义、现实主义以及 19 世纪末兴起的现代主义诸种思潮，而"19 世纪的口号就是生存竞争、竞争、阶级斗争、国与国之间的商业竞争、武装斗争等等"①。文学思潮在理论上受制于特定的文学观念，其竞争于精神核心上表现为不同文学观念的竞争，而文学观念的竞争实为社会生活斗争在文学领域里的精神投影。

30 年代中国文坛上的理论思潮，不过是外来文学理论思潮（严格说来是西方各种文学理论思潮）输入中国的结果。梁实秋认为"新文学运动的最大的成因，便是外国文学的影响"，新文学作家的"基本观念大概是颇受外国文学的影响"。② 该时期外来文学思潮方面的译著和研究著作相当多。翻译著作主要有：高明译宫岛新三郎著《欧洲最近文艺思潮》（现代书局 1930 年初版，1931 再版）、瞿然译宫岛新三郎著《欧洲最近文艺思潮》（现代书局 1930 年版，文化书局 1937 年版），沈端先译本间久雄著《欧洲近代文艺思潮概论》（开明书店 1931 年版），汪馥泉译升曙梦著《现代文学十二讲》（北新书局 1931 年版），樊从予译厨川白村著《文艺思潮论》（商务印书馆 1932 年版），许亦非译升曙梦著《俄国现代思潮及文学》（现代书局 1933 年版），罗迪先译厨川白村著《近代文学十讲》（学术研究会丛书部 1935 年第 9 版），逸夫译泰纳著《英国文学史序论》（生活书店 1936 年版）。中国学者自己所写的文艺思潮专著也基本上是对 19 世纪以降西方各种文学理论思潮的评述，如张竞生著《烂漫派概论》（世界书局 1930 年版）、滕固著《唯美派的文学》（光华书局 1930 年第 2 版）、吕天石

---

① ［英］A. N. 怀特海：《科学与近代世界》，商务印书馆 1959 年版，第 197 页。
② 梁实秋：《新诗的格调及其他》，《诗刊》1931 年 1 月 20 日创刊号。

著《欧洲近代文艺思潮》（商务印书馆 1931 年版）、张伯符著《欧洲近代文艺思潮》（商务印书馆 1931 年初版、1934 年再版）、高滔著《近代欧洲文艺思潮史纲》（北平著者书店 1932 年版）、孙席珍著《近代文艺思潮》（人文书店 1932 年版）、费鉴照著《浪漫运动》（商务印书馆 1933 年版）、徐懋庸著《文艺思潮小史》（生活书店 1936 年版）等。

上述译著和专著之中，泛论性质的居多，专题性质的较少。专题性介绍著作中，只有实证主义、浪漫主义、唯美主义三种。但从 30 年代文学理论思潮的实际情形来看，这几种理论思潮在文坛上恰恰处于边缘化的位置。30 年代中国文坛流行的文学理论思潮，大致是在重演西方 19 世纪文坛风云的旧戏，"有一位戏剧史的名教授说过，一部文学史只要三个字就可以通统包括在内了；当时受教的学生都大为诧异，等候这奇迹一样的下文，——可是所得到的是非常之平凡的三个字，人人口边上都挂着的三个字：即，古典主义（Classicism），浪漫主义（Romanticism）和写实主义（Realism）"[①]。20 世纪初西方盛行的现代主义诸种思潮，由于其强烈的精英主义性质，一时很难得到人们的普遍认可，文坛上讨论和研究最多的，也就是人人嘴边上都挂着的古典主义、浪漫主义和现实主义。在这三种"主义"之中，除了现实主义真正得到了人们的普遍关注，古典主义和浪漫主义也像其他理论思潮那样处于理论边缘化的状态。具体原因有很多，但各种主义缺乏创作实践与系统深入的学术研究，仅使理论停留在口号上，是它们被边缘化的共同原因。鲁迅在谈到这种现象时曾说："新潮之进中国，往往只有几个名词……喧嚷一年半载，终于火灭烟消。如什么罗曼主义，自然主义，表现主义，未来主义……仿佛都已过去了。"[②]

第一节 古典主义与浪漫主义的黯淡

西方文化是一种理性文化，以理性思维为特征的古典主义文学理论有

---

① 李南桌：《再广现实主义》，《文艺阵地》1938 年第 1 卷第 10 期。
② 鲁迅：《〈现代新兴文学的诸问题〉小引》，《鲁迅全集》第 10 卷，人民文学出版社 2005 年版，第 321—322 页。

着深厚的文化根基。理性追求和谐、法则与秩序，古罗马文学家对文学创作规律、法则的追求正是理性法则在文学领域里加以应用的实践体现，这一时期的文学理论从特征上被后人称为 Classicism（古典主义）。文艺复兴以后，古典主义成为欧洲文坛的主流文学话语，其影响长达两个世纪；为了区别于古罗马时期的文学"古典主义"，后人称 17—18 世纪欧洲文坛流行的古典主义文论为"Neoclassicism"（新古典主义）。新古典主义者推崇传统和理性，要求作家遵从古典风格和规范，只是他们太过拘泥传统艺术法规，没有像罗马人那样在学习古典的同时作出引人注目的创造，可谓有"古典主义"文学信念而无"古典主义"创作实绩，因此被人讥称为"Pseudo‑classicism"（伪古典主义）。但在理论名称上，除了专业意识严谨的学者，一般人都把"新古典主义"、"伪古典主义"笼统地称之为"古典主义"。

人类心智有两个维度：一维是追求和谐、稳定、理性、普遍性，在理论上倾向于规范和法则；另一维追求冲突、变化、情感、个体性，在理论上倾向于创造和突破。这两个维度在人类精神需要上互补，在精神领域里的位置交替性更迭互换。新古典主义持续两个世纪之后，西方人便觉得无法忍受了。19 世纪初，浪漫主义文学运动在全欧勃兴，人们开始以个性和情感作为文学表现的目标，并从理论上批判古典主义文学程式化、标准化、抽象化、普遍化的倾向，反对规约人们精神的规则与秩序。19 世纪法国诗人波德莱尔谈到浪漫主义时说："浪漫主义恰恰既不在题材的选择，也不在准确的真实，而在感受的方式"，"谁说浪漫主义，谁就是说现代艺术，即各种艺术所包含的一切手段表现出来的亲切、灵性、色彩和对无限的向往。"① 浪漫主义是 19 世纪西方人艺术理解和表达模式转型的标志，它体现了西方人对历时弥久的认识论传统影响的焦虑。浪漫主义者推崇情感和神秘，崇尚自然和具体经验，以此反抗 18 世纪流行的抽象演绎与科学分析。由于西方人的认识冲动太过强大，这种情感冲动旋即被新兴的现实主义、自然主义以及更为新潮的现代主义文艺思潮所取代。然而，思想的

---

① ［法］波德莱尔：《1846 年的沙龙》，《波德莱尔美学论文选》，人民文学出版社 1987 年版，第 218 页。

更新换代并非像物质器具那样快速彻底。20世纪前期，不但浪漫主义的幽灵一直在世界上空徘徊，就连古典主义也死而不僵、迟迟不肯从文学史舞台上谢幕离席。古典主义经美国人白璧德（IrvingBabbitt，1865—1933，20世纪30年代亦译"白壁德"或"白碧德"）理论包装，摇身一变成为"新人文主义"，更是让人始料未及。

"五四"新文学运动兴起后，古典主义、浪漫主义、现实主义、自然主义、现代主义等文学思潮相继传入中土。在阶级斗争和民族斗争激烈的年代，理智与情感双双陷入尴尬，规则、秩序、个人情感在激烈的社会斗争中显得十分苍白。无论古典主义还是浪漫主义，都没有在理论界掀起太大的浪花。尤其是古典主义与新人文主义文论，因为它们的哲学根基同是理性、人性与道德。理性强调和谐，人性强调共性，道德强调自我约束，而20世纪前期的中国社会充满了斗争与冲突，激烈的阶级斗争让人们无法感受到人道主义、人文情怀这些共同人性因素，政客、文人及都市中普遍的生活放纵让道德成为一个苍白空洞的名词——上述诸种因素让古典主义与新人文主义在中国无法安身。

早在19世纪，在与新兴的浪漫主义文论的斗争中，古典主义失败并随之退出文学理论史的舞台。但是，在20世纪前期的中国，一些学者仍然把古典主义、浪漫主义和新人文主义当作新的理论进行宣传。这种理论认识上的错位有三个方面的原因：信息原因、个体原因、文化原因。从信息角度来说，古典主义在西方虽然是过时之物，但对中国学界来说，仍然是一个陌生的对象，仍然是新的理论信息。从个体角度来说，古典主义与新人文主义的主要传播者是梁实秋，梁实秋在留美时期的导师是白璧德，白璧德是古典主义及其理论变体——新人文主义的倡导者和浪漫主义的反对者，梁实秋既师白氏之说，自然要把古典主义及新人文主义介绍到中国来。从文化角度来说，古典主义在内在精神上与中国传统文化精神接近，而中国传统文化中的艺术观念与审美精神虽经"五四"时期激烈的反传统主义冲击，但在文学界仍然据有一定的精神空间；追求法则与秩序的古典主义与中国文学传统多有契合之处，因而获得部分有怀古倾向的艺术家的理解和认同。由于以上原因，有关古典主义和新人文主义文学理论成果的译介和论述，在 30 年代仍然陆陆续续出现，只是数量有限。著者对之作数据统计时，发现该时期古典主义译述有 8 篇，人文主义译述有 5 篇。白璧德的《浪漫派的忧郁病》借浪漫派酒杯，浇新人文主义块垒，因此也可算在新人文主义名下。具体情况为：

1.《古典主义文艺的种种相》（沈起予作，《国际文化》1933 年第 1 期），2.《论古典主义》（A. 纪德作、黎烈文译，《译文》1934 年第 2 期），3.《复古与古典主义文学》（辞宣作，《微明》1935 年第 1 期），4.《古典主义的起来和它的时代背景》（王独清作，《文学》1935 年第 2 期），5.《欧洲文学史简述：先从古典主义说起》（《监政周刊》1935 年第 115 期），6.《古典主义》（修白作，《芦萝》1935 年第 17 卷），7.《新术语·古典主义》（《公教周刊》1936 年第 36 期），8.《什么是古典主义？》（张芝联作，《文哲》1939 年第 9 期）。

1.《人文主义》（许啸天作，《红叶》第二册"常识辞典·人文主义"，1931 年），2.《白碧德及其人文主义》（梁实秋作，《现代》1934 年第 6 期），3.《人文主义的正面观》（翰秋作，《新垒》1934 年第 6 期），4.《人文主义是什么》（伍实作，《文学》1934 年第 4 期），5.《浪漫派的忧郁病》（白璧德作、陈瘦石译，《文艺月刊》1934 年第 2 期）。

从古典主义与新人文主义数量有限的译述文章中，人们可以看出，古典主义与新人文主义在 20 世纪 30 年代的文学生态圈中的生命力已是强弩之末，在理论话语的精神生态竞争中，它们只是在作最后的一搏。

其实，古典主义与新人文主义的社会理论背景并不相同。古典主义的理论与社会背景是西欧的封建专制与王权统治，其社会目标是服务现实的政治王权；新人文主义的理论背景是 20 世纪初资本主义制度下的艺术新观念，这种观念试图以古典主义文学观和价值观为基础，对科学主义背景下诞生的现实主义、自然主义、浪漫主义思想进行理论反拨。然而，二者为什么遭受到了同样的理论被抛的命运呢？

古典主义、新人文主义在文学观念竞争中的失败是时代和社会之势使然。

古典主义与新人文主义在艺术层面与确立不久的新文学精神对立，

因而不能见容于新文学。古典主义与新人文主义强调文学中的秩序与道德，在骨子里属理性主义。理性主义诗学追求秩序与和谐，反对无序与冲突，这与追求一统、讲求雅正的中国传统文学精神相应，却与经受"文学革命"、"革命文学"双重精神洗礼的现代文学精神不合，让30年代的中国新派作家和读者甚为反感。故虽有一二学者鼓吹，却难以引起人们的精神认同。

古典主义、新人文主义在社会层面与中国激烈的阶级斗争和民族斗争现实极不协调，因而在话语层面不能见容于人们的革命意识与阶级意识。20世纪前期的中国处于不断革命的年代，革命是一个阶级推翻另一个阶级的暴力行动，是新生力量以血的代价打破旧秩序建立新秩序的过程。革命者根据非此即彼的二元对立思维逻辑，习惯性地把艺术秩序与现实的社会秩序视为异质同构关系，认为维护艺术领域里的规则与秩序，与现实生活中维护社会统治现状的统治者是共谋，因而应当与统治者同罪。在这样的社会语境中，古典主义、新人文主义一旦出现，激进的文学革命者便会把它们定位为统治阶级在文学领域里的意识形态斗争策略。如此一来，普通的学术问题就转换为意识形态领域敌我之争的政治问题，学术立场的歧异就被视为政治理念的对立，学术领域里的观点"差异者"成了意识形态领域里敌对的"对立者"。梁实秋在20世纪20年代提倡文学人性论遭受文学阶级论者的激烈批评，在20世纪30年代末提出"与抗战无关"论遭遇左翼群体围攻，就是由于上述原因。对于国府一方来说，其文学意识形态话语是"三民主义文论"与"民族主义文论"，古典主义文论与新人文主义文论只是一种纯学术话语，对国府在精神领域里的统治秩序起不了什么作用；因此，当古典主义与新人文主义遭受左翼理论攻击时，国府文艺界作壁上观。理论上先天不足，竞争中缺乏盟友：这种情形下的古典主义与新人文主义在文学生态圈的竞争中焉有不被淘汰出局之理？不要说与有组织的左翼理论阵营对阵，就是在与自由主义作家进行理论论战时（如梁实秋与梁宗岱关于象征主义的论争），古典主义、新人文主义论者也处于论战中的下风。这不是说古典主义倡导者智慧有限、能力低下，而是其秉持的文学观念落后于历史和社会，在辩证逻辑层面上底气亏虚，因而在论争时只有招架之功而无还手之力。

古典主义与新人文主义在 30 年代中国文学界失败乃至淡出、被人遗忘，这种现象颇需人们加以理论反思。任何一种外来理论，作为一种思想输入对象，如果其学理落后于时代，或者不能和中国的社会现实合拍，那么它一定无法在中国扎下根来，而且这种理论传播者为之付出的一切努力都只能是无果而终。

在 30 年代的中国文学生态圈中，与古典主义、新人文主义的情势一样，浪漫主义的前景也十分黯淡。在 18 世纪末和 19 世纪初，浪漫主义与古典主义进行了长期的思想较量，最终浪漫主义取得胜利，成为西方文坛的主流思潮。19 世纪中期以后，浪漫主义思潮渐趋低落，并为现实主义所取代。就理论共性来说，浪漫主义、现实主义同是 19 世纪西方文艺界反抗古典主义艺术的产物；就理论个性而言，双方又各有自己质的规定性。作为历史形态的对象，西方的浪漫主义运动无论在理论上还是实践上都要高于现实主义，因为浪漫主义者，无论德国的浪漫派还是英、法等国的浪漫主义者，都有明确的理论宣言和创作纲领，而现实主义却没有形成明确的理论流派，更没有相应的理论宣言、创作纲领。然而，这两种文艺思潮在中国的接受与发展表现出不同类型的结果。和现实主义的命运相比，浪漫主义在远东的接受、传播与发展出现了戏剧性的变化。

在苏联，浪漫主义被高尔基从文艺政治学的角度一分为二，其精神疆界被分为"积极浪漫主义"、"消极浪漫主义"两块。[1]"消极浪漫主义"因其被定位为"落后"、"反动"对象成为苏联文艺界精神放逐的对象，"积极浪漫主义"虽在政治立场上被肯定，但它过于偏爱、张扬个人主义与个性自由，这不但与苏联的集体主义思想本位不合拍，而且有违苏共的一元化领导要求。苏联文学绝不允许有任何例外个体出现，张扬个性的浪漫主义因此成为官方意识形态排斥的另类文学对象。为了消除这个另类文学对象，苏联文学界开始对浪漫主义进行思想兼并。1932 年，在全苏作家协会成立大会上，苏联文艺界意识形态负责人吉尔波丁宣布要对革命文论进行

---

① 高尔基对"消极的浪漫主义"与"积极的浪漫主义"的论述，见中文版《论文学》中"我的文学修养"一文，人民文学出版社 1983 年版，第 163 页。

精神重组，重组的结果就是宣布浪漫主义是现实主义的一部分，这实际上是对浪漫主义的思想兼并，这种思想兼并从政治角度宣告了浪漫主义在苏联的终结。

浪漫主义在30年代中国的传播情形如何？不妨先从浪漫主义的译述数量算起：

1.《浪漫派与古典派文学在风格上的关系》（小泉八云撰、高云雁译，《新时代》1933年第5期），2.《浪漫派文学与古典派文学》（小泉八云撰、高云雁译，《新时代》1934年第2期），3.《德国后期浪漫主义哲学》（程石泉撰，《建国月刊》1930年第3卷1—6期至第4卷第1期连载），4.《苏联文学通讯：浪漫主义与写实主义》（雷丹林撰，《文艺新闻》1932年第51号），5.《文学上的浪漫主义：马克思、恩格斯的见解》（席列尔撰、孟式钧译，《当代文学》1934年第2期），6.《高尔基的浪漫主义》（周扬撰，《文学》1935年第1号），7.《苏俄的浪漫主义》（Living Age撰，《文化建设》1934年第2期），8.《浪漫主义的起来和它的时代背景》（马宗融撰，《文学》1936年第3期），9.《德国浪漫派》（H. Heine撰、于贝木译，《绿洲》1936年创刊号），10.《德国新浪漫主义的文学史》（玛尔霍兹〔Mahrholz〕撰、李长之译，《文艺月刊》1936年第4期），11.《新词诠·浪漫主义》（《中华周报》1932年第49期），12.《新术语·浪漫主义》（《公教周刊》1936年第36期），13.《浪漫主义与现实主义》（再生撰，《金屋月刊》1930年第8期），14.《浪漫主义试论》（曾觉之撰，《中法大学月刊》1933年第3—4期合刊、第5期连载），15.《浪漫主义文学的面面》（曾觉之撰，《南华文艺》1932年第3期），16.《浪漫主义文学论》（林国材撰，《华北月刊》1934年第2期），17.《论浪漫主义》（辛人撰，《芒种》1935年第3期），18.《民族文艺与浪漫主义》（少青撰，《中国社会》1937年第4期）。

仅从论文译述数量上对比，便可看出浪漫主义在30年代中国的接受市场比古典主义和新人文主义大得多。但是，浪漫主义并没有像现实主义那样引起理论反响，而是和古典主义及新人文主义那样，在30年代的中国文坛一直处于边缘化的状态，这种情形既与浪漫主义文学思潮本身的复杂性有关，也与 30 年代中国社会政治的影响有关。

浪漫主义有两个审美之维：一维是德国的浪漫派及其英国传人湖畔派，这一维度的浪漫主义被高尔基划入"消极的浪漫主义"区域。一维是以英国的拜伦、雪莱，俄国的莱蒙托夫为代表的"摩罗诗派"，此类诗人、作家对社会现实公开表示不满，其创作"立意在反抗，指归在动作"、"争天拒俗"、"不为顺世和乐之音"①，因而被高尔基划入"积极的浪漫主义"区域。为读者接受方便考虑，著者在下面的论述中将遵循学界的称谓惯例，继续沿用高尔基的说法。

"积极浪漫主义"与"消极浪漫主义"是一种社会政治定性，定性根据是文学家及其作品有无社会关怀以及社会关怀的程度。然而，诗人、作家的艺术旨趣不可能整齐划一、都把眼光停留在社会关怀的维度，也不可能都在创作时以笔为旗、引导人们反抗某种社会现实，或以笔为号、为某种社会现实大唱赞歌。以经验维度的社会关怀为标准，对超验维度的终极关怀之作加以社会评判，是以社会政治标准为文学评价的唯一标准，或是以社会政治标准统辖文化、哲学标准，建立在这类标准上的文学评价在逻辑上必然陷入独断，其结论也必然偏颇而不能令人心服，其理正如以能否下蛋为标准判定母鸡为"积极的母鸡"公鸡为"消极的母鸡"一样。

"消极浪漫主义"文艺家热心于世界形上问题的探索，他们关注的不是社会政治与社会不公，而是文化存在与文化类型；他们痛感新兴科技文化的非人化特质，其作品大都以精神怀旧、返归自然为主题，与社会功利层次的问题离得较远。如以政治标准衡量这一类型的浪漫主义文学，必觉其不合时宜。然而，浪漫派诗学在苏联及 30 年代的中国遭遇的恰恰是政治评价标准，这是它在东方大地上无法生根发芽的社会文化原因。

"积极浪漫主义"文艺家关注社会民生，其文学主题是反抗与斗争，因而成为"革命"的象征，以致中国革命文学家断言："凡是革命家也都是浪漫派，不浪漫谁个来革命呢?"② 既然如此，"积极浪漫主义"为何没

---

① 鲁迅：《摩罗诗力说》，《鲁迅全集》第 1 卷，人民文学出版社 2005 年版，第 68 页。
② 郭沫若：《学生时代》，《郭沫若全集》文学编第 12 卷，人民文学出版社 1992 年版，第 268 页。

有成为"红色 30 年代"的中国文学主潮，反而处于当时文坛的边缘位置呢？这个问题"剪不断、理还乱"——这不仅因为"积极浪漫主义"自身问题多多，也因为"积极浪漫主义"作为意识形态文本超出了 30 年代中国政治的期待视野。

"积极浪漫主义"的艺术特征在于其对束缚文学发展的旧观念旧规则的反抗，这种艺术反抗经由意识形态中介最终会引发社会政治反抗。从"文学革命"到"革命文学"，中国新文学在发展过程中亟须消解旧观念旧规则的精神利器，"立意在反抗，指归在动作"的积极浪漫主义十分契合这一发展需要，所以在新文学发展的初期，积极浪漫主义在中国很快找到了理论知音。迨至新文学地位确立，反抗古典主义文学信念和规则的积极浪漫主义失去了斗争目标；没有了斗争目标，积极浪漫主义也就没有了在文学领域存在的精神合法性。

积极浪漫主义不安分的天性注定它不会停留在书斋和讲堂之中，而是必然介入社会生活。而在社会生活之中，无论对于执政的国民党还是红色割据的共产党来说，积极浪漫主义都不是理想的精神合作伙伴。刚刚武力统一中国的国民革命政府虽然在政治上尘埃落定，但其治下的经济、政治、文化、教育诸业百废待举。这种社会环境需要和谐与稳定，而不是不满与反抗。以反抗为特征的积极浪漫主义文学在国府文艺官员眼里，肯定是精神不和谐因素；不和谐因素自然会被国府文艺官员视为意识形态领域的异己分子，异己分子岂能见容于国府文艺当局？得不到权力支持的文学话语又岂能在主流文艺界获得立足之地？积极浪漫主义同样也不会见容于割据一方的红色政权。

在中共文艺官员眼里，积极浪漫主义在社会领域的反抗只停留在个人主义层面，而且这种个人主义反抗也仅限于想象领域：浪漫主义者从未提出政治意义上的社会革命目标与社会革命纲领，其态度无论如何激烈，也只能是"秀才造反，十年不成"的书斋革命。在 30 年代的中国社会，军阀政治、阶级统治、民族压迫，都不是书斋革命所能解决的，社会革命宣传这一维度，除了共产作家倡导的"普罗文学"，无一文学类型能够担此重任。与"革命文学"相比，浪漫主义的反叛只指向精神领域，这显得凌空蹈虚，而从革命效果考量，无论反抗或破坏，其力量都太有限，其破坏力连现代派中的未来主义都赶不上；在此意义上，浪漫主义必须为马克思主义指导下的现实主义文学话语所取代："无产阶级不需要矫揉做作的麻醉的浪漫谛克来鼓舞，他需要切实的了解现实，而在行动之中去团结自己，武装自己；他有现实的将来的灯塔领导着最热烈最英雄的情绪，去为着光明而斗争。"① 至少浪漫主义必须为马克思主义文艺话语所收编，因为"推崇思想自由，个人主义"② 的积极浪漫主义天生桀骜不驯，如不对其收编规训，它就会破坏革命文艺阵营的规范与秩序，所以"左联"成立后的第一次决议就把"个人主义浪漫主义"和"艺术至上主义"一起定位为作为无产阶级文学对立面的"资本主义文学"。③

有五种因素让浪漫主义无法成为 30 年代文学理论界主流话语，并在未来十年不得不走向退隐之路。

第一，与现实生活反差巨大的文艺实践。20 世纪 30 年代正是中华民族多灾多难的严峻时期，此时的浪漫主义作家无视现实生活的残酷，无视民众的接受心理，闭着眼睛自顾自地在他们精神想象的象牙塔内浅斟低唱，书写一些与整体社会语境格格不入的私密化主题：恋爱加革命的情感小曲、狂热的自我中心主义、装腔作势的感伤主义、生活美化的梦境、人工制造的热情、宏大的标语口号、空空洞洞的回声。阅读水平受限的底层民众与之无缘，普通知识分子对之没有好感，左翼阵营的批评家对之口诛笔伐，贬之曰"霉烂的抒情主义"。久而久之，当初声嘶力竭为之鼓噪的浪漫主义者自己亦觉无趣，不得不在文学信念和写作主题上发生转向。

第二，浪漫主义理论根基的匮乏。中国的浪漫主义在理论上存在有几个致命的学理缺陷，这是它在文坛难以为继的内在的、也是根本的原因。首先，中国的浪漫主义者从一开始就对浪漫主义缺乏统一的理论认识。被

---

① 史铁儿：《普洛大众文艺的现实问题》，《文学》1932 年第 1 卷第 1 期。
② 雁冰：《文学上的古典主义浪漫主义和写实主义》，《学生杂志》1920 年第 7 卷第 9 号。
③ 左联执委会：《无产阶级文学运动新的情势及我们的任务》，《文化斗争》1930 年 8 月 15 日创刊号。

人们认为代表了浪漫主义倾向的创造社作家在艺术信念上"没有划一的主义",因而对文学的理解"思想,并不相同";① 即使同一个人物,对浪漫主义的认识前后也有很大变化②。这些因素是浪漫主义难以获得理论上可持续发展的内在原因。其次,中国的浪漫主义在思想上过于政治功利化,其主要鼓吹者太热衷政治。浪漫主义理论家相当一部分精力用在了"以纯粹的学理和严正的言论来批评文艺政治经济"③ 方面,而政治时局的变化在 20 世纪前期的中国瞬息万变,与政治粘得太紧的浪漫主义者既唯政治的马首是瞻,政治变,其理论就得随着变。例如,浪漫主义代表人物郭沫若为了适应"革命文学"的政治要求,断然宣布"浪漫主义的文学早已成为反革命的文学"④。再次,中国的浪漫主义者"只知破坏,而不谋建设"⑤,学理根基不深。在理论认识及探索中,浪漫主义的倡导者很少作深层探究,缺乏深厚的艺术哲学支撑,缺乏社会关怀以及更高层次的终极关怀,以致在创作实践上只能停留在"小我"抒情的层面上,发泄一下心中的郁闷、不满,咀嚼一下个人的小悲小哀,得不到大多数人的理解和认可。

第三,浪漫主义的个人主义信念与革命话语集体伦理信念不兼容。无产阶级奉行"集体主义"的战斗信念,要求铁的纪律性,对作家的创作从主题到手法都有相应的规范与限制。浪漫主义原则上反对一切约束和限制,极力鼓吹个性,追求精神自由,反抗任何形式的权威,这与无产阶级的革命要求相抵触、冲突。在 20 世纪 30 年代激烈的斗争环境中,个人意志的存在必然妨碍领导意志的指挥,从而削弱集体战斗的力量,这是左翼革命团体绝对不能允许的。党指挥枪而不是枪指挥党,在军事上如此,在文学上亦如此。因此,中国左翼作家联盟在成立后的第二次决议中,把浪漫主义列为摒弃的对象:"要和到现在为止的那些观念论,机械论,主观

---

① 郭沫若:《编辑余谈》,《创造》1922 年第 1 卷第 2 期。

② 以郭沫若为例,郭氏一向被人们视为新文学浪漫主义的代表,但这位代表在理论研究中所心仪和鼓吹的理论思潮并不是所谓的浪漫主义,而是被人们视为现代主义流派的唯美主义和表现论。

③ 郁达夫:《创造日宣言》,《创造日》1923 年 7 月 21 日。

④ 郭沫若:《革命与文学》,《创造月刊》1926 年第 1 卷第 3 期。

⑤ 郁达夫:《文学概说》,《艺文私见》,复旦大学出版社 2004 年版,第 25 页。

论，浪漫主义，粉饰主义，假的客观主义，标语口号主义的方法及文学批评斗争。（特别要和观念论及浪漫主义斗争。）"① 这一决议等于宣判了浪漫主义在革命文学阵营的死刑。个人主义的浪漫主义者只有放弃自己的意志、情感和信念，才能见容于无产阶级革命集体，而这也是革命理论家对浪漫主义文艺家所期待和要求的："个人主义"必须服从"无产阶级的集体主义"，"个人只有在集体之中，作为集体的一份子"才能"正确的显露无产阶级政党的集体的领导作用"。② 革命伦理的集体主义原则在逻辑上要求作家放弃个人主体，塑造大写的主体，注重"集体的行动的开展"，要让文艺作品中的"人物不是孤立的，固定的，而是全体中相互影响的，发展的"。③ 对个人主义的排斥不仅仅是左翼阵线中共文艺家的看法，在那个"救亡压倒启蒙"的特殊历史时期，"个性乃至主观是社会不适应的东西"，④ 普通学者也非常认同集体主义文艺伦理观，也认为"作家还有一部分停滞在个人主义的地带"，是"很可惜的"。⑤ 再次是浪漫主义在创作实践上存在重大的缺陷。在一些具有"浪漫主义的倾向"的作品中，作品描写过于理想化、平板化与公式化，"没有失败，只有胜利，没有错误，只有正确……人物，都是些'璧玉无瑕'的天生的英雄，没有缺点，没有错误，顶刮刮的革命好汉。……第二天早上革命成功万岁"⑥。这种类型的浪漫主义作品缺乏艺术的真实性，让人看上去面目可憎，一向惯于概念传达的周扬也认为这种"概念主义"的理论倾向不可取⑦。

第四，左翼文艺话语的否定、排斥与压抑。左翼文艺话语否定、排斥与压抑浪漫主义文艺有多种因素。首先因为浪漫主义不合左翼革命话语的政治功利要求。在中国现代文坛上，浪漫主义最有力的鼓噪者首属左翼倾向的文艺家们。随着革命形势的发展，左翼文艺家一心以文学为政治革命成功的工具，这

---

① 《中国无产阶级革命文学的新任务——一九三一年十一月中国左翼作家联盟执行委员会的决议》，《文学导报》1931 年第 1 卷第 8 期。

② 史铁儿（瞿秋白）：《普洛大众文艺的现实问题》，《文学》1932 年第 1 卷第 1 期。

③ 冯雪峰：《关于新的小说的诞生》，《北斗》1932 年第 2 卷第 1 期。

④ 曾鸣：《新写实主义的论题》，《众力》1936 年第 2 卷第 2 期。

⑤ 谢六逸：《救亡是唯一的大道》，《中华公论》1937 年 7 月 20 日创刊号。

⑥ 钱杏邨：《〈地泉〉序》，《阳翰笙选集》第 4 卷，四川文艺出版社 1989 年版，第 89 页。

⑦ 起应：《关于文学大众化》，《北斗》1932 年第 2 卷第 3、4 期合刊。

就导致他们在理论上必然排斥浪漫主义："让我们一脚踢开了从前那些幼稚的，没有正确的普罗列塔利亚意识而只是小资产阶级浪漫的革命情绪的作品。"①"左联"的成立，让所有具有左翼倾向的文学社团与组织都归到"中国左翼作家联盟"这一文艺旗帜之下，在消除理论认识上的歧见和纷争的同时，也消除了各种理论主张的学理合法性。1933 年，瞿秋白一面从理论上证明，"马克斯和恩格斯……鼓励现实主义，而反对浅薄的浪漫主义"②，一面从实践上论证了"浪漫主义"在革命阶段的不必要性：浪漫主义者因受情感的支配，极易在"革命的怒潮"中"'颓废'，甚至'叛变'"，因此革命文学家应当首先"克服自己的浪漫谛克主义"，而取"清醒的现实主义"态度③。作为中共文艺战线的领导人和理论代表，瞿秋白这一认识在左翼阵营里的影响和号召力及其引导性结果可想而知。所以，左翼文学阵营虽然受苏联的影响，在后来的"社会主义的现实主义"理论下，不得不提及浪漫主义，但也要根据吉尔波丁的理论，冠以"革命的"定语，而且还要强调"赤色的革命的罗曼主义"只是"'社会主义的现实主义'的补助口号"④。

　　第五，外来文艺话语的影响。有一硬一软两种外来话语因素让浪漫主义陷入英雄无用武之地的精神境地。硬的因素是权力话语因素。30 年代的浪漫主义者基本上都皈依"左联"，"左联"作为一个中共文艺组织，在文艺发展方向上步步紧追苏联文艺界。苏联文艺界压制浪漫主义文艺话语，中国左翼文坛也马上对浪漫主义话语从组织内部进行理论发展限制。这种限制的理论策略就是用"社会主义现实主义"替补"浪漫主义"观念，通过组织话语形式宣布浪漫主义已经包容在"社会主义现实主义"命题里面，并以话语增生手段对浪漫主义进行思想"增补"。具体步骤是：先让"浪漫主义"从概念上升级、扩大为"革命的浪漫主义"，再以"革命的浪

---

　　①　施华洛（茅盾）：《中国苏维埃革命与普罗文学之建设》，《文学导报》1931 年第 1 卷第 8 期。

　　②　静华：《马克斯、恩格斯和文学上的现实主义》，《现代》1933 年第 2 卷第 6 期。瞿秋白在发表论文时经常变换笔名，为尊重历史原貌计，行文凡提到瞿秋白的观点，在注释时直接引用原文刊出时所署的笔名；正文行文若不提作者名字，则在注释中的作者笔名后注真名。引用其他理论家观点，类似情形均照此处理。

　　③　何凝：《鲁迅杂感选集序言》，《瞿秋白选集》文学编第 3 卷，人民文学出版社 1989 年版，第 114 页。

　　④　谷非（胡风）：《关于现实与现象的问题及其他》，《文艺》1933 年第 1 卷第 1 期。

漫主义……可以包含在'社会主义的现实主义'里面"① 和 "浪漫主义只是现实主义的一个构成部分"② 的话语建构，完成对 "浪漫主义" 的理论兼并。软的因素则是新批评理论的影响。新批评是 20 世纪新兴的现代主义文论，和它相比，在 19 世纪初兴起的浪漫主义理论已经成为历史陈迹。浪漫主义最能施展其手艺的领域是诗歌领域，但在诗歌领域建树最大的京派诗人信奉的恰恰是讨厌浪漫主义的新批评派的理论，而新批评的理论巨头 T. S. 爱略忒与瑞恰慈都是浪漫主义精神的反对者。爱略忒曾讥讽浪漫主义诗歌为 "情绪的喷射器"，一再强调 "诗不是为了放纵情感，而是为了逃避情感"。瑞恰慈曾于 30 年代执教于清华大学和西南联大，1937 年 4 月，商务印书馆曾出版 "新批评" 两本专著：瑞恰慈的《科学与诗》、爱略忒等著《现代诗论》。在新批评理论影响下，浪漫主义文学思想在诗歌领域无所措其手。李广田就曾借鉴瑞恰慈 "伤感与禁忌"（sentimentality and inhibition）理论，批评浪漫主义文艺作品过于放纵情感而乏于 "形式"。③ 新批评诗论的流行无意间消解浪漫主义理论于无形，此种情形使浪漫主义文论处于思想被抛的处境，而理论抛弃是比打击、批判更为彻底的意义否定。

第二节　自然主义与现代主义的落寞

在 30 年代的中国文学理论界，自然主义文论有意无意间被人们冷落了。这种冷落倒不是绝对的无人理睬，因为该时期有关自然主义文学的翻译、著述在数量上并不比古典主义、浪漫主义少。著者从 "大成老旧刊全文数据库" 与 "民国时期期刊全文数据库" 中进行论文主题检索，结果发现 "自然主义文学" 方面的论文数量 "古典主义"、"新人文主义" 方面的论文数量近乎相等：

---

① 周起应：《关于 "社会主义的现实主义与革命的浪漫主义"》，《现代》1933 年第 4 卷第 1 期。

② 企（周扬）：《现实的与浪漫的》，《申报》副刊 "自由谈" 1934 年 11 月 27 日。

③ 李广田：《论感伤》，《李广田文集》第 3 卷，山东文艺出版社 1986 年版，第 298 页。

1.《自然主义》（E. 左拉作、毕修勺译，《进化》1936 年第 2 期），2.《自然主义》（白兰见斯柏作、黄学勤译，《广大学报》1937 年 4 月创刊号），3.《新术语·自然主义》（《公教周刊》1936 年第 36 期），4.《自然主义文学的理论的体系》（平林初之辅作、陈望道译，《文艺研究》1930 年第 1 期），5.《自然主义论》（布吕穆非里德作、沈起予译，《中国文艺》1937 年第 2 期），6.《自然主义的三相》（赵景深作，《文学旬刊》1933 年第 5 期），7.《自然主义倾向的一理解》（胡风作，《中流》1936 年第 2 期），8.《自然主义的文艺批评》（毛秋白作，《当代文艺》1931 年第 6 期），9.《日本明治文学中之自然主义》（傅仲涛作，《文学季刊》1934 年第 3 期），10.《法国的写实主义和自然主义概说》（振芳作，《国民文学》1935 年第 1 期），11.《为自然主义运动而牺牲的一个小说家》（朱梅作，《青年界》1936 年第 2 期），12.《关于霍普德曼的自然主义作品》（庄平青作，《多样文艺》1936 年 5 月创刊号）。

从译述数量上看，自然主义在 20 世纪 30 年代的中国学界所受关注程度与古典主义、浪漫主义几乎一样，算不上"冷"，但也绝不"热"，这种"不冷不热"的传播情形原因为何？

自然主义理论自身的缺陷是其难以在中国广泛传播的根本原因。任何理论，如果它本身存在致命的缺陷，那么它就先天注定无法获得较大的影响和发展。自然主义文学理论与"现实主义"（当时通行的说法是"写实主义"）文学理论是精神近亲，近亲者在生态链中必然是直接的竞争者，而任何类型的竞争都无法逃脱"适者生存"的进化法则。自然主义和现实主义在进行精神竞争时，明显处于不利地位：自然主义标榜冷静、科学、客观，冷静、科学、客观是科学和哲学的特长而非艺术的特长。文学艺术的特长是形象化的思维，现实主义理论以"形象"、"典型"作为文学创作的目标，的确符合艺术创作的一般规律。两种理论相比而言，现实主义在社会中的自适应和自调节能力先天就比自然主义强。科学研究与文学创作属于不同性质和类型的精神游戏，自然主义作家非要把科学研究方法施之于文学领域，把文学创作等同于科学研究，显然是和艺术自身过不去。自然主义与现实主义竞争，等于以己之短比人之长，先天已处下风。在与现实主义进行文学生态系统中的精神竞争中，其自我生产能力与自适应及自调节能力均无法与对方匹敌，被淘汰出局是必然之事。

自然主义文论在传播的中转环节出了问题，这也是自然主义文论被人忽略的学理原因。20 世纪 30 年代前后，日本学界成为各种西方理论的学术批发基地，中国文学界对西方文论的了解主要通过日本文坛。30 年代的日本文学界认为"自然主义底文学——及那为背景的理论，已被看作过时的东西，否认在那为发生地的欧罗巴，在日本，都不给以历史的兴趣以外的兴趣了。谁都以为，自然主义底文学已经是与现在无涉的过去的文学，'自然主义'这词已经成为旧文学底形容词"①。日本学界认为自然主义已经"过时"的先入之见，不可避免地影响中国学界对自然主义理论的传播与接受——日本的理论批发商们都瞧不上自然主义，中国的学术小贩们怎肯费时费心费力兜售自然主义文学理论呢？此外，作为西方理论中转站的日本文学界在贩卖自然主义时犯了严重的逻辑错误——概念混淆不清——这同样也是影响自然主义在中国传播与接受的重要原因。赵景深在《自然主义的三相》中提到，日本学者相马御风的《欧洲近代文学思潮》，把左拉的文学观"叫作本来自然主义或写实主义"，而把莫泊桑的文学观"叫作印象自然主义或印象主义"（汪馥泉译本第 102 页），而在另一个学者本间久雄那里，自然主义又被叫作"印象主义"；以致赵景深感叹："我的天，愈绕要愈不明白了！"② 一个让人越看越糊涂的理论，实在无法让人产生更深的理论兴趣。

话语传播主体缺乏学术权威也是自然主义无法在中国文艺界盛行的一个重要原因。自然主义理论的译述者基本上是文坛上的无名之辈，不像古典主义、浪漫主义、现实主义、象征主义等思潮的倡导者那样，在文坛上负有盛名。古典主义和新人文主义的倡导者梁实秋，浪漫主义的倡导者郭沫若、郁达夫，现实主义的倡导者周扬，象征主义的倡导者梁宗岱等，都是 30 年代中国文坛出镜率比较高、知名度比较大的作家或学者，他们对相关理论的宣扬能够较大程度地引起人们的关注。自然主义在 30 年代的中国

---

① 平林初之辅：《自然主义文学底理论的体系》，《文艺研究》1930 年第 1 期。
② 赵景深：《自然主义的三相》，《文学旬刊》1933 年第 5 期。

缺少欣赏它的伯乐，当时在朝在野的政治文艺家以及第三方立场的自由主义文艺家都缺乏对自然主义文学理论的关注。官方文艺界关注的是"三民主义"和"民族主义"，对自然主义这一舶来品并不在意。左翼文艺家关注的是具有文艺宣传力的普罗文学，普罗文学以外的文艺现象是统战或批判的对象，如能收服，如浪漫主义，则从理论上兼并之，如不能兼并，则必势不两立，肆行攻击之。自然主义摒弃了无产阶级作家应有的立场、态度和倾向，因此在20世纪20年代末曾遭受左翼文艺阵营的批判。自由主义文艺家关注的是审美化和艺术化的人生，而自然主义文学追求客体化倾向，这在追求审美和形式的自由主义作家看来，无论如何都是缺乏艺术品位的表现。尽管自由主义文人和官方及左翼阵营的文艺家在政治和审美立场上各不相同，但在反对冷静、客观描述社会众生相的自然主义文学观方面却不谋而合。

自然主义在30年代文艺界所占的精神生态位太小，或者说，自然主义在30年代中国文学生态系统中生存所需的精神阈值太小，这也是它不能在当时文坛上站稳脚跟的重要因素。从艺术功能圈的角度看，自然主义文学的艺术性、审美性欠缺，这就难免为一般人所诟病，更难免让职业文艺家疏远；而文艺生态系统中的环境变量更是让自然主义文学的发展举步维艰。所有这些因素，注定了自然主义在当时的文艺生态系统中不可能占据较多的精神阈值。以文艺生态系统中环境变量中的政治生态而论，30年代的中国社会在精神上无法选择自然主义文学及其理论，因为该时期战乱频仍、民不聊生，阶级、民族之间对抗性斗争激烈，人文知识分子关注的是能够发挥宣传、鼓动以及批判、暴露作用的现实主义文学话语，现实主义因此成为彼时文艺生态系统中最有势力的一个强势话语种类。中国知识分子素有积淀已久的精英意识和庙堂理想，在这个特殊的历史时期，作家们都纷纷走向现实主义文艺营垒中去。"写真实"，揭露、批判社会生活中的丑恶因素和阴暗面，成为有社会良知的作家们的写作使命。文学的社会使命要求作家在写作时必须具有社会立场，不能冷静、无动于衷地进行客观的描绘，而冷静、无动于衷描绘恰恰就是自然主义作家的创作目标。自然主义的创作态度与创作目标和"红色30年代"的激进社会氛围实在合不上拍，其为有正义感和良知的作家们抛弃亦属必然。左翼作家夏衍在谈到写实主义与自然主义的关系时说："一个普洛列塔利亚写实主义的作家，当然不能像自然主义的，写实方法一样，毫无选择地单从'客观'的立场，来描写一切周围的现实"①。此语意思极为明白："自然主义"近乎"没有立场"、"缺乏选择"的同义词，其"客观"化的写作立场为进步作家所不取。

话语排斥也是自然主义无法立足 30 年代中国文坛的原因。自然主义是文学艺术家把科学方法应用于文学创作领域里的试验性产物。科学和艺术，作为人类认知世界的两种不同方式，在认识维度和方法上虽然相互补充却又相互矛盾。因为科学以客观性为认识原则，以清晰性为认识目标；而艺术活动却与人的主观情感分不开，艺术的创作以形象描述为原则，它只向人们提供世界存在的样态，却不提供解释，而且在本质上抵制定性的解释。因此，科学的"方法"用于文艺领域追寻"艺术真理"十分不合适。科学主义、科学精神与人文学科的颉颃，20 世纪德国哲学家伽达默尔在《真理与方法》中说得极为透彻。由此人们可以理解，自然主义文艺的发展，无论在其策源地欧洲还是在其传播地中国，都会不同程度地受到其他艺术话语类型的排斥和挤压，同时也会受到文学家们的否定性选择。

现代主义文学理论在 30 年代的中国也倍受人们的冷落，与自然主义文学理论成为同病相怜的难兄难弟。若就其理论原产地考察，这本是两个敌对性质的理论：自然主义是理性主义文化精神——科学主义和实证主义浸入文学领域的结果，而现代主义思潮恰恰是以非理性主义甚至反理性主义著称于世，怀特海所谓"19 世纪的文学……是人类审美直觉与科学机械论相颉颃的见证"② 即是就此而言。既然如此，现代主义为何到达中土后没有引起中国学界的热烈关注呢？对此原因的探讨还得从现代主义文学理论的性质说起。

"现代主义"（Modernism，亦译"现代派"）是对 19 世纪末、20 世纪

---

① 沈端先：《小林多喜二的 "一九二八·三·一五"》，《拓荒者》1930 年第 2 期。

② A. N. Whitehead, *Science and the Modern World*, the Macmillan Company, 1925, p. 127.

初在西方流行的富于艺术探索性质的"先锋艺术"（avant‐garde）的总称，它在文学上的理论流派主要包括象征主义、意象主义（亦译"意象派"）、未来主义、超现实主义、表现主义等派别。这些理论派别共有的理论基础之一就是弗洛伊德创立的精神分析学，共有的理论倾向是反形而上学，共有的艺术特征是在艺术技法上标新立异，共有的精神追求就是从外部描写转向人内心世界的探索，而且这种艺术精神的"向内转"又与浪漫主义的情感内心有质的不同——现代主义诸流派注重开掘的是无意识层次的心理，而非德国浪漫派的形上世界或一般浪漫主义者的主观情感。

30年代的国人对现代主义艺术观念的关注度极低，以"现代主义"或"现代派"为题的专业论文屈指可数。在《大成老旧刊全文数据库》和《民国时期期刊全文数据库》中进行专业检索，也只能找到这样有限的几篇。以"现代主义"为题的论文两篇：1.《英国文学的乔治主义及现代主义》（张资平撰，《朔望半月刊》1933年第1卷第5期），2.《现代主义绘画》（孙成撰，《天地人》1936年第6期）。以"现代派"为题的论文恰巧也是两篇：1.《论"现代派"诗》（孙作云撰，《清华周刊》1935年第43卷第1期），2.《从骆驼的足音说到现代派》（天裸撰，《新垒》1935年第2—3期）。

该时期人们对现代主义的总体观念虽然缺乏认识，但在现代主义具体流派的介绍和研究方面还算说得过去。不妨看一下现代主义相关流派的译述数据。

一　弗洛伊德的精神分析学

1.《弗洛伊特及其精神分析的批判》（高觉敷撰，《教育杂志》1931年第3期），2.《写在"精神分析学与艺术"之尾巴！》（张兢生撰，《读书杂志》1932年第11、12期合刊），3.《精神分析学与艺术》（佛理采撰、胡秋原译，《读书杂志》1932年第6期），4.《美国电影的精神分析学》（泣泽宴撰、杨骚译，《国际译报》1933年第3期），5.《心理分析与文学批评》（H. Read撰、曹葆华译，《北平晨报》1933年8月3、4、7日连载，《盛京时报》1933年8月12日起分为5次连载），6.《精神分析学与现代文学》（中村古峡撰、汪馥泉译，《文艺月刊》1934 年第 7 卷第 1 期），7.《精神分析派心理学批判》（叶青撰，《新中华》1935 年第 15、16 期连载），8.《佛罗依德的精神分析学与性问题》（咏琴撰，《东方杂志》1936 年第 7 号），9.《精神分析与儿童教育》（陈立撰，《教育杂志》1936 年第 9 号），10.《精神分析未来之展望》（陆贻昌译，《中华教育界》1937 年第 7 期），11.《精神分析引论》（商务印书馆 1930 年作为"万有文库第一集"印行时译著者为"弗洛伊特"，1933 年印行时译著者为"弗洛伊德"）。

二 未来主义

1.《最近的世界文坛：马里耐谛和未来主义》（徐霞村撰，《现代文学》1930 年第 1 卷第 2 期），2.《未来派底戏剧》（Carter 撰、张海曙译，《学术月刊》1931 年创刊号），3.《未来派文学之鸟瞰》（张一凡撰，《现代文学评论》1931 年第 4 期），4.《未来派与中国》（李宝泉撰，《南华文艺》1932 年第 2 期），5.《未来主义论》（孙席珍撰，《国闻周报》1935 年第 30 期），6.《未来派的诗》（高明撰，《现代》1934 年第 3 期）。

三 表现主义

1.《文学上的表现主义》（鸣传撰，《艺锋》1931 年创刊号），2.《德国的表现主义文学》（清华撰，《前导月刊》1931 年第 1 卷第 2 期），3.《表现主义的艺术》（北村喜八撰、张资平译，《当代文艺》1931 年第 1、2、3 期连载，第 3 期名为"表现主义艺术之特征"），4.《大战后的表现主义述评》（祝秀侠撰，《微音月刊》1933 年第 1 期），5.《新语林·表现主义》（《扫荡》1934 年第 35 期），6.《表现主义论》（孙席珍撰，《国闻周报》1935 年第 47、48 期连载），7.《艺术是什么》（克罗齐撰、孟实译，《文学季刊》1935 年第 2 期），8.《美学原理》（克洛切著、傅东华译，商务印书馆 1935 年版）。

四 象征主义与意象派

象征主义：1.《魏尔伦与象征主义》（哈罗德尼柯孙撰、卞之琳译，

《新月》1932 年第 4 卷第 4 号），2.《象征主义》（梁宗岱撰，《文学季刊》1934 年第 2 期），3.《马拉尔美——神秘的象征主义的研究》（Randolph Hughes 撰、侍桁译，《时事类聚》1935 年第 5 期），4.《论象征主义》（Fdmun Wilson 撰、朱仲龙译，《文化批判》1936 年第 3 期），5.《两位法国象征诗人》（塞门斯撰、曹葆华译，《文学季刊》1935 年第 2 期），6.《释"象征主义"：致梁实秋先生》（梁宗岱撰，《人生与文学》1936 年第 2 卷第 3 期）。

意象派：1.《意象派的七个诗人》（徐迟撰，《现代》1934 年第 4 卷第 6 期），2.《叶赛宁与俄国意象诗派》（高列里撰、戴望舒译，《现代》1934 年第 3 期），3.《自由诗与意象派诗》（漪明译，《清华副刊》1934 年第 40 卷第 11 期），4.《意象主义论》（孙席珍撰，《国闻周报》1936 年第 14、15 期连载）。

五　新感觉派与超现实主义

新感觉派：1.《新感觉派：在复旦大学讲演》（谢六逸撰，《现代文学评论》1931 年第 1 卷第 1 期），2.《所谓"新感觉派"者》（沈绮雨撰，《北斗》1931 年第 1 卷第 4 期），3.《新感觉主义的表现法举例》（陈大慈撰，《黄钟》1933 年第 29 期），4.《论新感觉派》（天狼撰，《新垒》1933 年第 1 卷第 5 期），5.《再论新感觉派》（天狼撰，《新垒》1933 年第 2 卷第 2 期）。

超现实主义：1.《论超现实主义派》（爱伦堡撰、黎烈文译，《译文》1934 年第 4 期）；《艺风》杂志 1935 年第 10 期刊出超现实主义文学专号，收录专论超现实主义代表诗人普利东（今译"普列东"）及国人论文共 5 篇，2.《超现实主义宣言》（普利东撰），3.《什么叫做超现实主义》（李东平撰），4.《超现实主义论》（梁锡鸿撰），5.《超现实主义的批判》（曾鸣撰），6.《超现实主义的诗与绘画》（曾鸣撰），7.《超现实主义文学论》（董秋芳撰，《文学导报》1936 年第 3 期），8.《超现实主义之前前后后》（李东平撰，《海滨文艺》1936 年第 2 期）。

上述现代主义译述成果明显显示：在 20 世纪 30 年代整个时间段内，

现代主义文论的译述均难见其连续性，也不成规模和系统。这种情形与文学思潮传播的一般规律似乎相悖。从精神时尚的角度，现代主义在上海兴起以后，应该迅速传播到其他地域，成为理论界的热点才是，因为现代主义文学在西方也属前卫性质的思潮。然而事实恰与之相反，出了现代派作家们的圈子，出了上海，现代派文学实践及其理论根本得不到文学界的普遍认可。在某种意义上说，它遭受到落后于时代的自然主义文论同样的冷遇。个中原因，令后人不得不察。

从整体文化氛围上看，现代主义文学没有发育的精神土壤。20世纪30年代中国的全民文化程度比较低，这种富有探索意味的先锋艺术及其理论，很难为普通知识分子所接受，现代主义文学的鼓吹者苏汶都承认现代主义文学作品中存在的"'非中国'即'非现实'的缺点"①，遑论处于文盲、半文盲状态的民众。零打碎敲的几篇译述文章，形不成理论气候，更造不成理论影响。

文学，乃至整个艺术，都是时代和环境的产物。就具体情形而言，某种文学实践及其理论直接受制于倡导与实行这种文学观念的作家及作家生活的具体环境。现代主义文学及其理论的生存土壤是上海。作为一个繁华的国际化大都市，上海主要受商业气息的浸润，国内外政治——包括国共两党你死我活的军事斗争，都不会对上海普通市民及现代派作家有任何触动。不管国共两党如何骂现代派文学"颓废"，都不会改变或影响现代派作家的生活状况与文学活动，因为他们对自身生活以外的东西根本不管也不问。

从生活经验上看，现代主义文论是现代文艺家"在现代生活中所感受的现代的情绪"于文学思想领域的表达，现代主义作家"用现代的词藻排列成的现代的诗形。所谓现代生活，这里面包含着各式各样独特的形态：汇集着大船舶的港湾，轰响着噪音的工场，深入地下的矿坑，奏着Jazz乐的舞场，摩天楼的百货店，飞机的空中战，广大的竞马场……甚至连自然景物也与前代的不同了"②。但是，当时的中国大部分地区还都处于前工业

①　杜衡：《关于穆时英的创作》，《现代出版界》1933年第9期。
②　施蛰存：《又关于本刊中的诗》，《现代》1933年第4卷第1期。

社会阶段，真正具备"现代生活形态"的大城市只有上海，其他大城市如北平、南京、武汉等，都离"现代生活"状态很远；挣扎在生存和贫困线上的中国人，对现代主义文学中的机器世界根本不知为何物。就此而言，现代主义艺术及其精神对 20 世纪 30 年代的中国来说，出生早了一点。沈从文批评海派，在某种意义上是因为他理解不了海派文学中"机械文化"①的一面。一个对艺术有着执着追求的沈从文对现代派文艺尚且如此隔膜，一般的文艺青年和普通民众更不用说了。

从审美经验上看，现代主义文学的艺术经验与 20 世纪 30 年代中国人的艺术经验无法对接。在 20 世纪初期，即使在西方，现代主义的接受也只是少数文化精英们小圈子内的事，理解它的人称之为"前卫"、"先锋"，不理解它的人斥之为"颓废"、"堕落"。在大多数人还处于文盲半文盲状态、一般有知者对现代文化还不甚了解甚至无法适应的 30 年代，现代主义文学内蕴的审美经验让国人感到陌生。现代主义作品于能指层面体现的夸张、扭曲、变形、陌生化等形式技巧，于所指层面体现的人与世界关系的破裂、人与自我的分裂、社会生活的异化等意义成分，根本触动不了当时国人的艺术神经。换句话说，30 年代国人在艺术理解与认知习惯上与现代主义文学相去甚远，其所拥有的艺术经验在面对现代主义文学作品时统统失效。不要说普通民众，就连现代主义的倡导者们对现代主义也不是十分理解，"一九三零年代，西欧文学，正在通行心理分析、内心独白，和三个'克'：Erotic，Exotic，Grotesque（色情的，异国情调的，怪奇的），我也大受影响，写出了各式仿制品"②。一个理解有限、创作实践还只能写出"各式仿制品"的文学思潮，要想获得社会的普遍认可，的确很难。

如果把现代主义文论放在 20 世纪 30 年代的文学生态系统中考察，更可看出现代主义无法获得发展的原因。该时期文学生态系统中有两个环境变量因素不利于现代主义文学理论的发展：一个是当时社会的"时代精神"，一个是现代主义面对的强大理论竞争对手。

30 年代的中国绝大部分地区还处于前工业社会，这种环境下的审美趣

---

① 苏汶：《文人在上海》，《现代》1934 年第 4 卷第 2 期。
② 施蛰存：《说说我自己》，《北山散文集》，华东师范大学出版社 2001 年版，第 750 页。

味和艺术时尚无法与现代主义艺术精神同步，人们在艺术接受活动中必然对现代主义文学及其理论反应冷淡。在这样的"文学气氛中"，现代主义文学被人们视为艺术上的"异端"，"走向'现代'就是走向异端，是不被允许的"。①

在文学话语的精神生态竞争中，左翼文学话语在文坛上占有强势话语地位，强势的左翼文学受政治功利观的支配，本能敌视、排斥现代主义文学话语，因为现代主义文学专注艺术形式与审美精神的形而上探求，与无产阶级斗争的需要无关。所以，现代主义者对左翼文学宽容却换不来左翼文学理论家对现代主义文学的宽容。虽然现代主义者向左翼一方主动抛出橄榄枝，说对于"比较左派的理论和苏联文学，我们不是用政治的观点看，而是把它当成一种新的流派看"②，但是左翼文人对此并不买账，他们对现代主义的恶感丝毫未有所减。

左翼文学界排斥现代主义文学及其理论的具体原因有两个：一是国际背景的影响，二是中国革命现实的影响。

从国际背景上看，左翼排斥现代主义主要受苏联文艺界的影响。苏联文艺界对现代主义持排斥态度，那是因为苏联革命领袖弗拉基米尔·伊里奇·列宁——当时译为"伊里几"或"伊里基"——不喜欢现代主义文学："伊里几的趣味，非常的局限"，"乌拉奇米尔·伊里几对于艺术上新潮流"持相当"消极的态度"，对于这种"君临西欧的艺术的流行"，列宁说他"有一种勇气，表示我自己是一个'野蛮人'！"、"对于表现主义，以及其他主义的作品，我不能承认这是艺术天才的崇高的表现。我不懂这些。对于这些作品，我感觉不到一点点的欢喜。伊里几否定的评价未来主义这一件事情"。③ 领袖反感现代主义，苏联文艺界马上对现代主义文学给予了理论上的批判、否定。苏联文艺界否定了现代主义文学，受苏联文艺界引导的"左联"在政治立场上自然也不甘落后，从理论上排

---

① 施蛰存：《中国现代主义的曙光》，《沙上的脚迹》，辽宁教育出版社 1995 年版，第 166 页。

② 施蛰存：《为中国文坛擦亮"现代"的火花》，《沙上的脚迹》，辽宁教育出版社 1995 年版，第 179 页。

③ 列裴耐夫：《伊里几的艺术观》，《拓荒者》1930 年第 2 期。

斥和否定现代主义也势所必然。就是抛开苏联官方文艺界的影响，单从学术上说，左翼一方也不会喜欢现代主义，因为在 20 世纪 20—30 年代，列宁著作文章在左翼的理论译述中，其数量远逾马克思主义创始人马克思、恩格斯，列宁对现代主义的否定态度不可能不影响左翼理论家对现代主义的理论判断。

左翼否定现代主义还有一个极其现实的原因。左翼理论家从中国革命及社会现实的认识出发，认为现代主义文学太过"都市化和摩登化"，与革命文学阵营中"清醒的现实主义"格格不入，是应当被"克服"的对象。[①] 在此情形下，"中国文学受到左翼文学的干扰。抗战以后，我们这一批人的文学没法子发展"，因为"他们的政治势力太大了"。[②] 与具有"政治势力太大"的左翼文学话语进行精神生态竞争，现代主义文学话语显然不是对手；在如此力量悬殊的精神生态竞争中，现代主义文学话语与社会精神需要之间的收支交换难以为继。同样，这些情况决定了现代主义在当时文学生态系统中的梯次位置不会太高，其所占据的艺术生态位也就相对较小。

上述原因注定了现代主义文论在 20 世纪 30 年代中国的尴尬处境：现实生活中人们缺乏现代主义的精神内需，现代主义文学理论的消费因此很难拉动。理论生长的主体资源如审美经验的欠缺，导致理论宣传缺乏动力；宣传缺乏动力，理论创造就更谈不上。这些不利因素综合起来，就导致现代主义文学理论的生产与再生产能力走向衰弱。随着政治环境的恶化，在强大的生存需要面前，现代主义只能让位于和国家及个体生存密切相关的现实主义，就像现代主义作家施蛰存所言："三十年代到了后期，就是一九三五年至一九四〇年，我们这一批人的文学，被政治的需要、抗战的需要压住了。这时左翼作家势力大起来了。"[③]

---

① 何凝：《鲁迅杂感选集序言》，《瞿秋白选集》文学编第 3 卷，人民文学出版社 1989 年版，第 114 页。

② 施蛰存：《为中国文坛擦亮"现代"的火花》，《沙上的脚迹》，辽宁教育出版社 1995 年版，第 179、180 页。

③ 同上书，第 179 页。

第三节　现实主义文艺论的认识歧途

古典主义黯然，浪漫主义失色，自然主义遭受冷遇，现代主义只局限于大都市小资以上阶层的人们中间，"现实主义"（realism）正是在这种情形下应势崛起，走向理论界前台。

然而，"现实主义"的思想身份很可疑——它在中国的传播过程中，名字几经变换，致使这一理论的性质和特征显得扑朔迷离。要弄清现实主义的思想身份，还得从思想的根源追溯起。"现实主义"这一名字并非来自批评家或理论家对文学运动或文学思潮的概括与总结，而是来自一本杂志的名称。1856 年 7 月，杜郎地（Duranty）等人创办了一本杂志，名字叫做《现实主义》；其后，批评家尚夫勒瑞（Champfleury）出了一本论文集，名字也叫《现实主义》，"现实主义"这一名字由此在批评家中传扬开来。在 19 世纪西方文坛诸潮流中，唯独现实主义的发展不成系统，因为它的形成和发展缺乏浪漫主义、自然主义以及后来现代主义种种流派那样自觉的社团、组织、宣言、主张，也没有相应的理论家对之进行自觉和系统的论证，这导致人们对现实主义概念的认识莫衷一是。

现实主义理论传入中国以后，其译名不叫"现实主义"而叫"写实主义"，这大概是受中国传统绘画理论及王国维"理想与写实"说法的影响。中国传统绘画理论有"写实"、"写意"、"写境"之说，亦有过追求"以形写形"、"以色貌色"的写实历史。近代学人王国维把绘画中的意境理论引入文学分析，提出文学中的"理想与写实二派"①的说法。现实主义作家注重对社会人生真相的具体描写，类似古典绘画中的"写实"手法，这应该是现代学人把 Realism 译为"写实主义"的学理原因。

最早出现的带有"写实主义"字样的介绍性文章有三篇，而且同时出现在 1920 年。第一篇是愈之所作《近代文学上的写实主义》（《东方杂志》第 1 期，1920 年 1 月 10 日），它把"近二百年中，欧洲文艺思潮的变迁"

---

① 王国维：《人间词话》，《王国维集》第 1 册，中国社会科学出版社 2008 年版，第 210 页。

分为4个时期：18世纪的"古典主义（Classicism）的时代"、19世纪前50年"浪漫主义（Romanticism或谓传奇主义）的时代"、"从十九世纪中叶起，文艺思潮受了科学的影响，便成为写实主义（Realism）或自然主义（Naturalism 写实主义与自然主义，在文艺上虽略有分别，但甚细微，本文为便宜起见，概称作'写实主义'）的时代"。另一篇是雁冰所作《文学上的古典主义浪漫主义和写实主义》（《学生杂志》第9号，1920年9月5日），第三篇是望道译加藤朝乌著《文艺上各种主义：自然主义，写实主义，理想主义，象征主义》（1920年10月28日《民国日报》"觉悟"副刊，另见1920年11月1日《新妇女》第4卷第3号）。

此时的中国的理论家在对现实主义的概念理解上糊里糊涂，一些文学研究者常常把自然主义和现实主义混为一谈。以茅盾的《文学上的古典主义浪漫主义和写实主义》为例，该文谓"写实主义的重镇推曹拉（E. Zola）莫泊三（Guyde Manepassant）"以及"写实文学的毛病（一）是在太重客观的描写，（二）是在太重批评而不加主观的见解"，把"自然主义"的特征都归到了"写实主义"名下，表明茅盾对"写实主义"与"自然主义"的差异并不清楚，但文中出现的一句"纯粹的写实主义和嫡派的自然主义"之说法又表明在他的意识里"写实主义"与"自然主义"并非一个概念。在1920年第1期的《小说月报》的小说新潮宣言中，茅盾的表达也存在同样的逻辑问题："西洋的小说已经由浪漫主义（Romanticism）进而为写实主义（Realism）表象主义（Symbolism）新浪漫主义（New Romanticism）"，"中国现在要介绍新派小说，应该先从写实派自然派介绍起"。[①] 同一篇文字中，前面说"浪漫主义"、"写实主义"到"新浪漫主义"，到后来却又突然冒出"写实派自然派"，凭空多出一个概念来，这两篇文章中出现的概念使用与表达上的不统一，足以表明茅盾对"现实主义"与"自然主义"理论在概念上还不十分明了。

"写实主义"理论初入中国，在概念上虽然与自然主义纠缠不清，但在内在精神上还算清楚。受"五四"自由主义精神的熏陶，"写实主义"

---

① 记者（茅盾）：《小说新潮栏宣言》，《小说月报》1920年第11卷第1号（该刊审校粗疏，目录中题名为"小说新潮宣言"，正文在印刷时却变成了"小说新潮栏宣言"）。

文学以西方批判现实主义文学为蓝本，提倡个性与思想解放，在创作理想上以人道主义、人性和审美等的表现为归宿，是当时中国知识分子反抗、批判、消解传统文化毒素的锐利武器。然而，这种意义上的现实主义文学观念并没有持续多久。政治意识形态的介入，使现实主义的理论家族又增加了"新写实主义"这一概念新成员。"五四"以后的中国思想界流行话语是马克思主义，马克思主义者为了建构马克思主义文学话语体系、实现共产主义意识形态企图，就必须用新的文学概念替补"五四"以来的"现实主义"概念，以此证明马克思主义文学话语的合法性。在马克思主义者看来，无产阶级对封建文学和资产阶级文学的斗争目标，"现实主义"难当此任。于是，中国文学界的马克思主义者借用转道日本而来的苏联文学思想资源，用"普罗列塔利亚写实主义"亦即"无产阶级写实主义"替补"写实主义"这一概念。但是，这一概念赤裸裸的意识形态企图，终难为世人认同，因为中国受苦受难者甚众，不独无产阶级，广大农民阶级、小资产阶级，也受着帝国主义、封建主义、官僚资本主义三座大山的压迫，"所以文学上单标榜普罗文学，就很容易使人误会到他们所要求的文学不包括在内，所以有人把这个名称改用'新写实主义'"①。通过"新写实主义"这一话语置换策略，"普罗文学"的政治色彩中性化，无产阶级的革命文学由此能够争取更多人的同情和理解。

是谁把"普罗文学"这个名称改成了"新写实主义"呢？是"左联"发起人之一的中共翻译家林伯修（杜国庠）。林伯修翻译了日本学者藏原惟人的一篇论文，发表在《太阳月刊》1928 年第 7 期"停刊号"上。这篇论文的题目叫做《到新写实主义之路——Proletarier Realism》，但通观藏原惟人文章全文，所论只有三个阶级性的文学概念："布尔乔亚写实主义"、"小布尔乔亚写实主义"、"普罗列塔利亚写实主义"，并没有出现第四个概念"新写实主义"。再说，该文的副标题"Proletarier Realism"就是文中所说的"普罗列塔利亚写实主义"，按当时的译法，直译就是"普罗写实主义"或"无产阶级的写实主义"。20 世纪 20 年代末，革命文学之

---

① 张耿西：《中国文学的趋势与新写实主义》，《国立中央大学半月刊》1930 年第 1 卷第 12 期。

火方炽，"普罗文学"、"普罗列塔利亚文学"的口号在文坛正是流行的时候，在这个时候，不把名称翻译成为"到普罗写实主义之路"或"到无产阶级写实主义之路"，偏要译为"到新写实主义之路"，显然是经过一番认真考虑的。这种考虑，在文学政治统战原因之外，实在找不到更好的解释。

尽管如此，新写实主义的意识形态意味仍然十分浓厚，因为它受苏联"拉普"文学的影响，要求作家树立无产阶级世界观，遵循"唯物辩证法"的方法进行创作。从文学思想史的角度看，"新写实主义"对"写实主义"亦即"现实主义"的理论"替补"造成了现实主义思想意义的断裂，这种断裂体现在革命文学的政治化、非审美化方面。革命文学家把马克思主义政治术语诸如"帝国主义"、"布尔乔亚"（小资产阶级）、"意德沃洛基"（意识形态）、"知识阶级"、"经济基础"、"上层建筑"、"奥伏赫变"（扬弃）等用于文学批评和研究，明确宣称要"在意识形态上，把一切封建思想，布尔乔亚的根性与他们的代言者清查出来"[1]，这种文艺政治学和文艺社会学的批评使文学的艺术意味丧失殆尽，也把"五四"时期传入中国的以人性、人道主义和社会批判为核心的西方现实主义的精神脐带给割断了。

新增的理论概念因其与"写实主义"概念在理论上的家族相似性引起人们认识上的混乱，这种混乱尚未解决，realism又出现了新的叫法，那就是"现实主义"以及稍后的"社会主义的现实主义"，"新写实主义"的名称不知不觉中开始为"现实主义"这一名称所取代。Realism改名为"现实主义"以后，这一概念的思想精神由此发生了巨大的理论变形，由此建立了文学理论话语的新秩序。在理论改名的过程中，没有一个理论家对realism名称变更的理论需要及内涵指称上的区别作出相关说明，这就必然导致后人对realism这一概念在理解和认识上更大范围的混乱，以致不了解这段概念演变史的人会以为"写实主义"与"现实主义"是两个性质的概念。

Realism的译名从"写实主义"到"现实主义"转变的理论标志是瞿秋白所作《马克斯、恩格斯和文学上的现实主义》[2] 一文，在这篇论文中，

---

① 成仿吾：《打发他们去》，《文化批判》1928年2月15日第2号。
② 静华：《马克斯、恩格斯和文学上的现实主义》，《现代》1933年第2卷第6期。

瞿秋白对"现实主义"的称呼特意在文末加以注释:"现实主义(Real-ism),中国向来一般的译作'写实主义'。"令人惋惜的是,瞿秋白的理论努力到此为止,没有继续向前一步,从学理上对"写实"与"现实"之间的理论内涵差异加以说明,致使 realism 在中国接受过程中的理论演变之流在思想上出现了理论断层。这一理论之流中断后的理论空白点,只好由后人加以填充了。

以瞿秋白的理论素养,不可能不知道哲学上 real(实在、现实)与 idea(观念、理想)的对立。在马克思主义哲学中,"现实"是实在化了的"可能",但它不是"事实";"现实"是经过人的价值过滤后的"社会实在",对"现实"的看法和评价往往受制于主体的阶级立场和政治倾向。马克思主义者特别强调文学创作中作家所秉有的倾向性、阶级性、党性,这些因素是"写实主义"概念无法体现的。因为"写实"只是一种"照原样描绘"的艺术表现技巧,"写实主义"作为一种创作原则,关注的是事物原生态的事实存在,这也是 20 世纪 20 年代人们总是把它和自然主义相混淆的学理原因。Realism 译为"写实主义"虽然更贴近艺术实际,也更富有艺术意味,但在字义上给人一种追求纯客观描摹的意义直观,无法彰显马克思主义文学理论中"再现典型环境中的典型人物"的"典型化"理论内涵,更无法体现无产阶级文学写作所要求的"倾向性"因素。所以,瞿秋白凭其敏锐的理论直觉,把"写实主义"改译为"现实主义",就其理论身份来说确属应该,从理论传播的角度看,也确实符合马克思主义文论中国化的发展需要。如果把 realism 的"现实主义"译名作为一个理论事件考察,那么 realism 的译名从"写实主义"到"现实主义",可以视为中国化马克思主义文学理论发展过程中的一大进步,或者说是一种质的飞跃。这一质的飞跃,从理论之流上斩断了人们对 realism 的理解上与"自然主义"的理论关联。

当然,"现实主义"译名的确立并不能让人们立即从意识上把此前的"新写实主义"彻底抛弃。精神世界的发展总是充满了渐进性,不像物质世界那样,一个对象可以在瞬间发生质的裂变。在 30 年代的中国文坛上,还有一些人断断续续地在介绍和研究着"新写实主义";甚至在"社会主义现实主义"概念出现后，还有人从理论上为"新写实主义"辩护，说"新写实主义这个名词，原来是社会主义写实主义（Socialist Realism）的简译"①。因此，在"现实主义"译名得到学界认可并广为流行之后，还有人努力述译"新写实主义"文学理论，也就不足为奇了。30 年代有关新写实主义的论文有：

1.《再论新写实主义》（藏原惟人撰、之本译，《拓荒者》1930 年第 1 卷第 1 期），2.《中国文学的趋势新写实主义》（张耿西撰，《国立中央大学半月刊》1930 年第 12 期），3.《写实主义之历史的研究》（山田珠树撰、汪馥泉译，《中国文学》1934 年第 2 期），4.《苏俄新写实主义的发展》（马仲殊撰，《灯塔》1934 年创刊号），5.《拥护新写实主义》（川口浩撰、韦芜译，《小译从》1936 年 5 月创刊号），6.《新写实与新文学》（法捷耶夫撰、以群译，《夜莺》1936 年第 3 期），7.《新写实主义的论题》（曾鸣撰，《众力》1936 年第 2 期），8.《新写实主义的文章》（俞荻撰，《中学生活》1939 年第 3 号），9.《从战时绘画说到新写实主义》（尼特撰，《美术界》1939 年第 2 期）。

新写实主义尽管余脉不断，但在"现实主义"的名分确立之后，其势已同强弩之末，无法再有大的反响和理论作为。"现实主义"的述译之作自 1934 年起，成为 30 年代文艺理论界的热点。其数量颇多，著者把它们分成若干类别，以方便读者了解：

一　现实主义思潮的一般性介绍论文

1.《英吉利现实主义文学》（谢六逸撰，《文学期刊》1934 年第 1 期），2.《德国的新现实主义》（周学普撰，《文理》1933 年第 4 期），3.《法国十九世纪的现实主义的文学运动》（李健吾撰，《申报月刊》1934 年第 12 号），4.《新现实主义文学概观》（婉龙撰，《清华周刊》1934 年第 9、10 期合刊），5.《现代的现实主义与心理主义的表现》（E. 奴希诺夫撰、欧阳凡海译，《东流》1935 年第 1 期），6.《俄国文学的现实主义底发达》（西

---

① 俞荻：《新写实主义的文学》，《中学生活》1939 年 5 月第 3 号。

三郎撰、高纷译,《文学》1935 年第 2 号)。

二 作家、理论家与现实主义关系的介绍论文

1.《莎士比亚与现实主义》(味茗撰,《文史》1934 年第 3 号), 2.《托尔斯泰与现实主义》(梅林格撰、斐琴译,《东流》1935 年第 1 期), 3.《杜斯退益夫斯基与现实主义》(王璜撰,《白地月刊》1935 年第 3 期), 4.《伊里奇与现实主义作品》(伊里奇夫人撰、白楚译,《文艺科学》1937 年创刊号), 5.《郭果里的写实主义》(冈泽秀虎撰、须白石译,《文艺月刊》1937 年第 2 期), 6.《普希金走向现实主义之路》(Ivan Vinogradoff 撰、孟殊译,《中苏文化》1937 年第 3 期, 第 4、5 期合刊, 第 7 期连续刊发)。

三 探讨现实主义学理系统之作

1.《关于现实主义》(焕平撰,《大钟》1935 年第 7 期), 2.《关于现实主义》(恩得烈·马路洛撰、圣渎译,《东流文艺杂志》1936 年第 1 期), 3《现实主义与艺术形式问题》(高冲阳造撰、辛人译,《夜莺》1936 年第 1 期), 4.《现实主义试论》(周扬撰,《文学》1936 年第 1 号), 5.《现实主义底一修正》(胡风撰,《文学》1936 年第 2 号), 6.《现实主义和民主主义》(周扬撰,《中华公论》1937 年第 1 期), 7.《两种现实主义》(姚锡玄撰,《新学识》1937 年 2 月 5 日创刊号), 8.《论现实主义文学》(吉尔波丁撰、余欣译,《春云》1937 年 7 月第 1 期), 9.《现实主义论》(潘菲洛夫撰、以群译,《时事类编》1937 年第 1 期), 10.《现实主义与艺术形式的问题》(高冲阳造撰、赫戏译,《文艺科学》1937 年创刊号), 11.《再广现实主义》(李南桌撰,《文艺阵地》1938 年第 10 期), 12.《论谈: 关于现实主义》(史笃撰,《文艺新潮》1939 年第 2 期)。

四 以"现实主义"为名谈论非文学现象的论文

1.《现实主义的失败》(维特撰,《上海妇女》1938 年第 5 期), 2.《现实主义外交的分析》(郑洪范撰,《浙江潮》1938 年第 12 期), 3.《现实主义潮流下的中国外交方略》(周鲠生撰,《文汇年刊》1939 年第 1 期)。这

类文章虽冠以"现实主义"之名，谈的都是与文学无关的政治、外交事务，但也足以说明"现实主义"这一词汇在当时文化界的影响力。

五　"社会主义现实主义"理论的介绍论文

1.《社会主义的写实主义与革命的浪漫主义》（上田进撰、王笛译，《文学杂志》1933年第3—4期合刊），2.《社会主义的现实主义论》（华希里可夫斯基撰、森堡译，《现代》1933年第6期），3.《社会主义的现实主义之"批判"》（格收译，《陕西旅沪学会季刊》1935年第2期），4.《诗歌中的社会主义现实主义》（斯鲁珂夫撰、李梦飞译，1936年10月《诗歌杂志》创刊号），1937年4月10日《文艺科学》创刊号刊登"社会主义的现实主义"专辑，收录5篇专题论文：①《社会主义的现实主义概观》（梁惠译多利科诺夫、施惠林合撰）、②《论社会主义的现实主义》（吉尔波丁等撰、田方绥译）、③《社会主义的现实主义基本的诸源泉》（罗森达尔撰、卓戈白译）、④《社会主义的现实主义的前提》（西尔列尔撰、李微译）、⑤《新现实主义与革命的浪漫主义》（吉尔波丁撰、赫戏译）。此外，1937年8月，夜哨丛书出版社出版胡风译罗森达尔著《论社会主义的现实主义》。

上述论文之中，第四类非文学的"现实主义"之作不予考虑，连续刊发的专题论文算作一篇，就是这样算法，有关现实主义的论文也至少有30篇，由此可知当时人们对现实主义的关注和热心程度。

若着眼于理论的文化特征，20世纪30年代中国文坛的现实主义理论研究可分为两种理论类型：本土化的"现实主义"和苏联化的"社会主义现实主义"。

本土化的现实主义在20世纪30年代存在着理论泛化的情形。现实主义的理论泛化首先表现在一般人对"现实主义"实用化的理解上。在这一历史时期，一般人理解的"现实主义"就是"务实主义"，"现实"就是"务实"，因而与"浪漫"（"空想"的同义词）有质的不同。楚云在《工作上的现实主义》中说道："文学上的现实主义之所以被认为是一种进步的形式，是因为它能抓紧现实，提出现实的要求和发展的途径，跟浪漫的和纯理想的作风不同。"① 裴元德的《现实主义的浅释》对现实主义进行了完全实用化的解释，他把现实主义的成分分解为四个要素：实效、时间性、真实性、利害的比较与取舍的权衡。他说："现实主义的第一要素为实效……一种科学，无论如何高深，然在文盲社会中，此种高深科学，绝无价值，他因为不能发生实效的缘故"，他据此批评一些"新式书生之盲从现代主义"，"徒托空言，绝无效果"。② 裴氏文章从其内容来看，并非专门谈论文学，而是把"现实主义"作为"三民主义"信念下处理问题的方法来谈的，但由此也可看出人们对待文学观念的功利态度。无独有偶，本年底离中的《论现实主义》中也说："现今各国莫不以现实主义相尚。张伯伦有现实外交。希特勒人皆以流氓嘲之，而其现实精神更大。斯塔林负担共产主义之理想，而现实精神又远在张伯伦希特勒之上"，"英国人之现实主义是本其经验主义之精神而来。此种精神含有二特性：一曰批判，二曰功利。"③ 在这种意义上，现实主义其实就是"实用主义"的代名词。这些文章有的论述虽然无关文学，但就认识而言，确实代表了当时人们对现实主义的一种理解。

在"泛化"的"现实主义"论之外，就是文人对"现实主义"的一般认识。文人据自己的学术和职业背景而对现实主义加以各自的理解和阐释。《新垒》杂志主编李燄生认为现实主义的第一要义是真实的反映现实，说"现实主义的文学，是不能容许政治性的存在的"④，因为文学受政治干扰之后，便不会忠实于艺术和生活，便会为了政治目的蓄意宣传，或为政治而撒谎，因而便丧失了现实主义之"现实"意味。李健吾说："现实主义与其说做一种主义，不如说是一种气质，犹如每一个作品，多少全含有现实主义的成分。"⑤

李健吾这种看法只是一种比喻性的描述——李氏深受西方印象批评的影响，由此描述性认识可见一斑。北鸥（陈伯欧）从区别性角度，比较现

---

① 楚云：《工作上的现实主义》，《战线》1937年9月18日第2号。
② 裴元德：《现实主义的浅释》，《更生》1939年第1卷第2期。
③ 离中：《论现实主义》，《再生旬刊》1939年第36期。
④ 燄生：《论现实主义》，《新垒》1934年第4卷第6期。
⑤ 李健吾：《法国十九世纪的现实主义文学运动》，《申报月刊》1934年第3卷第12号。

实主义和自然主义的不同，说现实主义必须避开自然主义的印象式描写，否则"现实主义同自然主义就没有什么差异了"；他认为现实主义的对象就是"社会的活动，政治的实践，'生动的'大众，以及正确理解了的社会心理"。① 祝秀侠说："所谓'现实主义'，就是：'广泛，多面而正确地描写现实生活的倾向。'"② 这两人认识上的共同点就是强调作家态度、立场的"正确"性："正确理解"和"正确地描写"。正确云者，乃是一种政治话语中的宏大语词，这是革命和战争年代宣传家惯用的语词；因为"正确"或"不正确"有阶级和政治立场的制约，共产党人认为正确的，国民党人会认为错误，国民党人认为正确的，共产党人会认为是错误。即使抛开党派之争，"正确"与"不正确"仍然不会在艺术观上达到一致；所以，使用这样的语汇论证现实主义的特征，说了等于没说。这种空洞的论述笔调很能反映出充满革命与战争的 30 年代中国的社会特征。茅盾对现实主义持有另外一种看法，他说："所谓现实主义的文艺者，不仅反映现实而已，且须透过了当前的现实而指出未来的实际。"③ 茅盾的认识描述虽然很简略，但其理论内涵却比前两人有所前进，因为他的认识比前两种认识多出了审美理想主义的成分，即"透过了当前的现实而指出未来的实际"，这也是马、恩现实主义论里面的题中应有之义。

现实主义在其艺术精神本土化的过程中，理论家们的认知出现了更大的歧异，并使现实主义精神走向两个方向的岔道：一条是沿着马克思、恩格斯的现实主义理论往前走，即沿着美学观点与历史观点相统一的艺术方向往前走；另一条是沿着苏联斯大林主义的现实主义理论往前走，即沿着以政治统御艺术的方向往前走。

20 世纪 30 年代，马克思、恩格斯有关文艺方面的论文和著作已有不少译成中文，并且在中国文艺界广为传播。就总体情形而言，接受恩格斯"美学观点和史学观点"④ 相统一的学者较多。中国学者在接受这一观点的

---

① 北鸥：《创作技术和现实主义》，《杂文》1935 年第 3 期。
② 祝秀侠：《现实主义的抗战文学论》，《文艺阵地》1938 年第 1 卷第 4 期。
③ 茅盾：《还是现实主义》，《战时联合旬刊》1937 年第 3 期。
④ 恩格斯：《致斐迪南·拉萨尔》，《马克思恩格斯文集》第 10 卷，人民出版社 2009 年版，第 177 页。

同时，又据中国的政治形势加以理论节点的转换，把"美学观点和史学观点"的关系在论述中转换成为"美学观点和政治观点"的关系，这也符合理论接受过程中本土化的一般规律。比如祝秀侠论现实主义，他就特别强调现实主义文学作品的文学性："不要忘记'文学'这两个字。所谓文学，就有文学的特殊性。……所谓文学的特殊性，主要的就是现实的形象化，用具体的形象表现出来的现实。因此它不是标语，不是传单，不是一篇政论，不是一本流水账"，"毫无艺术性的标语，宣言，政论式的作品，自然离'现实主义'很远"，"文学必须以活生生的形象来反映现实，才能使读者对它发生真实感……这些具体的形象是需要经过艺术的加工与艺术的概括。艺术性就是使得文艺和其他的社会科学论文，及宣言，标语等的宣传品不同的唯一的地方。它是文学的本质，文学的特征。除了这，文学便不成其为文学。"① 祝秀侠对"文学性"、"艺术性"、"形象化"与"标语"、"宣传"、"政论"的区分在当时的环境中极为必要，在实用主义和功利主义支配下的泛化的现实主义论调下，中国当时的文学界在创作上已经走向主观主义和公式主义的理论歧途，对现实主义艺术性的强调是从理论上克服这种不良倾向的必需的理论药剂。

沿着马克思、恩格斯的现实主义理论思路前进，并在理论界有深刻理论影响的人物是瞿秋白。瞿秋白一度担任过中共中央最高领导人，他作为中共在文艺战线上的最高理论代表应该当之无愧。瞿秋白翻译过马、恩有关文学论述的不少经典论文，对现实主义理论的理解和阐释也因此比一般批评家和学者更富有理论权威性。瞿秋白在《马克斯、恩格斯和文学上的现实主义》这篇文章中，提出马克思主义现实主义论的核心就是作家在创作时要"有倾向"，"有政治立场"，敢于通过文学作品"暴露资本主义发展的内部矛盾"，同时强调现实主义创作的特点"就是恩格斯说的：'除开详细细节的真实性，还要表现典型的环境之中的典型的性格'"。② 这些论断都相当贴近马克思、恩格斯的现实主义理论精神。瞿秋白在论述现实主义的理论特征时，不忘"美学观点与政治观点"的统一："文艺理论不但

① 祝秀侠：《现实主义的抗战文学论》，《文艺阵地》1938 年第 1 卷第 4 期。
② 静华：《马克斯、恩格斯和文学上的现实主义》，《现代》1933 年第 2 卷第 6 期。

要'解释和估量文艺现象'，而且要指示'文艺运动和斗争的方法'。文艺理论不但要说明'文艺是什么'，而且要说明'文艺应当怎么样'。"① 瞿秋白一直对机械论、公式化、官僚化、政治化的文论保持距离，在他的翻译视野中，他注目的是马克思、恩格斯、拉法格、普列汉诺夫、高尔基等"马克斯主义的大学者的'具体的'文艺批评"②，他在编选"马克斯主义文艺论文集"以及进行马克思主义文论译述时，考虑"不免略为关涉到中国文学界的现象"③。"'具体的'文艺批评"显然是指马克思主义理论家在具体文学对象上的理论认识或观点，而不是抽象的理论对象诸如文艺政策、文艺口号等；而事关"中国文学界的现象"到底是什么"现象"，对于具有学者与官员双重身份的瞿秋白来说，这是理论上的难言之隐，他不能说。苏联官方文学观独断、教条、机械，且据政治需要随时变换文艺政策及文艺口号；中国左翼文坛由于在政治上紧跟苏联，在理论上也只好与之俱变：一会儿"唯物辩证法的创作方法"，一会儿"新现实主义"，一会儿又变成了"社会主义的现实主义"。瞿秋白不会不明白这种学术跟风的结果：苏联文学界出错，中国文学界跟着错。但他的政治身份不允许他说，因为"左联"一项又一项的文学运动，都是在中共中央及共产国际的指示下开展的。他只能走迂回战术，通过大量介绍马克思主义经典作家的文学观念，来消极地消除中国文学界的极左倾向和机械论、教条论思维。

沿着斯大林主义的方向，把现实主义引向政治之途的人物，是中共文艺官员周扬。周扬是一个职业文艺官僚，唯组织之命是从。周扬的文学理论资源来自苏联，而苏联文艺界在斯大林时期完全是政治斗争的工具，在思维方面显得极左，这些因素在周扬的文章中都打上了非同一般的烙印。周扬在看待文艺现象时时时不忘文艺为政治服务，一谈到现实主义，他就想到"现实主义的文学运动是和民主主义的任务不能分离的。我们要……使文学成为教育大众的工具"，"文学上的现实主义、民主主义的运动是和

---

① 瞿秋白：《〈"现实"——马克斯主义文艺论文集〉后记》，《瞿秋白文集》文学编第4卷，人民文学出版社1986年版，第225页。
② 同上。
③ 同上书，第226页。

政治上的救亡运动、宪政运动相配合的"。① 在文艺与政治的关系上，周扬把文学彻底政治化，把两者完全等同起来，他说："文学的真理和政治的真理是一个，其差别，只是前者是通过形象去反映真理的。所以，政治的正确就是文学的正确。不能代表政治的正确的作品，也就不会有完全的文学的真实。在广泛的意义上讲，文学自身就是政治的一定的形式，关于政治和文学的二元论的看法是不能够存在的。"② 这种简单化、绝对化、偏颇化的话语表述完全是机械唯物论和庸俗社会学思维方式应用于文学研究中的结果，在后人看来极为荒唐可笑，周扬对此却未觉有任何不妥，他站在文艺政治学的立场，反复申述"对于文学之政治的指导地位"，要求"作为理论斗争之一部的文学斗争，就非从属于政治斗争的目的，服务于政治斗争的任务之解决不可"③。然而，这种极"左"的思维让周扬在理论上顾得了前顾不了后，在文学与社会关系的认识上时常陷入自相矛盾。比如，他一方面说"我们并不主张文学成为政治的附庸"，另一方面又提出"要使目前的文学顺利地发展，首先要解除文学一切外来的束缚"。④ 谁都知道，文学一旦和政治捆绑在一起，再想解除"一切外来的束缚"近乎痴人说梦：天天到集市上贩卖咸鱼的人，想让自己身上不带任何腥味，怎么可能呢？

与政治斗争密切相关的是社会生活中的"阶级"、"党派"等因素。周扬在论述文学与政治的关系时，常常有意强化文学家的阶级与党派立场。在讨论"文学的真实性"这一艺术问题时，周扬念念不忘把它和"阶级性，党派性"联系起来，说"文学的真实性之客观的标准，即在于……对于文学作品的阶级性的具体分析中"，"愈是贯彻着无产阶级的阶级性，党派性的文学，就愈是有客观的真实性的文学"；对于何谓"党派性"，周扬如此解释道："'党派性'云者，实际就是'阶级性'的更发展了的，更深化了的思想和实践。列宁对于文学的党派性的规定，可以说是对于文学的

---

① 周扬：《现实主义和民主主义》，《中华公论》1937 年 7 月 20 日创刊号。
② 周起应：《文学的真实性》，《现代》1933 年第 3 卷第 1 期。
③ 同上。
④ 周扬：《现实主义和民主主义》，《中华公论》1937 年 7 月 20 日创刊号。

阶级性的更完全的认识，也可以说是关于阶级社会中意识形态的阶级的性质的马克思，恩格斯的命题之更进一步的发展和具体化。"① 从政治角度理解文学、评价文学现象，在周扬几乎成为一种职业习惯，他可以毫不费力地把任何一个文学对象上升到政治的高度去分析和评价。以他对鲁迅的评价为例，他虽知鲁迅对自己颇有恶感，但在纪念鲁迅的文章中，仍然称其为"一个伟大的民主主义现实主义者"、"民族巨人"，"他的全部著作贯彻着为民族解放而奋斗的精神"，"照耀着中国人民走向独立、自由、幸福的道路"。②

　　周扬的现实主义文学观为下一个年代《在延安文艺座谈会上的讲话》所吸收，"在文学的阶级性和党性原则、文学和政治的关系、文学和大众的关系、文学和生活的关系、世界观和创作方法、社会主义现实主义与浪漫主义的关系等问题上，毛泽东的《讲话》与周扬 30 年代上海时期的文艺思想有着极大的一致性"③。20 世纪 40 年代以后，周扬热心宣传、解释毛泽东文艺思想，恐其真实原因是挟政治威权维护、宣传某些属于他自己的思想。从后来的事实看，周扬的确十分成功地挟政治权力之威，把他奉行的现实主义文学观变成了中国大陆文学界的权力知识话语，给改革开放之前的中国文学打上了鲜明的极左政治烙印。

　　周扬的政治化现实主义观与苏联"社会主义现实主义"理论的影响分不开。周扬一度担任"左联"党组书记，"左联"受政治意志左右，唯苏联文学思想马首是瞻。苏联文学界根据政治需要，对西欧的文学思潮和理论进行随心所欲的政治解释，把不能为政治所用的现代派文学打入思想冷宫，同时对能够为政治所用的现实主义和浪漫主义施以思想宫刑，通过宣传机器的解释，生生把二者阉割、扭曲为两种不同性质的"创作方法"。现实主义被施以思想宫刑之后，成为政治上低眉顺眼的乖乖女，其内在精神随着苏联政治斗争的需要可以随时进行理论变更，随意改换理论名称，从"新现实主义"到"唯物辩证法的创作方法"再到"社会主义现实主

---

① 周起应：《文学的真实性》，《现代》1933 年第 3 卷第 1 期。
② 周扬：《一个伟大的民主主义现实主义者的路》，《时论丛刊》1939 年 4 月 5 日第 1 辑。
③ 孙书文：《文学与革命——周扬文艺思想研究》，山东文艺出版社 2006 年版，第 6—7 页。

义",其名字被拧来扭去,成为政治斗争中权力话语的一种。

来自苏联的"社会主义现实主义"与中国本土化的马克思主义现实主义论有质的不同。本土化马克思主义的现实主义论,其理论依据是马克思、恩格斯的现实主义观念。马克思、恩格斯的现实主义观是根据欧洲文学发展的事实所作出的理论判断,这种判断与欧洲文学史上现实主义文学发展的实际相吻合;而苏联的"社会主义现实主义"是一些主管宣传的文艺官僚在政治先行的思维模式下作出的文艺理论规定,是一种假现实主义或伪现实主义。作为政治权力话语,"社会主义现实主义"的存在及价值完全视政治需要而定。

"社会主义现实主义"在苏联出现非属偶然,它是文学理论适应苏联社会政治新秩序而产生的意识形态观念。现实主义的审美本质在于其时时对社会保持清醒反思并诉诸艺术批判,但在苏联的政治体制与社会环境中,这种理论无所作为:苏联非 19 世纪的欧洲,彼时的"写实主义是一种吹毛求疵的写实主义,它讥刺痛斥社会的丑恶,暴露过失缺点",这显然不适合苏联的国情,因为苏联是"一个伟大的社会主义的"国家,而苏共领导下的人民多的是"英雄"、"道德君子"、"建设者,创造者,他们在组织一个社会主义社会"。① 在这样的国度,现实主义文学必须调整此前的艺术再现模式,学会赞颂与歌唱。如果现实主义自身不能与时俱进地进行主动的自我改造,那就只有接受政治新秩序的强制性改造,否则它无法继续存活下去。在此意义上,从 19 世纪以社会批判为特征的"现实主义"到以对新秩序歌功颂德为特征的"社会主义现实主义",其性质变化不属寻常的文艺观念变迁,而是文艺意识形态的性质转换;这种转换暗含政治权力和统治需要的玄机,而其实现又是在提升文艺创作方法冠冕之下进行的。

现代派作家穆时英当时就已看到"社会主义现实主义"的意识形态性质:"社会主义的现实主义……是苏联为自己制造的、适足的鞋子。从前,在史太林的治权还没有巩固的时候,苏联简直是不要艺术的。它只要群众

---

① 婉龙:《新现实主义文学概观》,《清华周刊》1934 年第 42 卷第 9、10 期合刊。

大会的决议案、革命标语和口号，而把这些东西直截了当地称做'艺术'，而同时又挂了一块'保守主义的现实主义'的招牌。事实上，这样的现实主义如果说是艺术的思潮还不如说是社会主义的思潮"①，穆时英因此把"社会主义现实主义"贬之为"伪现实主义"②。

　　然而，就是这样一个充满思想疑问的命题，周扬却对其正确性一直深信不疑。直到20世纪80年代，在改革开放的大环境下，他才承认"社会主义现实主义"的理论局限，承认自己当年引进这一命题完全是因为"理论准备不足"，承认自己当时"写文章时，便完全是跟着'左'的一套走的，把文艺简单地理解为是革命的传声筒，忽视艺术本身的规律"，"搬弄空洞的理论术语"等等。③ 甚至对与这一命题相关的政治因素，即他在20世纪30年代反复强调的文学的"党派性"，也进行了否定性反思："'文学的党性原则'。我不赞成用。……不能说文学是党的文学。……只有党的文件才是党的文学，但那也是广义的文学。"④ 然而，政治及文艺领域里的"左倾"思维已成惯性，积习难除，机械唯物论和庸俗社会学在文艺研究领域势如弗兰肯斯坦，已非这位中共中央宣传部副部长所能操控，文艺研究政治化的倾向并不因"周部长"个人思想解放后的"意见"而稍减。20世纪80年代中期以前，文艺界对文学本质的认识及相关研究，一直停留在"文学是社会的上层建筑"以及"阶级性"、"党性"、"人民性"等非艺术、非审美的认识层面上，致使社会主义文学雪拥蓝关，踟蹰不前，而这完全可以说是周扬政治化的现实主义理论留下的思想积患。

---

① 穆时英：《电影艺术防御战——斥捐着"社会主义的现实主义"的招牌者》（二），《辰报》1935年8月12日。

② 穆时英：《电影艺术防御战——斥捐着"社会主义的现实主义"的招牌者》（一），《辰报》1935年8月11日。

③ 周扬：《〈中国新文学大系理论集〉序》，《中国新文学大系1927—1937》第一集文学理论集一，上海文艺出版社1987年版，第7页。

④ 周扬：《对编写〈文学概论〉的意见》，《周扬文集》第3卷，人民文学出版社1990年版，第266页。

第五章　20世纪30年代文学理论的权力话语症候

　　文学理论话语是社会秩序的产物，文学理论话语的结构、秩序与社会生活的结构、秩序异质同构，二者之间是"现实之物"与"符号之物"的对应关系，尽管这对应关系因叙事与修辞的介入而变得扑朔迷离。20世纪30年代是中国社会政治不断发生剧变的时期，政治上的大变动直接影响着人们的思维与表述方式，这种影响在文学理论话语中的表现就是文学话语严重政治化，宏大叙事普遍流行。

　　文学宏大叙事既有社会现实基础，又有历史文化基础。在中国历史上，道统、政统与学统互渗互长，这一特点在现代中国社会的表现就是政治革命、思想革命与文学革命经常捆绑在一起，三者捆绑一起的结果就是文学被意识形态化，成为政治斗争中的宣传工具。文学成为政治宣传工具以后，必然从审美领域走向政治领域，从个体生活空间走向公共政治空间，从个体艺术叙事走向集体政治叙事。

　　从20世纪30年代文学整体格局来看，国府的"三民主义"、"民族主义"文学与左翼的"普罗文学"、"革命文学"矛盾对立，成为彼时中国社会力量中压迫与被压迫、统治与被统治、镇压与反抗、血与火的拼杀较量之符号表现场域。两种尖锐对立有时又走向统一的文学理论以语言—世界、知识—权力之间的关系生产与表征着统治阶级与被统治阶级之间矛盾与冲突、妥协与和解以及不同政治力量之间此消彼长的复杂关系。左翼一方文学口号的变化轨迹，既体现了共产党文艺宣传策略的变化，也体现出其斗争力量变化的轨迹。从20世纪20

年代末体现激进权力要求的"普罗文学"（无产阶级文学）到略带中性色彩的"革命文学"（国民党也以"革命者"自居），20世纪30年代转为"文艺大众化"、"民族形式"，从学术角度看是左翼文学从暴力话语转向学术话语的表现，从政治局势看是左翼文学遭受疯狂镇压后走向低潮的表现，从政治策略看是左翼文艺阵营为逃避政治剿杀采取的低调的话语策略。从1930年的"民族主义文艺运动"至1938年3月底4月初召开的国民党临时全国代表大会通过的"关于确定文化建设原则纲领的提案"中的"民族国家本位"[①]原则，表明20世纪30年代中国的民族危机和民族矛盾日益上升，成为威胁国家利益的核心矛盾；而其10年期间从未间断的一系列查禁、封杀左翼文艺的法规及"文化剿匪"的口号，表明国民党对于旨在颠覆国民政府政体的共产主义意识形态从未放松监控。

左翼和右翼文论各有两个向度：一是直接体现政治要求的权力话语，二是为政治服务的学术话语与批评话语。右翼学术话语与批评话语没有在民间形成市场，只好靠权力话语压制左翼话语群的生长。没有学术话语与批评话语的支撑，右翼权力话语在意识形态维稳上独木难支，难以产生政治公信力。[②] 左翼文论以政治宣传为根基，权力话语与学术话语、批评话语之间互为犄角，互壮声威。由于这三类话语生成复杂、各具特征，本书第六章将对之一一加以专题探讨。

在国共两党的权力文学话语之外，还有国府体制内一些知识分子所制造的文学话语。这类文学话语的主体是自由主义者和保守主义者。自由主义文学话语与保守主义文学话语在政治立场上非左非右，对国共两党文学话语皆有不满和批评。自由主义者与保守主义者在批评国共文艺意识形态话语的同时向世人宣示着自身的艺术追求与政治立场，因而成为30年代文学话语场中的亚政治话语。

---

① 《中华民国史档案资料汇编》第5辑第2编"文化"（一），江苏古籍出版社1998年版，第1页。

② 张大明著《主潮的那一面——三民主义文艺与民族主义文艺》（中国社会科学出版社2010年版）对30年代右翼文艺话语生态及其与国府当局的关系进行了全面系统的梳理，故本书对右翼文艺话语存而不论。

第一节 文学理论话语场域的权力对峙

　　20 世纪 30 年代文学场的权力话语对峙就是国共两党之间的意识形态对峙。"意识形态"（idéologie）是法国学者特拉西（Destutt de Tracy, Antoine‑Louis‑Claude，1754—1836）所创的概念，意为"观念的科学"、"思想（体系）"①。作为一个"总体概念"②，意识形态是对相关人群"总体世界观"的描述。特拉西之后，马克思和恩格斯率先从"特殊概念"的角度对意识形态的功能进行了历史分析。马克思和恩格斯认为：意识形态从政治的角度来说，就是体现相关阶级利益及其立场、倾向的政治思想观念，是阶级社会的特有现象；处于国家领导地位的意识形态是统治阶级粉饰统治的精神工具，是维护少数统治者利益的上层建筑中的软设施，与上层建筑中的硬设施（如军队、警察、监狱等国家机器）相伴而行，与权力、统治、支配、秩序以及社会资源和权力分配不公等不合理因素紧密相连；意识形态体现并捍卫统治集团的利益、观念、立场、倾向诉求，为统治集团统治的合法性作理论上的辩护，因此属"虚假意识"——通过歪曲、掩饰为统治阶级利益作合法性辩护的理论、思想、信念、主张或学说。在马克思、恩格斯看来，代表统治者利益的官方意识形态通常以政治思想为主，同时辅之以哲学、宗教、法律、道德等思想观念，通过引导性宣传，把少数统治者"自己的利益说成是社会全体成员的共同利益"③，或者说成是代表了全体社会成员的利益，在本质上是对现实的生产关系的扭曲和遮蔽，带有极大的虚幻性甚至欺骗性，而作为阶级社会的被统治者，也有代表自己切身利益的政治、道德、宗教、哲学等的思想观念，只不过不像官方意识形态那样被人为地组织化、系统化、系列化罢了。

　　马克思、恩格斯对政治意识形态进行了大刀阔斧的破与立：一方面从

---

　　① Destutt Comte de Tracy, *éléments d' Idéologie*，Vol. 1，Paris：Mme VE Courcier, 1817，p. 5.

　　② 卡尔·曼海姆：《意识形态与乌托邦》，商务印书馆 2002 年版，第 57 页。

　　③ 马克思、恩格斯：《德意志意识形态》，《马克思恩格斯文集》第 1 卷，人民出版社 2009 年版，第 552 页。

理论上对统治阶级意识形态进行解构，揭穿其所宣传思想的虚假性和欺骗性；一方面开始建构被统治者自身的意识形态思想，并通过反官方意识形态的宣传，唤起被统治者的阶级意识。马克思在青年时期就注意到了意识形态在阶级社会中所起的作用，他在《黑格尔法哲学批判导言》中虽然指出物质力量只能以物质力量摧毁，但又强调理论一经掌握群众，也会变成物质的力量。19世纪后期以降，各国无产阶级革命运动风起云涌，这让各国的统治者与被统治者都意识到了意识形态在社会生活中的作用：它既能整合思想、维系人心与社会稳定，也能破坏思想统一，引发认识混乱、导致社会思想离散，引发社会动乱乃至革命。在阶级矛盾尖锐、阶级斗争激烈的时代，意识形态斗争的重要性更是不言而喻。文学话语作为"居于社会建筑最上层的意识形态领域"① 内的因素，不可避免地要卷入意识形态的斗争中去，在其中扮演相应的角色。

一　党化意识形态为何从互容走向对立和斗争

20世纪30年代，世界范围内的共产主义运动如火如荼，无论国际还是中国国内的政局，都十分明显地分成壁垒森严的"两大营垒"：资本主义和社会主义。两个意识形态截然对立的阵营的"对立斗争成为现代历史的主要特征"②，中国的政治格局不能不受到这种情形的影响。1927年以前，为了推翻封建主义和帝国主义的统治，国共政治合作一直良好，两党对共产主义意识形态也有许多理论共识，例证就是国府的"新生命书局"；北伐战争以后，出版马克思主义书籍最多的就是这家出版机构。③

但是，苏联激进的政治政策改变了这种状况。新生的社会主义国家苏联受到世界上帝国主义国家的包围，急于培植国际政治盟友以减轻政治和军事上的压力。中华民国虽是苏联盟友，但和苏联走的毕竟不是一条道，"非我族类，其心必异"，苏联当局不会不清楚这一点。一个共产党掌权的

---

① 何东辉：《文艺科学的建立》，《清华周刊》1934年第42卷第1期。

② 《无产阶级文学运动新的情势及我们的任务》（一九三〇年，八月四日左联执行委员会通过），《文化斗争》1930年第1卷第1期。

③ 张漱菡：《直心巨笔一书生：胡秋原传》上册，台北皇冠出版社1988年版，第346页。

国家，才能让苏联当局安心和放心，所以苏联极力支持中共建政，它通过自己掌控下的第三国际，让中共在其力量所及之处，发动工运农运，建立苏维埃政权。在此过程中，中共接受共产国际代表鲍罗廷的实用政治主义观点，不惜"要痞子流氓作先锋"。当时的国民政府政治力量尚小，需要苏联及中共的政治协作——两党合力革命总比一个政党包打天下要轻松得多，对此表现了相当程度的宽容。当时的媒体报道说："农民受压迫过久，稳健分子不易起来，是要痞子流氓做先锋，真正农民才得起来。专靠做农运的几个人，是不成功的。"①

痞子流氓做事没有道德底线，烧杀抢掠无所顾忌，致使工农运动在发展过程中常常变生肘腋。在国民党的全国代表大会上，"毛泽东同志说得很详细，农民协会确有扰害军人家属的举动"，"据毛泽东同志报告，才晓得农民协会有哥老会在内把持。他们既不知道国民党是什么，也不知道共产党是什么，只晓得作杀人放火的勾当"②。据中共元老李维汉回忆，农运时"出现一些'左'的偏差，诸如擅自捕人游乡，随意罚款打人，以至就地处决，驱逐出境，强迫剪发，砸佛像和祖宗牌位……等等。这些作法容易失去社会同情。对谷米的平粜阻禁，以及禁止榨糖酿酒，禁止坐轿，禁止穿长衫等等，易使商人、中农和小手工业者产生反感，也使一般农民感觉生活不便……此外，还冲击了少数北伐军官家属，引起同湖南农村有联系的湘籍军官的不满"③。国民党元老李宗仁回忆这段历史时说，至 1927 年夏，"两湖军队愤懑的心情，已到无可压抑的境地。因当时中下级军官多为中、小地主出身。其父母或亲戚在故乡都横遭工会、农会的凌辱，积愤已久。而各级党部竟视若无睹。纵使是革命军第三十五军军长何键的父亲，也被绑游街示众"④，这种极端情形的直接政治结果就是"马日事变"。

在工运和农运过程中，类似"马日事变"的政治与外交事件不断，政治影响极其恶劣。共产党"自己承认农运'幼稚''过火'，命令新闻记者

---

① 1927 年 2 月 22 日长沙《大公报》第 7 版报道：《省农民协会昨日欢迎顾问纪事》。

② 中国第二历史档案馆编：《中国国民党第一、二次全国代表大会会议史料》（下），江苏古籍出版社 1986 年版，第 1232、1235 页。

③ 李维汉：《回忆与研究》（上册），中共党史资料出版社 1986 年版，第 97 页。

④ 李宗仁：《李宗仁回忆录》，华东师范大学出版社 1995 年版，第 349 页。

在武汉民国日报作文批评农运，农政部出布告，中央宣传部出宣传大纲，纠正自由行动的没收土地等的过火"①。但是为时已晚，国府上层开始酝酿收拾共产党的相关事宜。结果先是武汉汪精卫一方"和平分共"，继而蒋介石在南京"武力清党"。面对国民党的镇压和屠杀，共产党不甘示弱，在南昌武装起义之后，在全国各地发动暴动，捕杀地主士绅，实行阶级同态复仇，"在暴动中……杀土豪劣绅，杀政府官吏，杀一切反革命"、"施行红色恐怖"②。国共之间的政治蜜月期至此画上了句号，中国国内也开始形成两个对立的政治阵营。

其实，中共在政治上的急进只是诱发国共分裂的导火索而已，国共在意识形态之间的严重分歧才是国共分裂的内在原因。在国民党领导民众推翻清朝、建立现代国家的过程中，意识形态宣传发挥了很大作用。国民党在"联俄"、"联共"，共襄北伐大业的过程中，一方面感受并认识到共产党在意识形态宣传方面的能量和威力，同时也对国民党内赤色思想的充斥隐然感到不安。据国民党元老胡汉民自述，国民党在1927年的武力"清共"，正是认清了国共两党意识形态在原则上的对立和不可调和性以后作出的政治"断腕"③之举。胡汉民本人深知意识形态的重要性，在国民党"清共"之时"特重共党思想之清除，故对宣传工作之进行，全力以赴，为文演说，目不暇接，一方面阐扬三民主义，同时驳斥共党邪说"④。国民党拒绝共产主义意识形态乃其生存合法性之逻辑所需，如其在理论上一直坚持三民主义的最终目标就是共产主义，国民党就不成其为国民党，国府的青天白日徽志与中共的镰刀斧头图案也仅仅是形式上的差异而已。

颇具反讽意味的是，国共两党在意识形态上虽然水火不容，但在意识形态领域许多宣传方法如出一辙，原因在于两党均"以俄为师"。国民党"自民国十三年以来，本党之组织原则，即系采用苏俄党政组织之原则——民主集权。顾苏俄民主集权四字之意义如何，一般国民党党员恐至今仍不清晰。

---

① 中国社会科学院现代史研究室：《鲍罗廷在中国的有关资料》，中国社会科学出版社1983年版，第238页。

② 姚守中等编：《瞿秋白年谱》，江苏人民出版社1993年版，第231页。

③ 胡汉民：《党权与军权之消长及今后之补救》，《三民主义月刊》1933年第1卷第6期。

④ 蒋永敬编著：《民国胡展堂先生汉民年谱》，台湾商务印书馆1981年版，第396页。

苏俄之所谓民主集权，在以大权寄于广大之党员（或国民）代表机关，但此项代表机关可授权于一较小之委员会（例如其党之中央执行委员会及旧日全苏维埃大会中之中央执行委员会），于其闭会期内行使大会之全权；此项委员会，复能授权于更小之委员会（如所谓常务委员会或政治委员会之类），同样行使全权。此种办法，与传统的议会制度之精神，自属相反"①。不惟组织原则，其他如军事、安全、宣传等组织程序和形式也和共产党一样，都法自当时的苏联。就此而言，国共两党可谓同根所生、异质同构。

两党话语模式无论在思维还是表达上都极为相似：都喜欢使用一模一样的宏大语词对相关对象进行政治定性与定位，例如，民国政府在训政时期的社会生活中，"无论什么人，只须贴上'反动分子''土豪劣绅''反革命''共党嫌疑'等等招牌，便都没有人权的保障。身体可以受侮辱，自由可以完全被剥夺，财产可以任意宰制，……无论什么书报，只须贴上'反动刊物'的字样，都在禁止之列，都不算侵害自由了。无论什么学校，外国人办的只须贴上'文化侵略'字样，中国人办的只须贴上'学阀''反动势力'等等字样，也就都可以封禁没收"②。即使在国民党武力"清共"之时，官方话语仍然不自觉地在使用共产党创制的术语，同时运用共产党内习用的政治思维方式及语体表达模式。例如，国府元老级理论家胡汉民"在清党运动中，特别提出清除腐化、恶化分子，使破坏国民党者无可隐匿。展堂先生为清党委员会所订'腐化、恶化之解释'如下：'凡违背党义党章党纪及党政府之政策法令，不顾本党的国民革命的和民众的利益，有意或无意以个人利益为前提，懈怠党的工作；如掺入本党之贪官污吏、土豪劣绅、政客官僚以及一切投机腐败不忠实不努力的份子，其行为将令本党渐起腐化者，为腐化分子。……腐化恶化两种分子，本为抽象名词，须根据其明显的行为和确切的事实，绝对从党的立场上公正判断之"③。

---

① 中国社会科学院近代史研究所《近代史资料》编辑部编：《近代史资料》，中国社会科学出版社2009年版，第155页。
② 胡适：《人权与约法》，《新月》1929年第2卷第2号。
③ 蒋永敬编著：《民国胡展堂先生汉民年谱》，台湾商务印书馆1981年版，第396—397页。

不过，两党学习的结果却有质的不同。国民党照猫画虎，东施效颦，虽得其形，未得其神，共产党却尽得苏联真传。这倒不是说国民党笨不可教，或者说苏联偏向中共小兄弟，对国民党留了一手。真正的原因在于，三民主义与共产主义分属两种异质的意识形态，国民党政体与苏维埃政体有别，因此，国民党在学习的过程中必然有取有弃。国民党两相权衡，决定只取苏联之"用"而弃苏联之"体"，只用其"技"而斥其"道"，也就是只法苏联党务、政体方面的组织、管理方法、程序，推行"党政"、"党治"、"党军"，而不取共产主义意识形态。但是，苏联共产主义意识形态与党、军、政组织结构与管理程序本为一体，舍其本而逐其末，学习结果自然是仅得其形、似是而非，并最终走上岔道：依靠群众、服务群众的理念没留意，独裁、专制、特务政治等歪门邪道的东西倒是学了不少；早期秉承的欧美民主理念见弃，苏联一党专政、以"主义"治国、党在国上、党在法上的政治方术倒被效法。"党国"形成以后的意识形态监控使民众失去言论、思想自由的同时，也使三民主义思想本身失去了竞争对手和思想发展的活力机制，最后落得天怒人怨，把自己搞得灰头土脸。有如修炼内功的气功师，因念错经文，修习越深，堕入魔道越深，不但修不成正果，反而落下一身的病根。

中共与苏共在精神血缘上本属一脉，理念一致，政体相同，学习和运用起来如鱼得水，尽得神髓。在政治宣传上，共产主义意识形态以其奋斗目标为全体劳苦大众、未来社会人人平等的理念获得绝大多数人的认同，其"耕者有其田"的实用政治许诺，对占中国人口绝大多数的农民来说，其诱惑力远远超过国民党抽象、笼统的"民生"理想，可谓三民主义意识形态的致命杀手。在意识形态宣传技巧上，国民党也落下风，从媒体状况来看，国府的《民国日报》等主流媒体以新闻报道为主，而中共开办的许多报纸杂志，即使是文艺报刊，也以宣传、普及共产主义意识形态为主。在意识形态宣传功效上，共产主义政治话语始终处于理论强势，国府意识形态处处落中共意识形态下风，成为不争的事实；尽管就实际而言，大多数民众对共产主义理论的实际内涵并不了解。

共产主义意识形态之中，无产阶级斗争理论影响极大，以至于国民党一方也想在政治上拉拢无产阶级，说"国民党同样是代表无产阶级"①，只是历史表现形式不同："在国民革命时期，本党是代表各阶级的，殆国民革命成功，进而实行节制资本，平均地权，以达到大同的时候，本党是代表无产阶级的。"② 此种言论从思维规则上说虽然属于逻辑诡辩，故意从概念上混淆人们对两党不同性质的认识，但也说明共产主义意识形态宣传的成功。

中共的意识形态宣传在文学领域实际上分两块进行：一是在文学创作领域，通过作品对社会状况的形象化描绘，然后加以理论的解释和评注，让普通民众明白自身受剥削和压迫的悲惨处境；二是通过文学论文，从哲学的角度对文学现象的社会本质加以政治化的解释分析，从而形成意识形态型的文学理论。当然，后来的国府宣传部门也开始采取对应的反击措施，严厉查禁左翼文学之外，也照猫画虎，学着共产党的方式，尝试进行理论宣传与建构。

国共双方意识形态型文论共有的特点就是政治关怀至上，这种形态的文论从性质上说属于文学政治学的范围，在价值维度上取文学工具论指向，要求文学卫己方所推之道。左翼文人信奉"一切文艺是宣传"的艺术社会学理念，右翼文人也说"文艺作品是宣传的"③。在文学批评活动中，左右两翼都喜欢把文学问题硬性往政治上靠，把文学思想之绳硬是往政治上拧。

二 权力中心的国民党为何会在文艺战线失败

意识形态与社会经济、政治等的发展并不同步，其发展中的复杂性比政治更为让人扑朔迷离。20 世纪 20 年代后期，正当国民党取得军事上的全面胜利，并通过分党清共取得政治上的绝对优势时，共产主义文学却在中国蓬勃兴起了："苏俄文学之狂潮在 1927 年之际，当南京政府成立，推行清党运动之时开始卷入中国。有似文学上的雅各党主义之在英国继乎政

---

① 赞青：《孙文主义的进步性》，《现代青年》1927 年第 57 期。
② 沙白：《呼喊的回声》，《现代青年》1927 年第 44 期。
③ 傅彦长：《以民族意识为中心的文艺运动》，《前锋月刊》1930 年第 1 卷第 2 期。

治上之雅各党主义的失败而勃兴，文学的布尔雪维克主义继乎国民革命之成功而泛滥中国。……强有力的潜流因于一般的不满当前之环境而奔腾着。文学运动的潮流于是转向了。'革命文学'（同义于普罗文学）的号筒，唤起了广大的信徒。"① 30年代初，左翼文人骄傲地宣称"目下的文艺界，普罗列塔利亚文学的战胜，已经得到领导权了"，认为其后要做的只是"强固战线的工作"。② 国府文人也哀叹左翼文学"走上了我们中国文艺领域中的统治地位，正在左右着中国文坛的进退命运"③。直到30年代末，左翼文学依然"称霸文坛"④，"一尊独占"⑤。与马克思恩格斯所说的"统治阶级的思想在每一时代都是占统治地位的思想"⑥ 相对照，这种状况可称之为"意识形态例外律"。这一意识形态例外现象向人们表明：历史进化并不存在铁的法则，"任何规律都有例外"在社会生活领域同样可视为一条"规律"。这条规律无论从历史、文化还是政治、管理来说都有重要的社会意义。

20世纪30年代初，中共领导下的左翼文学着力宣传阶级意识与阶级斗争，在理论上动摇了国民党统治的精神根基。为了加强思想统治、消除左翼文学的政治影响，国民党党务及宣传部门拿出了文艺意识形态应对方案："西山会议派"掌控的中央宣传部提出"三民主义文学"的构想，CC（陈立夫、陈果夫）派掌控的中央组织部发起了"民族主义文学"运动："于是三民主义的文艺政策，就在此分了两路。一为三民主义文艺，一是民族主义文艺。"⑦ 由于两部领导文艺理念不一、认识缺乏沟通，两部所辖的右翼文人在文艺宣传上既不通声气，也互不配合，这种思想局面注定国

---

① 林语堂：《吾国与吾民》下，会文堂书局1930年版，第362—363页。

② 陶晶孙：《卷头琐语》，《大众文艺》1930年第2卷第3期。

③ 张帆：《三民主义的文学之理论的根据》，《民国日报》副刊"觉悟"1930年10月22日。

④ 郁达夫：《今日的中国文学》，《郁达夫全集》第11卷，浙江大学出版社2007年版，第252页。

⑤ 炯之：《一封信》，天津《大公报》副刊"文艺"1937年2月21日。

⑥ 马克思、恩格斯：《德意志意识形态》，《马克思恩格斯文集》第1卷，人民出版社2009年版，第550页。

⑦ 思扬：《南京通讯——三民主义的与民族主义的文学团体及刊物》，《文学导报》1931年第1卷第4期。

民党在与共产党进行意识形态较量时无法取胜。

国民党中央宣传部雷声大雨点稀，其"三民主义文学"理念没有通过文艺运动加以实现，因此在当时的文艺界几乎没有产生什么影响。国民党中央组织部发起的"民族主义文艺"运动动静倒是颇大，从整个 30年代来看，该运动是国民党当局发起的唯一的一次有声势、有规模、有影响的文艺运动。不过，发起者醉翁之意不在酒，其真实目的是针对中共领导下的左翼文艺而行的一种意识形态对抗，用当时文艺界人士的评论说："普罗文学的勃兴，使一向不注意文艺生长的现政府，对于它张开惊愕的眼，为作一种对抗，收买了少数文人，打起了所谓民族主义文学的旗帜"[①]。

既然是为了对付左翼文艺，国民党为什么还要打"民族主义"这张牌？这还得从当时的社会历史语境说起。

20 世纪 30 年代初，民国政府内外交困。苏联因中东铁路主权纠纷，大举进攻东北，以签订中方丧权的《中苏伯力会议议定书》而告终。日本不断向中国挑衅，并挑动朝鲜发动两次大规模排华事件，中国的民族矛盾急剧上升。日、朝媒体多以"民族主义"话语挑动朝人对华人的仇恨，而国人民族主义情绪也极为高涨，国民党各省党部及团体纷纷致电中央，要求当局采用强硬手段。[②] 然而，此时的"党国"政治如同一团乱麻：政府权力高层派系林立，胡汉民、汪精卫等分裂势力活动不止；地方有中共"工农武装割据"及广东等地的军阀叛乱。民国政府在国际方面对付日本、苏联以及西方帝国主义国家，国内方面既要对付地方军阀、处于半独立状态的地方分裂势力，更要对付志在取民国政府而代之的中共苏维埃政权。如此在几条战线上同时作战，民国政府焦头烂额，疲于应付。蒋介石向全国民众回应朝鲜排华事件时深感无奈地说："赤匪肆虐以及朝鲜侨胞之惨案，四者皆互为因果。叛徒军阀，惟恐赤匪之肃清也，乃出兵援之，叛变以应之，帝国主义者惟恐军阀之消灭，中国之统一也，乃惹起外交之纠纷，以牵制之"，"此次若无粤中叛变，则朝鲜惨案，必无由而生，法权收

---

① 侍桁：《关于文坛的倾向的考察》，《大陆》1932 年第 1 卷第 6 期。
② 《万宝山案已在吉林开议》，天津《大公报》1931 年 7 月 20 日第 3 版。

回问题，亦早已解决，不平等条约取消，自无异议。"① 在整个 30 年代，中国都不是统一、集权的民族国家，而是一盘散沙。在"中华民国"的政治版图之内，东北独立成为伪满洲国，上海等中心城市的外国租界享有民国政府无法约束的治外法权，"工农武装割据"下的中共苏区和一些地方军阀各自为政，形成事实上的国中之国——"中华民国"以此成为空有其名的政治皮包公司，中央政府有令难行，有禁难止。军事抗敌，地方军阀以保存实力为念，根本不听中央调遣，共同御侮沦为空谈。从这些情况来看，中国的确有加强民族团结、实现中央政府权力统一的需要。中央政府本身又问题多多，所谓的"中华民国"根本不是真正的民主共和体制，国家权力被少数政客把持。蒋介石虽为国府最高军事统帅，在国民党内政治声望和地位并不算高，反蒋军事、政治斗争接连不断。1927 年和 1931 年，蒋介石两次下野，足以说明国民党内部政治斗争激烈、严重的程度。"九一八"事变之后，有识之士均感到国家不统一所带来的民族危机，两次发动反蒋战争的冯玉祥也觉得国府上层之间需要"精诚团结，共赴国难"②。的确，没有一个能够统帅全国军事的最高将领，政府无法提升军力、战力，在军事上给予外敌以有力反击。

稍有现代政治常识的人都知道，"民族主义"是建构现代国家必不可少的意识形态基础，国民党中央组织部打出"民族主义"的旗号，可谓风云际会、适逢其时，符合当时政治时局的要求。如果国民党当权者抓住时机，借全国高涨的民族主义情绪，宣扬民族认同意识，建构一个民族精神共同体，然后通过文艺宣传扩大到整个精神领域，使不同类型的社会意识形态和谐共存，就能借之掩盖现实生活中错综复杂的矛盾与斗争关系，转移人们的政治视线，收拢全国人心，从而收一石多鸟的政治功效。

事实恰恰相反。在"民族主义文艺运动"中，无论从组织动员、创作批评还是理论宣传来说，国民党中央组织部的意识形态牌都打得相当糟糕，根本不是中共的对手。

---

① 《蒋主席电告全国同胞》，《申报》1931 年 7 月 26 日第 4 版。
② 冯玉祥：《冯玉祥日记》，江苏古籍出版社 1992 年版，第 563 页。

　　从宣传阵地的布控来看，国府中央党务思想部门虽然斥资兴办诸多刊物，但常常所用非人，办刊人员或是不懂意识形态，或是只会花钱不会办事。例如，南京《长风》半月刊的"民族精神"口号虽然喊得山响，"民族主义文艺"作品却让人无缘得见，倒是左翼文学作品不断在上面刊发，以致国民党右翼文人讽刺说："长风半月刊，据说是抛弃了京官不干"，"致力于民族主义文艺，发扬民族精神"的"徐庆誉先生编辑"，"以为我们民族主义文艺旗帜之下，又增加一支生力军了"，结果相反，"连投降普罗的田汉"的作品都能在《长风》上发表，"徐先生为有名之小学教育专家，大概只专于小学方面，对于什么什么主义，恐怕还有点朦胧不专"。①再如，李赞华负责的《现代文学评论》，本为民族主义文艺的话语重镇，但该刊自创刊至结束，从来没有在任何一期明确办刊宗旨，并在事实上办成了一个纯文学刊物。该刊的栏目有"理论"、"世界文学"、"作品与作家"、"海外文艺"、"中国文坛"、"诗选"、"批评与介绍"、"现代世界文坛新话"、"现代世界文坛逸话"、"现代中国文坛逸话"、"现代中国文坛杂讯"等。从创刊到结束，除创刊号上有一篇张季平所作《中国普罗文学的总结》，再也没有第二篇明确表明宣传"民族主义"思想或明确批判"普罗文学"的文章。就是这篇文章，其政治攻防能力与逻辑批判水平都难以和左翼一方的同类文章对阵。

　　从创作与批评实践上讲，国民党党内缺乏高素质的文艺人才，其所网罗的创作与批评写手艺术资质平平，认识水平低下。民族主义文学作品所宣扬的狭隘民族主义意识与法西斯主义立场给左翼文坛留下了攻击的把柄，民族主义文学批评论文在政治攻防能力与逻辑分析水平上明显低于左翼同类文章。

　　从理论纲领上说，"民族主义文艺"的意识形态企图不够鲜明，《民族主义文艺运动宣言》竟然在"民族主义"的精神内涵上闪烁其词，理都说不清楚，根本不具备逻辑说服力，理论叙事显得十分苍白。国民党中央高层对此原因十分明白，陈立夫在 1934 年 3 月 15 日召开的中央文艺宣传会

---

① 锦轩：《给〈长风〉》，《前锋周报》1930 年第 15 期。

议上指出，国府文艺宣传失败的重要原因在于官方文艺缺乏相应的理论基础，"如能建立三民主义的哲学基础，一切问题都可以迎刃而解"①。

从叙事策略上看，《民族主义文艺运动宣言》在进行理论分析时，民族和国家之间的关系建构之维缺失，本应回避的阶级关系却又不明智地捅了出来，最终导致其在理论企图上的破产。从逻辑上说，要想构建一个和谐共荣的精神共同体，在论证中就不能有任何不和谐的论调出现。可是，《民族主义文艺运动宣言》竟然在"民族主义"论调下对"左翼的所谓无产阶级的文艺运动"展开批判，引来左翼文艺界猛烈的意识形态还击。这不但使旨在唤起民族意识统一的政治目标化为乌有，而且直接引发了文艺领域国共之间的意识形态斗争。统观整个30年代，国民党官方文学话语始终在民族主义问题上挂羊头卖狗肉，把阶级斗争的意识形态目标定位为民族主义文艺的首要目标，认为"民族文艺最大的敌人，是普罗毒物"②，甚至借民族主义文艺话语鼓吹极权政治："文艺作品应该是集团之下的生活表现……决不容许众人皆浊而唯我独清的自由思想"③。这种赤裸裸的法西斯主义思想与世界民主政治趋势背道而驰，十分令人反感，就连自由主义者也说它是想"用一种中心意识，独裁文坛，结果，只有奴才奉命执笔而已"④。国民党当局在民族主义文艺领域里错误的政治定位与叙事策略使其在民族问题上失去了政治公信力，从而丧失了以"民族团结"为旗帜的凝聚力与号召力。

民族主义文学话语在言、意上的分裂是由人文话语自身的性质所决定的。人文话语深刻体现着叙事主体与社会现实之间的关系，当人文话语叙事脱离了真实的社会关系，甚至要刻意掩盖某些真实的社会成分时，其叙事结果必然空虚而苍白。人文话语中的理论话语尤为如此，因为理论叙事不同于艺术叙事，它不能罔顾事实，构造一个不及物的符号王国，于其间自说自话。理论的目的是要通过说服人而征服人，如果社会本身是矛盾和

① 国民党中央宣传部编：《文艺宣传会议录》，1934年版，第28页。
② 刘百川：《开张词》，《民族文艺月刊》1937年第1卷第1号。
③ 傅彦长：《以民族意识为中心的文艺运动》，《前锋月刊》1930年第1卷第2期。
④ 胡秋原：《阿狗文艺论》，《文化评论》1931年创刊号。

分裂的，理论的逻辑叙事必然陷入矛盾和悖论之中。

当时的社会事实是，取得政权不久的民国政府很快就走向了专制与腐败之途，"今日无一事不可作为诈取民财的题目。此种虐政，惟有深中儒毒之百姓，始能忍受，亦惟有儒教根深之国家，始能发生。世界好谈仁义者，莫如我国，而官僚贪污残暴，亦莫如我国"①。这种情形造成社会风气的普遍堕落与国民素质的整体滑坡，因为"政府的品质会影响并塑造一个民族的品质……恶劣政府造成的后果是人民道德水平的普通降低"，"一个公道的政府会激发人们的正义感。一个玩弄虚假欺诈的政府必然会使社会流行阳奉阴违的两面派伪善习气"②。抗战全面爆发后，政府腐败依然，"前方吃紧，后方紧吃"，一线国军浴血奋战，后方官僚纸醉金迷，于是是非泯灭、人心败乱。人心败乱导致民族意志涣散、军心士气低落。中日交战时国军整编部队投降日寇，国共内战时国军整师整军的投共，正是政治腐败的结果。

"民族主义文艺"的倡导者既以意识形态宣传为旨归，在社会层面不愿触及尖锐的社会现实，却又希图通过所谓的"民族主义"和"民族意识"转移矛盾视线、求得社会和谐，岂非自欺欺人？语言是思想的直接现实，在血与火的现实面前，任凭民族主义文艺家如何绞尽脑汁，在逻辑上也难以自圆其说。所以无论《民族主义文艺运动宣言》还是打着"民族主义"旗号的其他民族主义文学论文，在谈及民族意识或民族主义时，只能言不及义或闪烁其词，此正古人所谓"邪辞知其所离，遁辞知其所穷"。当时就有人看到了"民族主义文艺运动"口号的虚伪性，认为民族主义文艺家虽然"主张文学和政治的不可分离……用极国民的，极民族的口号，但那口号底内容却只是非常狭隘的少数者底利益"③。

国民党民族主义文艺话语的困境表明，话语建构者如系遵命而作，而置社会现实于不顾，则其话语建构在逻辑上必然前后龃龉、左右支绌，在内容上空洞苍白、说服乏力。因为建构者奉旨办事，在论证之时，只能从

---

① 林语堂：《梳、篦、剃、剥及其他》，《论语》1933年第17期。
② ［法］路易斯·博洛尔：《政治的罪恶》，改革出版社1999年版，第283、284页。
③ 辛人：《论当前文学运动底诸问题》，《现实文学》1936年第1卷第2期。

意图伦理出发，遵从权力者的主观要求，在论证过程中为了迎合或曲就上意，罔顾事实或刻意掩盖事实，编造统治者政治权力合理性的依据。既然罔顾事实，则其论证只能顾左右而言他，或者颠倒黑白、强行诡辩；建立在诡辩和虚假论证基础上的理论，必然在逻辑上显得生硬、苍白。当权力修辞与社会现实互相矛盾时，任凭话语主体怎么诡辩也难以达到目的，因为要人相信一个与事实不符的理论描述，如同让人相信"方的圆"一样难上加难。

国民党作为执政党竟然在文艺话语领域失败具有多重因素，对之细加探究具有深远的社会史意义。

官方意识形态与社会现实的巨大错位是国民党官方文艺话语失败的首要原因，这一原因源于民国的政治体制。民国成立以后，中国政治结构发生质的转变，超稳定发展了数千年的"帝治"转为"党治"，"家国"变为"党国"，"家天下"变为"党天下"。然而，由西方舶来的政党政治一到东土便很快被中国化：国民党权力高层没有按照西方民主国家的模式进行政体设计，而是"以俄为师"实行一党专制，一党专制后很快在文化和思想领域走向独裁、专制。20世纪30年代，西方民主人士伊斯曼列举的极权主义思想特征在当时的国民党政权中大部分都能看到，诸如：

> 严厉取缔一切反对政府的意见；严惩诚实的思想；毁灭书籍，曲解历史及科学上的真理；废除纯粹寻求真理的科学与学问；以武断代替辩论，由政党控制新闻；使人民陷于文化的孤立，对外界的真实情况，无从知晓；由政党统制一切艺术文化；破坏政治上的信义，使用虚妄伪善的手段；政府计划的罪恶；鼓励人民陷害及虐待所谓"公共敌人"；不择手段的鼓励人口增加；禁止工人罢工和抗议；工业、农业、商业，皆受执政党及领袖的统制。[①]

---

① 伊司曼列举的极权主义的全部特征参见胡适所作《民主与极权的冲突》，台北《自由中国》半月刊创刊号，1949年11月20日。该文原题为：*The Conflict of Ideologies*，是胡适 1941年7月在美国密歇根大学所做的演讲。

在国民党治下，任何与官方意识形态有异的声音都会被视为异端和潜在的危险分子，随时面临"被消失"、"被蒸发"。国民党当权者遗忘了中国古老的政治智慧：防民之口，甚于防川，民意若不能宣之使言，"川壅而溃"必在早晚之间。压抑、限制的力量有多大，反弹、抵抗的力量就有多大，这是一切独裁者在退出历史舞台前无论如何都想不明白的东西。思想专制和言论不自由导致作家普遍"左倾"："30 年代的一些最出色的作家——茅盾、老舍、吴组缃、张天翼、巴金、曹禺和闻一多——都有左翼倾向"①；"一些作家，本来一无所谓的，则因为不愿意同这种对文化只知摧残的政府合作，便反而向左倾了"②；"小资产阶级"作家也不愿与政府合作，最后"都走向革命文学的路上去了"；③"因此在所谓民族主义文艺之下，既无作家，也无文艺理论。比较有分量的几位作家，如胡适、梁实秋、黎烈文，都是自由主义文人，和国民党不相干"④。国民党中央官方也承认，30 年代中国文坛"针对中国客观环境所须之提高民族意识发扬民族精神之文艺几如凤毛麟角"、"宣传本党主义之作品""有寡难敌众之形势"⑤。

国民党政权的专制和独裁倍让民众反感和失望，这注定它在意识形态领域输给共产党。30 年代日本帝国主义一步步加剧对中国的侵略，大敌当前，一致对外是民族大义，国民党当局却把主要精力用在对付共产党方面，致使民心尽失。连国民党元老胡汉民也觉得"攘外必先安内"是政治棋局中奇臭的一招，批评"攘外必先安内"是"自杀政策"，强调在当时"只有攘外的问题，没有安内的问题。以剿共为安内，是一种错误"，"'攘外才能安内'是救国政策——对日抗战是我们唯一的生路"。⑥ 国民党最高当权者对此无动于衷，直至西安事变爆发，国共内战局面才告结束。不顾国土沦丧倾力"安内"暴露了国民党统治者的封建政治理念及其极度自私的本质——这些高高在上的统治者太懂得自己的利益所在："国家"就是

---

① 费正清：《剑桥中华民国史》第 2 部，上海人民出版社 1992 年版，第 484 页。
② 沈从文：《禁书问题》，《国闻周报》1934 年第 11 卷第 9 期。
③ 曹聚仁：《文坛五十年》，东方出版中心 1997 年版，第 211 页。
④ 同上书，第 369 页。
⑤ 国民党中央宣传部编：《文艺宣传会议录》，1934 年版，第 30 页。
⑥ 胡汉民：《什么是我们的生路》，《三民主义月刊》1933 年第 1 卷第 3 期。

"家国"，与外族交恶，虽败亦可割地求和、偏安一隅，如败给共产党，权力被夺，国家虽富，民众虽强，却与自己的利益不相干。在主权问题上，"宁赠友邦，不与家奴"、"量中华之物力，结与国之欢心"是历代专制统治者一脉相承的真实心理和必然采取的政治策略，也是国民党当局"攘外必先安内"的真实动机所在。

说句公道话，在意识形态宣传方面，任何政治集团都可以宣传自己的主张，问题是要看谁的宣传能让民众接受。中共苏维埃政权宣言其奋斗目标是为全体"人民"，国民党政权却宣称"党国的利益高于一切"。国民党党国以"领袖"的意志为核心，因此"党国"不过是现代版的"家天下"。民国统治者的愚蠢之处就是过于低估民众的智商："人民"的利益与"党国"的利益、"人民"的天下与"党天下"之间，哪个更能凝聚人心，哪个目标更诱人，人们用脚也能想明白。就此而言，在意识形态性质和理念上，国民党已经输给共产党了。理念层的"道"不如人，"技"之层的宣传伎俩任其如何诡计多端，也难以长久欺弄世人。30年代"大学生中学生左倾思想的普遍，以及对于左倾思想的同情"即是上述原因所致，然而，国民政府不从政体方面找原因，而是迁怒于文学，"认为完全由于左翼文学宣传的结果"。①

缺乏文化战略眼光，文艺主管领导所用非人，是国民党意识形态宣传失败的另一重要原因。人心服则统治安，任何政权若想长治久安，首须安抚人心。意识形态的作用就是安抚人的灵魂，使广大民众对统治者产生政治认同感。国民党先总理孙中山十分明白这一点，他认为得民心之要在于得其心，能使全体民众心向国民党，便是国民革命的巨大成功，"宣传便是攻心"，所以他提出国民党工作的展开"当以宣传为重。宣传的结果，便是要招致许多好人来和本党做事。宣传的效力，大抵比军队还大"②。既然宣传工作如此重要，那么对意识形态监管部门就不能像对普通管理部门那样，为平衡利益或权力，随便安插一般的政治官僚去做这个部门的领

---

① 沈从文：《禁书问题》，《国闻周报》1934年第11卷第9期。

② 孙中山：《在上海中国国民党改进大会的演说》，《孙中山全集》第7卷，中华书局1985年版，第6页。

导。换言之，意识形态机构的管理者必须是对意识形态深有理解的管理人员，鉴于当时文艺宣传在社会宣传中所起的巨大作用，意识形态管理者应当是一位不仅深懂一般意识形态同时也深懂文艺的人。

但是，30 年代的国民党中央宣传中枢的权力恰恰落在了一些不懂文学艺术、认识水平低下的政客之手。以该时段前期国民党中央宣传部长叶楚伧为例，叶氏虽为国民党元老，但其理论水平实在让人不敢恭维。他在阐述"三民主义文艺"与"三民主义"的关系时的逻辑水平让人大跌眼镜："三民主义文艺不附属于三民主义，不是三民主义所产生的。三民主义就是三民主义文艺。三民主义文艺，就是三民主义。"① 像这种观点前后矛盾、前言不搭后语、概念循环定义的文字，竟然出自思想宣传部门的高官之手！如此水平，何以服众？又如何能吸引那些有水平的文人加盟国府文艺阵营？中央宣传部长认识水平如此低下，下属官员更是糊涂。上海市党部的执委朱应鹏对"三民主义"旗下的"三民主义文艺"与"民族主义文艺"的关系从理论上分辨不清，当记者问"南京中国文艺社和民族文学，路线相同否？"时，朱氏答曰："中国文艺社，是三民主义的文艺，他们的作品我看得极少，但是我知道它是由于党的文艺政策所决定的"②。一个政党领导下竟然有两种文艺信念，且这两种文艺信念无法统一在一个政治思想之下，实在是宣传部长的失职。文艺部门的主管者和领导者不懂文学，注定国民党在文艺意识形态掌控方面不可能有多大作为。

国民党文艺主管领导所用非人还表现在文艺期刊意识形态监管不力。国民党中央宣传部直辖的《文艺月刊》竟然每期都刊登左翼作家的文章，而国府的另一喉舌《中华日报》的文艺副刊《动向》竟由左翼作家聂绀弩主持。此类情况使国府宣传部门以"三民主义"意识形态宣传为出发点的办刊动机前功尽弃，等于国府出钱给政敌提供舆论阵地，以致被别的右翼刊物谴责为"思想之没落，态度之模棱"③。《文艺月刊》在其存在的 12 年中，除发刊词中的宣传"三民主义文艺"及反对"赤色帝国主义"的政治

① 叶楚伧：《三民主义文艺观》，上海《民国日报》1930 年 12 月 2 日。
② 《朱应鹏氏的民族主义文学谈》，《文艺新闻》1931 年 3 月 23 日第 2 版。
③ 辛予：《一九三一年南京文坛总结算·上》，《矛盾月刊》1932 年第 2 期。

态度，见不到一篇三民主义意识形态宣传的文字，似乎该刊不是中央宣传部的机关刊物，更是一个中立的民营杂志。《文艺月刊》也从不参与任何文学论争，作为中央部门的文艺刊物，没有起到任何引领文坛政治思想发展的作用。宣传部门不能尽职，国民党中常委陈立夫急了眼，不得不越界插手文艺宣传工作。职能部门不能尽职尽责，文艺宣传欲压过共产党领导下的左翼文学，如同缘木求鱼，焉有成功之理？

政治腐败、人才匮乏是国民党文艺话语实践失败的又一重要原因。国民党由于政治腐败，各级文艺机关与部门充斥着对文艺只是一知半解的文艺政客及文艺官僚，这些文艺政客与文艺官僚虽然不懂得文艺自身的性质与特征，却又喜欢在文艺问题上指手画脚。有这帮硕鼠高踞庙堂，真有才能的文艺家又岂能为国家和政府所用？庙堂内上行下效，窃据权位者尸位素餐，体制内的小文人亦步亦趋，他们拿国家的钱只是为了过自己的小日子，以至于文艺界充斥这种现象："泰然坦然的按月从国库中支取一定的薪水，置身在中央宣传部当差办事的三民主义文学理论家，三数年来不是还不曾作出一篇稍稍像样的文章吗？"① 由于政治腐败、人才匮乏，官方于文艺发展提不出引导性的规范原则，只会采用行政打压手段限制异己思想的存在，治标不治本，而民间富有艺术能力和理论水平的文人不愿与政府合作，在此情形下，国府文艺话语实践的失败无论如何也难以避免。

三 权力边缘的共产党为何能在文艺战线制胜

20世纪30年代的中共在文艺话语领域以弱胜强，也有多方面的原因，与国民党的失败适成对照。这些方面的原因有：国际力量支持、政治定位明确、领导组织得力、任务目标明确、专业人才济济、各种力量协同作战。

20世纪初，苏联在国际上最早向中国"表示，愿意取消不平等条约，退还铁路，退还满洲一切权利等"②，赢得国人极大好感，国府因此确立了

---

① 沈从文：《禁书问题》，《国闻周报》1934年第11卷第9期。
② 蒋梦麟：《蒋梦麟学术文化随笔》，中国青年出版社2001年版，第620页。

"联俄"、"容共"的"左倾"政治政策，同时吸纳苏俄政治理念，提出"平均地权"、"节制资本"的政治口号。在民国政府"分党"、"清共"之前，举国皆"赤"，遍地皆"红"，此为共产思想在中国迅速传播的首要原因。国府当局"左倾"的政治政策使中共领导下的左翼文学成为合法化的存在，加上左翼文学鼓动宣传甚力，中国文艺界焉能不集体走向"左倾"？国府官方从创作到批评都缺乏具有实力和影响的作家作品，左翼文学话语自然成为主流性质的艺术意识形态话语。

国民党"武力清共"之后，因"苏俄领事署做共产党的政治机关，又有苏俄远东银行做共产党的金融机关"，国民政府"为彻底反共不得不与苏联断交"。① 后虽复交，却因 1929 年的中东路事件再与苏联断交。20 世纪 30 年代初，日本帝国主义不断加剧对中国的侵略，国民政府冀图得到苏联军事与外交上的援助，因此不得不在政治上再度接近苏联。尤其是在"九一八"事变后，国内"对俄复交之浪声，渐渐高唱入云"②。国府高层虽知中苏复交后"剿共大业"壮志难酬，但虑及中国在当时国际局势中的地位和处境，还是在 1932 年 12 月 12 日与苏联再度复交，复交后的国府兹后从苏联不断得到数额巨大的军事及其他物质援助③。对国民政府来说，联苏是一块解饿却又烫手的山芋，也是一把双刃剑：因为苏联不会坐视国民党把中国的共产党"剿灭"。1938 年 8 月 7 日，"立法院长孙科自巴黎呈蒋委员长报告"称，在争取苏联援助的谈判中，苏方责怪国府"对八路军待遇未公，或疑有中央共党歧视"，故谈判"未能融洽"，"此类急应改善，释彼疑虑"。④ 这种情形决定了"青天白日满地红"旗帜上的"红颜色"只能越来越多。

---

① 家近亮子：《蒋介石与南京国民政府》，社会科学文献出版社 2005 年版，第 94 页。

② 张云伏：《中苏问题》，上海商务印书馆 1937 年版，第 143 页。

③ 1937 年，斯大林答应"帮助中国在抗战中建设工厂一个，能制造野战用各种口径之火炮"，帮助中国制造飞机，"每月能出五十架"（中国国民党中央委员会党史委员会编印：《中华民国重要史料初编——对日抗战时期》第三编战时外交（二）第 335 页）。孙科著《八十述略》中记，他在 1938 年 1 月中旬访苏期间争取到苏联 1.5 亿美元贷款，购买苏联军火用以装备国军。中国第二历史档案馆藏杨杰档案记载，1939 年 6 月 13 日，孙科与米高扬签订信用借款协定数额为 1.5 亿美元；7 月 1 日，中苏签订借款协定数额为 5 千万美元。

④ 中国国民党中央委员会党史委员会编印：《中华民国重要史料初编——对日抗战时期》第三编战时外交（二）第 409 页。

　　然而，与关乎政权存亡的军火援助相比，文学实在微不足道，对中共领导下的左翼文学，国府虽然心有不忿、百般禁限，却也不敢赶尽杀绝。

　　苏共在国家战略上，"认定了文艺"为经济、外交之外"第三战线的主力"，① 中共受苏联影响，视文学为意识形态斗争的主力，对左翼文学发展大力扶持，以之宣传共产主义意识形态。时人描述这种情形时说："马克思派的艺术论，即以艺术与其他文化政治等同为上层建筑，以经济的生产力为其基础而相应地变化的理论，以马克思主义及波尔雪维克的政策为骨干来处理艺术及艺术论，在国内曾一时变得非常流行。以鲁迅等人之努力，此派艺术理论译过来的非常之多，成为艺术底流行物了。"②

　　中共并不隐瞒自身领导下的文学组织的政治色彩，她对"左联"有明确的政治定位："左联"不是普通的文学组织，而是中国无产阶级文学运动的全国性领导机关，其目的不是为了艺术，而是为了求得新兴阶级的解放。1930 年 8 月 4 日，"左联"执行委员会通过决议，更是明确把"左联"的政治性质定位在："'左联'这个文学的组织在领导中国无产阶级运动上，不允许它是单纯的作家同业组合，而应该是领导文学斗争的广大群众的组织。"③"左联"机关刊物《秘书处消息》也明确强调"左联"的任务不是艺术创作，而是"履行当前的反帝国主义的战斗任务，履行推翻地主资产阶级政权而创造无产阶级领导之下的劳动民众政权（苏维埃）的任务，而且必须在这种任务的进行之中扩大自己的组织力量，必须运用自己的特殊武器——文艺的武器"④。"左联"文艺组织"普罗诗社"的成立宣言更是明言："我们要从资产阶级手里夺取政权"⑤。

　　"左联"的一系列政治宣言使其社会性质定格在政治团体一维上："左联"不是一般的"作家联盟"，准确说它是"共产党作家联盟"，至少是一个"准共产党作家联盟"。这不仅因为其奋斗目标是政治权力而非文艺创

---

　　① 仿吾：《文艺战的认识》，《洪水》1927 年第 3 卷第 28 期。

　　② 向培良：《卢纳卡尔斯基论·上部》，《矛盾月刊》1933 年第 2 卷第 1 期。

　　③ 左联执委会：《无产阶级文学运动新的情势及我们的任务》，《文化斗争》1930 年 8 月 15 日创刊号。

　　④ 《关于"左联"目前具体工作的决议》，《秘书处消息》1932 年第 1 期。

　　⑤ 《普罗诗社的成立》，《萌芽月刊》1930 年第 1 卷第 5 期。

作，还因为其成员党化现象严重："'左联'本来是一个群众组织，应该像鲁迅所说的那样，不仅是同路人，连在路旁看看的人，都要团结和带引他们前进的。事实上却是共产党员越来越多，群众越来越少……像有的同志所说的那样，'左联'成了个第二党。"① 作为中共直接领导的文艺组织，"左联""接受苏维埃代表大会的总的政治路线及实际政策的指导"，"肩负着无产阶级的文化运动的职责"，将"努力于无产阶级文化之宣传"。② 然而，出于统战工作的需要，中共又十分注意文学组织名称的选择。中共把自己的文学组织叫做"左翼作家联盟"而非"普罗革命作家联盟"，因为"左翼"比"普罗"、"革命"之类的词语政治色彩较淡，能够消除进步作家对"普罗"、"革命"这类概念的理论争议和认识分歧，最大程度地把文学观点有异的文艺团体与个人团结在一起。

中共十分重视组织文艺领域里的政治宣传。"左联"成立后，为达"从资产阶级手里夺取政权"目的，"'左联'的工作主要是放在飞行集会，散传单，贴标语等事情上面"，"写标语，散传单，参加飞行集会，是'左联'盟员经常参加的宣传工作"，"开会时往往多是学习和讨论形势，虽然也谈文艺问题"③；"后来专门谈政治，甚至游行、示威"④。作为精神斗争的策略，"左联"这等做法在政治上十分幼稚，它等于把曲项向天歌的群鹅拱手送进了屠宰场，因为任何时代的统治者都不能容忍一个公开以推翻自己统治为目的的社会组织的存在。文艺意识形态斗争应当通过艺术教化的方式进行渗透，而不是赤膊上阵直接进行政治宣传；直接进行政治宣传就斗争手段而言属于"左倾"盲动，有违对敌斗争的法则。对鲁迅的"壕堑战"和"韧的战斗"倾心不已的瞿秋白，在《〈鲁迅杂感选集〉序言》中，称这种情形为"赤膊上前阵，中了箭是活该"⑤。

---

① 林焕平：《从上海到东京——中国左翼作家联盟活动杂忆》，《文学评论》1980年第2期。
② 《中国左翼作家联盟在参加全国苏维埃区域代表大会的代表报告后的决议案》，《文化斗争》1930年第1卷第2期。
③ 林焕平：《从上海到东京——中国左翼作家联盟活动杂忆》，《文学评论》1980年第2期。
④ 《周扬笑谈历史功过》，《新文学史料》1979年第2期。
⑤ 瞿秋白：《〈鲁迅杂感选集〉序言》，《瞿秋白文集》文学编第3卷，人民文学出版社1989年版，第118页。

左翼文学阵营人才济济，也是中共文艺话语能够取胜的重要原因。在中共组织内部，瞿秋白、张闻天、冯雪峰、周扬等人虽是中共高级干部，同时也是货真价实的文艺家，其理论素养与批评水平，非国民党一干文化官僚叶楚伧、叶青、潘公展、张道藩辈所能望其项背。团结在中共文艺官员周围的一大批成绩卓著的作家如鲁迅、郭沫若、茅盾等人的理论水平也是王平陵、王集丛等右翼文人所不能比的。由于组织有方、人才得力，中共得以在30年代发动一次又一次的文艺运动，在整个文艺意识形态领域始终掌握着主动权和引导权。

左翼文学是共产政治与共产艺术在文学领域协同作战所产生的特殊类型的艺术话语。左翼文学话语的精神底蕴是马克思主义哲学话语，其直接的理论资源则是来自苏联的文艺社会学思想。这场文学领域里的意识形态战斗任务目标明确，其创作、批评、理论等精神战线的奋斗目标始终是政治宣传和精神战斗，因而在创作与理论层面有意忽略和排斥艺术及审美诉求，因为艺术、审美只是革命政治斗争的辅助工具，过分追求艺术无疑会冲淡革命文学所要表达的阶级意识与斗争意识，把人引向与政治斗争无关的唯美境界，这也是许多革命文学家说为了革命可以让文学牺牲艺术的原因。正是这种作战对象和目标明确的精神集团冲锋，才使共产艺术话语能够打破国民党组织的文艺话语围剿，取得一次又一次的文艺宣传胜利。

第二节　文学理论话语场域的权力争战

20世纪30年代国共文艺意识形态争战共产党以弱胜强，这不仅给人们理解社会发展规律的特殊性、复杂性提供了一个典型的思想个案，也给人们探索意识形态的建构规律及维护方略提供了可供参考的样板。由于政治色彩甚浓，30年代文艺理论话语斗争的历史价值主要系于社会政治或社会思想之维，其于艺术或审美方面值得称道的不多。

国共双方之所以假手文艺而行意识形态斗争，是因为文艺是诸艺术种类中最具宣传效果的艺术类型，谁掌控了文艺，谁就能在艺术领域对人们进行精神领导。此外，文艺不仅能够影响人们的思想和精神，还能以形象的方式向世人提供主体或政体存在合法化的证明，这也是国共双方在文艺话语领域激烈争夺、不肯罢手的原因。30 年代国共之间的文艺话语对决表现为战略、战术两个层面，战略层面的对决就是国共两党文艺政策的对抗，战术层面的对决则是国共两党在文艺组织方面的对垒与文艺战术上的斗智。

一 国共之间的文艺政策对抗

国共两党在文艺话语领域战略层面的斗争是文艺政策的对抗。文艺政策是权力政体有关文艺发展的路线、方针、纲领、口号等。文艺而有"政策"是苏联政治文化的一大发明，它是苏联计划经济模式下政治干预文艺的产物。文艺政策与普通文艺理论不同的地方，在于"文艺政策必然的是配合着一种政治主张经济主张而建立的，必然有明确的条文，必然要有缜密的步骤，以求其实现"，普通文艺理论"乃是文学范围以内的事"，而"文艺政策，乃是站在文学范围以外而谋求如何利用管理文艺的一种企图。文学上的各种主义可以同时出现于同一个时代，可以杂然并存于一个国家，任人采纳；而文艺政策则在某一国家某一时代仅能有一种存在，而且多少应该带有一些强迫性"，在"政策统制着的文艺活动"中，作家创作只能是"奉行政令"，"当初奉命开场，后来奉命收场"。①

左翼文艺界对文艺政策的了解始于 1927 年。是年 3 月，仿吾所发《文艺战的认识》一文已经提及苏联制定"艺术政策"② 一事。1928 年，左翼刊物《奔流》第 1—5 期连载了鲁迅翻译的日本学者藏原惟人、外村史郎辑译的《苏俄的文艺政策》③，这表明左翼文艺界已经认识到文艺政策对文艺发展的影响。左翼文艺阵营对文艺政策的制定在认识方面受苏联文艺政策的影响，但其具体文艺纲领及文艺政策的出台则靠中共"文委"与"左联"党组根据"共产国际"或"国际革命作家联盟"的指示。

① 梁实秋：《关于"文艺政策"》，《文化先锋》1942 年第 1 卷第 8 期。
② 仿吾：《文艺战的认识》，《洪水》1927 年第 3 卷第 28 期。
③ 此系列译文于 1930 年 6 月由水沫书店结集出版，名为《文艺政策》，版权署名"藏原·外村辑鲁迅译"。

因有苏联共产党的指导，中国共产党在政治斗争方面比国民党要成熟得多。"左联"一方面接受"国际革命作家联盟"有关文艺政策的指导，一方面根据国内政治斗争局势，自行制定文艺斗争的路线和纲领。比如"左联"在1932年改组后，下设三个专业委员会，其《左联各委员会的工作方针》规定，"创作批评委员会""最紧要的工作"就是开展对"反动文学作品及理论的批判"以及"作品及理论批评上的倾向斗争"。①

中共非常擅于捕捉政治时机，抓住一切有利的机会，结合共产国际的指示，对国内复杂的斗争局势进行政治总结和概括，提出指导文艺行动的政策与纲领。左翼制定文艺政策善于把握大的方向和原则问题。1930年8月4日"左联"执行委员会通过的决议中指出，"目前中国无产阶级文学运动已经从击破资产阶级文学影响争取领导权的阶段转入积极的为苏维埃政权而斗争的组织活动的时期"，在这个斗争过程中，左翼文艺作为"共产主义文化运动"中"社会科学运动和无产阶级文学运动"之一翼，"有它一定的斗争纲领"。②"左联"在任何时期的行动纲领都非常明确。以"中国左翼戏剧家联盟最近行动纲领"为例，纲领明确要求"戏联"的"剧本内容"应当"根据大多数工人群众所属的特殊产业部门的生产经验，从日常的各种斗争中指示出政治的出路——指出在半殖民地中，中国无产阶级所负的伟大使命，指示他们彻底反帝国主义，反豪绅地主资产阶级的国民党，反黄色与右倾的欺骗，掩护苏联及中国苏维埃红军"，"配合当地农民运动的中心口号……宣传土地革命，游击战争的意义及掩护中苏政权与红军"。③

20世纪30年代，日寇接二连三的侵略暂时缓和了中国国内的阶级矛盾，民族矛盾急剧上升。当国民党还在把"剿共"当成第一任务的时候，中共却抓住了这个政治上的有利时机，大力宣传构建民族统一战线。1935年，毛泽东从政治统战的角度批评了对抗性思维的局限，指出这是政治革

① 《左联各委员会的工作方针》，《秘书处消息》1932年第1期。
② 左联执委会：《无产阶级文学运动新的情势及我们的任务》，《文化斗争》1930年8月15日创刊号。
③ 《中国左翼戏剧家联盟最近行动纲领》，《文学导报》1931年第1卷第6、7期合刊。

命中的思维幼稚病。1936 年，左翼刊物《新文化》发刊词声明："新文化需要统一战线"，"文化运动是政治运动的一种反映"，政治上国共都在搞共同合作，"文化上的统一战线"应当与之保持同步。① 同年，一个新的左翼文艺组织成立，其成立宣言明确呼吁文艺统一战线："中国文艺家协会特别要提议：在全民族一致救国的大目标下，文艺上主张不同的作家们可以是一条战线上的战友。文艺上主张的不同，并不妨碍我们为了民族利益而团结一致"②。此后不久的另外一个文艺群体宣言同样表达了文艺统战主张："我们愿意和站在同一战线的一切争取民族自由的斗士热烈地握手！"③ "左联"部分政治指导者一度因思维极左导致的文艺关门主义得到纠正。

左翼文艺理论政策的实施载体是相关文艺社团。左翼文艺社团都是共产党的外围组织，程序严密、纪律严明，左翼有关文艺的路线、方针、政策因而得以全面彻底地贯彻、传达。左翼文艺团体之中，"左联"为其代表。"左联"成立以后，左翼阵营有关文学理论的活动目标和活动要求都会通过"左联"的机关刊物《秘书处消息》和《文学导报》刊登出来。1931 年《文学导报》上刊登的"中国左翼戏剧家联盟"的行动纲领明确提出其思想目标就是要"建设指导的理论以击破各种反动的理论"④。1932 年 3 月 9 日，"左联"秘书处扩大会议连续通过《关于"左联"目前具体工作的决议》《关于"左联"改组的决议》《关于"左联"理论指导机关杂志〈文学〉的决议》⑤，对"左联"的理论工作目标从不同的方向加以申述。这些情况表明，左翼阵营的任何理论活动，都是经过组织上周密考虑后的计划和部署，是作为政治任务执行的。

在文艺政策斗争方面，共产党占了先机。就连国府文艺官员也承认，

---

① 本社同人：《新文化需要统一战线——代发刊词》，《新文化》1936 年 2 月 1 日创刊号。
② 《中国文艺家协会宣言》，《光明》1936 年 6 月 10 日创刊号。此宣言同时在多家刊物刊发，如《文学丛报》《青年习作》《东方文艺》《生活知识》等。
③ 《中国文艺工作者宣言》，《现实文学》1936 年第 1 期。此宣言亦同时在多家刊物刊发，如《文学丛报》《青年习作》《译文》等。
④ 《中国左翼戏剧家联盟最近行动纲领》，《文学导报》1931 年第 6、7 期合刊。
⑤ 这几个决议均见《秘书处消息》1932 年第 1 期。

国府方"党的文艺政策，又是由于共产党有文艺政策而来的；假如共党没有文艺政策，国民党也许没设有文艺政策"①。就此而言，国府的文艺政策实为应对共产党文艺政策的"对策"。"政策"也好，"对策"也罢，意识到文艺政策的重要性才是关键的。国民党明白文艺政策的重要性后，开始依照中共组织形式制定文艺政策，并配套出台限制左翼文艺发展的出版法规。1929 年 6 月 5 日，国民党中央宣传部召开"全国宣传会议"第三次会议，议程第 6 条"确定本党之文艺政策案"要求文艺部门"（一）创造三民主义之文字（如发扬民族精神、阐发民族思想、促进民生建设之文艺作品）。（二）取缔违反三民主义之一切文艺作品（如斫丧民族生命、反映封建思想、鼓吹阶级斗争等之文艺作品）"②；6 日通过"规定艺术宣传方法案"，要求"一、各省特别市县党部宣传部、应遴选有艺术素养之同志若干人、组织艺术宣传设计委员会。二、省市特别党部宣传部在可能范围内应根据本党之文艺政策、举办文艺刊物"③。国民党此次"文艺政策案"特别强调文艺对"民族精神"、"民族思想"、"民族生命"的宣传，1930 年的"民族主义文艺运动"就是这一宣传会议议案的具体实施。

在左翼文艺宣传的政治影响及社会威力下，国民党中央高层对此不得不作出反应，他们两次召开专门会议布置文艺宣传工作。第一次是在 1931 年。是年 5 月 1 日和 2 日，蒋介石在南京召开国民党"第三届中央第一次临时全会"，5 月 2 日通过"全国一致消弭共祸案"，提议对于旨在"危害国体、推翻政府、破坏社会、扰乱秩序"的宣传加以禁绝，"必须断绝赤匪思想言论与其出版物之流传"，"一方自动禁止其宣传品之传播，一方努力于三民主义之了解与宣传，以建立吾国民对于中国固有精神文明与近代科学文明之信仰"。④ 会议还通过了"关于防制赤匪利用文艺作宣传应积极充实三民主义的文艺运动以端正青年之思想案"⑤。第二次是在 1934 年。

---

① 《朱应鹏氏的民族主义文学谈》，《文艺新闻》1931 年 3 月 23 日第 2 版。
② 南京讯：《全国宣传会议》，《申报》1929 年 6 月 6 日第 4 版。
③ 南京讯：《全国宣传会议》，《申报》1929 年 6 月 7 日第 4 版。
④ 荣孟源主编：《中国国民党历次代表大会及中央全会资料》，光明日报出版社 1985 年版，第 954 页。
⑤ 同上书，第 960 页。

是年 3 月 15—17 日，国民党在南京举行"中央文艺宣传会议"，会议结果汇编成册，题名《文艺宣传会议录》。根据国民党政要陈立夫的训词，该会议旨在总结"数年来与共产党斗争的策略之错误"①。陈立夫认为"普罗文艺的狂潮和我们失败的原因"在于国民党于文艺工作"没有一致的步骤，整个的计划，和中心的理论"，加上经费的缺乏，以至文艺领域"节节败退，几乎整个地盘，完全给人家占领了"。②《文艺宣传会议录》指出了共产党在文艺宣传上的成功原因："共党亦深知文艺运动之足以范围青年之思想，故在数年前曾注全力于文艺运动并确立普罗意识为文艺之中心理论，而有左联之组织，跋扈猖獗，几控制当时之文艺界"③、"各地坊间所出版之文艺书籍以及文艺之定期出版物所谓普罗文艺几占全部"④、"声势之汹汹，直令人不寒而栗"⑤，致使社会上广大"青年思想之所以趋于恶化"⑥。因此，该会议议题在思维上反左翼文艺组织的宣言而行之，针对左翼文艺界提出的"我们文学运动的目的在求新兴阶级的解放"⑦、"我们要从资产阶级手里夺取政权"⑧，陈立夫明确且针锋相对地说："我们在文艺上的对象是共产党。我们一方面要用实际的行动去消灭，一方面要用文字来做思想上的斗争。"⑨

虽然国民党高层对意识形态问题十分重视，但国民党党务与宣传部门的官僚却没有几个认真敬业之人，他们对三民主义文艺宣传消极应对多，积极应对少，其文艺组织和宣传大多只是走走过场，雷声大雨点稀，热闹一番，很快过去——国民党宣传部门主管的文艺刊物或文艺社团很少有超过两年的。

为了让读者了解相关历史真相，著者在此按时间顺序细述 1927 年国民

---

① 国民党中央宣传部编：《文艺宣传会议录》，1934 年版，第 202—203 页。
② 同上书，第 27 页。
③ 同上书，第 30 页。
④ 同上书，第 68 页。
⑤ 同上书，第 177 页。
⑥ 同上书，第 30 页。
⑦《国内外文坛消息：二、中国左翼作家联盟的成立》，《拓荒者》1930 年第 1 卷第 3 期。
⑧《普罗诗社的成立》，《萌芽月刊》1930 年第 1 卷第 5 期。
⑨ 国民党中央宣传部编：《文艺宣传会议录》，1934 年版，第 209 页。

党"清党"后在意识形态领域里的诸项举措，亦即国民党出台的有关宣传和出版政策条文，以免有"成王败寇"、"空说无凭"、"意图伦理"之嫌。

1928 年 5 月 14 日，民国政府颁布的《著作权法》"第二章著作权之所属及限制"中，第 20 条和第 21 条规定查禁以下对象："各种劝诫及宣传文字"、"公开演说。而非纯属学术性质者"、"题违党义者"、"其他经法律规定禁止发行者"①。1929 年 1 月 10 日，国民党中央宣传部发布《宣传品审查条例》相关条款规定："凡含有下列性质之宣传品为反动宣传品：一、宣传共产主义及阶级斗争者；二、宣传国家主义、无政府主义及其他主义而攻击本党主义政纲政策及决议案者"，对之应予"查禁查封或究办之"。②

1930 年 12 月 15 日，民国政府公布的《出版法》中，"第四章出版品登载事项之限制"规定，凡有违下述情形的著作一律不得出版："一、意图破坏中国国民党或破坏三民主义者。二、意图颠覆国民政府或损害中华民国利益者。三、意图破坏公共秩序者。四、妨害善良风俗者。"③ 中华民国"行政院第四八四一号密令"及"教育部训令（密）秘字第四五二号"，要求各地党务部门及党部人员严查"反动刊物"，主要包括："一、共党之通告议案等秘密文件及宣传品，及其他各反动组织或分子宣传反动诋毁政府之刊物。二、普罗文学。……普罗文艺刊物……煽动无产阶级斗争，非难现在经济制度，攻击本党主义"，"查普罗文学全系挑拨阶级感情，企图煽起斗争，以推翻现有一切制度，其为祸之烈，不可言喻"，而"苏俄十月革命之成功多得力于文字宣传，迄今苏俄共党且有决议，定文艺为革命手段之一种，其重要可知也"。④

1931 年 9 月，国民党长沙市党务整理委员会所编的"工作报告书"中，开列 229 种查禁书目，主要是在意识形态倾向上与国民政府治下的主流意识形态不一致或敌对的对象，其查禁理由主要有"言论反动"、"普罗文艺作品"、"普罗文艺论文"、"言论悖谬确系改组派之刊物"、"共党宣传

---

① 张静庐辑注：《中国现代出版史料》乙编，中华书局 1955 年版，第 504 页。
② 同上书，第 523—524 页。
③ 《出版法》，《东方杂志》1931 年 2 月 10 日第 3 号。
④ 张静庐辑注：《中国现代出版史料》乙编，中华书局 1955 年版，第 170—172 页。

刊物”、“工会报告书对于本党极力攻击”、“鼓吹阶级斗争”、“第三党宣传刊物”、“鼓吹阶级斗争及无产阶级专政”、“谬解总理主义肆意攻击本党及国府”、“宣传共产主义鼓吹阶级斗争”、“提倡布尔什维克鼓吹阶级斗争”、“介绍共产书籍”、“共党宣传书籍”、“诋毁三全大会破坏党基”、“共党反动刊物”、“鼓动青年研究共产主义社会科学”、“诋毁党国鼓吹阶级斗争”、“内含共产主义色彩”、“诋毁党国言论反动”、“内载煽惑人民，危害本党及国家的斗争策略”、“根据马克思主义基本原则鼓吹中国农工参加阶级斗争诋毁本党及政府”、“鼓吹阶级斗争并指示其方法”、“宣传共产主义提倡无产阶级经济学说”、“根据阶级斗争理论分析中国问题”、“言论悖谬抨击中央”、“诋毁本党图谋破坏大局”、“赤色职工国际五次大会对殖民地问题的决议案”、“内容注重解释共产术语藉以诱惑青年”、“攻击本党政府反对召集国民会议”、“鼓吹暴动言论悖谬”、“言论悖谬破坏和平统一”①。

1934 年，国民党政权虽然“对外失地，降敌，卖国”，但对内统治却是铁腕有术，提出“‘文化剿匪’的口号”，“检查委员会更尽其所谓‘文化统制’的能事，‘电影铲共团’，‘戏剧铲共团’相继而起”。② 国民党中央宣传部出台《图书杂志审查办法》，“审查之范围为文艺及社会科学”③，查禁 149 种文艺书籍④。

1936 年，国民党查禁 676 种社会科学书刊，主要类型有：甲　共产党刊物、乙　国家主义派刊物、丙　无政府主义派刊物、丁　第三党刊物、戊　帝国主义刊物、己　傀儡组织刊物、庚　其他反动刊物。⑤

1938 年 7 月 21 日，国民党中央出台《修正抗战期间图书杂志审查标准》，其所列“（甲）谬误言论”第一条为“曲解误解割裂本党主义及历来宣言政纲政策及决议案者”，其所列“（乙）反动言论”诸条规定中，“一　恶意诋毁及违反三民主义与中央历来宣言政纲政策者。二　恶意抨击本党、

---

① 张静庐辑注：《中国现代出版史料》乙编，中华书局 1955 年版，第 173—189 页。
② 萧三：《给左联的信》，《文学运动史料选》第二册，上海教育出版社 1979 年版，第 328—329 页。
③ 张静庐辑注：《中国现代出版史料》乙编，中华书局 1955 年版，第 525 页。
④ 同上书，第 190 页。
⑤ 同上书，第 205—246 页。

诋毁政府、诬蔑领袖与中央一切现行设施者。……五 鼓吹偏激思想，强调阶级对立，足以破坏集中力量抗战建国之神圣使命者"。① 1939 年 5 月 4 日，国民党中央常务会议修正通过《图书杂志查禁解禁暂行办法》；6 月 14 日，国民党内政部颁布《印刷所承印未送审图书杂志原稿取缔办法》。当然，国民党对意识形态的控制绝不只限于出版领域，对新闻、教育也有严格的要求和规定，例如在教育领域，民国"教育部密令各学校，注意学生思想及关于课外阅读之指导"②。

尽管如此，国民党治下的党国，其舆论控制也绝不是铁板一块，密不透风。上海的租界在主权方面给中国人带来耻辱，但在人权方面却给左翼文艺提供了生存空间：左翼文艺人士如果遭到政治迫害，跑到租界藏身便可以安然无事。加之国民党意识形态管理人员工作怠政，少作为甚至不作为，是以左翼文艺报刊常常在此地被封，在彼地换个名字就可以重办。此外，民国政府受西方民主国家的制约，还不敢实行彻底的法西斯主义，民众具有一定程度的言论自由：自由主义文人公开办刊议政，对政府说东道西；左翼文章著作只要不公开辱骂"领袖"、攻击"本党"，不明里涉及政府限制的对象，便可公开发表。例如，把当局禁限的"抗日"变成"抗×"，把"普罗文学"、"革命文学"转换成"大众文学"，把"社会主义的现实主义"转换成"进步的现实主义"，把"马克思"转换为"卡尔"等，便可蒙混过关，发表出版——这也是左翼刊物、书籍及宣传文章屡禁不止的重要原因。加上中共效法苏联，对意识形态宣传特别重视，投入力量比较大，因此在国民党治下出现一个奇怪的现象：数量众多的文艺报刊大半竟然是亲共者甚至直接就是"共"字号的宣传阵地。

国府"文化剿匪"声势虽大，其效甚微，"党国"上下大小官员对此应该加以反思：左翼报刊为何越剿越多？赤色思想为何越剿越盛？作家冒着监禁、杀头危险"向左转"，其因何在？共产学说的诱惑力和煽动力源于何处？靠限制言论自由，能否把自由思想扑灭？只知头痛医头的"党国"权贵压根没想过这些，倒是右翼学者注意到思想治标不治本之弊：强

---

① 张静庐辑注：《中国现代出版史料》乙编，中华书局 1955 年版，第 496—497 页。
② 同上书，第 172 页。

制 "思想统一……有害无利"，"强横高压的手段只能维持暂时的局面，压制久了之后，不免发生许多极端的激烈的反对的势力，足以酿成社会上的大混乱。"①

马克思早就指出：

> 书报检查法不是法律，而是警察手段，并且还是拙劣的警察手段，因为它所希望的它达不到，而它达到的又不是它所希望的。
>
> 书报检查法想预防自由这种不合心意的东西，结果适得其反。在实行书报检查制度的国家里，任何一篇被禁止的，即未经检查而刊印的著作都是一个事件。它被看作殉道者，而殉道者不可能没有灵光和信徒。……一切秘密都具有诱惑力。……形式上冲破秘密境界的每一篇作品对于社会舆论从一开始就具有诱惑力。书报检查制度使每一篇被禁作品，无论好坏，都成了不平凡的作品，而新闻出版自由却使一切作品失去了这种特殊的外表。②

国民党在文艺领域里的意识形态监控等于自打耳光：民权是民国国家意识形态的核心成分，言论自由、出版自由是公民的基本权利，以 "民权"、"民生" 为奋斗目标的政府却连它治下的民众对政府发表评议的权利都没有，在逻辑上怎么都难自圆其说。对知识分子来说，一旦他们赖以安身立命的精神空间被限制，被剥夺，自然会向别的地方寻自由，这就是知识分子争相走向与国府政治对抗一方的共产党政权的内在原因。

二　国共之间的文艺组织对垒

左翼文艺话语在 20 世纪 30 年代的繁盛，与中共在文艺活动组织及开展上的成熟领导分不开。中共十分重视通过文艺形式向民众宣传、灌输自己的政治理念，哪怕一次戏剧演出，中共也会精心组织、策划，"绝大多

---

① 梁实秋：《论思想统一》，《新月》1929 年第 2 卷第 3 号。
② 马克思：《第六届莱茵省议会的辩论（第一篇论文）》，《马克思恩格斯全集》第 1 卷，人民出版社 1995 年版，第 178 页。

数的戏票，都是经过党组织和赤色工会向学生群众和工厂中的工人推销的"，尽管从艺术欣赏的角度说"戏，应该说演得并不好"，但"由于……绝大部分观众都是进步分子，所以，演出的效果很好，台上演到暴露资产阶级丑恶的时候，台下会发出热烈的鼓掌和欢呼"。① 从这一点来看，共产党在文化控制上的经验与能力，或者说在意识形态领域里的软实力，大大超过了作为执政者的国民党。

"左联"成立之前，具有亲共倾向的各左翼文学团体如创造社、太阳社等，因艺术信念的差异与冲突，相互之间彼此攻讦。作为学术意义上的百家争鸣，这种争论，甚至带有攻讦性质的争论，本可刺激彼此之间的理论神经，磨炼对方的逻辑思维，促使对方堵塞自己的理论缺陷和漏洞，加强自身论证问题时的严密性与逻辑一致性。但在亟须得到广泛舆论支持的中共来说，这种学术层面的争论不利于政治上的团结一致：人毕竟是有感情的动物，过于激烈的斗争不免伤了彼此的和气，导致学术上的宗派主义和斗争。为了让文艺界人士能够集中在共产党的领导之下，在文艺领域向国民党发动精神上的集团冲锋，中共开始着手在文艺领域组建统一的政治组织，通过共产主义意识形态，把政治立场接近而艺术观念彼此矛盾冲突的各文艺团体收拢到马克思主义旗帜之下。

"1929 年 4 月左右，党说服各文艺社团解散，与鲁迅合作，联合起来。太阳社②、创造社都同意党的决定"，之后，中共中央宣传部干事潘汉年"代表党中央去找鲁迅谈，鲁迅同意合作成立组织"。③ 1929 年 6 月，中共六届二中全会通过"宣传工作决议案"，明确文艺宣传的地位和作用；是年秋，中共中央宣传部成立"文化工作委员会"（简称"文委"），专门负责领导左翼文艺运动，由潘汉年任书记。④ 1929 年 10—11 月间，潘汉年让

---

① 夏衍：《懒寻旧梦录》（增补本），生活·读书·新知三联书店 2005 年版，第 109 页。

② 据阿英回忆，"太阳社"本身就是共产党组织，属于上海"中共闸北区第三街道支部"，"又称春野支部"，"后叫文化支部"——《阿英忆左联》，《新文学史料》1980 年第 1 期。

③ 吴泰昌记述：《阿英忆左联》，《新文学史料》1980 年第 1 期。

④ 1930 年 3 月以后至 1930 年年底的文委书记是朱镜我，1931 年上半年的文委书记是冯乃超，下半年是祝百英，1932 年的文委书记是冯雪峰，1933 年的文委书记是阳翰笙（《冯雪峰谈左联》，《新文学史料》1980 年第 1 期），"一九三三年起至一九三六年解散时止，是周扬任书记"（林焕平：《从上海到东京——中国左翼作家联盟活动杂忆》，《文学评论》1980 年第 2 期）。

冯雪峰转告鲁迅，"说党中央希望创造社、太阳社和鲁迅及鲁迅影响下的人们联合起来，以这三方面人为基础，成立一个革命文学团体"，"名称拟定为'中国左翼作家联盟'"，"鲁迅完全同意"。① 1930 年"左联"成立，"在党的组织领导的关系方面，左联设有党团（即党组）……直接受文委领导"，"左联党团的职权是：党的方针、政策和决定，经过文委下达到左联，党团讨论执行"；而"那时候在上海的党中央……常常把左联当作了直接进行政治斗争的革命群众团体，而忽视了它应该在文学斗争和思想斗争中发挥特殊作用"。② 至此，"左联"作为文艺团体已经彻底政治化。中共驻莫斯科共产国际代表萧三谈到这种状况时说："左联内部工作许多表现，也绝不似一个文学团体和作家的组织……而是一个政党，简单地说，就是共产党！"③ 由于这一原因，左翼批评家把批评与理论的目标基本定位在宣传中共政治思想方面，这就决定了左翼文论的基本性质为文艺领域内的政治话语。

中共通过"左联"对具有左翼倾向的文艺社团、组织进行了成功的政治收编，并在收编后对其精神加以整饬和规训。不收编这些文艺团体，中共单靠自己的力量无法对国民党政权在文艺意识形态领域发动集团冲锋；收编后如不对其进行精神整饬和规训，中共无法把他们的精神意志统一到共产主义旗下，因为艺术家的个人主义思想及创作自由的信念与无产阶级的组织原则及集体主义精神不相匹配。通过政治收编、精神整饬、思想规训，"左翼"意义上的普通文艺话语从而发生质的飞跃，成为体现中共意识形态要求的政治化的文艺话语；在集体规范组织的情况下，文艺家们才能成为无产阶级宣传机器上的一个个服从组织安排的"齿轮"和"螺丝钉"，自觉地为无产阶级的政治斗争进行政治宣传鼓动。事实上，自 1930年以后，左翼文艺理论的宣传、普及以及左翼对敌对阵营文艺思想的批判、斗争都是在相应的党组织领导下开展的。

"左联"的组织观念与纪律要求特别强。"左联"成立 5 个月后，就在

---

① 冯夏熊整理：《冯雪峰谈左联》，《新文学史料》1980 年第 1 期。

② 同上。

③ 萧三：《给左联的信》，《文学运动史料选》第 2 册，上海教育出版社 1979 年版，第 330 页。

一次组织决议中批评"左联"部分成员缺乏组织纪律概念，"犯超组织的活动"，"是个人主义的残余"，"很明显是说明'左联'的组织依然有作家组织这个狭隘观念的存在"①。1931年11月，中国左翼作家联盟执行委员会的决议第七节"左联的组织及纪律"规定："中国左翼作家联盟，无疑地是中国无产阶级革命文学运动的干部，是有一定而且一致的政治观点的行动斗争的团体，而不是作家的自由组合"，"在左联内，不许有反纲领的行动，不许有不执行决议的行动，不许有小集团意识或倾向的存在，不许有超组织或怠工的行动"。② 由此可见"左联"政治组织性之强。该决议强调"无产阶级革命文学的理论家和批评家，必须是冲头阵的最前线的战士"，对作家要求"在方法上，作家必须从无产阶级的观点，从无产阶级的世界观，来观察，来描写。作家必须成为一个唯物的辩证法论者"。③

　　"左联"在组织上还接受"国际革命作家联盟"的指导。刊发于"左联"机关杂志《文学导报》上的《国际革命作家联盟对于中国无产文学的决议案》要求："用种种方法加紧无产文学对于大众的影响。三、加紧反民族主义文学及对于胡适派及其他各种文学上反动思想的斗争。四、加强自己的定期刊及组织，特在文学理论及批评方面须有共产党的领导"④。

　　"左联"在文艺政策规划与目标实施方面都显示了严格的组织性。1932年，"左联"改组以后，在《左联各委员会的工作方针》中规定，"创作批评委员会"之"最紧要的工作"就是开展"反动文学作品及理论的批判"，与"作品及理论批评上的倾向斗争"。⑤ 为了实施相关的政策，"左联"以成立前的各左翼艺术社团刊物为基础，另外创办《世界文化》《巴尔底山》等公开刊物以及《秘书处消息》《文学生活》等秘密刊物，作为传播马列主义、宣传无产阶级文艺思想的话语阵地。至1936年年初"左

---

　　① 左联执委会：《无产阶级文学运动新的情势及我们的任务》，《文化斗争》1930年8月15日创刊号。

　　② 《中国无产阶级革命文学的新任务——一九三一年十一月中国左翼作家联盟执行委员会的决议》，《文学导报》1931年第1卷第8期。

　　③ 同上。

　　④ 《国际革命作家联盟对于中国无产文学的决议案》，《文学导报》1931年第2期。

　　⑤ 《左联各委员会的工作方针》，《秘书处消息》1932年第1期。

联"解散前，"左联"及其外围组织创办的刊物达一二十种之多。左翼文学阵营有关文学理论的活动目标和活动要求都会通过"左联"的机关刊物《秘书处消息》《文学导报》刊登出来。1931 年《文学导报》上刊登的"中国左翼戏剧家联盟"的行动纲领明确提出其思想目标就是要"建设指导的理论以击破各种反动的理论"①。1932 年 3 月 9 日，"左联"秘书处扩大会议通过的《关于"左联"改组的决议》规定，"左联"所辖"创作批评委员会"的"任务是：在文艺大众化的方针之下进行①自己创作的任务及题材的规划，②自己创作的批评，③外界新出创作的批评，④马列主义文艺理论及创作方法之研究"。《关于"左联"理论指导机关杂志〈文学〉的决议》规定："左联"的机关杂志"必须在理论上领导着左联的转变"，"必须负起建立中国马克思列宁主义的文艺理论的任务"，"必须时时刻刻的检查各派反动文艺理论和作品，严格的指出那反动的本质"，"必须负起传达文艺斗争的国际路线（国际革命作家联盟的一切决议及指示）于中国的一切革命文学者及普洛文学者的责任"。② 这些情况表明，左翼阵营的任何理论活动，都是经过组织上周密考虑后的计划和部署，是作为政治任务执行的。

中共还十分重视清理、批判文艺领域内的异己敌对思想。在整个 30 年代，中共组织了一系列的理论论争，批判国民党官方文艺思想及自由主义文艺思想。左翼批"民族主义文艺"、批"自由人"、批"第三种人"、批"论语派"、"文艺大众化"讨论、"两个口号"论争等，无一不是"中国左翼作家联盟"有意组织的结果。"左联"认为"自由人"、"第三种人"理论有附属国民党政权嫌疑，立即创办专业杂志《现代文化》，以"批评自由人专号"的方式对其展开系列批判。在 30 年代文坛的诸种批评和论争中，中共文艺活动组织的严密性、出击的迅捷性、阵容的整齐性，让国民党引领下的"三民主义"、"民族主义"文艺阵营相形见绌、自愧不如。

国民党慑于中共文艺宣传的威力，开始组织文艺领域里的意识形态反攻。国民党文艺意识形态宣传的方式有二：一是仿效"左联"，组织成立

---

① 《中国左翼戏剧家联盟最近行动纲领》，《文学导报》1931 年第 6、7 期合刊。
② 这几个决议均见《秘书处消息》1932 年第 1 期。

文艺社团，创办同人刊物，二是支持书店出书、创办专业刊物。由于国民党官方权力的影响，也有一些民间书店和刊物趋从政治时尚，参与民族主义文艺宣传。

中共文艺组织"左联"大本营设在上海，国民党针锋相对，首先在上海组织开展宣传三民主义、批判左翼文艺的官方文艺活动。1930年6月1日，国民党在上海成立"前锋社"（亦称"六一社"）。和中共领导下的"左联"一样，该社不是一个单纯的文学组织，其主要发起者都具有政治身份：朱应鹏是国民党上海市党部检查委员会委员，潘公展是国民党上海市党部特别执行委员会常务委员、上海市社会局局长，范争波是淞沪警备司令部侦缉队长兼军法处处长。前锋社成员身份甚是复杂，其中坚成员是国民党文人王平陵、傅彦长，其他则是普通学者或作家，如孙俍工、李金发、汪倜然、叶秋原、陈穆如、陈抱一、李朴园、陈大慈、林文铮。

前锋社以现代书局为依托，先后创办《前锋周报》（1930年6月22日）、《前锋月刊》（1930年10月10日）、《现代文学评论》（1931年4月10日），作为宣传国民政府提倡的"民族主义"文艺政策的话语阵地，并由上海市党部直接掌控。前锋社的诸种刊物办刊倾向十分明确，但对整个运动却缺乏通盘的考虑，整个运动的计划直到一个月后，才在《前锋周报》刊出：

一，论文方面，我们拟分开几方面探讨，俾民族主义文艺能使读者得到更清切的认识。如：民族主义文艺的创作论，民族主义的诗歌论，民族主义的戏剧论，民族主义的文艺批评，民族主义的音乐论等，关于这类的稿件，我们当尽量地登载。

二，创作小说：创作小说是我们最重视的。我们绝对要避免标语口号，需要选择于唤醒民族意识，鼓励民族向上，具有充分的力的作品。

三，诗歌：也是和创作小说一样，要有飞跃的生命力的作品，要为民族而前进的作品。至于一切封建的，颓废的出世的思想，在我们的诗歌里都严格排斥。

四，书报批评，当然是站在民族主义文艺的立场上，批评新近的出版物。但特别注重三四百字至二千字以内的短评。

五，翻译介绍：我们对于外国的文艺，是抱定要有益于我们民族的进展，才选择介绍；我们不排斥异族文化，但我们也决不盲目地接收残害我们民族的异族文化。以后本报仍照这标准做去。①

前锋社的话语主阵地中，理论话语声势不一。《前锋周报》各期刊发的民族主义文艺论文最多，计有：杨志静《请认识我们的文艺运动》（第 3 期）、方光明《苦难时代所要求的文学》（第 4 期）、朱大心《民族主义文艺的使命》（第 5、6 期）、叶秋原《民族主义文艺之理论的基础》（第 8、9、10 期）、襄华《民族主义的文艺批评论》（第 11、12、13 期）、张季平《民族主义文艺的恋爱观》（第 14、15 期）、澄宇《我们今日所需要的文学》（第 14 期）、张季平《民族主义文艺的题材问题》（第 16 期）、汤冰若《民族主义的诗歌论》（第 17、18、19、20 期）、襄华《民族主义的戏剧论》（第 21、22、23、24、25 期）、张季平《检讨"民族主义文艺运动的检讨"》（第 23 期）、萧葭《我们的民族》（第 24 期）。《前锋月刊》这方面的工作较之《前锋周报》逊色得多，1930 前后 7 期刊发的阐扬民族主义文艺思想的论文也就那么几篇：《民族主义文艺运动宣言》（第 1 期）、傅彦长《以民族意识为中心的文艺运动》（第 2 期）、谷剑尘《怎样去干民族主义的民众剧运动》（第 4 期）。

1930 年 6 月，南京流露社创刊《流露》月刊，创刊号《卷头语》表明其反"普罗文学"的态度。1930 年 7 月，国民党中央宣传部王平陵与左恭、钟天心、缪崇群等人在南京成立"中国文艺社"，1930 年 8 月 15 日创办《文艺月刊》，后又在《中央日报》开办《文艺周刊》副刊。1930 年 7 月，国民党中央党部潘子农与曹剑萍等人在南京成立"开展文艺社"，并在杭州、宁波等地设立分社，创办《开展》月刊、《开展》周刊、《青年文艺》等刊物，宣扬民族主义文艺思想。1930 年 8 月 15 日，南京成立"长风社"，出版《长风》半月刊。1930 年 10 月，杭州成立"初阳社"，并于

---

① 编者：《编辑室谈话》，《前锋周报》1930 年第 10 期。

11 月 11 日创办《初阳旬刊》。1931 年 10 月 6 日，谢六逸、朱应鹏、徐蔚南等发起"上海文艺界救国会"，参加者有右翼文人傅彦长，中间立场的作家如赵景深、张若谷、邵洵美、杨昌溪、汪馥泉、萧友梅等。南京开展社分裂后，其主要成员潘子农组织成立"矛盾出版社"，继续从事民族主义文艺宣传。1932 年 4 月 20 日，从开展社分裂出来的潘子农在南京创办《矛盾月刊》。1932 年 10 月 3 日，"黄钟文学周刊社"在杭州创办《黄钟》周刊。1934 年 7 月，国民党上海市党部领导成立"微风文艺社"。1937 年 1 月，国府南昌军方成立"江西民族文艺社"，创办《民族文艺月刊》。此外，该社还出版何勇仁主编的《民族文艺丛书》。1938 年 2 月起，在蒋介石授意下，右翼文人陶希圣与国民党中央宣传部副部长周佛海创办"一个宣传性的组织，艺文研究会"，该会在长沙、成都、广州、西安、香港等大城市开设分会，"指导几十个报纸和杂志，出版好几十种小册及书籍"，为国民政府营造舆论，"树立独立自主的理论，反抗共产党的笼罩"。① 陶在晚年自称此项活动为国民党中央宣传部的别动工作。

国民党文艺意识形态宣传的第二个渠道就是扶植书店出书办刊。国民党扶植的出版机构之中，上海"汗血书店"为其代表。汗血书店在江西南昌设有分店，该书店出版的书籍及其承办的《汗血月刊》《汗血周报》大多与反共有关，国民党的"文化剿匪"口号，就是这两个刊物首先发起的。② 1934 年 4 月 1 日，汗血书店创办《民族文艺》月刊，后改名为《国民文学》。《民族文艺》宣传民族主义文艺的文章以第 6 期的两篇为代表，分别是高塔的《民族文学者的途径》、董文渊的《民族主义文艺论》。

上面所列国民党文艺社团、刊物及书店虽然只是一些代表性对象，但从中已可看出国民党作为执政者在文艺话语方面的政治强势。国民政府作为当时的合法性政权，要开展这样的宣传活动有足够强大的财力和暴力机器为后盾，并且能够大张旗鼓地公开进行。作为强势话语方，政府宣传部

---

① 陶希圣：《致胡适》，载《胡适往来书信选》，中华书局 1979 年版，第 397 页。
② 《汗血周刊》1934 年第 2 卷第 1 期、《汗血月刊》1934 年第 2 卷第 4 期均为"文化剿匪专号"。

门的引领自然引起民间刊物的文艺跟风。例如，曾朴、曾虚经办的《真美善》月刊在 1930 年 11、12 月出版的第 7 卷第 1 号、第 2 号分别发表曾虚白的《民族主义文艺运动的检讨》和《再论民族文学》，尽管这两篇论文并不完全认同国府的民族主义文艺思想，但在客观上对民族主义文艺运动起到了推波助澜的作用。《草野》周刊及其他一些民间刊物也曾积极参与民族主义文艺宣传。

国民党文艺社团及其刊物并不掩饰自己的意识形态企图。前锋社的刊物在宣传三民主义文艺思想的同时，自然不忘攻击共产党领导的普罗文艺。如《前锋周报》所刊张季平《普罗的戏剧》（第 12 期）、《普罗的诗歌》（第 13 期）与前锋社另一刊物《时代青年》1930 年第 13 期所刊王一心《普罗作家的两重人格》，均属攻击左翼文学的文章。1929 年 7 月 10 日，张学良武装接管中东铁路，苏联因此在军事上大举进攻东北，占领中国许多重要城镇，在政治上通过共产国际向中共中央发布指示，要求中共号召民众"绝对无条件地保卫苏联"；当时的中共中央缺乏民族利益的考虑，响应共产国际要求，提出"武装保卫苏联"[1] 的政治口号，授国民政府以政治之柄。1930 年第 10 期的《前锋周报》据此大做文章，说："左翼作家大联盟，更是甘心出卖民族，秉承着苏俄的文化委员会的指挥，怀着阴谋想攫取文艺为苏俄牺牲中国的工具。致使伟大作品之无从产生，正确理论之被抹杀，作家之被包围，被排斥；青年之受迷蒙，受欺骗；一切都失了正确的出路；在苏俄阴谋的圈套下乱转。这些，无一不断送我们的文艺，牺牲我们的民族。"[2]

1930 年 6 月南京创刊的《流露》月刊，在创刊后竟用十几期篇幅连载旷夫的《普罗文学之批判》，在反对左翼文学上可谓不遗余力。1930 年 7 月创刊的《开展》月刊，其第二期的"编辑后记"，在对刊物状况做总结时，也不忘痛骂"无耻的普罗作家"以及"普罗作家所持之理论及其伎俩"。[3] 1930 年 8 月 15

---

① 中央档案馆编：《中共中央文件选集》（1931）第 7 册，中共中央党校出版社 1983 年版，第 445 页。

② 编者：《编辑室谈话》，《前锋周报》1930 年第 10 期。

③ 剑萍：《编辑后记》，《开展》1930 年 9 月 9 日第 2 号。

日创刊的《文艺月刊》，其发刊词《达赖满 DYNAM O 的声音》明确反对左翼文学的"阶级斗争"理论，鼓励人们"化除由浅薄的阶级意识里所滋长的仇恨"，"坚定互信共信的根蒂"，攻击左翼作家"丧心病狂，把金卢布掩盖了天真洁白的人格……崇奉宰杀自己兄弟姊妹的毒蛇猛兽……赤色帝国主义者"。同在 1930 年 8 月 15 日创刊的《长风》，其创刊语《本刊之使命》说："本刊负有两个重大的使命：一个是介绍世界文学，二是发扬民族精神。"至于"民族精神"的内涵是什么，作者没有解释，认为也"无庸解释"，其思维逻辑如同《开展》的编辑一样，在宣传刊物宗旨时顺便谴责"一味激起互恨的阶级意识，而抹杀互爱的民族意识"的"共产主义者"和"以肉麻破落文艺引诱青年""自甘暴弃的颓废主义者"，提出"为中国民族谋解放计，十二分地希望共产主义者和颓废主义者，回头猛省，打破以往的成见，和我们一同站在革命的战线上牺牲奋斗"。1930 年 11 月 11 日创刊的《初阳旬刊》"发刊辞"明确表明了民族主义和反共的双重立场："中国现代的中心文学，是民族主义的文学。它的使命，是唤起民族意识，促进民族发皇，发扬民族的奋斗精神，是赤白帝国主义夹攻中的被压迫民族，及残余封建势力宗法势力腌削下的被压迫民众之慰藉者，应援者，与领导者。"国民党上海市党部主管的"微风文艺社"成立后的第一件事就是组织围剿经常撰文批评时政的鲁迅和林语堂，提出"（甲）发表通电，（乙）函请国内出版界在鲁迅林语堂作风未改变前拒绝其作品之出版，（丙）函请全国报界在鲁迅林语堂未改变作风以前一概拒绝其作品之发表及广告，（丁）呈请党政机关严厉制裁鲁迅林语堂两文妖"[①]。1937 年 1 月创刊的《民族文艺月刊》因有国府军方背景，思想极右。创刊号中朋斯的《民族文艺者非常责任与修养》、勇仁的《普罗毒素里的糖》其反共思想明显，而汪谷军的《思想统制的历史经验与现代需要》与赵从光的《从文艺统制谈到中学国文教员的联合问题》明显是在为法西斯主义张目。

国民党文艺组织对左翼文学的攻击立即遭受左翼文坛的反弹，这种反

---

① 《声讨鲁迅林语堂的办法》，《时事旬报》1934 年第 5 期"文艺界"栏。另见《申报》1934 年 7 月 26 日 16 版所载《声讨鲁迅林语堂》。

弹同样是意识形态层面的。30年代国府文艺界对左翼文学攻击声势最猛的"民族主义文艺运动","左联"对此作出的反应也最为激烈。

"左联"首先作出组织上的激烈反应。1930年8月4日,"左联"执委会通过《无产阶级文学运动新的情势及我们的任务》决议,对民族主义文学实施政治打击,称其为"文学上的法西斯蒂组织","不管民族主义文学派怎样在叫嚣……他们在蓬勃的革命斗争事实之前,只暴露自己的反动的真相,在群众中不会有多大的影响"①。"左联"在1931年创刊的机关刊物《文学导报》连续两期发布《开除周全平,叶灵凤,周毓英的通告》,开除叶灵凤、周毓英的核心理由就是他们"为国民党民族主义文艺运动奔跑,道地的做走狗",这种"无耻的行为"使他们"已成为无产阶级革命文学运动之卑污的敌人"和"无产阶级革命文学的叛徒,绝对不能使其留存在我们的队伍中"。可见"左联"对"民族主义文艺运动"的痛恨已近切齿。

"左联"的理论回应就是组织批评家撰写攻击"民族主义文艺"的批评文字。瞿秋白撰文骂民族主义文学是"屠夫文学"、"中国绅商""定做"的"鼓吹杀人放火的文学",体现的是"文学家的说谎技术","还露出一些不打自招的供状";②茅盾撰文骂民族主义文艺"是国民党对于普罗文艺运动的白色恐怖以外的欺骗麻醉的方策","国民党……唆使其走狗文人号召所谓'民族主义文艺',正是黔驴故技,不值一笑","民族主义文艺运动靠国民党南京政府的金钱武力后盾而开办"。③鲁迅撰文骂"艺术至上主义呀,国粹主义呀,民族主义呀,为人类的艺术呀"都是"宠犬派文学","飘飘荡荡的流尸"。④从这类文字不难看出,国共双方的文艺批评都是诛心之论,是政治叫阵式的对骂,而不是常态的文艺批评。

作为中共文艺意识形态组织,"左联"对国民党发起的任何文艺组织都会站在敌对立场上加以批判。"上海文艺界救国会"成立后,茅盾撰文指责谢六逸、徐蔚南、赵景深等"向来灰色的几个人","在'救国'的

---

① 左联执委会:《无产阶级文学运动新的情势及我们的任务》,《文化斗争》1930年8月15日创刊号。

② 史铁儿:《屠夫文学》,《文学导报》1931年第1卷第3期。

③ 石萌:《"民族主义文艺"的现形》,《文学导报》1931年第1卷第4期。

④ 晏敖:《"民族主义文学"的任务和运命》,《文学导报》1931年第1卷第6、7期合刊。

面具下向民族主义派的一种公开的卖身投靠"。① 鲁迅则骂之曰"沉滓的泛起"②。

民间对国府发起的文艺组织也有抵制和批判的声音。例如，侍桁骂"民族主义的文学作家——其实并非作家，根本是一些不懂文学的乌合之众而已——并不想以彻底的方法，在文艺理论上作切实的斗争，竟利用现政治的实力"③。不过，侍桁这种说法很成问题。"民族主义文学"一派中，黄震遐虽具官方背景却也是货真价实的小说家，李金发的诗歌成就为世人公认，孙俍工在创作领域和文艺理论研究方面都有建树，说他们"是一些不懂文学的乌合之众"显然与事实不符。至于"民族主义文学"的作家缺乏理论实力、想借"政治的势力"压制"文艺理论"同行的说法更是诛心之论，没有任何依据。再者，"民族主义文艺运动"确属国民党官方意识形态行为，把它定位为文艺宗派活动，降低了它的政治性质和政治意图，国共双方的文艺组织对此都不会同意。

"民族主义文学"阵营获得国府政治、财力等方面的大力支持，其旗下文艺社团及报刊、书店等的生存条件十分优越，本应成为国府对付中共文艺宣传的得力工具，事实上它却未能履行自己的职责；因为国府人员私欲太重，争权夺利，致使那些文艺社团、刊物流于形式，且大多十分短命。

作为"民族主义文艺运动"发起者与中坚力量的前锋社，随范争波等离开上海而解散，其所创刊的几种刊物因商业利益的驱动，只运行了一年多就宣告停止。流露社的《流露月刊》1930 年 6 月创刊，1933 年 3 月 3 卷 1 期停刊；该社创办的《中国文学》月刊 1934 年 1 月创刊，8 月即宣告停刊。开展社因内部权力之争很快分裂，还被媒体炒得沸沸扬扬；④ 开展社的《开展月刊》1930 年 8 月 8 日创刊，1931 年 11 月 15 日停刊。"长风社"

① 石萌：《评所谓"文艺救国"的新现象》，《文学导报》1931 年第 1 卷第 6、7 期合刊。
② 它音：《沉滓的泛起》，《十字街头》1931 年第 1 期。
③ 侍桁：《关于文坛的倾向的考察》，《大陆》1932 年第 1 卷第 6 期。
④ 1931 年《文艺新闻》第 25 号报道开展社分裂的情况时说："潘为开展社之创办人，现任职中央党部。该社此次倒潘，系另一派人眼红潘之权高利重所致……现在内部竟已分裂，是否尚能按时领得某要人之津贴，则闻已成问题。"

虚张声势，其实是徐庆誉一个人在唱独角戏，《长风》半月刊 1930 年 8 月 15 日创刊，在 10 月 15 日即宣告停刊，总共才出了 5 期。初阳社的《初阳旬刊》1930 年 11 月 1 日创刊，12 月自动终止。国府扶植的《草野》周刊 1931 年 12 月停刊。汗血书店经营的《民族文艺》月刊 1934 年 4 月 1 日创刊，9 月 15 日即行停刊，1934 年 10 月 15 日复刊，名为《国民文学》，至 1935 年 7 月 15 日 2 卷 4 期后停刊。中央党部支持的《矛盾月刊》1932 年 4 月 20 日创刊，1934 年 6 月 1 日停刊。《黄钟》周刊 1932 年 10 月 3 日创办，出到 1937 年 8 月 11 卷 2 期后也没有了下文。南京的《文艺月刊》撑得最长，从 1930 年 8 月 15 日创刊，到 1937 年 8 月 1 日 11 卷 2 期终止，也就是 7 年的光阴。

民族主义文艺的宣传者理论水平参差不齐。《流露》月刊 1 卷 6 期亚孟的《论民族主义文艺的作家与作品》，竟把沈从文当成"民族主义文艺"的代表，可见作者对"民族主义文艺运动"的精神根本不理解。开展社的发起人之一曹剑萍本人在文坛上虽然名不见经传，却不乏理论意识，他在《开展》月刊第 2 期的"编辑后记"中说："民族主义文艺的理论，虽然已经成为中国文艺界的中心意识，但据我的观察，则尚缺少一种中心的力量。中心的力量维何？第一，就是要有能够将民族主义文艺理论，具象的熔合到作品里去的作家，简称民族文艺作家；第二，就是要有能够将民族的文艺作品，指摘和引导的批评家，简称民族文艺批评家。照我们的现状看来，第一，就正感觉着民族文艺作家的不普遍，及其力作的缺少。"

《矛盾月刊》编者却没有很好地贯彻国府在"民族主义"旗帜下的反共意图，把它办成了一个追求民族团结的名副其实的"民族主义"刊物，王平陵、黄震遐等官方作家，洪深、彭家煌、陈白尘、欧阳予倩等左翼作家，中间以及其他立场的作家如老舍、施蛰存、戴望舒、李金发、刘呐鸥、张资平、顾仲彝等，也都在该刊发表过作品。《黄钟》周刊虽是在国民党浙江省党部执行委员胡健中支持下创办，但在署名"蘅子"的《献纳之辞》发刊词中，并没有攻击普罗文学的语汇，而是把"唤起沉睡的民族之魂"、"歌颂我们民族过去的光荣"、"我们诅咒我们民族现在的消沉，我们指示我们民族未来的前程"作为办刊的方向。和《矛盾月刊》一样，也真正体现了"民族主义"和"民族精神"团结的追求。该刊第 1 卷第 22 期忆初的《民族主义的文艺方法论》、第 38 期柳丝的《关于民族主义文学》、第 4 卷第 6 期寿萧朗的《民族主义文艺论》也都体现出一定的理论水平。但是，从意识形态的角度考量，这些刊物及其刊发的理论论文缺乏明确的政治立场和政治意图，与左翼报刊相比，其思想斗争水平已落下风。

三 国共之间的文艺战术争斗

30 年代国共间的文艺争斗远远超出艺术范围，成为你死我活的政治斗争。国民党为了巩固自己的政治统治，采取文化铁血政策，对中共领导下的文艺组织与文艺活动进行无情打击、残酷镇压，例如查禁书报、封闭书店、通缉具有反政府倾向的作家、屠杀中共作家。革命作家李伟森、柔石、胡也频、冯铿、殷夫于 1931 年 2 月 7 日，被秘密杀害于上海龙华警备司令部。"左联"作家被害还只是极端情形，其时，"文艺不但是革命的，连那略带些不平色彩的，不但是指摘现状的，连那些攻击旧来积弊的，也往往就受迫害"①。此后，国府意识形态监控日密一日。仅在 1933 年一年内，国民党武力处置的作家就有多人：5 月 14 日一天内，作家丁玲、潘梓年被捕，应修人拒捕遇害；7 月 26 日洪灵菲被捕后被秘密杀害；9 月 16 日楼适夷被捕；10 月 30 日天津作家潘谟华被捕。文艺界一系列事变让新闻媒体倍感心惊，当年 5 月 25 日《申报》"自由谈"副刊在征稿启事中特意强调："吁请海内文豪，从兹多谈风月，少发牢骚"。

在国民党的镇压下，共产党不得不改变文艺斗争策略，采取"文化战线上的'游击'或'迂回'战术"②。所谓"文化战线上的'游击'或'迂回'战术"，就是在书、刊、作者名、内容中人物或术语名字上做手脚，与国民党文艺检察人员进行捉政治迷藏的游戏，当然还有其他手段作为辅助。中共常用的文化游击战术有如下类型：

第一，暗度陈仓。"暗度陈仓"就是采用书刊更名的办法逃避出版审查，具体做法是把被国民党宣传部门列入禁限之列的书籍或刊物换个名字

---

① 鲁迅：《上海文艺之一瞥·续》，《文艺新闻》1931 年 8 月 3 日第 1 版。
② 任钧：《关于太阳社》，《新文学史料》1979 年第 2 期。

后出版。例如，苏联作家高尔基及其长篇小说《母亲》，中共作家、"左联"成员夏衍及其真名沈端先，都在国民党文艺审查令的黑名单之内，开明书店欲出此书，就"把书名'母亲'改为'母'，译者沈端先改为'沈瑞先'，这样就继续出版了"①。刊物的情形亦如此。通常一家刊物被查禁后，只要换一个名字重新出版，不会受到禁限：因为原来的审查名单上没有它！如"左联"的机关刊物《萌芽月刊》遭禁后，"左联"接着以《新地》的名义进行出版；当《新地》遭受禁止后，"左联"又以《文学月报》的名字再行刊出。"左联"的另一机关刊物《前哨》1931 年 4 月 25 日创刊，为了逃避审查，第二期便改名为《文学导报》。

第二，瞒天过海。"瞒天过海"就是采用书刊伪装的办法突破国民党的文艺封锁，具体说来，就是故意用与传播内容毫不相干的名称作为书刊封面。有时候为了吸引眼球，甚至不惜采用一些接受品位十分低级的庸俗名字，如《布尔什维克》换用《少女怀春》，《少年先锋》换用《闺中丽影》。据唐弢回忆，30 年代的左翼书刊为了达到传播目的，大多都"用过伪装"②。

第三，李代桃僵。"李代桃僵"就是文章发表与书籍出版时用笔名而不用真名，即使审查机构发现有严重的政治问题，也找不到要治罪的人。作者因伦理、道德或政治禁忌而使用笔名，这在中外历史上都不算什么新鲜事；但在 20 世纪前期国民党统治时期，作者频繁更换笔名频率之高世所罕见③。30 年代的中国作家使用笔名的数量在中国现代文学史上为最，左翼作家在此方面又堪称代表：瞿秋白经常使用"易嘉"、"宋阳"、"史铁儿"等笔名，周扬发表文章时经常使用"起应"、"绮影"等笔名，茅盾也说自己"每年要换一批笔名"④。频繁地更换笔名，原因十分简单：避席畏闻文字狱，逃避逮捕或文化特务的暗杀。

第四，偷梁换柱。对苏联及中国的进步书籍、左翼作家名字、涉共政

---

① 王知伊：《开明书店纪事》，《出版史料》1985 年第 4 期。
② 参见唐弢《晦庵书话》中"书刊的伪装"一节，生活·读书·新知三联书店 1980 年版。
③ 曾健戎、刘耀华合编的《中国现代文坛笔名录》（重庆出版社 1986 年版）收录的笔名接近 7 千个。
④ 茅盾：《我走过的道路》中册，人民文学出版社 1984 年版，第 249 页。

治术语等，国民党各地市党部通常都开列有相应的禁止名单。但是，负责书籍审查的国民党公务人员或文化特务大多是缺乏敬业精神的政坛混混，或者是文艺方面的外行，致使左翼文艺人士只需在文字上稍稍变点戏法，就能侥幸过关。偷梁换柱的具体做法就是在书刊中以隐语、替代语或省略号代替政治上敏感或禁忌的词汇，以掩人耳目，如牵涉到马克思的思想时，不用"马克思"而用"卡尔"，在批评文章中涉及"日本帝国主义"时写成"××帝国主义"等。符号替代法在当时的语境下虽然不影响别人的阅读，明眼人一眼就能看出隐语、替代语或省略语所指，但毕竟给作家写作带来诸多不便，作家在写作时也因"必须用许多××与……"① 备感痛苦。

第五，蒙混过关。蒙混过关的具体做法就是把送审材料通过技术手段分成若干部分，以淡化材料中集中而敏感的政治内容，然后一次一次分别送去审查，审查通过后再集中到一起出版。以 1935 年生活书店出版的《文艺日记》为例，"因日记选刊了有进步内容的格言"，所以采用"分批送审"之法，"但审查机构分批审读，未加重视，每批都得到通过。到《文艺日记》出版后，他们看后大为吃惊"，但书已全部售出，"也就无可奈何了"。②

第六，请客送礼。国民党政府机构的政治腐败也给左翼思想传播以可乘之机，"工部局也好，市党部也好，只要有熟人，必要的时候'烧点香'，问题还是可以解决的"③。

在共产党的诸种"文化游击战"战术下，左翼书刊在文艺界形成了"野火烧不尽，春风吹又生"的出版奇观。今天看来，上述诸种文化游击战术直如儿戏，可以说是中国现代文坛的"黑色幽默"，然而这在当时确是事实。如此简单的种种手段，竟然能够瞒过国民党的文艺政治审查，形成如此荒唐荒诞的出版生态，国民党文化宣传机构的官僚主义、人浮于事可见一斑。一个人情政治的政府，连事关政权存在的政治问题"烧点香"

---

① 老舍：《我怎样写〈大明湖〉》，《宇宙风》1935 年第 5 期。

② 许觉民：《出版家徐伯昕同志传略》，《新文化出版家徐伯昕》，中国文史出版社 1994 年版，第 21—22 页。

③ 夏衍：《懒寻旧梦录》（增补本），生活·读书·新知三联书店 2005 年版，第 154 页。

"问题"就"可以解决",其意识形态争战焉有不败之理?

四 国共意识形态对决胜败的成因

在 20 世纪 30 年代的社会斗争格局中,国共两党的斗争除了政治、军事,意识形态的较量也非常激烈,双方都在极为认真地"争着文坛的霸权"①,"从出版界到银幕到剧场,从画家的调色板到无线电播音台,革命与反革命的斗争处处在决荡,在扩大"②,这种情形被当时的作家称为"朝野都有人只想利用作家来争夺政权巩固政权"③。

国共双方虽然在意识形态性质上具有异质性,但在斗争方法、斗争手段上却有趋同性。在政治理论规训方面,国民政府重视"民族意识"的培植,共产党重视"阶级意识"的宣传;在文艺政策制定方面,双方都根据时局变化、政治需要制定文件、发布要求;在思想控制策略方面,国共双方都通过相关通晓文艺的人物对文艺组织与团体进行协调、指导、监督,采用一样的管理模式;在统战工作方面,国共双方都试图与那些政治立场不明显的作家建立友好合作关系,希望他们凝聚在自己的政治阵营之下。

国民党政府虽然在军事上占据绝对的优势,并在军事斗争中取得节节胜利,但在文艺领域的政治争战中,却屡屡处于下风。因为以蒋介石为元首的"党国",其理论资源也就是国民党立国之初的"三民主义";三民主义本为对付满清朝廷的政治纲领,民国立国之后,国民党不能与时俱进,及时对其进行精神输血、思想更新,依然以之为治国方略,根本无法应对极为复杂的社会现实。20 世纪 20 年代,国民党为了尽快统一中国,以政治实用主义态度"联俄"、"联共",且在组织和思想领域"容共"。组织"容共"的结果是大量共产党员加入国民党,致使国民党在组织结构和成员成分上赤化;思想"容共"的结果是"国民党之躯壳,注入共产党之灵魂"④,致

---

① 苏汶:《关于〈文新〉与胡秋原的文艺论辩》,《现代》1932 年第 1 卷第 3 期。

② 《中国无产阶级革命文学的新任务——一九三一年十一月中国左翼作家联盟执行委员会的决议》,《文学导报》1931 年第 1 卷第 8 期。

③ 炯之(沈从文):《再谈差不多》,《文学杂志》1937 年第 1 卷第 4 期。

④ 《邓泽如写给孙中山的信及孙中山的批语》,中共中央党校中共党史教研室编《中国国民党史文献选编(1894—1949)》,1985 年版,第 19—20 页。

使三民主义党义几近共产主义理论。国民党在组织和思想上自掺沙子，"在国民党底党内或党外"都引起了思想认识上的混乱，许多人都觉得"'国民党已经变成了共产党'，或是'共产党已经把国民党赤化了'！"① 连文艺界学者都认为三民主义与共产主义没有区别："许多人把共产主义看成洪水猛兽，我总以为是太过分的。孙中山先生在他的三民主义讲演里明明白白地说过：'民生主义即是共产主义'；他也曾说过这样的话：'质而言之，民生主义与共产主义实无别也'。假如共产主义是洪水猛兽，孙中山先生决不会说这样的话。"② 这种后果对国民党的政治十分致命：两党组织及党义血脉相连、难以割舍，等国民党觉醒再行"清党"，无异于政治自残——共产党被清理了，国民党也元气大伤。国民党的政治功利主义和政治投机可谓贪一时之利而自毁意识形态长城：国民党内部"改组派"、"西山会议派"等反对势力与蒋介石闹对立，思想根子就在"三民主义"的认识分歧；最终结果导致国民党中央领导集体的分裂，形成两个"中央"分立的荒唐政治局面。20世纪30年代中期起，国民党中央对意识形态体系独立、统一的重要性有所省悟，先是蒋介石倡导"读经"运动，试图通过传统儒家政治哲学赋予三民主义哲学以新的精神内涵，斩断三民主义的共产主义意识形态脐带；后是国民党五届全国代表大会通过《统一本党理论扩大本党宣传案》，该议案提出"凡关于文学社会科学之一切著述，均须以本党主义为原则"③。

得民心者得天下，意识形态只有在与现实政治一致时才会取信于民，发挥其精神整合作用。国民党建党之初，与广大民众同心同德，颇得民望。立国之后，国民党师法苏联，"以党治国"，行政采用党、政双轨体制，并且以党为尊，党在国上，党在法上。党政两套领导班子人为加大了行政成本，加重了人民负担，成为滋生民怨、激化社会矛盾的潜流。绝对的权力导致绝对的腐败，不受监督的党的特权给专制、独裁、腐败留下难

---

　　① 萧楚女：《国民党与最近国内思想界》，《萧楚女文存》，中共党史出版社1998年版，第212页。

　　② 梁实秋：《如何对付共产党》，《自由评论》1936年第17期。

　　③ 《统一本党理论扩大本党宣传案》，荣孟源主编《中国国民党历次代表大会及中央全会资料》（下册），光明日报出版社1985年版，第317页。

以堵塞的体制漏洞，成为国民党执政的阿基里斯之踵，同时也是激生民变的温床。民国"训政"时期，国府大大小小的官员并不按"三民主义"的党义治国，而是据其人情关系治国，形成具有民国特色的腐败政局："官僚用各种不同的政治方术和手腕，已把政府所掌握的一切事业，变为自己任意支配、任意侵渔的囊中物"，国有资产也因"各级各层的权势者"借手中的政治权力"和任意编造的政治口实，而化公为私了"。① 专制独裁、贪污腐败的结果，就是国民党"自毁其理论，三民主义之理论固犹昔也，但其足以使人信仰之价值，已等于零。国民党既失其足以维系人心之理论根据而犹复思以统治力强人以同，禁人之异，是以向所同者因强而离，与之异者因禁而更异矣"②，其欲得民众拥护，无异如缘木求鱼。是非公道自在人心，民心向背之机，稍有良知和正义感的文士都不愿做国府的吹鼓手，故此国民党在文艺领域缺乏软实力：政府上下多的是混饭吃的投机官僚，找不到有理论水平的政治抬轿者和文艺宣传员。虽有几个立场极右的专家，时不时地出来为其呐喊几声，却因国民党政府代表的是少数人的利益，其道太孤，也不敢颠倒黑白地把国民党吹到天上去。毕竟为一个鱼肉人民、欺压百姓、贪污腐败、民怨沸腾的政府鼓吹，怎么说理都不顺，怎么论气都不足。故此，为国府鼓吹叫好的文章虽时有出笼，空洞苍白，却远不如中共的宣传文告、左翼文人的批评文章来得理直气壮。

自近代以来，社会大势，民主共和是历史潮流，顺之则昌，逆之必亡。国府吏治腐败、帮会等黑恶势力横行，百姓生活暗无天日，国府宣传机构失去其公信力，任"三民主义"的口号喊得震天响，也难取信于民。因此上也就苦了那一干御用文人、专家，他们为党国利益摇唇鼓舌，费尽脑汁，到头来除了浪费笔墨纸张，基本上不起作用。此种情况下的国府权贵却用脚跟思考，只恨共产党宣传太能蛊惑人心，致使"刁民"日众，"匪患"难绝，却不用脑子想一想这些情形背后深层的社会原因，不去思量政体改革，仍然按照封建统治者的专制思路、驭人之术，希图靠极端手

---

① 王亚南：《新官僚政治的成长》，《中国现代思想史资料简编》第 5 卷，浙江人民出版社 1983 年版，第 650 页。

② 静波：《开放党禁与振拔青年》，《清华周刊》1933 年第 38 卷第 12 期。

段维护社会稳定，那就是采取政治恐怖、暴力压制、舆论钳制等政治高压手段，宣传上颠倒是非、混淆黑白，事实上隐瞒欺骗、以假乱真，新闻上掩盖真相、封锁消息。治标不治本的高压统治虽能勉强维持一时，岂能恒稳维持一世？因此，在与道义上占据制高点的共产党意识形态较量中，国民党屡屡被动，却又每在明眼人的意料之中。

国府意识形态落于共产党下风原因之中，还有重要的体制因素：国府在出版检查领域缺乏专业素质合格的公务员，其宣传和文艺机构多的是文坛政客、文阀、学阀，文坛政客、文阀、学阀不同于真正的文人学者，他们在艺术与理论方面并无多少真才实学；他们削尖脑袋到政府任职只是为了混饭吃，他们真正关心的是自己的官位、官运、特权、地位、待遇、报酬，而不是国家的兴衰成败，因此在履行岗位职责时，不过是衙门式的文牍主义，念念文件，走走过场，脱离实际地传达一番上峰指示。国民革命军张发奎将军在谈到这种情形时不无沉重地说道：“一般公务人员还有一个通病，那就是敷衍塞责，阳奉阴违，致上情不能下达，良好的法令，不能切实施行。官要做得大，钱要拿得多，事情却可以不做，可以敷衍应付，不认真做好，这实在是一种非常痛心的现象！”[1] 国民党文艺高官“张道藩赴台后，曾反省自己 40 年代领导右翼文运，由于‘根本不做工作’和‘虚于应付’的作风，致使文坛被左派占领”[2]。

其实这种情形在 30 年代亦如此。举一个例子来说，“新月书店出版一本拉斯基教授的《共产主义论》，稍有知识的人都该知道，拉斯基是现代著名的政治学者，并且他是反对共产主义的。但是书店到一家报馆去登广告的时候，却被检查员老爷禁止刊登了。宣传共产，喝！禁登广告！这真成笑话了。马克斯的《资本论》可以大登广告，因为书的名字叫做《资本论》；拉斯基的《共产主义论》禁登广告，因为书名不祥。当局者的昏聩蛮横一至于此”[3]。国府公职人员不学无术致使出版检查许多时候形同虚设，这是共产主义学说有禁不止、难以抑制的体制原因，国民党只得自食

---

① 张发奎：《抗战中公务员应以身作则》，《始兴文史资料》1991 年第 10 辑，第 137 页。
② 古远清：《几度飘零：大陆赴台文人沉浮录》，广西师范大学出版社 2010 年版，第 151 页。
③ 梁实秋：《思想自由》，《新月》1930 年第 2 卷第 11 号。

其政治腐败之苦果。

国民党为维护其一党专制的局面，20 世纪 20 年代末开始"分共"、"清共"。一个党中之党、国中之国的存在成为国府最大的心病，共产主义意识形态的壮大也让国府为之心惊："马克思主义"在"思想界中……取得一个领导的地位"。① 为了"党治下的政治的安定"，国府决心"在一定时期内，把共党的一切理论方法和口号全数铲除"。② 在文艺领域，国民党为防赤色思想流布，作出许多相应的政策规定，在意识形态领域限共、剿共。由于文网过密，最后凡与政府官方意识形态任何有异的东西都在禁限之列，此可谓政治上的一种倒退：在二十年代的军阀混战时期，民众还享有相当程度的言论自由。把两个时代的言论自由程度加以比较，便会看出军阀政治与国民党"党天下"的差异所在：前者是自由有多少的问题，后者则是有没有的问题。30 年代中期，共产党方面所办的《文学》杂志曾经刊发左翼作家争取言论自由的联合声明，抗议国民党的思想专制，其辞曰：

> 言论的自由，急应争得。言论自由与文艺活动的自由，不但是文化发展的关键，而在今日更为民族生存之所系。国民自由发表其救国意见，文学者自由发表其救国文艺，在今日不仅为人民之权利，亦且为人民应尽之天职。除非不要人民爱国，否则，予人民发表救国意见之自由，在今日实属天经地义，无可怀疑。因此我们要求政府当局，即刻开放人民言论自由，凡足以阻碍人民言论自由之法规，如报纸检查刊物禁扣等，应立即概予废止。我们深信唯有言论自由，然后能收全国上下一致救国的效果。③

思想和精神专制是中国历史上历代独裁者惯用的政治伎俩：为了实现

---

① 戴季陶：《易行知难》，《新生命》1928 年第 1 卷第 2 号。
② 蒋中正：《革命和不革命》，《新生命》1929 年第 2 卷第 3 号。
③ 《文艺界同人为团结御侮与言论自由宣言》，《文学》1936 年第 7 卷第 4 号。该宣言同时刊于本年度第 1 期的《学生与国家》、第 2 期的《新认识》等杂志。

政治的大一统，维护少数统治者的利益，必须让民众都变成傻子，而要让民众变成傻子，就必须限制他们的思想和言论自由！秦始皇焚书坑儒，汉武帝独尊儒术，现代专制统治下的新闻出版检查制度，本质上都是一回事。靠武力压制思想只是没有文化的武人极其粗鄙的做法，国府文官蒋梦麟反思国民党意识形态斗争失败的原因时说，"政府自己对社会上各种问题负有责任，病者讳疾，而且和广大的民众脱了节，对于社会不满意的情绪，知之不深，觉之不切"，对于反政府思想的传播，只用简单粗暴的行政手段去解决："禁封书局、抓人。结果愈禁，人家愈要看。抓人的范围愈广，便把鳝鱼当蛇，一齐捉起来，鳝鱼也从此对蛇表同情了。"① 在信息四通八达的现代社会，当政者不思改善政体、改善民生，却想用限制言论自由、推行愚民政策等政治手段维持社会的和平稳定，真是自欺欺人！国民党虽然对左翼文艺及其思想从制度层面进行严厉监控，但在效果上并不见佳，原因即在于此。

从日常交流的角度看，语言符号既能描述对象、传达信息，又能抒发感情、宣示意义，在此意义上，以语言为媒介的文艺极易成为思想斗争的工具，社会矛盾尖锐、阶级斗争激烈的社会时期尤其如此。在20世纪30年代的文艺意识形态争战中，国共双方都充分认识到了语言符号的这一作用，并把文艺的意识形态功能发挥到了极致。意识形态斗争归根到底是阶级利益冲突无法调和所引发的政治斗争在思想领域里的表现，其斗争胜负的决定因素不是技术性的战略规划或战术手段，而是日常生活领域中的利益平衡和社会公正。在社会生活大体公平、公正的前提下，文艺宣传作为精神维稳的工具才能产生相应的效用，统治者的思想才能成为社会生活中占统治地位的思想。统治者一方如果不能平衡各阶级的利益、保证广大民众的基本生存需要，就会在精神上失信于民，即使其掌握着强大的舆论宣传工具，也会在斗争中败给对手。失道寡助，"道"（公平、正义）若不济，"技"（工具、手段）虽多亦无用。

---

① 蒋梦麟：《蒋梦麟学术文化随笔》，中国青年出版社2001年版，第620页。

第三节　文学理论场域内的亚政治话语

在30年代中国文学场中，除了"左"（共产党）、"右"（国民党）两类文学话语，还有别的文学话语类型存在，这就是自由主义文学话语与保守主义文学话语。此处所用的"自由主义"和"保守主义"只是两个描述性术语而非规范性的概念，著者借之用以描述彼时文学场中两类特殊的亚政治话语。之所以说这两个术语不是规范性的概念，是因为这两类文学话语绝非严格政治学意义上的自由主义与保守主义。在20世纪前期，政治学意义上的自由主义与保守主义因思想背景的差异，在立场上针锋相对，观点上不可调和；而彼时中国文学场中的自由主义与保守主义之间并不存在这种状况。相反，30年代中国文学场中的自由主义与保守主义在精神独立与思想自由方面存在交叉，在艺术理念及政治认识方面存在趋同，颇类几十年后政治学意义上的新自由主义与新保守主义之间的关系。取这两个术语，无论从事实上或从逻辑上看，都是著者为了描述的方便"强为之名"。

一　自由主义文学及其价值诉求

在中国文化发展史上，对任何一种思想的理解都不能简单化、绝对化。比如主导中国几千年的文化思想从大处来说是儒家思想，应该说没错，但也不全对。以儒家的"中庸"理论为例，在中国政治领域，从思维到实践，少有"中庸"的例子。在利益和矛盾面前，政治家对功臣甚至亲人都会痛下杀手、毫不留情，连点"中庸"的影子也找不到。在阶级矛盾、民族矛盾尖锐对立而又错综复杂的20世纪30年代，中国意识形态领域里的表现很能体现这一点：文艺领域里的红白争战两军对垒、你死我活，红白阵线以外的文艺人士，如果对之冷眼旁观、闭嘴沉默，那倒是万事皆休、耳根清净；一旦介入其中，就会两头受攻，落得个猪八戒照镜子——里外不是人。自由主义文艺家介入国共文艺论争的结果是：国共双方都对其"大肆诛罚"，"左派说"自由主义者"以笑麻醉大众的觉醒意识"，"右派说"自由主义者"以笑消沉民族意识"。① 导致这种尴尬境地的原因很简单：在你死我活的对抗性斗争环境下，国共双方的思维逻辑是一致的，那就是二元对立、非此即彼，不允许有中间状态存在。在这样的是非场域中，入淤泥而想不染近乎痴人说梦。自由主义者和保守主义者既然双脚踏进政治的泥塘，对国共两家指指点点，说东道西，焉能再超然物外、清白脱身而去？从世故的角度说，自由主义者苏汶倒是认识到这一点："自己不站在'不自由的，有党派的'群众中，不说话是聪明的。"②

30年代中国文艺界二元对立思维的流行有两种原因。首先是现实的政治和文化原因。现实的政治因素是民族斗争、阶级斗争十分激烈，利益之间往往是你死我活："我们现在处的是阶级单纯化、尖锐化的时代，不是此就是彼，左右的中间没有中道存在。"③ 这种论断虽嫌简单化、绝对化，却也反映出当时阶级对立与阶级斗争的尖锐程度。现实的文化原因是国共双方都深受苏联政治意识形态思维的影响，都接受苏联的"不革命就是反革命"这一简单而又绝对化的政治逻辑。其次是文化和思想史的因素。中国数千年大一统思想绵延不断，作为中国传统政治思想成分，"党同伐异"、"天无二日"、"一山不容二虎"之类的对抗性斗争思维，已经深入人们的精神骨髓，现代的政治斗争者自觉或不自觉地袭用它，本也不足为奇。西方文化思想的传播和流行也是一个重要的因素。近代以来，西方科学主义文化传入中国，经过"五四"文化先驱们的政治与文化渲染，"赛先生"更是成为现代人的精神偶像。科学主义是近代西方认识论哲学的产物，而认识论哲学的特征之一就是思维上的二元对立。

正是上述这类因素，让自由主义思想很难在中国的文化土壤中立足。

尽管如此，作为具有一定社会理念的政治思想，自由主义者还是拥有一定的精神空间。1931年上海《民报》上有人撰文谈及中国政治思想界的

① 陶亢德：《答徐敬籽信》，《论语》1934年第49期。
② 苏汶：《关于文新与胡秋原的文艺论辩》，《现代》1932年第1卷第3期。
③ 郭沫若：《留声机器的回音》，《文化批判》1928年3月15日第3号。

状况时说:"中国目前三个思想鼎足而立: (1) 共产; (2)《新月》派; (3) 三民主义。"① "新月派"就是"自由主义"的代称,可见自由主义在当时已成为一股强大的思想势力。"自由主义"之所以在中国没有形成一股政治势力,原因在于自由主义者是一拨纯粹的学者与文人,他们有政治理想而无政治野心,有政治见解却无政治纲领,更无社团组织。

以现代西方"自由"、"民主"、"平等"、"人权"等政治理念为社会评价标准,自由主义者推崇"宪政",在社会生活中"只问行政,不管主义"②,对国共双方的集权政治都持批判态度。执掌政权的国民党及其政敌共产党虽然政治目标不同,但其同受苏联政治体制的影响至深,这一点颇为自由主义者所诟病:"共产党和国民党协作的结果,造成了一个绝对专制的局面,思想言论完全失去了自由。"③ 所以,自由主义者一方面尖刻地批评民国政府"政治上的紊乱",属"武人政治"与"分赃政治""两种恶势力",④ 一方面又说"共产党一旦得势,政治上'党治'的方式,自然是一丘之貉"⑤,"共产党则根本否认自由,其干涉之严密更有甚于国民党"⑥。

早在20世纪20年代末,徐志摩就含蓄地批评国民党统治缺乏"思想上……充分的自由","没有自由,结果是奴性的沉默"⑦。胡适更是指斥国民政府缺乏"法制基础",不能"保障人权","人民的权利自由也从没有法律规定的保障"。⑧ 20世纪30年代初,文艺界的"自由人"谴责"国民政府一面说保障言论自由,但你一'自由言论',他们又说是'反动'……'党国'钳人之口的时候,必定科以'颠覆国体'的罪名"⑨。"在德漠克拉西未实现的国,谁的巴掌大,谁便有言论自由,可把别人封嘴","说话自由的,只有官,因为中国的官巴掌比民的巴掌大。"官府之所以不给人民

---

① 罗隆基:《致胡适》,《胡适来往书信选》中册,中华书局1979年版,第64页。
② 罗隆基:《专家政治》,《新月》1929年第2卷第2号。
③ 胡适:《新文化运动与国民党》,《新月》1929年第2卷第6、7号合刊。
④ 罗隆基:《专家政治》,《新月》1929年第2卷第2号。
⑤ 罗隆基:《论中国的共产——为共产问题忠告国民党》,《新月》1931年第3卷第10号。
⑥ 杨人楩:《自由主义者往何处去?》,《观察》1947年第2卷第11期。
⑦ 新月月刊社:《"新月"的态度》,《新月》1928年3月10日月刊创刊号。
⑧ 胡适:《人权与约法》,《新月》1929年第2卷第2号。
⑨ 胡秋原:《浪费的论争》,《现代》1932年第2卷第2期。

以自由，因为"百姓自由，官便不自由，官自由，百姓便不自由。百姓言论可以自由，官僚便不能自由封闭报馆，百姓生命可以自由，官僚便不能自由逮捕扣留人民"①。

"党国"之所以能够包容自由主义者近乎苛刻的批评，而非像对待左翼思想那样无情打压，是因为党国政要们深知自由主义者只是批评，没有政治企图，态度虽然激烈，用语虽然尖锐，那也是希望国府政治能够改进和发展，和志在推翻国府统治的"赤色分子"的危险言论有质的区别。这也是后来毛泽东称胡适等人对国民党"小骂大帮忙"的原因。

自由主义文论与当时的自由主义政治思想互为呼应。自由主义政治领袖是新文化运动的功臣之一胡适博士，胡适自20世纪30年代初开始，创办自由主义刊物《独立评论》，宣传宪政理论，批评国府现实。在政治问题上，胡适批评国民党一党专政的"党治"，认为这种"党天下"的政治现状绝非孙中山等革命先行者的本意，他认为"绝少数的人把持政治的权利"永远不能使国家走向现代化，因此呼吁国民党"开放政权"，让民众参政议政，从而使国民的"国家意识"增高，"党派意识"降低，在此基础上中国才能走向"宪政"，变成现代化的国家。② 宪政问题是胡适至为关注的问题，他主编的《独立评论》一直关注民主、宪政、政治公开。他批评当时的统治阶层贪污腐败：华北沦丧"报纸不登一条新闻，不发一句评论"；他希望国民政府对代表民意的学生运动"有所畏惧"、"改过迁善"。③后来成为国民党政要的陶希圣也说，"人民的言论与组织的自由，受着强度的抑制"④。陶希圣批评国民党"参酌苏俄的制度，确定……'以党为执政之中枢'……取一党专政的制度"，提出"国民党不应在法律上执掌政权，由党来直接产生政府"，应当"开放党禁"，实行"民主制度"，要允许"反政府的言论，在国民大会里得到发挥的机会"。⑤

自由主义者还从文化的角度阐述自由主义立场。胡适赞同当时的学者

---

① 林语堂：《谈言论自由》，《论语》1933年第13期。
② 胡适：《从一党到无党的政治》，《大公报》副刊"星期论文"1935年9月29日。
③ 胡适：《为学生运动进一言》，《大公报》副刊"星期论文"1935年12月15日。
④ 陶希圣：《北京大学学生大会的感想》，《独立评论》1936年1月20日第185号。
⑤ 陶希圣：《论开放党禁》，《独立评论》1937年6月6日第237号。

张熙若的说法："五四运动"的意义是思想解放和个人解放，个人是一切社会组织的来源，个人的思想自由与言论自由是社会进步的基础。胡适认为"'个人主义'，其实就是'自由主义'（Liberalism）"，他还引用杜威的观点，认为"个人主义"有两种类型：一是利己主义，一是个性主义，前者追求利益上的为我，后者追求独立思想、精神自由，只认真理，不惧权威，并把后者称为"健全的个人主义"。胡适指出，"健全的个人主义"有两个社会目标："第一是充分发展个人的才能"，"第二是要造成自由独立的人格"，他据此极力称赞蔡元培"循思想自由言论自由之公例"，"办北京大学，主张思想自由，学术独立，百家平等"的举措。胡适"深信：一个新社会，新国家，总是一些爱自由爱真理的人造成的，决不是一班奴才造成的"，因而指责民国政府"不容许异己的思想"属于"法西斯蒂"行为。胡适认为，"五四"新文化运动决不是一个"狭义的民族主义运动"，"五四"时期有代表性的思想人物大多抱有一种"世界主义"的思想，"五四"以后的"国民革命运动是不完全和五四运动同一个方向的"，这种方向偏离了"五四运动"的初衷，走向民族革命和民族解放，虽然这种偏离为当时的国际国内政治局势所迫。思想的解放与转变其实是当时革命先驱们的共识，孙中山坚信"革命之成功必有赖于思想之转变"，胡适则申述："思想的转变是在思想言论自由的条件之下个人不断的努力的产儿。个人没有自由，思想又何从转变，社会又何从进步，革命又何从成功呢?"[①]

张熙若强调"民治"。他认为欧洲社会的进步在于"自文艺复兴和宗教改革以后，不等到 18 世纪的政治革命，社会组织的单位和基础早已由团体……而变为个人了。初则个人与团体冲突，终则团体为个人所征服而以给个人服务为它存在的唯一理由"，"没有个人解放，是不会有现代的科学的，是不会有现代的一切文化的"；他说个人解放的具体表现就是"个人有批评政府之权利，说得更具体点，全在承认思想自由和言论自由"，个人对国家能够自由表达自己的意见，他才能对国家产生认同感，"才能觉得他与国家的密切关系，他才能感觉他做人的尊严和价值，他才能真爱护

---

① 胡适：《个人自由与社会进步》，《独立评论》1935 年 5 月 20 日第 150 号。

他的国家"，一个有主人意识的公民抵得上一万个没有主人意识的奴才；
他还说共产主义社会"是民治的推广，而非推翻"，"专制统治下的人民都
是被动的，都是对于国事漠不关心的，都是没有国民人格的"。①

自由主义者不管其思想背景有何不同，其总体思路都是一致的，那就
是反对一切极权性质的东西，不管它是来自左的还是右的。在政治思想领
域，胡适等人一直对国民政府的政治持有异议。一向为左翼文艺界深恶痛
绝的梁实秋，也极力抨击国民党党治下的思想限制，提出"思想是独立
的"、"思想自由"，思想"只对真理负责"，因而"思想……不能统一"；
并且任何人、任何政党不能说"我的思想是一定正确的，全国的人都要和
我一样的思想"。②

胡适为代表的自由主义者的政治思想首先遭到国府一方的敌视，国府
对之采取了一手硬、一手软的双重打击。硬的一手就是以"言论反动"、
"共产嫌疑"的罪名逮捕自由主义者罗隆基，以"诋毁约法、诟辱本党"
等罪名查禁《新月》杂志；自由主义干将胡适也受到官方严重警告③。软
的一手就是组织御用文人潘公展、张振之、王健民、陶其情等人著文对自
由主义者进行思想围攻，后来结集为《评胡适反党义近著》（光明书局
1932 年版），给自由主义者戴上"诋毁党义"、"反对革命的哲学理论"、
"反对革命的政治理论"等政治帽子。

在文艺领域，自由主义者对国民党的"三民主义文艺"进行了激烈
批评，对国民党的文艺管制也表示不满："当局是要用'三民主义'来统
一文艺作品。然而我就不知道'三民主义'与文艺作品有什么关系；我
更不解宣传会议决议创造三民主义的文学如何就真能产生三民主义的文
学来……以任何文艺批评上的主义来统一文艺，都是不可能的，何况是
政治上的一种主义？"④

自由主义者还申述了英国哲学家罗素在《思想自由与官方宣传》中谈

---

① 张熙若：《国民人格之培养》，《大公报》副刊"星期论文"1935 年 5 月 5 日。
② 梁实秋：《论思想统一》，《新月》1929 年第 2 卷第 3 号。
③ 《中央函国府令教育部警告胡适》，《申报》1929 年 9 月 23 日。
④ 梁实秋：《论思想统一》，《新月》1929 年第 2 卷第 3 号。

到的专制政治对人们进行思想洗脑的诸种措施：

第一，是从教育机关入手……把某一套的主张和偏见灌输进去便会有先入为主的效力。除了少数思索力强的青年以外，大多数的人很容易渐渐被熏陶成为机械式的没有单独思想力的庸众。这样的学生长成之后，会喊口号，会贴标语，会不求甚解的说一大串时髦的名词，但是不会想，不会怀疑，不会创作；这样的人容易指挥，适宜于做安分守己的老百姓，但是没有判断是非的批评力，决不能做共和国的国民。……这是愚民政策！这是强奸！教育的目的是在启发人的智慧，使他有灵活的思想力。

第二，是从宣传方法着手。……以空空洞洞的名词不断的映现在民众跟前，使民众感受一种催眠的力量，不知不觉的形成了支配舆论的势力，这便是宣传。对于没有多少知识的人，宣传是有功效的，可以使得他精神上受麻醉，不知不觉的受了宣传的支配。……造成群众的"盲从"。宣传这件东西，根本的就是不要你加以思索，只要造成一种紧张的空气，使你胡里胡涂的跟着走。

第三，是利用政治的或经济的力量来排除异己。这是消极的办法，消极的排除"思想统一"的障碍。凡是有独自的不同调的思想的人，分别的加以杀戮，放逐，囚禁，这不过是比较浅显的迫害，还有比这个更为刻毒的方法呢。例如，对于思想不同的人，设法使其不能得到相当职业，使其非在思想上投降便不能维持生活。这样一来，一般人为了生活问题只得在外表上做出思想统一的样子。①

愚民的结果只能造成国民整体素质的下降，使民众朝向两个方面发展：或是思想投机，口是心非、趋炎附势，从而导致社会上投机分子遍地，思想小人扎堆；或是不会用头脑思考，只知道盲从。而一个只有投机者和盲从者为主体的民族是没有发展希望的。

---

① 梁实秋：《论思想统一》，《新月》1929 年第 2 卷第 3 号。

不过，自由主义者对共产主义意识形态同样不怀好感。在那篇《论思想统一》的文章中，梁实秋对苏俄"厉行专制主张思想统一"的做法颇有微词，他认为在苏联一个美学教授在讲述美学的时候也要从马克思的观点来讲，是没有思想自由的体现。

自由主义虽不像共产主义与三民主义思想那样你死我活、势不两立，但在政治理念上却是民主与极权、自由与奴役的冲突，是独裁与宪政、民意自由表达与对政党及"领袖"意志无条件服从的冲突。所以，自由主义者于文艺领域虽然在左右两翼中间取中立态度，但在政治立场上，却毫不犹豫地反对独裁专制的执政者国民党政权，其所开办的"《现代》杂志的立场，就是文艺上自由主义，但并不拒绝左翼作家和作品。当然，我们不接受国民党作家"①。不过，自由主义意识形态与抵抗性质的共产主义意识形态仍然有着质的区别。自由主义者是在民国政府允许的合法性前提下争取公民应有的精神活动空间，而中共志在更换领导旗帜的图案和颜色；前者的目标是向政府"要权"，后者的目标是颠覆政府，向政府"夺权"。自由主义文艺家要求言论自由是手段，其目的是为了让文艺能够自由发展；左翼文艺家要求言论自由同样是手段，但其目的却是为了夺取国家政权。

自由主义者在文艺领域奉行的依然是中间态度的"自由"立场，自由主义者一再声明："我们：1，只是一个智识分子；2，是站在自由人的立场。事实是如此，因为我们：1，不愿自称革命先锋，2，我们无党无派，我们的方法是唯物史观，我们的态度是自由人立场"②，还明确表示他们"从来就没有反对普罗文学运动"③。沈从文虽然一向疏离政治，却也对国民党政治专制公开表示不满："政府对于共产党的处置，几年来有他一贯的政策，为党，为国，为民族，不管用什么名称去说明，采用非常手段去扑灭它，残酷到任何程度，仿佛皆不足惊异"；他对文艺领域"党治摧残艺术"更是感到愤怒，指斥国民政府残酷压制"有左倾思想"的作家，导

---

① 施蛰存：《为中国文坛擦亮"现代"的火花》，《沙上的脚迹》，辽宁教育出版社1995年版，第181页。
② 胡秋原：《是谁为虎作伥？》，《文化评论》1932年第4期。
③ 胡秋原：《浪费的论争》，《现代》1932年第2卷第2期。

致文坛只剩下一些堕落文人："于政府官办各刊物中，各看手腕之修短，从所谓党的文艺政策下会计手中，攫取稿费若干"，"政府支出国库一部分金钱，培养这种闲汉游民，国家前途，有何可言？"① 沈从文的此种态度并非表明他思想"左倾"，他对共产党及左翼作家的同情完全基于人道主义和民主的普适信念。对于自由主义者来讲，只要是弱者，无论是个体或党派，他们都会表示同情；如果是专制，则不管其是何人或何党何派，他们都要反对。

就自由主义者的文艺实践而言，一些自由主义文艺家倒是倾向共产党。苏汶曾是"左联"一员，还曾参与冯雪峰主编的"科学的艺术论丛书"的翻译，沈从文在"左联"五烈士遇害后曾写长文以纪念。这虽然不能证明自由主义者在政治上全部认同共产主义意识形态，至少说明他们比较反感国府独裁、专制的意识形态。废名追求的是"做他自己的梦"② 的自由，沈从文追求的是"需要有充分自由，来使用我手中这支笔"③，他无法忍受在创作领域的任何精神限制，如果硬要让他表达自己的政治立场的话，那么他的政治立场就是"素不知所谓派别党系"，反对"把文学与政治与情感牵混在一起"④，不愿在任何情况下"成为某种主义下的信徒"⑤。

由于政治上不属于任何"主义"，自由主义文学家在文学创作中才有了创作自由——包括使用文学上任何一种"主义"的自由。有此自由，自由主义文学才可能什么"主义"都是，又什么"主义"都不是；用哲学家抽象的语言说：是其所不是，不是其所是。真正的艺术家莫不如此，以 19 世纪法国文坛怪杰波德莱尔为例，他今天鼓吹唯美主义，明天又说功利是诗的内在本质，他就是通过信念上的反复无常要人们看到：艺术家天生是

---

① 沈从文：《丁玲女士被捕》，《独立评论》1933 年 6 月 4 日第 52、53 号合刊。
② 废名：《说梦》，《废名文集》，东方出版社 2000 年版，第 56 页。
③ 沈从文：《记胡也频》，《沈从文文集》第 9 卷，花城出版社 1984 年版，第 93 页。奇怪的是，《沈从文全集》（北岳文艺出版社 2002 年版）第 13 卷所收《记胡也频》第 43 页同样内容，恰恰少了著者所引相关的几句话。
④ 沈从文：《〈阿丽思中国游记〉后序》，《阿丽思中国游记》，新月书店 1928 年版，第 7 页。
⑤ 沈从文：《〈阿丽思中国游记〉第二卷的序》，《阿丽思中国游记》第 2 卷，新月书店 1928 年版，第 3 页。

自由的，尤其是在艺术信念上。所以，胡秋原在遭遇左翼文艺责备他不能从政治立场角度公开反对国民党发起的"民族主义文艺"时说："反对一切反动文艺，非依照左联的宣传大纲不可，否则，就是'反动'。但我没有这个义务，因为我是自由人。"①

在文学创作和研究领域，自由主义文艺家站在学院派的立场，只接受文艺上的各种"主义"的理论思想，而反对政治上的"主义"直接干预文学，林语堂对此说："如果商业化的艺术常常伤害了艺术的创造，那么，政治化的艺术一定会毁灭了艺术的创造。"② 自由主义者在反对艺术功利性上，对共产文学与国府文学双方各打五十大板，总体上对左翼的批评还算温和，对右翼攻击倒是不遗余力，例如胡秋原说国民党宣传部门策划的"民族主义文学"是"中国'内乱'之尖锐，独裁政治之强化"的产物，痛斥"中国文艺界上一个最可耻的现象，就是所谓'民族文艺运动'"，"民族文艺家凭借暴君之余焰……残虐文化与艺术之自由发展……他们所标榜的理论与得意的作品，实际是最陈腐可笑的造谣与极其低能的呓语。毫无学理之价值，毫无艺术之价值。文艺之理论与创作堕落到如此，只有令人诧异了"。③

左翼阵营对自由主义者的骑墙态度愤愤不平，持"不革命即反革命"的二元对立思维逻辑的左翼批评家根本不买自由主义者的账，认为自由主义者的立论是虚伪、险恶的表现。他们在批评"自由人"胡秋原时表现出一种极端偏执的线性思维："胡秋原曾以'自由人'的立场，反对民族主义文学的名义，暗暗地实行了反普洛革命文学的任务"；对自由主义文学家的如此厌恶，理由就是"胡秋原的主义，是文学的自由，是反对文学的阶级性的强调，是文学的阶级的任务之取消。这是一切问题的中心"。④ 左翼敌视胡秋原的文艺思想还有更深一层的逻辑原因：文学自由论从逻辑上来说与文艺政治论、文艺工具论不相容，承认文艺自由论合理就得承认文

---

① 胡秋原：《浪费的论争》，《现代》1932 年第 2 卷第 2 期。
② 何乃安编：《林语堂小品·幽默人生》，花城出版社 1991 年版，第 233 页。
③ 胡秋原：《阿狗文艺论》，《文化评论》1931 年 12 月 25 日创刊号。
④ 洛扬（冯雪峰）：《"阿狗文艺"论者的丑脸谱》，《文艺新闻》1932 年 6 月 6 日第 1 版。

艺工具论不合理。从逻辑上来说，文艺自由论对文艺政治思想的消解无疑是釜底抽薪，长远看来，这种思想解构比政治打击、暴力摧残的破坏结果还要彻底。无怪此论一出，国府文人对之严厉责骂，左翼也立即组织理论围剿，因为左翼虽然在当时尚未"把持文坛"，却已经"担心到还有几年以后的事情"，故对自由人"争取言论之自由"颇为忌惮，虽未"到了真正'把持'的时候"，却也要未雨绸缪，要把自由的呼声消灭在萌芽状态中去了。① 胡秋原对于曾经的"同志"的批评虽然大呼委屈，却也明白自己触犯了政治文艺的理论底线，成为左右双方厌恶的对象："在我反对下流的政派侵略强奸文学的时候，左翼诸理论家还要来仗义执言，唯恐取消了文艺之政治义务。呜呼，难道一切功利论者都非'联合起来，打倒艺术至上主义者'不可么？"② 至此，胡秋原总算有点明白了：当一种理论要从逻辑上取消政治文艺的时候，政治文艺论者自然要"联合起来"，非"打倒艺术至上主义者"不可。政治文艺敌对双方虽然斗得你死我活，所争不过是谁统治谁、谁领导谁的问题，或者说是一个话语领导权问题；"艺术至上"论的逻辑是要取消文艺领导和权力控制，这自然不能为权力争夺双方中的任何一方所能容忍，"自由人"理论话语成为国共双方文艺界的理论公敌，也就在情理之中了。

不过，从政治统战的角度看，左翼文坛对自由主义者的激烈围攻有欠稳妥：共产党当时尚属"非法"权力组织，亟须得到广泛的民意支持，如此激烈的围攻无疑会把政治上的中立者推向敌对的一方。需要政治维稳的权力当局对自由主义者激烈的政治批评尚能心平气和地看待，正在创业打天下、需要广泛舆论支持的中共及其领导下的左翼文艺阵线更不应该把可以成为盟友的自由主义者当成敌人。自由主义者比较清醒地认识到了这一点，并且善意地提醒左翼作家道："在从批评变到攻讦的时候，至少要认清对方是否是自己的敌人，误认敌人无非是客观地做了反动势力的工具"，并且质疑左翼批评家说：我们"批评民族文艺"（胡秋原称"我所贱视的民族文艺，阿狗文艺"），而左翼批评家却"要起来仗义执言，究竟是谁为

---

① 胡秋原：《浪费的论争》，《现代》1932年第2卷第2期。
② 同上。

狗作伥？"①

左翼文艺阵营后来也意识到这一点，批判的调子趋于缓和，主动向自由主义者示好，说"第三种文学"不应该"和普罗革命文学对立起来，而应当和普罗革命文学联合起来"，并且含蓄、有保留地承认了左翼一方"我们——'左翼文坛'的左倾宗派主义的错误"。②

二　自由主义文艺话语无地自由

在论述自由主义文学话语的处境之前，有必要对几个基本概念作一下必要的交代。

首先，此处的"自由主义"是一个宽泛的概念。凡思考出发点立足艺术、理论关注点也在艺术的文艺话语，著者把他们都划归在"自由主义"名下。著者在此没有采用现代文学研究界的做法，在左、右两翼之外，对持中间立场的思想再细分出"民主主义"、"自由主义"的类别。"民主主义"、"自由主义"的类型划分是把主体政治立场放在第一位进行考虑的结果，著者在此关注的是国共两个政治党派以外的文艺主体的基本艺术立场，以及在此基础上的文学话语建构实践，而非其政治歧见。

其次，本节名称没有使用"自由主义文艺理论"，而是使用了"自由主义文艺话语"这一说法，系出于概念内涵差异的考虑。"自由主义文艺理论"与"自由主义文艺话语"两个概念的差异是由其各自的中心语"文艺话语"与"文艺理论"所决定的。"文艺理论"是人们对于文艺现象和规律的基本认识以及由此认识形成的知识；"文艺话语"是人们在文艺领域里的意指实践（signifying practices）行为，受立场、视域、权力、制度、政治、意识形态等诸种因素的制约，是一个可以反复填充、改写并不断变动的特殊语言活动空间，其所指比"文艺理论"要复杂得多，范围也大得多。因此，"自由主义文艺话语"就非单单指自由主义者对文艺的单纯认识，而是以"自由主义文艺理论"为基础，包括自由主义政治观、哲学观、人生观、社会观等诸多因素复合认识的语言意指实践物。

---

① 胡秋原：《是谁为虎作伥？》，《文化评论》1932 年第 4 期。
② 丹仁（冯雪峰）：《关于"第三种文学"的倾向与理论》，《现代》1933 年第 2 卷第 3 期。

与左、右两翼的文艺家相比，自由主义文艺家没有权力政治目标。他们有政治认识而没有党派立场，他们的理论根基是西方近代以"自由"、"民主"、"平等"为基调的社会理念，在精神领域追求言论自由，在文艺领域追求艺术自律；他们对现实生活中个人独裁与一党专制深为不满，因而倡导"艺术至上"、"为艺术而艺术"，"实际上起于艺术家与其环境之不调和，所以由憎恶现实而回避现实，自闭于艺术之宫中"①。自由主义者是中国知识界的精英，是中国知识分子在思想界的代表，就其在 30 年代中国社会思想界的影响而论，自由主义思想已与国民党、共产党形成鼎足之势，占有相当大的精神空间。

从政治倾向来看，自由主义者思想类型有不同，在对待文艺的态度上也稍有差异。

第一类是政治立场向"左"倾斜的作家。他们是曾经的革命文学家，后又退出革命文学阵营，其代表是一批自命为"自由人"、"第三种人"的文人。这些人退出革命文学阵营的原因各有不同。一种原因是作家"自从四·一二事变以后，知道革命不是浪漫主义的行动"，加上顾虑家庭，"在文艺活动方面，也还想保留一些自由主义，不愿受被动的政治约束"②，因此脱离"左联"，专心于文学创作，这类人以杜衡（苏汶）、施蛰存、戴望舒为代表。另一原因是作家过惯了自由散漫的生活，不愿受、也"受不了蹲在政党生活的战壕里头的内心上的矛盾和交战的痛苦"③，因而告退革命文学阵营，这类人以胡秋原、杨邨人为代表。因这两种原因退出左翼文学阵营的作家由于曾经革命文学的沧海，政治立场明显向"左"倾斜，并且自认自己是左翼文学"政治上的同路人"④。但是，左翼阵营对此并不买账，而且对其甚是憎恶和痛恨：半道退伍或临阵脱逃造成的政治影响十分恶劣。所以中共在情报战线惩罚叛徒手段之狠远甚于报复敌人，在文艺战线围攻左翼退伍者之猛远超围攻右翼文人。

---

① 胡秋原：《阿狗文艺论》，《文化评论》1931 年 12 月 25 日创刊号。
② 施蛰存：《最后一个老朋友——冯雪峰》，《新文学史料》1983 年第 2 期。
③ 杨邨人：《离开政党生活的战壕》，《读书杂志》1933 年第 3 卷第 1 期。
④ 施蛰存：《最后一个老朋友——冯雪峰》，《新文学史料》1983 年第 2 期。

　　第二类是政治立场中立的文艺家。这类人以林语堂为代表，他们具有出国留学背景，深受欧美自由、民主理念的熏陶，挟自由主义文艺理想，在国府文坛指点江山、激扬文字，对共产党领导下的左翼文坛同样不以为然，在评点国共双方的政治文艺时均表不满，常常各打五十大板："文学受着政治阴影的笼罩，而作家分成两大营垒，一方面捧出法西斯主义，一方面捧出共产主义，两方面都想把自家的信仰当作医治一切社会病态的万应药膏，而其思想之缺乏真实性独立性，大致无以异于古老的中国。虽有明显的思想解放之呼声，可是那排斥异端的旧的心理作用仍然存在，不过穿了一件现代名辞的外褂。"① 这类自由主义者在政治上"无心隐居，而迫成隐士"②，说白了是怕惹上政治的麻烦，但是这种中立的政治选择却被国民党御用文人讥之为"惟恐入山不深的落伍浪漫的文人"，"以风花雪月的颓废文章来消沉民族意识"③。立场中立的政治仍然是政治，只不过这种政治背后没有相应的组织支撑，因而不同于政党政治，属于有信念而无组织的民间亚政治形式。

　　第三类是没有政治倾向、专心创作与学术的文艺家。这类人以朱光潜、沈从文为代表，他们既"不轻视左倾，却也不鄙视右翼"，而"只信仰'真实'"。④ 奉行文学自律信念，担心政治过分侵入文学会让文学"失去精神方面的价值意识"⑤。这类自由主义者中间同样存在差别，朱光潜和沈从文文艺观的不同很能说明这一点。朱光潜的艺术自律观源于他所接受的现代西方审美理念，朱氏深受克罗齐的表现主义、布洛的心理距离说的影响，认为艺术只有与社会人生尤其是政治保持一定的距离时，才有可能达到纯粹的审美境界。沈从文只是一个纯粹的作家，无西学背景；他既没有胡适、林语堂那样的欧美政治民主理念，也缺乏朱光潜的现代西方美学素养，但他凭自己的艺术直觉，感到艺术以外的政治、商业等功利因素的介入会影响文艺发展的纯度，因此他本能地逃避政治、强调独立的艺术理

① 林语堂：《吾国与吾民》下，会文堂书局1930年版，第357—358页。
② 林语堂：《创刊缘起》，《论语》1932年9月16日创刊号。
③ 刘百川：《〈民族文艺〉创刊宣言》，《民族文艺》1934年4月1日创刊号。
④ 沈从文：《记丁玲》，《沈从文别集》，岳麓书社1992年版，第268页。
⑤ 朱光潜：《我对于本刊的希望》，《文学杂志》1937年5月1日创刊号。

想。沈从文倡导理想的创作、创作的自由，目的是为了反抗社会现实的不理想、不自由；他希望通过文艺创作创造一个理想的世界和人生标准："人应当还有个较理想的标准，也能够达到那个标准，至少容许在文学艺术上创造那标准。"①

不管何种类型的自由主义者，在反对政治干涉艺术这一点上是一致的。比如思想"左倾"的胡秋原，当有人说他既"否定了民族文艺，同时也否定了普罗文艺"时，胡秋原不以为然，他辩解说，自己只是"不主张只准某一种文学把持文坛"，"并非否定民族文艺，同时，我更没有否定普罗文艺"，其基本观点是："估量一种文艺可以从各种观点来看——例如政治底观点，艺术底观点……我并不想站在政治立场赞否民族文艺与普罗文艺，因为我是一个于政治外行的人。其次，对于文艺的态度，也有根据艺术理论的分析与根据艺术之政策的排斥扶植的不同。但是我并不能主张只准某种艺术存在而排斥其他艺术，因为我是一个自由人。"②

自由主义文人反对左右两种政治形态的文艺思想，即政治功利主义文艺观。他们希望"文艺的自由发展，正因为在目前的中国，它要从政府的裁判和另一种'一尊独占'的趋势里解放出来，它才能够向各方面滋长、繁荣。拘束越少，可试验的路越多"③。"政府的裁判"是指民国宣传部门对文艺的管制，其含义谁都能看得出来，而"另一种'一尊独占'"则是指左翼文艺。以当时的社会情势论，国际社会共产主义与法西斯主义、国内社会三民主义与共产主义的对立与斗争十分尖锐，并且对立双方都以文艺为宣传武器。胡秋原对此分析说，在"阶级斗争尖锐的时代，急进的社会主义者与极端反动主义者都要求功利的艺术"，"社会主义者则以文艺作社会主义之宣传，而吉普林以诗歌颂大英帝国主义，意大利未来派又成了法西斯蒂的御用诗人"④。中国左右两翼的政治文艺因为以政治宣传为宗旨，文艺实践难以有好的作品出现，这自然引起自由主义者的微词："'普

---

① 沈从文：《水云》，《抽象的抒情》，复旦大学出版社 2004 年版，第 259—260 页。
② H.C.Y.：《勿侵略文艺》，《文化评论》1932 年第 4 期。
③ 炯之（沈从文）：《一封信》，天津《大公报》"文艺"副刊 1937 年 2 月 21 日。
④ 胡秋原：《阿狗文艺论》，《文化评论》1931 年 12 月 25 日创刊号。

罗文学'和'民族文学'两个名辞，是近十年人所习闻的名辞，可并无什么作品附于这两个政治意识名辞下得到成功。好作品有一些，这些作品照例是在两个名辞势力范围以外产生的。"① 有的自由主义者更是决绝地说："把文学整个黜为政治之附庸，我是无条件反对的，这也是基于文学的见解，无可如何的一桩事。"② 所谓"基于文学的见解"，用现在流行的说法，就是站在艺术本体论的立场上，以"文学性"为根基对文艺现象进行思考和判断，这一认识可以说是自由主义者的基本审美立场。

自由主义文艺反对政治与文艺结合有两个方面的原因，一个是学理上的，一个是文艺实践上的。

从学理上说，自由主义者反对政治功利主义，反对将文艺工具化。此种艺术理念的理论资源是19世纪末西方流行的唯美主义信念。在唯美主义信念之下，自由主义者强调艺术自身的独立性，反对艺术成为他物的工具。胡秋原说："文学与艺术，至死也是自由的，民主的"、"艺术虽然不是'至上'，然而决不是'至下'的东西。将艺术堕落到一种政治的留声机，那是艺术的叛徒。"③ 韩侍桁退出"左联"的原因之一，就是其艺术观点与"左联"的文艺政治观不相容，他认为中共领导下的无产阶级革命文学"以一种阶级的政治学说为根基，应用文学为其工具（即所谓'武器'），而以达到其政治的理想推翻现在的政治为目标"④。"第三种人"苏汶退出"左联"后也表达了类似的看法，他说左翼作家"没功夫来讨论什么真理不真理，他们只看目前的需要"，"什么真理，什么文艺，假使比起整个的无产阶级解放运动来，还称得出几斤几两？"⑤ 政治功利主义支配下的文艺已经不再是文艺，而是一种别样的政治，而这，是作为文艺家的侍桁、苏汶们不能接受的。自称自己是"自由主义者"⑥的林语堂讥讽政治文艺是作家眼光太浅的表现："把人生缩小到政治运动，又把政治运动缩

---

① 沈从文：《文运的重建》，昆明《中央日报》1940年5月5日。
② 林语堂：《猫与文学》，《宇宙风》1936年第22期。
③ 胡秋原：《阿狗文艺论》，《文化评论》1931年12月25日创刊号。
④ 侍桁：《关于文坛的倾向的考察》，《大陆》1932年第1卷第6期。
⑤ 苏汶：《关于文新与胡秋原的文艺论辩》，《现代》1932年第1卷第3期。
⑥ 林语堂：《林语堂自传》，河北人民出版社1991年版，第116页。

小到某党某派,然后把某党某派之片面的,也许甚为重要的活动包括一切人生,以某党某派之宣传口号包括一切文学,同调于我者捧场,不与我同调者打倒——这是今日谈文学者所常犯的幼稚病。动机也许是出于至诚;所谓犯幼稚病不是说其人动机不诚,是说其人眼光太浅。"①

从艺术实践来说,政治与文艺的结合导致文艺作品的口号化和宣传化,这不但大大降低了作品的艺术品位,也让任何一个具有艺术水准的文艺家感到作呕。胡秋原谈到政治与文艺的关系时说:"有某种政治主张的人,每喜欢将他的政见与文艺结婚,于是乎有 A 主义文艺,X 主义文艺,以至 Z 主义文艺"②,然而"艺术不是宣传,描写不是议论。不然,都是使人烦厌的"③。林语堂与胡秋原在政治理念上虽有不同,在反对把文艺当宣传工具这一点上却不谋而合:"但凭标语口号、华而不实的多言,不会赋予中国以新的生命,不论是共产主义抑或是法西斯主义。"④ 林氏还从传统文化与现代政治思维两个维度分析了文艺政治化的学理原因及其弊端:"吾人不幸,一承理学道统之遗毒,再中文学即宣传之遗毒,说者必欲剥夺文学之闲情逸致,使文学成为政治之附庸而后称快。凡有写作,猪肉熏人,方巾作祟,开口大义,闭门立场,令人坐卧不安,举措皆非,右袂不敢谈,寝衣亦不敢谈,姜酱更不敢谈,若有谈食精脍细者,必指为小市民意里奥罗基(bourgeois ideology)而怒骂之。……欲以一主义独霸天下,以一名词解决人生一切问题。殊不知人生不如此简单,可尽落你名词壳中,文学也有不必作政治的丫鬟之时。"⑤

自由主义者认为,硬要文艺往政治上靠,强作家创作所难,违背文艺创作的规律:"三民主义文艺的口号,在前年就有'同志'提出,记得那时的纲领有什么必须合乎王道精神,知难行易学说等等的话;我当时想,创作必须遵守这些教条,真比吃屎还难了。"⑥

---

① 林语堂:《猫与文学》,《宇宙风》1936 年第 22 期。
② H.C.Y.:《勿侵略文艺》,《文化评论》1932 年第 4 期。
③ 同上。
④ 林语堂:《吾国与吾民》下,会文堂书局 1930 年版,第 365 页。
⑤ 语堂:《且说本刊》,《宇宙风》1935 年第 1 期。
⑥ H.C.Y.:《勿侵略文艺》,《文化评论》1932 年第 4 期。

　　当然，自由主义者绝不是一帮生活在社会真空地带的书呆子，面对 30 年代生死存亡的社会现实视而不见，顾自在象牙塔内浅吟低唱。当国府官方倡导的"民族主义文艺运动"兴起时，已经退出"左联"的韩侍桁撰文指斥这一运动是"利用现政治的势力，任己之所欲摧残文艺界"①。林语堂对国民党不给人民言论自由也极力反对："在国家最危急之际，不许人讲政治，使人民与政府共同自由讨论国事，自然益增加吾心中之害怕，认为这是取亡之兆。因为一国决不是政府所单独救得起来的。救国责任既应使政府与人民共负之，要人民共负救国之责，便须与人民共谋救亡之策。"②由此观之，自由主义者并非一概反对文艺关联政治，而是反对把政治与文艺不分青红皂白地一锅煮，盲目、无条件地与政治挂钩；自由主义者也不反对文学的倾向性，而是反对挂羊头卖狗肉，把文学完全变成另一种形式的政治，即打着文艺之名而行宣传之实，弄得文艺不是文艺，政治不是政治。

　　自由主义者的认识理念有其思想方面的学理依据。20 世纪前期，人们对世界的认识有限，受机械唯物论和庸俗社会学的影响，认识事物时习惯于二元对立思维，谈到影响文艺发展的因素时，总是忽略心理、精神、文化世界的存在，叶公超对此有精辟之论：

　　　　常谈时代与文学的人，尤其是那些以时代来要挟文学的人，似乎只能意识到两种世界的存在：一是他们身外的现实世界，这里至少有风花雪月或者农工暴动，一是与外界接触后而生的情感世界，这里至少有悲欢离合或是被压迫阶级的苦痛。他们没有想到在这二界之外还有一个影响于他们自己很大的世界，一个比他们所知道的现实世界更真实、更亲切的世界，这就是本文要讨论的"艺术世界"。它包括所有一切现存的艺术成绩，如诗文，如绘画，如音乐，如雕刻等。它的产生当然虽与现实世界有关系，但它的存在却是与现实世界分立的……任何受过教育的人，尤其是文艺作家自己，所受艺术世界的影响都比现实

---

①　侍桁：《关于文坛的倾向的考察》，《大陆》1932 年第 1 卷第 6 期。
②　林语堂：《临别赠言》，《宇宙风》1936 年第 25 期。

世界的多而大，至少是大。这是必然的。①

叶公超此种认识从哲学角度看颇具创新意味，因为它打破了传统认识论哲学"一分为二"的形而上学思维习惯，让人看到了事物存在的多样性与事物状态的复杂性，大大拓展了人们的思维空间。自由主义者的理论宽容与这种多元化的思维方式分不开。自由主义者在认识和评价文学活动时，常常立足于人的实存（Existenz）而非某个单一维度。政治化的文艺"把人生缩小到政治运动"②，似乎人生除了政治再也没有别的东西，这是自由主义者菲薄它的重要原因。

三　保守主义文艺话语时乖运蹇

20 世纪 30 年代，中国文学领域里的保守主义者以梁实秋为代表。第四章第一节"古典主义与浪漫主义的黯淡"从文艺思潮的角度谈到了梁实秋在古典主义与新人文主义方面的思想，这里并非重复该节内容，而是从话语理论的角度审查梁实秋于文艺思想中体现的政治态度及其在中国学界的命运。

一说到命运，国人受"文革"文化批判的影响，很容易把与"命运"相连的认识斥之为"迷信"，实际上这是一种思维简单化的表现。对"命运"的理解取决于人们对"命运"一词的解释。"命"是生命，"运"是特定社会局势下事物的活动方向和发展趋势。只要不把"命运"理解为神秘、宿命、只能被动承受的东西，命运就不是迷信而是事物发展过程中的基本事实。说"保守主义文艺话语时乖运蹇"，是因为保守主义文艺话语在 20 世纪 30 年代每次露脸都必然碰壁，既得不到官方的支持，也得不到民间的理解和同情。这原因当然不是保守主义运气不好，活该倒霉，而是由于保守主义者缺乏政治头脑和政治眼光，总是在不适当的时间和场合发表不适当的言论。保守主义文艺话语背时逆情，此可谓之"时乖"；保守主义文艺话语每每触犯社会局势，总是灰头灰脸收场，此可谓之"运蹇"。

---

① 叶公超：《现实世界与艺术世界》，天津《大公报》副刊"文艺"1934 年 7 月 21 日。
② 林语堂：《猫与文学》，《宇宙风》1936 年第 22 期。

　　保守主义文艺话语主要是梁实秋的古典主义与新人文主义文艺思想在文艺领域里的意指实践。"古典主义"与"新人文主义"的共同点就是它们都极力捍卫以理性为根基的明晰和秩序，对艺术领域里的无政府主义持反对态度。艺术的生命在于变化和创新，梁实秋似乎不明此理。思想守旧的古典主义受到浪漫主义冲击以后，在19世纪末基本上寿终正寝；新人文主义反对新兴的科学主义文化与富有破坏精神的现代派艺术，和20世纪初的现代艺术精神格格不入。梁实秋文学思想的底色恰恰就是古典主义与新人文主义，无论从世界文学的发展看还是从中国新文学的发展看，梁实秋的文学思想都显得保守、不合时宜；就此而言，称梁实秋为保守主义者应该说得过去。

　　作为一种文化态度，"保守主义"自有其存在的道理。世界上万事万物的发展并不都能保持同步，同样，人们对事物的理解以及趣味变化更不会保持同调。对同样一个事物，任何人都可以持有自己的理解和看法。希望所有的人都"进步"，是极不现实的道德理想主义，道德理想主义如果付诸实施，就会成为社会生活中的极权主义和思想专制主义，其结果只能破坏人类精神生态的复杂性和多样性，导致精神世界的凋敝。

　　在中国现代政治语境中，"保守主义"是一个贬义词，几乎就是"落后"、"反动"、"阻碍进步"、"抵制革命"等的同义词，"保守主义者"也成为维护统治者既得利益之人的代称。此处所论文学保守主义在内涵上与政治保守主义显然有别，因为文学保守主义者无意在政治立场上与哪个党派为敌或刻意与之过不去，其"保守"表现也只限于偏爱传统文学形式或艺术风格，对新兴文学形式或艺术风格不喜欢、不接纳。在批评实践上，保守主义者常常以古典艺术作品为创作规范与评价标准，因而与流行的艺术观念发生冲突。从这两个方面来说，也许称文学保守主义为"文学守成主义"更合适。作为一种艺术接受的选择，"保守主义"无可厚非，对其评价不能上纲上线，不能把审美心理差异视为政治立场冲突，从而把艺术理解与接受问题转化为政治认识上的是非问题。从学术问题到政治问题的错位转换是造成社会生活中敌对情绪与仇恨心理的思想根源。

　　1949年以后的中国大陆学界，只要一提到梁实秋，就毫不犹豫地给他贴上一个"右翼文人"、"反动学者"、"政府走狗"之类的政治标签,实在是过甚其词:梁实秋没有很深的政治背景,他虽有敌视共产党的文艺言论,但对国民政府批评的激烈程度不比批评共产党逊色多少,因而不同于死心塌地为国民党政权效劳的御用文人。如果对他进行政治定性,顶多也就是一个有"右倾"色彩的学者,与国府文坛幕僚、御用文人有本质的区别。

中国大陆学界对梁实秋的否定性评价,主要是受了中共领袖评价的影响。1940 年 1 月,国民参政会组织议员赴延安等地慰劳视察,毛泽东一方面致电表示感谢,一面又说对于"拥汪主和在参政会与共产党参政员发生激烈冲突之梁实秋"不表欢迎。梁实秋本人对此表示不解:"我,在参政会和共产党参政员发生激辩的事是有的,至于'拥汪主和'则真不知从何谈起,这只是文人笔下只顾行文便利不惜随便给人乱戴帽子"①。中共党史研究者也承认"说梁实秋拥汪主和似有不妥"②。由于这一历史原因,梁实秋在共产党主政后的中国文艺界长期被定位为右翼文人。

梁实秋政治立场向"右"倾斜本在情理之中:坐在大学教席的位置上,拿着政府的薪水,脑袋随着屁股转,自然不会为共产党说话。共产党作为政治上的造反者,被民国政府视为心腹大患,必欲除之而后快。国府花血本一次又一次地军事"剿共","共"字号作家被杀、同情左翼的作家被关,除了傻子或弱智之徒,尽人皆知同情或支持中共的政治后果。即使梁实秋心里深以共产文艺观为然,他也不会为此去冒"同情共匪"的政治风险。所以在国民政府决定"剿共"时,梁实秋表示赞同,说共产党武装割据,"从拥有政权之当局者看来这是大逆不道,这是反叛,当然要加以讨伐,任谁来做当局也不能容忍。所以国民党的军队进剿红军,在我们没有党派的人看来,是正当的,是合理的"③。作为体制中人,梁实秋在政治上如此发声原在情理之中。作为国府议员和文化名流,梁氏对中共不但不表支持和同情,反而支持政府剿杀,这在舆论上对共产党十分不利,延安对他"不表欢迎"同样在情理之中。

---

① 梁实秋:《雅舍杂文》,文化艺术出版社 1998 年版,第 373 页。
② 杨亲华、吴少京主编:《毛泽东大系》,吉林人民出版社 1994 年版,第 354 页。
③ 梁实秋:《如何对付共产党》,《自由评论》1936 年第 17 期。

　　客观地说，梁实秋没有理由与共产党为敌：他与共产党没有政治宿怨，且非国民党政客。单就政治理念而言，梁实秋算是一个自由主义者，因为他对于国民党的思想专制牢骚满腹："人民没有思想自由。……当局者，滥用威权，侵犯人民言论出版自由，不准人民批评，强迫人民信仰某一种主义。"①对于国民党御用文人之"思想自由的原则不适用于共产党"的说法，他也极力反对，认为"法律给一切人民以言论出版结社之自由，我们没有理由把共产党人除外。很多人把共产主义看成洪水猛兽，我总以为是太过分的"②。要按当时国府的新闻出版和检查条例，给他扣上一顶"同情共党"、"诟辱政府"的罪名，怎么说也冤枉不了他。所以，后人在评价梁实秋这样的学者时，如对其言论随意摭取或断章取义，就会曲解或误解他，使本来就因政治因素的影响而显得扑朔迷离的历史显得更加晦蔽不明。梁实秋政治思想的多重性，给后人提供了理解一个活生生的人的典型范本：一个生活在现实社会中的人，其精神和思想世界的多元性、复杂性，往往不是用一两句话就能说得清的。

　　文艺理论底色上的保守主义并不妨碍梁实秋在具体的文艺观上走向激进主义，在文艺政治学领域，他还是能够和左翼文艺家走到一起的。这首先因为梁实秋不否认文学的政治性："我并不说文艺和政治没有关系，政治也是生活中不能少的一段经验，文艺也常常表现出政治生活的背景，但这是一种自然而然的步骤，不是人工勉强的。"③在文艺与宣传的关系上，他与左翼批评家的观点也相差无几，这有他在二十年代"革命文学"时期的态度为证："在革命期中，实际的运动家也许要把文学当作工具用，当作宣传的工具以达到他的目的。对于这种的文学的利用，我们没有理由与愿望去表示反对……真的革命家用文学的武器以为达到理想之一助，对于这种手段我们不但是应该不反对，并且我们还要承认，真的革命家的炽烧的热情渗入于文学里面，往往无意的形成极能感人的作品。"④和左翼理论

① 梁实秋：《思想自由》，《新月》1930年第2卷第11号。
② 梁实秋：《如何对付共产党》，《自由评论》1936年第17期。
③ 梁实秋：《所谓"文艺政策"者》，《新月》1930年第3卷第3号。
④ 梁实秋：《文学与革命》，《新月》1928年第1卷第4号。

家一样，梁实秋反对"为艺术而艺术"的唯美主义文艺观，认为宣传性的文学同样可以是好文学："文学之能成为文学与否，不在其中有无某种思想之宣传或有某种之实用，无宣传无实用并不能说即非文学，有宣传有实用有时亦能不妨其为文学。"① 就是在文艺与政治、文艺与宣传这些问题上，梁实秋与左翼理论家走到了一起。当他在文艺与宣传、文艺与政治问题上与朱光潜进行论争时，周扬非常高兴地引其为精神同道："梁先生在他的文章里所表现的文学的见解接近了现实主义"，"我完全同意梁实秋所说的'文学应当鼓励读者思想，激励读者感动，引人类向上，有意无意地使人类向幸福迈去'的话"。② 平心而论，梁实秋在 20 年代末和 30 年代初对左翼文艺的攻击既有其政治立场右倾的原因，也有其对文艺创作自由的考量。当他说"不能强制没有革命经验的人写'革命的文学'"③ 时，实在是一个文艺家对作家个体写作自由的申述，是主张作家个体有在革命文学阵营中缺席的权利。换句话说，梁实秋并非认为左翼文艺全然没有道理，而是认为左翼文坛要全体作家集体走向革命的强迫性要求没有道理。

从 30 年代文学话语场的整体情形来看，文艺保守主义话语不同于政治保守主义话语，文艺保守主义者也不同于右翼政治御用文人。左翼阵营把梁实秋列为国民党的"走狗"，实在是有点冤枉他，因为梁实秋虽是国府参政文人，却不是职业政客。按鲁迅的划分标准，梁实秋在国民党统治阵营中顶多也就是一个"帮闲"的角色。文人问政，往往不明了政治场里的利害，梁实秋在此方面可谓典型。他并非国民政府的文艺高官，犯不着为那个新生不久即走向封建专制、深遭人恨的腐败政府说项，从而成为"人民公敌"。然而梁实秋偏偏书生意气，每每在政治的风口浪尖行走。在带有政治背景的文学事件或文学运动中，梁实秋总是不识时务、不合时宜地横插一脚，每每弄得自己骑虎难下。20 世纪 30 年代初的文学与革命论争中如此，抗战爆发后的文学论争中亦如此。梁实秋反对普

---

① 梁实秋：《文学的美》，《东方杂志》1937 年第 34 卷第 1 号。
② 周扬：《我们需要新的美学》，《认识月刊》1937 年 6 月 15 日创刊号。
③ 梁实秋：《文学与革命》，《新月》1928 年第 1 卷第 4 号。

罗文艺，反对阶级斗争，并非与无产者、共产党有什么深仇大恨，只是因为他受西方古典主义和白璧德的新人文主义文艺观影响太深，过于看重和强调普世价值，反对阶级斗争学说，反对把文艺作为政治斗争的工具，更反对把文艺等同于政治。只是他不懂得话语表达的策略，以致招来左翼阵营的不满和敌意。

第六章 20世纪30年代左翼文学话语的叙事特征

上一章开篇谈到，在20世纪30年代，由于中共的得力领导和大力支持，左翼文学阵营从政治、批评与学术三个方面成功展开活动，形成权力话语、学术话语、批评话语三种形态类型。三类文学话语在叙事方式上呈现出各不相同的特征，这些各不相同的特征向世人展示了该时期文学话语斗争的激烈性和复杂性。左翼文学话语共有的理论特征就是宏大叙事色彩浓重，文本言述中政治意图、阶级意识、控制欲望等权力因素过分凸显。

左翼文学话语的宏大叙事特质是由其自身性质决定的。左翼文学话语在本质上是共产主义意识形态话语的组成部分，它必须履行中共在文艺领域的政治要求。政治为"体"（目的），批评及学术为"用"（手段），手段从属于目的，左翼文艺家对此并不讳言。中共建政后担任中央宣传部副部长的周扬在论及30年代文学时坦陈："所谓革命文艺，实际上就是政治性的文艺，除政治性的文艺，革命还有什么文艺呢?"①

受当时苏联文学界的影响，左翼文学话语"左倾主义"倾向十分严重。"左倾主义"不仅阻碍、影响了20世纪前期中共领导下的革命文学事业的发展，也给中共执政后的中国文学发展造成巨大的阻碍和破坏。以致到了20世纪90年代，极左思想在中国思想界仍然阴魂不散，中国在改革开放道路上的思想障碍仍然"主要是防止'左'"②。"左倾主义"在实践中表现为下述情形：主体在行动中不管世情、脱离实际，机械传达、执行上

---

① 周扬：《思想解放和社会主义现代化建设》，《周扬文集》第5卷，1994年，第344页。
② 邓小平：《在武昌、深圳、珠海、上海等地的谈话要点》，《邓小平文选》第3卷，人民出版社1993年版，第375页。

级指示精神，教条搬用领袖言论或组织文件，以上级意志或真理化身自居，并借"党"、"组织"、"革命"、"人民"等集体名义简单粗暴地处理工作对象，行为偏激盲动，最终给革命事业带来不良后果甚至巨大损失。从中共革命的历史事实来看，"左倾主义"可恶、可恨之处在于：左倾主义者常常打着"革命"的名义搞内耗，借"组织"之手整肃意见不同或立场相左者，致使部分中共精英没有倒在刀光剑影的战场，而是遭受内部迫害、冤死于革命阵营。左倾主义者在行为中常常率先抢占政治或道德方面的话语制高点，很容易制造一幅"正义"、"革命"的政治假象，给人一种"左倾"就是革命、行动越"左"越革命的认识错觉，以致其危害甚巨却又在思想领域根深蒂固、难以根除。对 30 年代左翼文学话语中的"左倾主义"进行逻辑分析并加以理论清算是本章研究的思想目标。

第一节　左翼文学权力话语的叙事特征

权力之维的左翼文学话语属于政治话语，其实质是政治思想的文论化。说它是政治思想的文论化，主要基于以下事实的存在：左翼话语中有一部分是中共权力层制定的与政治革命直接相关的文化政策、文化纲领，以及中共在文艺领域代言人的文学思想，其核心目标是政治革命，明确要求文艺作为政治革命的一部分，或服务革命的手段。这一类型的话语是共产主义政治思想在文学话语里的符号表达。左翼文学权力话语是共产政治话语的一部分，就体制角度而言，它直接受中共苏维埃政权的领导，并受国际作家联盟尤其是苏联文艺界的影响；它在理论叙事上具有三个方面的特征：理论命题口号化、理论活动他律化、理论认识龃龉化。

一　理论命题口号化

左翼阵营非常重视文艺宣传。为了达到宣传目的，"左联"会想尽办法把中共制定的文艺纲领、路线、方针、政策等凝结为文艺口号。文艺政策口号化是左翼文艺界进行艺术宣传的重要方法，也是左翼文艺权力话语在理论叙事上的重要特征之一。当时的自由主义作家把文坛"口号多"的原因归于"作家中忍受寂寞甘于作信天翁的太少",① 实在是没有看到问题的本质所在。

左翼阵营以理论口号指导文艺工作是受苏联文艺界影响的结果。有的理论口号直接来自苏联,如"社会主义现实主义";有的则是左翼理论家根据中国政治发展的需要,自行制定而出,如"文艺大众化"。文艺口号与文艺命题有很大区别:文艺命题是对文艺现象本质认识的逻辑概括,是从文艺发展实际中产生的;而文艺口号则是"意图伦理"的产物,是政治家为了政治斗争的需要临时提出的阶段性、策略性理论话语。文艺命题虽然不像自然科学命题那样具有绝对的客观性,但也具有认识上的相对稳定性;文艺口号则不然,它可以随政治斗争的需要和政治家意图的变化随时加以变更、改换,甚至取消。

"文艺大众化"是 20 世纪 30 年代初期左翼文学阵营关注的首要的理论问题。"左联"成立后,立即组织讨论这一问题,参与者有鲁迅、郭沫若、冯乃超、郑伯奇、沈端先、陶晶孙、王独清等人。配合这次讨论,"左联"机关刊物《大众文艺》编发"新兴文学专号·文艺大众化问题",于第 3、4 两期连续刊出。在《关于"左联"目前具体工作的决议》把"文艺大众化"作为"创作的中心口号"和"目前最紧要的任务"后,"左联"再次组织文艺大众化讨论,茅盾、何大白、郑伯奇、周起应、陈望道、沈端先、郑振铎等人参与讨论,讨论结果分别刊发在"左联"机关刊物《文学月报》1932 年第 2、3 期上。1934 年,针对学术界迎合蒋介石而提的"尊孔读经"、"复兴文言"论调,左翼立即组织理论批判,并围绕"大众语"、"文学拉丁化"等问题,展开文艺大众化形式的讨论。1937 年,左翼发起文艺通俗化问题的讨论,讨论成果的代表体现就是这一年新知书店出版的《通俗化问题讨论集》。1938 年,由左翼实力派作家为骨干的"中华全国文艺界抗敌协会"发起"文章下乡,文章入伍"运动,中共《新华日报》立即发表社论,提出"文艺的大众化,应该是全国文艺界抗敌协会的最主要任务"②。在 1938—1939 年一年间,茅盾等发起"通俗文艺问题"讨论,

---

① 上官碧(沈从文):《滥用名词的商榷》,天津《大公报》副刊"文艺"1937 年 6 月 30 日。
② 《全国文艺界抗敌协会成立大会》,《新华日报》1938 年 3 月 27 日。

胡风等发起"宣传、文学、旧形式的利用"、"关于'旧瓶装新酒'的创作
方法"等专题讨论。这些问题讨论的结果,又引发后来解放区、国统区、
孤岛上海等广大区域的"民族形式"问题讨论,并且一直持续到1941年。

左翼阵营之所以如此关注"文艺大众化",是因为左翼理论家没有把
它仅仅视为一个纯粹的艺术问题,而是把它看成了一个事关无产阶级解放
的政治问题。就此而言,这一问题与"五四"时期的"国民文学"、"平民
文学"有着质的不同。"国民文学"、"平民文学"在本质上只是一个艺术
接受问题,它们是"五四"时期文化启蒙者的文艺口号,其理论资源是人
性论和人道主义。"文艺大众化"是意识形态介入后产生的政治化文艺口
号,其理论资源是列宁《党的组织和党的出版物》一文中艺术与人民关系
的思想。"国民文学"、"平民文学"的目标诉求指向艺术与文化,"文艺大
众化"的理论目标却是无产阶级政治解放;"国民文学"、"平民文学"的
对象没有具体的社群所指,"文艺大众化"明确指向"普洛大众"①。"文艺
大众化"经过"左联"组织的两次理论讨论,被左翼理论家反复加以政治
化阐释,其话语意义不断增生,已非普通的学术语汇,成为具有意识形态
诉求的政治化文艺概念。

20世纪30年代,左翼文学界流行的另一个文学口号是"社会主义现
实主义"。这个文学口号虽然是左翼文学理论的"引进品种",但其传播同
样是左翼文学阵营精心组织宣传的结果。苏联为"清算'拉普'(以前的
普罗作家联盟)的功绩和错误",于1932年10月29日至11月3日在莫斯
科举行"全苏联作家同盟组织委员会第一次大会",会议批判了"拉普"
的"唯物辩证法的创作方法","提出了'社会主义的现实主义'这个新的
口号来代替它"。②苏联文艺界官方发布推行"社会主义现实主义"以后,中
国左翼文坛很快作出回应。1932年12月的《文学月报》5、6期合刊的"文
艺情报"栏首条刊发了华蒂(叶以群)撰写的"国际作家联盟改选——全俄
作家同盟组织委员会大会"报道,对会议内容精神作了简要报道。1933年10
月1日,《现代》第3卷第6期刊登森堡译华希里可夫斯基所作《社会主义

---

① 史铁儿:《普洛大众文艺的现实问题》,《文学》1932年第1卷第1期。
② 周起应:《关于"社会主义的现实主义与革命的浪漫主义"》,《现代》1933年第4卷第1期。

的现实主义论》；1933 年 11 月 1 日，《现代》第 4 卷第 1 期刊发周扬所作《关于"社会主义的现实主义与革命的浪漫主义"——"唯物辩证法的创作方法"之否定》，对"社会主义现实主义"的精神实质进行了全面的分析介绍。左翼文学阵营觉得意犹未尽。1937 年 4 月 10 日，左翼文学阵营创刊《文艺科学》杂志，并在创刊号上以"新现实主义特辑"的形式集中发表了 6 篇苏联文艺领导人和理论家撰写的"社会主义现实主义"专题论文，从不同侧面介绍了社会主义现实主义的定义和内涵，视该活动为"文艺理论重工业运动"①，从而使"社会主义现实主义"的理论得到更深一步的传播。

左翼阵营的文学口号随政治需要常常作理论上的临时变动。"社会主义现实主义"这一理论口号来自苏联，其政治意识形态色彩十分浓烈。30 年代中期以后，出于文艺统战的需要，左翼理论家开始制造新的理论口号来代替这个舶来的洋货。胡风提出了"动的现实主义"②，郭沫若提出了"进步的现实主义"③。周扬是第一个介绍引进"社会主义的现实主义"的，以至几十年以后他都以之为骄傲。但是，为了抗日统一战线，为了避免国民党文艺宣传部门的质疑和不满，周扬在许多场合也采用"进步的现实主义"这种提法，要求左翼作家为了"文学上的民族统一战线"，在创作时"必须采取进步的现实主义的方法"。④

左翼内部对口号的命定与认可并非时时一致，30 年代后期，左翼文学阵营就在口号上内部起了理论纷争。周扬是一个比较擅于领会和贯彻上级政治意图的人，为了彻底淡化文艺口号的政治色彩，他在 1934 年把苏联的文学口号"国防文学（Literature of Defence）"⑤介绍到中国，次年周立波也撰文指出："国防文学（Literature of National Defence）原为苏联所倡导"⑥。由于"国防文学"的口号契合当时中国全民抗敌的社会语境，以

---

① 编委会：《提倡文艺理论重工业运动》，《文艺科学》1937 年 4 月 10 日创刊号。
② 胡风：《人民大众向文学要求什么？》，《文学丛报》1936 年第 3 期。
③ 郭沫若：《国防·污池·炼狱》，《文学界》1936 年第 1 卷第 2 号。
④ 周扬：《关于国防文学》，《文学界》1936 年 6 月 5 日创刊号。
⑤ 企（周扬）：《"国防文学"》，《大晚报》副刊"火炬"1934 年 10 月 27 日。
⑥ 立波：《关于"国防文学"》，《时事新报》副刊"每周文学"1935 年 12 月 21 日。

致有人以为它是纯粹的本土话语:"拿苏联的'社会主义的现实主义'来代替'国防文学',完全是离开作家底创作过程的空谈,无视了苏联和中国这两国人民底现实生活之间的本质的差别。"① 周扬以其政治功利主义一贯的独断思维,要把所有文学都纳入"国防文学"的麾下:"我以为'国防文学'的口号应当是创作活动的指标,它要号召一切作家都来写国防的作品。"② 为了宣传"国防文学"这一口号,1936年4月20日,沙千里主编的《生活知识》第1卷第11期还开设了"国防文学论文辑"。

但是,"国防文学"这一口号没有得到鲁迅的认同。鲁迅认为"国防文学"作为文学口号显得过于笼统,于是,他和茅盾、胡风、冯雪峰等人商议,提出"民族革命战争的大众文学"这一新的文学口号。按说,鲁迅不是喜欢理论口号的人,他认为"提口号,发空论,都十分容易办。但在批评上应用,在创作上实现,就有问题了",因为这在创作上"近于出题目做八股"。③ 茅盾也说,"鲁迅先生一向主张:与其用口号或公式去束缚作家,倒不如让作家多些自由;他主张打破公式,不为口号所束缚。因而现在他提这口号,也无非是鼓励前进的作家们不要忘记自己的任务罢了;而即使对于前进的作家,他接着也就给以不要公式化的警告"④。但是,不喜欢口号的鲁迅,为什么提出了一个新的文学口号呢?这恐怕与鲁迅的民族主义立场有关。在文学发展问题上,鲁迅倡导"拿来主义",反对生吞活剥地照搬外来思想;外来的洋口号无论多么响亮,都不可能让这位民族主义者满意。人们因此可以猜想:鲁迅提出"民族革命战争的大众文学"这一口号,并非存心和周扬这位"左联"的"总管"唱思想对台戏,而是想通过这个口号彰显中国文学家理论命名的能力。也许鲁迅还有这样的理论考量:从政治上说,"国防"这一限定词立场模糊,不如"民族革命战争"那样旗帜鲜明;从学理上说,"大众文学"比"文学"更能鲜明体现出"五四"以来新文学传统的延续性。这一推测可以从胡风的文章中找到

---

① 耳耶:《创作活动的路标》,《现实文学》1936年第1期(该文在目录页上的题目为"创作活动的路标",正文却标为"创作活动底路标")。

② 周扬:《与茅盾先生论国防文学的口号》,《文学界》1936年第1卷第3号。

③ 鲁迅:《论现在我们的文学运动》,《现实文学》1936年第1期。

④ 茅盾:《关于引起纠纷的两个口号》,《文学界》1936年第1卷第3号。

佐证。胡风在传达鲁迅提出这一口号的意图时说："民族革命战争的大众文学"这个"新的口号"，"继承了五四的革命文学传统，尤其是综合了九一八以后的创作成果"。① 当然，鲁迅也认识到，从宣传的角度说，"民族革命战争的大众文学"过于臃肿，不如"国防文学"简洁，所以他又说"民族革命战争的大众文学"可作为"一个总的口号"，而把"国防文学"或类似的名称诸如"'救亡文学'、'抗日文艺'"作为"随时应变的具体的口号"。②

周扬不愿放弃"国防文学"的口号，他也同样从"五四"以来的新文学传统中寻找支持其思想的话语根据。周扬说："五四以来的优秀的作家大部分都带着反帝反封建的精神。国防文学就是一方面继承这个过去文学的革命传统，一方面立脚于民族革命高潮的现实上，把文学上的反帝反封建的任务推进到一个新的阶段的文学。"③ 此外，他又就此问题十分情绪化地指派"左联"其他人物化名写批判文章攻击鲁迅。鲁迅不想因一个口号和周扬们展开理论争斗，他出面解释说，"民族革命战争的大众文学"的口号是他和茅盾等人商议，由胡风代为撰写文稿发表提出的，其目的是"为了推动一向囿于普洛革命文学的左翼作家们跑到抗日的民族革命战争的前线上去，它是为了补救'国防文学'这名词本身的在文学思想的意义上的不明了性，以及纠正一些注进'国防文学'这名词里去的不正确的意见"，"主要是对前进的一向称左翼的作家们提倡的，希望这些作家们努力向前进"。④ 鲁迅还强调："民族革命战争的大众文学"只是一个创作原则和立场的问题，而非题材和写作范围的限定："民族革命战争的大众文学决不是只局限于写义勇军打仗，学生请愿示威……等等的作品"，"作者可以自由地去写工人，农民，学生，强盗，娼妓，穷人，阔佬，什么材料都可以，写出来都可以成为民族革命战争的大众文学。也无需在作品的后面有意地插一条民族革命战争的尾巴，翘起来当作旗子；

---

① 胡风：《人民大众向文学要求什么？》，《文学丛报》1936 年第 3 期。
② 鲁迅：《论现在我们的文学运动》，《现实文学》1936 年第 1 期。
③ 周扬：《关于国防文学》，《文学界》1936 年 6 月 5 日创刊号。
④ 鲁迅：《答徐懋庸并关于抗日统一战线问题》，《作家》1936 年第 1 卷第 5 号。

因为我们需要的，不是作品后面添上去的口号和矫作的尾巴，而是那全部作品中的真实的生活，生龙活虎的战斗，跳动着的脉搏，思想和热情，等等"。①

鲁迅的解释是徒劳的，因为他和周扬素有隔阂，且彼此思考问题的方式差异太大。本来，鲁迅作为"左联"名义盟主，周扬作为"左联"党组书记，一虚一实两个最高领导者如果进行思想沟通，认识一致、消除分歧，应该说不是难事。问题是周扬的"总管"思维积习已久，鲁迅对其作风又颇有非议，有事宁愿和冯雪峰、胡风商量而不愿和他商量。公共事务与私人感情、个人恩怨等因素搅和在一起，左翼内部的误会与理论纷争难以避免。

两个口号起争议之后，当事人之一的茅盾试图居间进行调停，息事宁人。茅盾从政治立场上区分了两个口号各自的适用范围，说"民族革命战争的大众文学"只适用于左翼作家，而"国防文学"的口号适用于全国一切作家，并反复强调"民族革命战争的大众文学""只是对左翼作家说的"，连"文艺创作的一般口号"都算不上，更没有"代替国防文学"的意思。② 然而，情之伤很难用理敉平。情与理之间鸿沟太宽，这一点康德早就论证过。以故茅盾的稀泥和得虽稠，却没能说服两个口号的争执者言归于好。

二　理论活动他律化

左翼文艺理论在实施过程中，表现出一系列的他律性质。左翼阵营开展文艺研究、组织文艺批评、引导文艺讨论等活动，基本上取决于政治斗争的需要。

就理论目标定位来看，左翼文艺理论不是立足于文艺自身的提高和发展，而是立足文艺如何为政治斗争服务。左翼文艺理论旗手们一致强调：文学的作用是引导大众靠拢政治。郭沫若直言："要去教导大众，老实不客气的是教导大众，教导他怎样去履行未来社会的主人的使命。这个也就

---

① 鲁迅：《论现在我们的文学运动》，《现实文学》1936年第1期。
② 茅盾：《关于引起纠纷的两个口号》，《文学界》1936年第1卷第3号。

是你大众文艺的使命，你不是大众的文艺，你也不是为大众的文艺，你是
教导大众的文艺！你是先生，你是导师，这层责任你要认清！"① 左翼理论
家在考虑文艺问题时，习惯把文艺与政治捆绑在一起。谈文艺必在文艺前
加上"普罗"或"革命"一类的定语，如"普罗文艺"、"革命文学"；说
到"大众文艺"，也必然是"革命的大众文艺"。大众文艺既然是革命的一
部分，则其性质必然是："革命的大众文艺问题，是在于发动新兴阶级领
导之下的文化革命和文学革命。"②

　　大众文艺的性质已定，其写作目标也自然随之而定。如在"普洛大众
文艺的题材——艺术内容上的目的是什么？普洛大众文艺要为着什么而
写？"这个问题上，瞿秋白回答说："普洛大众文艺的斗争任务，是要在思
想上武装群众，意识上无产阶级化，要开始一个极巨大的反对青天白日主
义的斗争。"③ 茅盾也强调，无产阶级文学的"作品一定要成为工农大众的
教科书"④。不过，这时中国的马克思主义者对当时中国文艺革命的性质认
识并不是十分清晰，从逻辑上说还很混乱。比如，刚刚走下中共最高领导
人岗位的瞿秋白在谈到大众文艺的性质时，把"革命的大众文艺"定位为
"资产阶级民权主义的任务"，并说"忽视这种资产阶级民权主义的任
务，——正是以前革命的文学界空谈大众文艺和文艺大众化，而没有切实
斗争的最大原因"，同时又说，"这个民权主义的任务；中国的资产阶级已
经是反对这种文化革命的力量"。⑤

　　在政治斗争作为文学活动既定服务目标的情况下，左翼理论家习惯把
文艺问题作为政治问题处理，并与阶段性政治斗争目标结合在一起。例
如，文学通俗化、大众化问题是"五四"时期文学革命的主题之一，这一
活动在新文学领域一直没有中断。至 30 年代时，国民政府忙于训政建设、
剿匪戡乱，无暇顾及文艺问题；精英阶层如京派作家对于底层文学生态根
本不予考虑。中共却出人意料地注意到了这两个问题在政治宣传上的利用

---

① 郭沫若：《新兴大众文艺的认识》，《大众文艺》1930 年第 2 卷第 3 期。
② 宋阳：《大众文艺的问题》，《文学月报》1932 年 6 月 10 日创刊号。
③ 史铁儿：《普洛大众文艺的现实问题》，《文学》1932 年第 1 卷第 1 期。
④ 施华洛：《中国苏维埃革命与普罗文学之建设》，《文学导报》1931 年第 1 卷第 8 期。
⑤ 宋阳：《大众文艺的问题》，《文学月报》1932 年 6 月 10 日创刊号。

价值，抢抓这一历史机遇，赶紧把它们纳入到意识形态管理领域——"左联"成立后的下半年，其工作报告即称"'大众文艺'及'文学大众化'问题为联盟目前十分注意的工作"①。1935 年，中共在政治领域提出抗日民族统一战线后，左翼文艺阵营提出"国防文学"的口号，而"国防文学就是配合目前这个形势（日本帝国主义侵占华北——引者注）而提出的一个文学上的口号"②。

　　文艺跟进政治的结果是：文艺活动完全以政治的是非为是非、以政治的标准为标准，文艺理论与批评完全跟着政治斗争的风向转：政治左则文艺理论与批评随之左，政治右则文艺理论与批评随之右。以左翼文艺批评为例，30 年代初，中共中央奉行王明的左倾政策，左翼文艺界受此影响，走向艺术关门主义，对自由主义文艺发动理论围剿。1932 年 11 月 3 日，中共中央机关报《斗争》第 30 期刊发中共中央政治局常委张闻天化名"哥特"所写的《文艺战线上的关门主义》一文，严厉批评了左翼文艺界存在的"严重的'左'的关门主义"。该文发表之后，左翼文艺批评的路数一夜大变，冯雪峰对自由主义者的态度立即一百八十度的大转弯，撰文批判"文艺战线上的关门主义"③，同时提议"普罗革命文学"应当和"苏汶先生的'第三种文学'……联合起来"④。

　　文艺理论他律化的另一表现是文艺工具化。文艺工具化的要求集中体现在"文艺大众化"的认识方面。左翼理论家完全把文艺视为实现政治斗争胜利的手段，为实现政治目的即使牺牲文艺本身也在所不惜。郭沫若、瞿秋白、周扬三人在此方面的认识很有代表性。郭沫若非常极端地说，"大众文艺的标语应该是无产文艺的通俗化。通俗到不成文艺都可以"⑤。一度担任中共最高领导的瞿秋白比一般中共文艺官员更明白文艺在政治宣传中的作用，他认为大众文艺作品首先应当是宣传性的"鼓动作品"，"这当然多少不免要有标语口号的气味，当然在艺术上的价值也许很低。但

---

① 《秘书处通告》，《文学导报》1931 年第 6、7 期合刊。
② 周扬：《现阶段的文学》，《光明》1936 年第 1 卷第 2 号。
③ L. Y.：《文艺战线上的关门主义》，《世界文化》1933 年第 2 期编者"按语"。
④ 丹仁：《关于"第三种文学"的倾向与理论》，《现代》1933 年第 2 卷第 3 期。
⑤ 郭沫若：《新兴大众文艺的认识》，《大众文艺》1930 年第 2 卷第 3 期。

是，这是斗争紧张的现在所急需的，所谓'急就章'是不能够避免的"①。
瞿秋白反复强调文学的功利主义需要，仿佛不如此便不足以达其意："革命的大众文艺"，为了"最迅速的反映当时的革命斗争和政治事变，可以是'急就的'，'草率的'大众文艺式的报告文学，这种作品也许没有艺术价值，也许只是一种新式的大众化的新闻性质的文章。可是，这是在鼓动宣传的斗争之中去创造艺术"②。在文艺政治化、宣传化方面，周扬和郭沫若、瞿秋白的立场完全一致，他说："文学大众化的首要任务，自然是在提高大众的文化水准，组织大众，鼓动大众。"③ 在整个 30 年代，周扬的政治功利主义文艺观始终不变，他在 1936 年的一篇文章中说："现实的发展是这样的急剧猛烈……能够很敏捷地直接地反映社会事变，日常生活和斗争的小型作品，如速写、报告文学等，在文学的民族战线上演了它的'轻骑兵'的角色"，它们"虽然大部分都是在艺术上不成熟的东西，但是由于他们所反映的生活自身的迫力，他们对于读者群众发生了很大的鼓动和教育的效果"。④

受文艺工具论思想的影响，左翼作家普遍走向文艺创作宣传化的道路，这一情形导致 30 年代前期左翼文艺创作"趋向公式主义的牛角尖的危机"⑤，左翼文艺创作由此原因在艺术水平上普遍低下。文艺工具化的思想认识给文艺政治化提供了学理上的思想支持，也成为下一个年代"政治标准第一、艺术标准第二"的文艺信念的思想渊薮。

工具主义文艺观必然导致功利主义的文学批评标准。瞿秋白说，"一切写的东西，都应当拿'读出来可以听得懂'做标准"⑥。周扬也说："文学大众化首先就是要创造大众看得懂的作品，在这里，'文字'就成了先决问题。"⑦ 可以看出，在文艺评价标准上，瞿秋白和周扬都是立足于普通

---

① 史铁儿：《普洛大众文艺的现实问题》，《文学》1932 年第 1 卷第 1 期。
② 宋阳：《大众文艺的问题》，《文学月报》1932 年 6 月 10 日创刊号。
③ 起应：《关于文学大众化》，《北斗》1932 年第 2 卷第 3、4 期合刊。
④ 周扬：《现阶段的文学》，《光明》1936 年第 1 卷第 2 号。
⑤ 周文：《鲁迅先生是并没有死的》，《中流》1936 年第 1 卷第 5 期。
⑥ 宋阳：《大众文艺的问题》，《文学月报》1932 年创刊号。
⑦ 起应：《关于文学大众化》，《北斗》1932 年第 2 卷第 3、4 期合刊。

人能"懂"这一接受基点上，这样的文艺接受标准也只能从宣传鼓动的角度说成立，从审美、文化的角度讲却不合适。从文化积累与发展的角度说，如果艺术创造和接受的标准仅限于此，高超的文学作品就永远无从产生。屈原、陶渊明、张若虚、李白、李商隐的诗，在相当长的时间内，都不可能"读出来可以听得懂"；通俗如《水浒传》者，也许"读出来"人皆"可以听得懂"，但在艺术、审美、文化等层面上，一些貌似听懂、看懂的人，很可能似懂非懂，甚至真的不懂。

较之知识和信息接受，文艺接受充满特殊性和复杂性，这种特殊性和复杂性表现在：功利化的要求未必能达到功利化的结果。换句话说，单纯地求听得懂、看得懂并不能达到预计的接受效果。茅盾以一个职业文艺家的敏感，洞悉了文艺接受与宣传接受的差异：文艺作品的核心特质是艺术性，"缺乏了文艺作品必不能缺的感动人的力量。这样的作品，即使大众'听得懂'，然而大众不喜欢，大众不感动"、"不明白大众的艺术感应的特殊性，就不能创造出好的大众文艺"①。左翼理论家当时也许没有考虑到文艺接受的复杂性所在：文化水准较低的大众在文学接受上具有很大的局限性，艺术技巧和形式稍微复杂一点，大众就会在接受上拒斥，比如具有暗示性、需要接受者进行艺术联想和想象的作品。

三　理论认识龃龉化

左翼理论话语主体有两种：一是中共文艺官员，如瞿秋白、潘汉年、冯雪峰、周扬等，二是政治上同情中共、思想上激进"左倾"的职业文艺家。在职业文艺家中间，即使像鲁迅这样的"党外的布尔什维克"，在本质上也与中共文艺官员有别。职业文艺家固然关心政治、同情中共甚至相信共产主义学说，但其精神关注点是艺术而不是政治。即使在表达政治立场或观点时，职业文艺家也常常通过艺术的方式，而不是像中共文艺官员那样政治先行、宣传第一，其批评或理论文章也不像前者那样充满政治化的语汇。这导致左翼权力文学话语在理论认识上产生龃龉。

---

①　止敬：《问题中的大众文艺》，《文学月报》1932年第1卷第2期。

虽然"左联"执委会在每次的决议中都要求成员们统一精神和意志，事实上根本做不到，因为一个以精神独立性创造为目标的艺术组织不可能在信念和意志上像军队那样整齐划一。在保证政治第一的前提下，"左联"权力话语的宣传者有时也会有保留地承认艺术存在的必要性，就是这种情形也让一些作家难以忍受。郁达夫坚决退出了"左联"，苏汶、韩侍桁在退出"左联"后，以政治上不左亦不右的"第三种文学"立场，从理论和逻辑层面尖锐批判左翼文人的政治文艺观与工具论文艺观。

由于理论主体认识和意志不统一，中共领导发起的文艺大众化运动在目标上出现了两种声音：左翼职业文艺家倾向于文学的艺术目标，中共文艺官员坚持文学必须服务于政治宣传。这种现象可以视为左翼权力文学话语系统内部的"认识论破裂"，这种断裂是左翼权力话语主体在认识方面互相龃龉的必然结果。

在此不妨对左翼权力文学话语在认识论方面产生的破裂做一个个案分析。"左联"一般成员如鲁迅、郑伯奇等，在讨论文艺大众化问题时，不忘接续"五四"以来的新文化传统，习惯从文艺接受的层面进行理论分析。30 年代初，郑伯奇认为"中国目下所要求的大众文学是真正的启蒙文学"，因而"大众化的问题的核心是怎样使大众能整个地获得他们自己的文学"。① 这与中共文艺代表们的理解断然不同，中共文艺理论家瞿秋白认为，文艺大众化的目标就是"要在思想上武装群众，意识上无产阶级化，要开始一个极巨大的反对青天白日主义的斗争"②。冯雪峰则强调"文学助进政治运动"③ 的社会功能，他说"'艺术大众化'这口号的根本任务，是配合着整个政治和文化的情势"④。"左联"文艺官员在谈论大众文艺时，处处强调大众文艺是"普洛大众文艺"、"革命的大众文艺"，这与一般作家所说的"大众文艺"根本就不是一个概念，也不是一个领域的问题。从学理的层面看，由于左翼政治意识形态的介入，"五四"以来的大众化文

---

① 郑伯奇：《关于文学大众化的问题》，《大众文艺》1930 年第 2 卷第 3 期。
② 史铁儿：《普洛大众文艺的现实问题》，《文学》1932 年第 1 卷第 1 期。
③ 《上海新文学运动者底讨论》，《萌芽月刊》1930 年第 1 卷第 3 期（原文为该刊"国内外文坛消息四则"中的一则，没有作者署名，实为冯雪峰执笔，因此该文收入《雪峰文集》第 2 卷中）。
④ 冯雪峰：《关于"艺术大众化"》，《民族公论》1939 年第 1 卷第 5 号。

艺认识在 30 年代实际上演变为三个向度的问题：普洛文学的大众化、大众文学的普洛化、普通文学的大众化。由于介入讨论大众化问题的主要是左翼作家和批评家，所以文学大众化的问题主要缩减为前两个向度。问题的复杂性在于：文艺大众化问题虽然集中并缩减在前两个向度上，但一般作家对文艺大众化问题的理解既缺乏足够的政治敏锐性，又缺乏清晰的逻辑意识，没有谁对"普通文学大众化""普洛文学大众化""大众文学普洛化"这几个概念进行理论辨析——缺乏基本理论概念辨析的讨论自然是一笔谁也算不清的文坛糊涂账。所以，当时就有论者感叹："大众化的问题，太得混淆了。这样混淆的问题，不仅无从实践，而且不易解释。"①

左翼权力文学话语不仅主体之维出现认识龃龉，其话语体系本身也出现了逻辑上难以克服的矛盾。左翼文艺在创作与宣传实践中存在着动机与效果不能统一的矛盾：宣传化的文艺作品不但不受人们的欢迎，其接受效果常常与主体预期的正好相反。这一矛盾引起左翼外与内两方面的反思和批评。

自由主义作家郁达夫善意地批评说："文学的效力功用，是间接的。所以写得必须动人，才能达到宣传的目的，光是喊喊口号，或作一些教训指示的空壳文章，是没有用处的。所以在过去的两三年中，普罗文学的喊声，也很热闹，但终于收到了反对的效果，致使民众运动受着莫大的压迫与损失，弱点就在这里。"② 左翼文艺主将茅盾也开始反思艺术与宣传之间的关系，他说"文艺作品本以感动人为使命。然而感人的力量并不在文字表面上的'剑拔弩张'"，"真正有力的文艺作品应该是上口温醇的酒"，"中国现在不乏咄咄逼人的作品，然而温醇的愈咀嚼愈有力的作品，还是少见"；茅盾还说，政治意图充斥艺术力量积弱的作品，难以给读者留下"很深而且持久的印象"。③ 作为一个具有深厚文学素养的理论家，瞿秋白开始从艺术自身反思左翼文学的逻辑缺陷。瞿秋白从文学艺术的特殊性出发，对于个别左翼作家（如钱杏邨）要求文艺与政治"同一"（文学完全

---

① 何大白：《文学的大众化与大众文学》，《北斗》1932 年第 2 卷第 3、4 期合刊。
② 郁达夫：《文学漫谈》，《青年界》1932 年第 2 卷第 3 期。
③ 伯元：《力的表现》，《申报》副刊"自由谈"1933 年 12 月 1 日。

政治化）的主张给予了尖锐批评："钱杏邨的批评，要求文学家无条件地把政治论文抄进文艺作品里去，这固然是他不了解文艺的特殊任务在于'用形象去思索'。钱杏邨的错误并不在于他提出文艺的政治化，而在于他实际上取消了文艺，放弃了文艺的特殊工具。"①

左翼理论家明白，如果把文艺弄成了纯粹的宣传，非但达不到预期的宣传效果，而且会引起具有文艺常识的人们的反感。于是，为了从理论上解决政治与艺术、宣传与审美之间的矛盾冲突，左翼文艺阵营连续组织讨论"文艺大众化"、"内容与形式"等问题。当然，讨论的目标不是为了让艺术向更为高级的精美形态发展，而是为了更为充分地利用艺术做政治宣传。"文艺大众化"、"内容与形式"的讨论最终要落实在"普及与提高"的问题上，其具体目标就是让老百姓明白文艺作品所传达的共产主义思想，鲁迅对此说得十分明白："无产文学既然重在宣传，宣传必须多数能懂。"②

然而，"文艺大众化"等的讨论面临一个难以解决的逻辑矛盾：大众文艺究竟是宣传还是文艺？如果大众文艺是"宣传"，其最终目标仅仅是为了让最大范围的民众明白某个政治理念，自然以内容为主。对于文盲或半文盲状态的广大底层民众，精美的形式不但奢侈而且多余，因为他们的艺术接受水平也就止于"喜闻乐见"这个层次，超越这个层次的作品对他们来说毫无意义。如果大众文艺是"文艺"，即大众文艺是文字艺术或艺术化的文字，那么围绕内容与形式、普及与提高的讨论本身就陷入矛盾之中；因为高级的文艺只能经过高级的教育训练才能被接受，这是一个基本的逻辑常识。

如果人们尊重逻辑和真理，就得承认左翼文艺阵营对大众文艺"普及"与"提高"问题的讨论是一场荒唐而又严肃的语言与思想游戏。"大众文艺"这一概念从逻辑上说其品位、层次、水平已经定格，再怎么提也高不到哪儿去，因为其水平一旦太高，肯定就不再是大众所能接受的文艺。如果高级形态的艺术"大众"也都能接受，那么接受者肯定已不是一

---

① 易嘉：《文艺的自由和文学家的不自由》，《现代》1932 年第 1 卷第 6 期。
② 鲁迅：《"硬译"与"文学的阶级性"》，《萌芽》1930 年第 1 卷第 3 期。

般意义上的"大众"了。

艺术水平的演进与提高是一个长期发展的过程，要想让大众普遍提高艺术方面的接受和欣赏水平，就必须对他们从低到高逐级进行教育——艺术欣赏与接受没有速成之说。高级的趣味与审美境界必须经过专业化的教育与学术训练，这是艺术教育学的基本事实，否认这一点就违背了马克思主义哲学的基本常识。仅仅通过一些通俗水平的作品就想让民众的艺术欣赏与接受水平得到大幅度的提高，有违教育常理。硬要在被统治阶级剥夺了艺术教育权利的"大众"层面讨论艺术问题，在学理上说已经陷入了逻辑矛盾和悖论之中。在这种意义上，30 年代有关大众文艺的种种讨论，从逻辑上说只能无果而终。

第二节　左翼文学学术话语的叙事特征

学术之维的左翼文学话语是指左翼文艺家对马克思主义文论及苏联文论的译述、探讨，以及左翼文艺家自身在文艺领域所作的认识探索及意指实践。左翼文学学术话语是学术与政治精神联姻的产物，它具有明确的政治倾向和意识形态企图，其活动目标以"宣传"、"革命"为指归，而不以"认识"、"求真"为旨趣，因而不同于一般意义上的学术研究。如果说左翼文学权力话语属于"政治思想的文论化"，那么左翼学术话语则属"学术思想的政治化"；在共产主义政治目标上，二者殊途同归。左翼文学学术话语具有三个方面的理论特征：理论翻译政治化、理论模式苏联化、理论实践话语化。

一　理论翻译的政治化

苏联革命成功的实践告诉人们，没有革命的理论，便没有革命的行动。故此左翼文艺阵营十分重视理论建设，尤其是苏联马克思主义文艺思想的译述。在中国近代翻译史上，严复提出"信、达、雅"的翻译原则。严氏以"信"作为翻译的首要原则，可谓得学术著作翻译的精髓。学术著作只要保证一个"信"字，即使译文不畅、文辞不美，也无损于原作的精神；如果译述缺乏"信"字保证，必致思想、信念上的误传、误导。

但是，30 年代左翼理论家在翻译苏联马克思主义文艺理论文章时，出于功利主义的考量，在翻译某些重要的理论对象时抛弃"信"字，据现实政治需要进行改写性翻译，甚至故意误译或错译，以致在后来的文学发展历史上谬种流传，误人不浅。列宁的《党的组织和党的出版物》一文的翻译在此方面最具代表性。

《党的组织和党的出版物》在 30 年代的中国已经有了几个译本，耐人寻味的是，这几个译本的译者出于一切为政治斗争服务的考虑，在翻译中都各取所需，对原文意思肆意改述，以致中共在以后的发展中，以这类错译的文本规训文学活动，给文学发展造成极大的限制和伤害。

《党的组织和党的出版物》最早的译文是 1926 年一声（冯乃超）的节译文字，1930 年冯雪峰和陈望道的新译文刊出，1933 年前后又有瞿秋白的译文出现。30 年代以后，该文的不同译文皆以上述几个译本为底本。为了让读者清楚了解到左翼理论家的有意误译程度，在此特对各译本有意误译之处展示和比较，并把各译本有意错译的词句以黑体显示，以与拨乱反正后的译文对照。

1926 年冯乃超译文：

　　社会主义的无产阶级必须考虑工人**政党底文学**底根本原理……这些原理包含的是什么东西呢？无产阶级文学不但不是个人或一伙人谋利的工具，而且它不应带一点个人性质**也不应脱离无产阶级底管治**而独立。**没有"非党员"的文学家**；也没有文学的超人！文学活动应当是无产阶级工作底一部分。它应当是工人阶级前卫军所推动的大机器当中的一个轮齿。文学应成为党的工作底一部分组织的，计划的，统一的，与革命的。①

1930 年冯雪峰译文：

---

　　① 列宁：《论党的出版物与文学》，一声译，《中国青年》1926 年第 6 卷第 19 号（第 144 期）。

文学（即普罗列塔利亚文学——译者注）**不可不为集团底文学……**
集团底文学底原理，是怎样的东西呢？这是如此：对于社会的无产阶
级，文学底工作不但不应该是个人或集团底利益底手段，并且文学底
工作不应该是离无产阶级底一般的任务而独立的个人的工作。**不属于
集团的文学者走开吧！**文学者的超人走开吧！文学底工作，不可不为
全部无产阶级底任务底一部分。不可不是由劳动阶级底意识的前卫所
运转着的，单一而伟大的社会民主主义这机械组织底"一个车轮，一
个螺旋"，文学底工作非为组织的，计划的，统一的社会民主党底活
动底一个构成部分不可。①

1930年陈望道译文：

　　文学不可不为党底文学……党底文学底原理，是怎样的东西呢？
就是，在社会的普罗列答利亚特，文学底工作不但不应该是个人或集
团底利益底手段，并且也不应该是离开普罗列答利亚特底一般的任务
各自独立的个人的工作。**不属于党的文学者走开吧！**文学者的超人走
开吧！文学底工作必须成为全体普罗列答利亚特任务底一部分，成为
劳动阶级底意识的前卫所发动的，单一而伟大的社会民主主义这机器
底"一个轮子或一个螺旋"。文学底工作非成为组织的，计划的，统
一的社会民主党活动底一个构成部分不可。②

1933年左右，瞿秋白在翻译 V. 亚陀拉茨基等编选的《列宁选集》第
6卷里"关于列宁论托尔斯泰的两篇文章的注解"时，将列宁这篇文章的
名字译为《党的组织与党的文学》，瞿秋白译文为：

　　文学应当成为党的……社会主义的无产阶级应当提出党的文学的

　　①　Vladimir Illich：《论新兴文学》，成文英译，《拓荒者》1930年第2期。
　　②　冈泽秀虎编，陈望道译：《伊理基论文学》，《苏俄文学理论》，开明书店1930年版，第
551—552页。

原则，发展这个原则，而尽可能在完全的整个的方式里去实行这个原则……这个党的文学的原则是什么呢？对于社会主义的无产阶级，文学的事情不但不能够是个人或是小集团的赚钱的工具，而且一般的不能够是个人的，与无产阶级的总事业无关的事情。**打倒无党的文学家！打倒文学家的超人！**文学的事情应当成为无产阶级总事业的一部分，成为一个统一的伟大的社会民主主义机械的"齿轮和螺丝钉"。①

拨乱反正后《列宁全集》中文第 2 版译文：

　　出版物现在有十分之九可以成为，甚至可以"合法地"成为党的出版物。出版物应当成为党的出版物。与资产阶级的习气相反，与资产阶级企业主的即商人的报刊相反，与资产阶级写作上的名位主义和个人主义、"老爷式的无政府主义"和唯利是图相反，社会主义无产阶级应当提出党的出版物的原则，发展这个原则，并且尽可能以完备和完整的形式实现这个原则。

　　党的出版物的这个原则是什么呢？这不只是说，对于社会主义无产阶级，写作事业不能是个人或集团的赚钱工具，而且根本不能是与无产阶级总的事业无关的个人事业。**无党性的写作者滚开！**超人的写作者滚开！写作事业应当成为整个无产阶级事业的一部分，成为由整个工人阶级的整个觉悟的先锋队所开动的一部巨大的社会民主主义机器的"齿轮和螺丝钉"。写作事业应当成为社会民主党有组织的、有计划的、统一的党的工作的一个组成部分。②

对照这些不同版本的译文，人们可以看出，左翼理论家翻译时的理论聚焦点共同集中在文学与政党的关系上，且都强调"文学"与政党之间的

---

① 瞿秋白：《关于列宁论托尔斯泰的两篇文章的注解》，《瞿秋白文集》文学编第 4 卷，人民文学出版社 1986 年版，第 245 页。

② 列宁：《党的组织和党的出版物》，《列宁全集》第 2 版第 12 卷，人民出版社 1987 年版，第 93 页。

隶属关系，在概念理解上与《列宁全集》中文第 2 版译文的出入相当大。那么"左联"时期的译文与《列宁全集》中文第 2 版译文谁更忠实于原文呢？要弄清这个问题，必须从列宁原文中的 лартийная литература 说起。

　　лартийная литература 就是"左联"时期译文中的"党的文学"的俄文词，лартийная литература 中的 литература 一词源于拉丁文 litteratura，它具有多重含义：一，泛指一切文字产品，类似于西方 18 世纪以前的 literature 概念，或中国古代的"文学"（实是指"文献"）概念；二，专指语言艺术作品，义近 18 世纪以后西方流行的"美文学"概念，也就是 20 世纪初中国学界流行的"纯文学"概念，这种意义上的"文学"，俄国人在写作时会在 литература 前加一个修饰语词语 художественная，意为"艺术性著述"；三，出版物总称（报纸、杂志、书籍）。据《列宁全集》中文版第 2 版的翻译者讲，列宁在写作此文时，主要是针对苏共党内宣传情况而作，文学宣传当然属于整个宣传工作的一部分，但它不是宣传工作的全部分，更不能代替其他类型的思想宣传。《列宁全集》中文版第 2 版的译者在把"党的文学"改译为"党的出版物"时特意做了说明，指出列宁在写作该文前后几年的文章中，所用的 литература 主要指隶属党领导的机关刊物，如党报、党刊等；如果用于指称著述，则它既可指"理论、政治、政论"著作，又可指文学作品，"列宁这篇文章确实谈到文学艺术问题，而且文中多处有关写作和写作事业的论述显然也包括文学，适用于文学，这是列宁对马克思主义文艺理论的重要贡献。但是，我们联系这篇文章的写作背景，通观全文，还不能说文学问题是这篇文章的主要内容"，"'文学'一词在古汉语中固然可以作为哲学、历史、文学等书面著作的通称，但在现代汉语中已有固定的含义，专指语言艺术，因此译作'党的文学'显然是不恰当的。"①

　　20 世纪 80 年代，中共中央宣传部长胡乔木对"党的文学"的译法进行了否定。根据中共中央编译局丁世俊研究员抄录的胡乔木电话记录，胡乔木提出"'党的文学'的提法是不能成立的，正如'党的农业'、'党的

---

　　①　中共中央编译局列宁斯大林著作编译室：《〈党的组织和党的出版物〉的中译文为什么需要修改?》，《红旗》1982 年第 22 期。

工业'、'党的自然科学'……等不能成立一样"，"文学是一种社会现象，不能用党与非党来划分"，"列宁的这篇文章影响很大。现在的译文不确切，在理论上和实践上引起混乱和争论。如都说文学是党的事业的一部分，是齿轮和螺丝钉"；又据黎虹转述的胡乔木信件："译文关键地方始终严重不确切，以致成为党在文艺方面'左'的指导思想的重要理论依据。'党的文学'的提法使人误认为文学这一社会现象是党的附属物，是党的事业中的'齿轮和螺丝钉'。……在一定意义上说，整个党的事业也是整个社会发展和整个人民生活中的'齿轮和螺丝钉'。由于文学基本上是个人创作，党在文学中不能发号施令，只能提出号召和建议，做出评论，通过作协组织作家深入生活，并通过出版、制片等国家行政进行适当调节，但党对自己的报刊言论和党员个人的言论却可以和应该实行一定的控制，因为那是真正的党的事业的'齿轮和螺丝钉'。故此文的误译影响十分重大，必须改正。"[1]

在胡乔木提议下，中共中央编译局对列宁原文重新组织翻译，译名定为《党的组织和党的出版物》，发表在《红旗》杂志1982年第22期，同时附上一篇署名"中共中央编译局列宁斯大林著作编译室"的一个翻译说明：《〈党的组织和党的出版物〉的中译文为什么需要修改?》。为了对翻译历史有交代，中共中央编译局丁世俊编审还对此撰专文加以说明：

"正本清源，我国这样认定，应该说是受苏联影响。苏联作此认定由来已久。这里举一例子。1931年联共（布）中央列宁研究院出版由弗·阿多拉茨基、米·波克罗夫斯基等集体编辑的《列宁选集》俄文第1版第6卷，这一卷收载了列宁的《列夫·托尔斯泰是俄国革命的镜子》和《列·尼·托尔斯泰和他的时代》两文，编者还为两文加了一个长长的像一篇文章似的题注……题注中竟把列宁本文也当作关于文学、艺术问题的文章来援引，用以论证文学、艺术具有阶级性、体现阶级利益"，后来，"瞿秋白翻译该题注"，却"节译了列宁本

---

[1] 丁世俊：《记一篇列宁著作旧译文〈党的组织和党的文学〉修订——兼记胡乔木与修订工作》，《马克思恩格斯列宁斯大林研究》第20辑。

文"，并"在题注译文中，瞿秋白把列宁本文的标题译为《党的组织和党的文学》。1938年，苏联艺术出版社编印《列宁论文化与艺术》一书，全文收载列宁本文，用以说明'艺术的阶级性和党性'。这部书在我国于1943年4月由重庆读书出版社翻译出版。译者萧三……可能是沿袭瞿秋白的译法，也把列宁本文的标题译为《党的组织和党的文学》。"①

丁文指出，"不确切地翻译扭曲了列宁本文的内容"，丁文从列宁发表该文本时的社会背景以及文本内部论述的核心内容考证，"《党的组织和党的文学》这一旧译法使列宁本文的内容遭到扭曲；改译为《党的组织和党的出版物》才是对内容的真实揭示"。他说，列宁原文中所说的"党性"不是对文学而言，而是就俄共的机关刊物而言，"所谓'党性'，就是'要求在对事变作任何评价时都必须直率而公开地站到一定社会集团的立场上'"，"列宁本文也涉及文学、艺术，这是事实。一般说来，'出版物'这一概念本身就包含文学、艺术著作。但就资产阶级民主革命中俄国社会民主工党的工作而言，列宁首先重视的，还是同革命直接有关的政治性出版物。再者，列宁本文中个别句子也提到'美学'、'艺术'、'小说和图画'、'舞台艺术'、'作家、画家和女演员'等，但那毕竟不是本文的主旨。可以看出，列宁本文所讲原本是俄国1905年资产阶级民主革命中有关俄国社会民主工党工作的一些事情。所以后来，20世纪50年代中期，匈牙利的著名马克思主义理论家、文艺学家卢卡奇提出，列宁本文仅对1905年那个时代有意义，仅仅涉及党的报刊工作中政论家的职责。"②

20世纪30年代初，左翼理论家为什么接二连三地重复翻译列宁这篇论文，并且有意识地突出"党的文学"的概念呢？这与中共在当时的政治处境及国际、国内斗争形势有关。30年代前期，中共在政治上处处受斯大林政权掌控下的共产国际左右，时任中共中央最高领导人的王明在党内推

---

① 丁世俊：《记一篇列宁著作旧译文〈党的组织和党的文学〉修订——兼记胡乔木与修订工作》，《马克思恩格斯列宁斯大林研究》第20辑。

② 同上。

行极左政治路线，中共在意识形态宣传上也因此走向极左。在文艺界，美国作家辛克莱的"一切文艺是宣传"的观点、苏联学者弗理契以机械唯物论为根基的艺术社会学思想、苏联"拉普"和日本"纳普"以文艺工具论为代表的文艺功利主义思想等，给"党管文学"提供了深厚的理论资源。

　　冯乃超、冯雪峰、陈望道、瞿秋白之所以重复翻译列宁的这篇文章，而且共同强调党对文学的领导权，目的就是为了给中共掌控文学、利用文学作宣传提供理论上的合法依据，同时也从外来理论的角度对自由主义作家喜欢文学创作绝对自由给予理论反击。以此之故，左翼理论家在翻译马克思主义文艺理论论文时，随心所欲、六经注我。比如冯乃超译文中所谓文学"不应脱离无产阶级底管治"、"没有'非党员'的文学家"、"文学应成为党的工作底一部分"等说法，纯粹是以意为之，根本不是原文作者所要表达的意思，是冯氏借翻译而行的理论自我表述。

　　这种情形在 30 年代左翼译事中十分普遍。就是普通马克思主义者的文艺论文，左翼理论家在翻译时同样是据己所需。例如，由蒋光慈、钱杏邨主编的《拓荒者》1930 年第 2 期刊发冯雪峰所译列宁的《论新兴文学》，同时刊出由沈端先译苏联列裘耐夫所作《伊里几的艺术观》。编者在该期"编辑室消息"栏目中，特意说明："这个月，是伟大的革命的领袖伊里支的纪念日，为着纪念，他我们又特别的译了两篇关于他的艺术论的论文（有一篇是他自己作的），在这里发表。于此，我们可以看到，伊理支对于艺术的指导理论是如何的正确。希望读者们从他的艺术观里去认取自己在文艺运动中所应担负起的任务。"① 然而，列裘耐夫所作《伊里几的艺术观》中，压根儿没提到"伊里支对于艺术的指导理论是如何的正确"，更没提到"文学与党"的关系。该文中一些说法对左翼翻译者的有意错译简直是一种理论消解。例如，论文开头一句便是："关于一切艺术的问题，伊里几不曾做过文章，也不曾公开发表过意见。所说的，不过是带便论及

---

　　① 编辑部：《编辑室消息》，《拓荒者》1930 年第 2 期。此处所引文字中出现的断句错误、同一人名两种写法、同一人名编者与译者翻译不统一：凡此种种可知左翼理论家在学术规范问题上毫无意识。

而已。"而在结尾时作者又强调："伊里几从自己的美的同感及反感，并不曾制出了指导的思想。"① 既然苏联学者都认为列宁"关于一切艺术的问题"都"不曾公开发表过意见"，也"决不曾制作出任何指导的思想"，那么刊物编者所谓"伊里支对于艺术的指导理论是如何的正确"的说法在事实与逻辑上都不成立。既然罔顾事实与普通逻辑，说明在左翼理论家眼里事实与普通逻辑都不重要，重要的是如何让人相信"文学应该受党管制"这一政治逻辑！

再回到列宁那篇论文的翻译上。除了陈望道的译文，其他几位左翼理论家的译文都只是有选择的节译。这些节译文字的共同点是强调"文学"与"党"的隶属和服从关系，而且在节译之时，有意识地对部分内容进行随心所欲的改述。节译的理由当然可以解释为突出主题、节省篇幅，但也可以解释为译者有意回避乃至有意遮蔽某些东西。节译者不能不考虑到：如果忠实译出全部文字，有意识的错译、误译、改译就不能自圆其说，"文学属于党"、"党管治文学"之类的概念在逻辑上就无法成立，而一旦这些概念不能成立，要求文学为政治服务的理论就会失去信念上的号召力。在此意义上，对列宁原作的翻译就不能拘于原文，按常理"出牌"，而必须采取为我所需、以意为之的主观性述译；"述译"的目的不是为了传达列宁的观点，而是借列宁之文阐述自己的文学主张。

冯雪峰的译文在此方面就是一个典型的例证。在冯雪峰原译文中，根本没有出现过"党"这一名词，出镜率最高的词汇是"集团"一词。但在一个月后，《拓荒者》第3期"编辑室消息"特意声明："前期所载'论新兴文学'（成文英译）一文中除起头第二段第二行中的'集团底利益'的一个'集团'外，其他全篇中的'集团'均须改为'党'（即当时的'社会民主党'底略称）。望读者们一概更正！"② 根据这种声明，"更正"后的冯雪峰译文中，其核心词句就会在面貌上发生下述变化：原译文"文学不可不为集团底文学"就要改为"文学不可不为党底文学"，原译文"不属于集团的文学者走开吧！"就要改为"不属于党的文学者走开吧！"如此一

① 列裴耐夫：《伊里几的艺术观》，沈端先译，《拓荒者》1930年第2期。
② 编者：《编辑室消息》，《拓荒者》1930年第3期。

来，冯雪峰译文在核心语句上与陈望道译文就变得一字不差，与冯乃超、瞿秋白的译文在语义上也完全一致、没有质的区别了："文学"属于"党"，党应该"管治文学"！

这样一来，译文就离列宁原文的意思相去甚远了：列宁原文中用得最多的是 литература 一词，而不是 художественная литература 这个词组。而 литература 与 художественная литература 的含义差异翻译者不可能不明白。以瞿秋白的翻译为例，他的译文中有一处专门区分了"文学"与"艺术的文学"："艺术和文学（不但是艺术的文学），应当成为社会主义建设的强有力的杠杆之一"[①]，这表明瞿秋白深知列宁整篇文章并非专就文学而讲，并且也知道"文学"与"艺术的文学"内涵不一致，是与"艺术"相对、相并立的概念，是类似于"新闻"、"文化宣传"之类的概念；基于此，他才将 художественная литература 都译为"艺术的文学"[②]。既然如此，那他为什么还要把题目翻译为"党的组织和党的文学"呢？这显然表明瞿秋白有政治用意在内。因为只有有意识地改写性述译，才能挟革命领袖之威证明文学作为政治宣传工具的合理性；也只有借革命领袖的威权，才能说服一般的革命者甚至非革命者以文学为武器为革命斗争效力。从理论接受实例而言，此举果然十分奏效。钱杏邨评价蒋光赤的诗集，立即运用上了左翼理论家错译的"文学原理"，而且在思想左倾的路上走得比那些译者还要远，因为他直接要求"文学家应该无条件的加入党，无产阶级文学应该是隶属于他的党的社会主义的；这列宁大师的万世而不朽的箴言，我们治文学的同志，是要永久的奉为唯一的规律"[③]，虽然人们从 4 篇在精神上已经走了样的译文中看不到"列宁大师"要求"文学家应该无条件的加入党"的片言只语。

然而，左翼理论家有意地改写性述译从逻辑上却根本说不通。以"文学"与"党"的关系而论，文学作为艺术的一个种类，作为一种精神现象和

---

① 瞿秋白：《关于列宁论托尔斯泰的两篇文章的注解》，《瞿秋白文集》文学编第 4 卷，第 246—247 页。

② 分别见《瞿秋白文集》文学编第 4 卷第 242 页第 1 段末尾句、246 页末句。

③ 钱杏邨：《哀中国》，汉口《民国日报》1927 年 7 月 2 日。

文化类型，可以和某个政党构成一定的倾向关系，却不能和该政党构成隶属关系。出版物与党派可以有隶属关系（如《文学导报》隶属于共产党，《前锋周刊》隶属于国民党），"文学"却和党派构不成隶属关系。例如，鲁迅是公认的共产党组织之外的"布尔什维克"，被中共领袖毛泽东加了一系列的荣誉称号，却不能就此说他的小说、散文、杂文属于共产党。

丁世俊说："苏联对列宁本文所作的不符合列宁原意的阐释误导了我国的译者，而我国译者的不确切的译文又误导了我国广大的读者。"① 事实并非如此。从冯乃超、冯雪峰、瞿秋白在翻译时有选择地节译的情况来看，绝非翻译者译文"不确切"而致的"误导"，而是译者煞费苦心、有意为之，目的是想通过学术手段达到非学术的目的：借政治领袖权威论断强化"一切文艺是宣传"的认识合理性，以"新兴科学"的名义，为"党管治文学"提供理论依据，让文学成为无产阶级工作机器上的"齿轮"和"螺丝钉"。

左翼理论家在翻译时所费的心思表现在两个方面：一是题目的改译，二是内容的改译。在题目上，冯乃超把原文题目在翻译时改述为"党的出版物和文学"，略去"组织"而替换为"文学"，其目的是想突出"文学"在革命事业中的地位，从而给革命者以文艺为宣传工具找到一个坚实的逻辑理由；冯雪峰把译名干脆改为"论新兴文学"，更是与原文题目相去甚远、一点也沾不上边了。内容方面，几个译者有意在关键的术语上费周折。在翻译 лартийная литература 这个概念时，他们都把它翻译为"党底文学"。冯乃超虽然在题目中把这一词组翻译为"党的出版物"，但在正文中却翻译为"政党底文学"；冯雪峰原译文中"集团底文学"后来却要改译为"党底文学"了。更有意味的是，几个译者在"翻译"中还不约而同地表现出排斥党外作家的倾向。无论冯乃超所译"没有'非党员'的文学家"，冯雪峰、陈望道所译"不属于党的文学者走开吧！"，还是瞿秋白所译"打倒无党的文学家！"，都把非共作家作为"打倒"对象，这与共产党的统一战线思想相抵触，是典型的宗派主义与关门主义思想。

---

① 丁世俊：《记一篇列宁著作旧译文〈党的组织和党的文学〉修订——兼记胡乔木与修订工作》，《马克思恩格斯列宁斯大林研究》第 20 辑。

30 年代左翼理论家的译文成为 1942 年延安文艺整风时的理论资源之一。1942 年 5 月 14 日，延安《解放日报》登录列宁的译文时，用的就是《党的组织和党的文学》这一名称。该译文的编者按语特别强调："在目前，当我们正在整顿三风和讨论文艺上的若干问题时，这论文对我们当有极重大的意义。"从此，"文学的党性原则"与"政治标准第一"的思想成为延安边区以及 1949 后中共执政后的中国文艺界的文艺政策指导纲领，成为束缚中国文艺发展的思想根源。

上述事实表明，理论翻译上的思想改述，虽然收到当时一时的政治功利之效，但在后来中共全面执掌政权以后，给新中国文艺事业的发展造成巨大的阻碍。从长远来看，这种实用主义的理论改译影响了中国文学事业的发展，也影响了中共作为执政党的形象，这一代价过于巨大。这种结果警示后人：在学术事业中，研究和翻译必须保持价值中立，不能以功利主义的态度对待学术，把学术政治化、工具化、实用化。学术政治化、学术工具化、学术实用化的结果，不仅害了学术，从长远来看，也害了政治。

二 理论模式的苏联化

苏联是世界上第一个获得全面成功的社会主义带头大哥，它在政治、军事上的巨大成功让世界上所有国家的人们都对之刮目相看，完全以苏联为后盾的中共自然在政治、文艺等方面处处以苏联模式为蓝本。在文艺领域，"左联"因受苏联掌控的"共产国际"、"国际革命作家联盟"等政治组织的影响，对苏联文坛亦步亦趋；苏联文坛一有变化，中国左翼文坛便会立即追随响应。例如，苏联文学界于 1931 年展开对普列汉诺夫文艺思想的批判，中国左翼文坛便于 1932 年开始对普列汉诺夫的文艺思想进行批判。然而，苏式马克思主义文艺思想与马克思、恩格斯本人的思想有着不小的距离，它是苏联官方学者将马克思、恩格斯的文艺思想与斯大林的政治期待视野相融合、掺入极权思想的沙子以后加以政治阐释的产物，具有强烈的极左政治倾向。

左翼文学的理论建构者主要是瞿秋白、冯雪峰、周扬三人。瞿秋白一度作为领袖人物主政中共党务，冯雪峰和周扬先后担任过"左联"党组书记。作为中共文艺官员，忠实地传达和执行上级指示——在某种意义上，传达苏联官方的文艺政策和指令——是其工作职责，左翼文学在理论模式上的苏联化由此难以避免。

1. 文学认识上的哲学化

20 世纪 30 年代，中国文艺界对文学本质特征认识的主要方式是，在消化外来理论后申述己见。该时期外来著作对文学本质、特征的界定总体上分为两种类型：一般知识型与意识形态型。知识型文学本质论以日本和英美学术为代表，意识形态型文学本质论以苏联学术为代表。知识型文学本质论一般都把文学的本质和特征归结为艺术、情感、想象等因素，如日本学者本间久雄把文学的本质特征界定为"想像及情感"[①]，英国学者温彻斯特（Winchester，C. T.）谓"构成文学之特质"亦即"文学自身之要素"有"想像感情形式等"[②]，美国学者韩德（Theodore W. Hunt）认为"文学是思想经由想象，感情及趣味的书面的表现"[③]。一般学者对文学本质的界定，基本上都是以上述认识为参照，强调"感情"、"想像"在文学本质建构中的作用，如姜亮夫著《文学概论讲述》、卢冀野著《何谓文学》、张崇玖著《文学通论》、谭正璧著《文学概论讲话》等。

左翼文艺阵营对文学本质特征的认识完全遵循苏联模式。苏联文艺界对文学本质特征的认识完全套用哲学思维模式，其文学定义建构以认识论的反映论为基础。例如，苏联文学的代表高尔基认为文学是"社会生活底反映"，并断定 19 世纪欧洲浪漫主义文学的"基本实质可以概括如下：反对封建主底保守主义，即为大资产阶级所恢复的那种保守主义；进行斗争，在自由主义的和人道主义的思想基础上去组织民主派——即小资产阶级"。[④]

---

① ［日］本间久雄：《文学概论》，开明书店 1930 年版，第 16 页。

② ［英］温彻斯特：《文学评论之原理》，商务印书馆 1935 年版，第 9 页。该书第一章最早译出于 20 世纪 20 年代，见温采斯特《文学评论之原理·第一章定义与范围》，景昌极、钱堃新译，《文哲学报》1922 年第 2 期；全书初版于 1923 年，由商务印书馆刊印。

③ ［美］韩德：《文学概论》，商务印书馆 1935 年版，第 30 页。

④ ［苏］高尔基作：《苏联的文学》，萧三译，《散文》1936 年 8 月 15 日创刊号。

　　左翼理论界受此影响，在界定文学的本质特征时，也采用哲学认识论话语，其典型表述语式为："文学是生活的反映。"① 从理论上说，这一句话实在过于笼统。文艺属于上层建筑领域"更高地悬浮于空中的思想领域"，它与生活的关系中间隔有许多中介因素，一句大而空的"文学是生活的反映"什么也说明不了。30 年代初，左翼理论家冯乃超就意识到了这一点，他反问道："艺术是社会的反映。谁说这个定义是错的呢？当然没有人说他是错的，但是这个定义太空泛了，等于没有说明一样。"②

　　之所以说"文学是生活的反映"说了等于没说，是因为这一理论表述缺乏具体的指涉对象，无法彰显文学艺术的特殊性。如此说并不意味着不能从"认识论的反映论"角度对文学的本质进行定义或描述，而是说一句简单的哲学概括无法洞穿文艺区别于其他精神对象的特征。如果不对文学艺术的特殊性加以界定和描述，那么在文学本质认识上，必然导致把文学与其他认识对象完全等同的结果："文学，和科学，哲学一样，是客观现实的反映和认识，所不同的，只是文学是通过具体的形象去达到客观的真实的。文学的真实，就不外是存在于现实中的客观的真实之表现"③。

　　从学理上说，反映论的文学观是以哲学认识代替艺术认识，把哲学话语强行嫁接到文学话语中，是哲学对文学的施暴。习惯这种思维的理论家，其理论话语就会形成固定的"左倾"模式：哲学认识论思维外加政治性质的言语。周扬的批评话语在此方面最具代表性。以周氏《文学的真实性》一文为例，该文通篇堆满了哲学术语和政治词汇，其最后的结论是：只有站在革命阶级的立场，把握住唯物辩证法的方法，从万花缭乱的现象中，找出必然的，本质的东西，即运动的法则，才是到现实的最正确的认识之路，到文学的真实性的最高峰之路。

　　左翼文学本质观的哲学认知模式导致艺术批评实践中的偏颇，这种偏颇的表现就是以政治倾向性取代艺术性。这种认识偏颇受到"第三种人"的理论讥讽："左翼文坛……假使有人写了一篇并不显然地表示了斗争意

---

①　《文艺界同人为团结御侮与言论自由宣言》，《文学》1936 年第 7 卷第 4 号。

②　冯乃超：《艺术概论》，《文艺讲座》1930 年 4 月 10 日第 1 册。

③　周起应：《文学的真实性》，《现代》1933 年第 3 卷第 1 期。

识的作品，客气一点便说它取材不尖端，不客气一点便说它没有用，应被摈入'不需要'之列。"①左翼理论家中间，瞿秋白对苏联化的马克思主义文学理论模式的局限与偏颇有所警觉，他开始着手编译马克思、恩格斯以及遭受苏联官方批判的普列汉诺夫的文学观，还专门介绍过马克思批判过的"席勒化"文学观，委婉批评苏联化文学理论只重倾向与政治立场、忽略艺术与审美要求的不足。可惜的是，除《马克斯、恩格斯和文学上的现实主义》，这些成果在 30 年代都未能公开发表；如果它们当时能够问世，一定会对左翼文论的苏联化倾向产生一定的纠偏作用。

2. 本质规定意识形态化

文学本质问题是文学理论的核心问题，文学理论作为一门人文学科，其理论建构必然受主体自身的知识结构、审美情趣、阶级立场、政治倾向等主观因素影响，因而很难保证其绝对的客观性，其知识效用同样因此受到影响。但是，人文学科的理论仍然是理论，不能因为理论家的立场、倾向、爱憎以及政治、意识形态等主客体因素的影响，人文学科的理论就得丧失客观性；人文学科的理论至少应该具有理论的一般性质，否则它就不成其为"理论"。

理论一词源于希腊文"theorein"，意为"观看"。在古希腊人的哲学中，理论还与下述词汇同义：思辨、论题的开阔的鸟瞰、结构的清晰洞察，它高于作为技术应用的实践（praxis）。从知识论的角度讲，理论是对实在世界的抽象与简化，主要处理原则性的认识和问题，是描述某个学科对象性质、特征及规律的知识系统。一般说来，理论是由专业的术语、范畴、概念、命题构成的。文学理论作为人们对文学现象的理解和认识，也有其自身的知识体系，这种知识体系虽受权力、意识形态因素的制约，却不能因此失去其对象性特质，蜕变为权力、意识形态本身。

30 年代左翼文学理论的本质建构体现出非常鲜明的非客观性，这种非客观性首先表现在文学本质规定的意识形态化方面。

文学的本质问题也就是"文学是什么"的问题，只要承认文学是艺术

①　苏汶：《"第三种人"的出路》，《现代》1932 年第 1 卷第 6 期。

的一个种类，就得承认"文学是语言的艺术"这一基本事实；只要承认
"文学是语言的艺术"这一基本事实，就不应该再从别的方面规定文学的
本质；如果从艺术以外的角度规定文学的本质，就证明规定者根本没有把
艺术性作为理解文学本质的出发点。然而，苏联文学界恰恰是从意识形态
本质出发理解和界定文学本质的。高尔基在《俄国文学史》的序言中开宗
明义地说："文学是意识形态——情感，意见，企图和社会阶级与集团的
希望——底形象的表现。"①

受苏联文学界的影响，左翼理论家以意识形态性作为文学定义的起
点。瞿秋白在阐述文艺的本质时，首先强调文学的意识形态性质："文艺
现象……是所谓意识形态的表现，是上层建筑之中最高的一层"，它"能
够回转去影响社会生活，在相当的程度之内促进或者阻碍阶级斗争的发
展"，而"每一个文学家……始终是某一阶级的意识形态的代表"。② 和瞿
秋白一样，冯雪峰定义文学的本质也是从意识形态开始的："文学是阶级
的意识形态的反映。"③ 左翼理论家对文学本质的意识形态规定完全是以列
宁认识论的反映论为根据，相信这种认识是"真正的马克思主义对于艺术
的观点"，即"艺术反映实质，艺术是一种特别的上层建筑，一种特别的
意识形态，它反映实质而且影响实质：意识是实质的'镜子里的形象'，
实质并不受意识的'组织'，而是实质自己在'组织'意识；然而意识并
不是消极的，它的确会有影响到实质方面去；阶级是在改变着世界而认识
世界。"④

左翼理论家对文学本质的规定完全遵循苏联非艺术化的意识形态规定
模式，这种情形与左翼理论家的政治身份分不开：左翼理论家基本上都是
中共文艺干部，其文艺研究往往是据上级指示和政治工作需要以行，因而
不可能从纯艺术或纯学术的角度进行研究。从某种意义上说，政治分析已
成左翼理论家的职业思维习惯，他们从意识形态角度规定文学的本质是再

---

① [苏]高尔基作：《〈俄国文学史〉短序》，铁弦译，《文学月报》1940 年第 1 卷第 6 期。
② 易嘉：《文艺的自由和文学家的不自由》，《现代》1932 年第 1 卷第 6 期。
③ 丹仁：《关于"第三种文学"的倾向与理论》，《现代》1933 年第 2 卷第 3 期。
④ 宋阳：《论弗里契》，《文学月报》1932 年第 3 期。

也自然不过的事情。

瓜田里不可能长出李子来。在文学本质的意识形态规定下，左翼文艺界对文学功能和价值的理解也只能朝非艺术化的方向进展。30 年代初的苏联文学界，非艺术化的文学观有着相当大的理论市场，一些人"认'艺术的文学这东西，根本便是反动的'"①。受此类认识的影响，左翼理论家在讨论文学的价值时，常常从政治立场而非艺术性出发界定文学的价值。以冯雪峰为例，他在讨论文学问题时，对文学"艺术价值"的认可十分有限。冯雪峰认为"艺术行动是政治行动所决定的"，因而推断"艺术价值……归根结蒂，它是一个政治的价值"；以此为立论根据，冯雪峰反对自由主义理论家的"艺术价值是独立的"文学价值观。② 在 30 年代左翼理论家中间，冯雪峰还算比较尊重艺术自身特征的一位；因受鲁迅影响，冯雪峰文艺思想的"左倾"色彩要比瞿秋白、周扬弱得多。比较而言，周扬属于"极左"，瞿秋白属于"较左"，冯雪峰属于"微左"。思想微左的冯雪峰，在讨论文学的价值问题时，尚且以政治作为判断文学价值的准绳，可见"艺术性"、"审美性"等非政治对象无法进入左翼理论家的理论思考范围。人们由此亦可明白，延安红色政权以政治作为评价文学的第一标准实属必然。

假如把文学本质论比为一枚硬币，那么文学价值论与文学功能论犹如一枚硬币的两面。左翼理论家对文学价值的规定必然影响他们对文学功能的看法。文学在价值论层面既然失去了"独立的"价值，在功能论上只能沦为受支配的工具。受政治功利主义的影响，左翼理论家推出的第一个文学功能就是"煽动和宣传"。瞿秋白说："文艺——广泛的说起来——都是煽动和宣传，有意的无意的都是宣传。文艺也永远是，到处是政治的'留声机'。问题是在于做那一个阶级的'留声机'。并且做得巧妙不巧妙。总之，文艺只是煽动之中的一种……每一个阶级都在利用文艺做宣传"，"新兴阶级要革命，——同时也就要用文艺来帮助革命。这是要用文艺来做改造群众的宇宙观人生观的武器。"③ 与"文艺是煽动和宣传"的认识相应，

---

① 秋田雨雀作：《高尔基在苏联的地位》，适夷译，《现代文学》1930 年第 1 卷第 4 期。
② 丹仁：《关于"第三种文学"的倾向与理论》，《现代》1933 年第 2 卷第 3 期。
③ 易嘉：《文艺的自由和文学家的不自由》，《现代》1932 年第 1 卷第 6 期。

左翼理论家在文艺功能论上推出的第二个代表性观点就是"文艺是斗争武器"。周扬说"无产阶级文学是无产阶级斗争中的有力的武器，无产阶级作家就是用这个武器来服务于革命的目的的战士"，并强调"在政治斗争非常尖锐的阶段，每个无产阶级作家都应该是煽动家，他应该把文学当作Agit‑Prop 的武器"。①

左翼文艺意识形态论的理论根据是认识论的反映论。从认识论逻辑上说，文艺功能论者首先想到的应该是文艺的认识作用，而不是煽动宣传。但是，左翼理论家把文艺功能缩简化为单一的政治功能，并把这功能限定在"煽动宣传"、"斗争武器"两个维度，对"审美"、"娱乐"等非政治因素很少或几乎不曾论及——也许是有意对之存而不论。从周扬晚年的回忆看，这种情形应是左翼理论家在工作要求下的无奈之举。当然，也有这一方面的原因：左翼理论家在政工岗位历练已久，政治化批评已成其理论认知惯性和思维无意识。

三　理论实践的话语化

话语与语言不同，它没有中性、客观的状态，它是一种不断重构的历史生成物，在意指实践中，话语永远充满着社会内容和意识形态意义，是权力与阶级利益争斗的舞台。20 世纪 30 年代的中国左翼文论的目标既不是"真"——知识，也不是"美"——艺术，而是"善"——价值，具体说就是以阶级斗争为根基的政治价值。左翼文学理论作为政治与权力斗争的产物，人们从中可以看到人文学科理论建构的特殊性所在：文学理论不是纯粹的认识建构，而是充斥制度、政治、权力、矛盾、斗争的思想场域；在这样的权力斗争场域，"理论"和"知识"本质上也不过是"话语"。

1. 左翼文论话语化的思想背景

通过行政手段干预文学，以文学为政治宣传和斗争工具，从而使文学理论从知识功能转化为话语功能，是苏联的发明；苏联文学理论话语化完

---

①　周起应：《到底是谁不要真理，不要文艺?》，《现代》1932 年第 1 卷第 6 期。

全是权力运作与政治斗争的结果。

就知识和思想而言，苏联文艺界并不乏理论高手，普列汉诺夫、托洛茨基都是一流的文学理论家，对文学乃至整个艺术现象都有真知灼见。但是，在政治权力面前，学术真理轻如鸿毛。在非常态社会环境下，权力就是真理，真理必须为权力服务。为了维护政治领袖的绝对权威，学术真理必须做政治权力的婢女——在强大的国家机器面前也不得不做。于是，普列汉诺夫这位"俄国马克思主义之父"，其思想和地位不得不接受政治审查，被迫降格，因为他的理论同行、苏联文艺高官卢那察尔斯基坚决主张"在文艺学领域内每个地方……只能按照列宁的指示来进行"，并强烈要求"文艺学家应该紧跟列宁"，同时还提议"在列宁的有关言论的烛照下重新检查普列汉诺夫的学说"。[①] 托洛茨基因其杰出的政治、军事与外交才干，成为斯大林权力的巨大威胁；为了消除这一潜在的威胁，斯大林主政以后，托洛茨基"被成为"社会主义苏联的国家敌人，托洛茨基及其思想同路人"托派"成为苏联政治生活中"反革命"的代名词，托洛茨基的文学见解自然成为只配被批判和否定的"反动思想"，从此在苏联国内再也不具备认识和学习价值。

极权政治家总希望自己治下的民众思想成为铁板一块。斯大林当政时期，为了保证自己的绝对权威，开始大搞政治和思想清洗，欲将亿万民众的脑袋变为克隆版的斯大林脑袋。斯大林时期的苏共媒体不提供任何真实的信息，全是虚假或歪曲的谎言宣传，从而导致全民范围内的信任危机；恐怖手段使人民噤若寒蝉的同时，也使这种危机进一步加深。苏联作家维多·绥奇在写给法国作家纪德的信中，谈到斯大林时期的恐怖主义令人发指的情形："政治警察每夜都有前来搜查的可能"，"一个工人假使要发表一点意见，不管他的声音多么温和，也会立刻被开除出党、工会与工厂，且会被监禁与流放。……这时期的显著特征，为基洛夫事件以后的大批屠杀，列宁格勒居民之成群流放，几千名共产主义者被囚禁，以及集中营之充塞"。在严厉的意识形态监控之下，人民在思想上集体"被失语"："思

---

① 　［苏］卢那察尔斯基：《论文学》，人民文学出版社 1978 年版，第 333、30、13 页。

想……是一个绝无内容的枯燥教条，硬生生地放到各种思想的领域里去；而且在一切的书籍与刊物上，都是没有例外地，在一字一句重复着或简单地注释着独裁者所说过的话。历史每年都在彻底地修改着，百科全书在重编，各种丛书被重新审查，为的要到处涂去托洛茨基这一个名字，并且要把列宁同伴们的名字加以删削或污损；科学完全为一时的鼓动服务。他们昨日骂国际联盟为英、法帝国主义的卑劣工具，今天却发现国联是和平与人类进步的工具了"。① 苏联的专制与独裁遭受全世界人民的指责，一些国际左翼作家，如安德烈·纪德、罗曼·罗兰等，在访苏以后也极度失望。面对国际舆论的压力，苏联官方的解释是"生存压倒了一切"②。

苏联文艺界完全听命于斯大林政治的摆布，并把斯大林的极权与专制思维发挥到了淋漓尽致的程度，"在高等数学的领域里，没有属于俄国共产党的人们，所以应该将他们统统驱逐"，文艺领域，"和对于现代的科学，这样地说，是一模一样"。③ 1928 年，"拉普"总书记阿维尔巴赫在第一次全苏无产阶级作家代表大会上的报告中提出，要加强无产阶级文学的领导权，"从自己的队伍中清除异己分子，在组织上更迫近工厂"，并强调文学必须服从政治的安排和要求，"在实现党在文学方面的政治路线上……我们现在和将来都是党在贯彻其文学政策方面的工具"。④ 苏联文艺界还完全依据政治的标准，把作家分成五种类型：新资产阶级流派、旧的同路人、新的同路人、农民作家和无产阶级作家。这样做说白了就是以政治支配文学，进而以政治取代文学。文学除了剩下一个名义的空壳，灵魂和精神已不复存在。"拉普"提倡的"唯物辩证法的创作方法"，完全是用政治操控文学并把政治枝条强行嫁接到文艺之干的结果，这种强制性的精神"拉郎配"会生出什么样的文艺之子，结果不言而喻。

30 年代伊始，为了控制因集体化所致大饥荒在民众中产生的普遍不满

① ［法］安德烈·纪德：《从苏联归来》，辽宁教育出版社 1999 年版，第 9、10 页。
② 外文出版局《编译参考》编辑部译：《苏联持不同政见者论文选译》，外文出版局 1980 年版，第 279 页。
③ ［日］藏原惟人、外村史朗辑：《文艺政策》，水沫书店 1930 年版，第 43 页。
④ ［俄］阿维尔巴赫：《文化革命与当代文学》，《十月革命前后苏联文学流派》下编，上海译文出版社 1998 年版，第 95 页。

和怨恨情绪，斯大林集团进一步加强对思想和舆论的控制，文艺界作为舆论的敏感地带自然首当其冲。20世纪20年代，列宁所提"党性原则"只是针对苏共领导机关的政治刊物而言，理论的党派性和倾向性也只是针对党内作者所提的要求，但到了1931年，根据维护政治稳定的需要，斯大林把"党性原则"推广到苏联全部文化领域，要求苏联各项文化事业确保理论的党派性，由此引发苏联"拉普"对普列汉诺夫和卢那卡尔斯基文艺思想的批判。"拉普"根据"伟大的斯大林同志"的指示，发现普列汉诺夫与卢那卡尔斯基理论认识的党派性不够鲜明，有政治"机会主义"、"妥协主义"的倾向。其实，无论普列汉诺夫还是卢那察尔斯基，都不存在党派性不够鲜明的问题：普列汉诺夫被列宁称为俄国马克思主义之父，卢那察尔斯基则是苏共文艺宣传部门的高官，加诸他们身上的罪名从常理上很难说得通。他们所犯的共同的错误就是书生意气、不懂官场忌讳，在理论工作方面，不是根据"斯大林同志"的指示和苏共政治需要对文艺现象进行解释说明，偏要强调什么艺术的特殊性。以卢那察尔斯基而论，他懂得维护革命领袖列宁的思想权威，却不懂得维护新领袖斯大林的思想权威。在斯大林统一思想的要求下，卢那察尔斯基竟然坚持艺术的特殊性，反对在此领域搞"文艺政策"，说这样最终会把文艺送进坟墓；还说和官方政治"倾向不一致"的作品不一定"有毒"，对之开展正当的学术批评即可，"决没有禁压的必要"。① 不只如此，他还说艺术家的思维与工作方法和政治家属于不同类型，艺术家不一定懂政治，政治家也不一定懂艺术，"政治家办理他们所不知道的领域的事的时候，常常存在着弄错的危险"②。这话无疑犯了政治上的大忌：政治领导的威权应当无所不在，在任何一个精神领域，都不允许存在政治领导权威以外的权威，无论这权威是艺术的还是学术的——这就是极权主义的逻辑。在官场厮混却不能尽脱学者思维方式的普列汉诺夫、卢那察尔斯基辈，恐怕到死也不会明白自己挨整的真正原因。

　　经过文艺界的思想整肃，苏联文学界的理论只剩下了经过文艺官僚们

---

① 　[日] 藏原惟人、外村史朗辑：《文艺政策》，水沫书店1930年版，第139、140页。
② 　同上书，第137页。

阐释过的符合斯大林政治统治需要的文艺政治学及艺术社会学思想，这些思想经过文艺官僚们进一步的思想简化，最后成为一些政策性的文艺口号。文艺官僚们只懂得迎合长官意志，哪里懂得什么文艺，他们在分析文学现象时，根本不懂文艺现象的特殊性，只会机械套用哲学、经济学、政治学、社会学等方面的理论，对文艺作品及文艺现象硬性分析、强制阐释，根本不管这种分析、解释是否牛头不对马嘴。

然而，政治对文学施暴之后，苏联文艺界出现一系列的问题。为了缓解文学领域的危机，1932 年 4 月，苏共中央通过《关于改组文艺团体》的决议，成立"全苏作家同盟组织委员会"，唯政治家思想意志马首是瞻、为苏共充当 7 年文艺宣传先锋的"'拉普'，在过去虽曾巩固了无产阶级文学的地盘"，作为政治棋盘上一颗失去利用价值的棋子，被加诸"小集团的关门主义，和现代政治任务的脱离"的罪名后被强行解散，① 成为文艺领域政治斗争的替罪羊。文艺团体"改组"的结果是：以思想为生的文艺界只剩下一种思想——官方规定的政治化文艺思想。暴力和恐怖维持下的苏联文艺界拒斥任何外来理论，只有官方制定的文艺意识形态一花独放。

政治领域里的天气从来都是变幻无常，为了恢复文学的体面，也为了让文学更好地为政治服务，1932 年 10 月底，"全苏作家同盟组织委员会"第一次会议召开，会议宣布废止"拉普"倡导的"唯物辩证法的创作方法"，同时提出"社会主义的现实主义"的口号取而代之。该次会议的领导人古浪斯基称，这一创作方法得到斯大林的首肯。也正因为得到斯大林的首肯，"在苏联，如名剧作家基尔洵（Kirshon）所说，'没有一次演说不重复着社会主义的现实主义这句话。辩士们口里讲着社会主义的现实主义，批评家们笔下写着社会主义的现实主义，评论家们站在社会主义的现实主义的基础上活动着。社会主义的现实主义已经成了咒文'"②。

从学理上来说，"社会主义的现实主义"并没有多少值得肯定的东西，因为这一新的理论口号在逻辑言路上与"拉普"倡导的"唯物辩证法的创作方法"没有任何质的区别，尽管苏联官方文艺界对后者在内涵上作出了

---

① 周起应：《关于"社会主义的现实主义与革命的浪漫主义"》，《现代》1933 年第 4 卷第 1 期。
② 同上。

种种区别于前者的限定。从逻辑上说，这不过是政治意志在文艺理论领域玩的一次高级"变戏法"的文字游戏。

苏联文学理论的话语化倾向从两个途径影响了中国新文学的发展：一是通过日本文学界，二是通过中国的左翼文学界。在20世纪20—30年代，苏联文艺对邻近的日本发生巨大影响：苏联文学"左倾"，日本跟着"左倾"；苏联有了"拉普"，日本很快出现了"纳普"。而这一历史时期的"中国文坛大半是日本留学生筑成的"，日本文学受苏联文学的洗礼，而"中国的新文艺"又"深受了日本的洗礼"；苏联文学的毒害传给日本，而"日本文坛的毒害也就尽量的流到中国来了"。①"日本文坛的毒害"主要代表就是日共学者福本和夫的"左倾"的"意识斗争"、"分离结合"的机械政治文艺观，日本流传过来的机械政治文艺观导致文学理论研究中的机械、教条、僵化、极左等不良倾向。

左翼理论家在传播马克思主义文论过程中，其资料来源大多是日文，也有少量译自俄文，几乎没有人直接阅读德文、英文版马克思、恩格斯原著。马克思主义创始人有关文艺现象的论述中国文艺界几乎不了解，中国人当时能够了解到的"马克思主义文学理论"严格来说是苏联的文学理论，而且主要成分是经过苏联官方意识形态过滤后的文学理论。

跟着啥人学啥人，左翼跟着苏联跑，其理论只能向话语化方向发展。从理论话语化角度，普列汉诺夫和卢那察尔斯基在中国接受的命运才可以得到合理的解释。普列汉诺夫和卢那察尔斯基是备受鲁迅推崇的两个苏联文艺理论家，鲁迅曾亲自翻译过他们的文艺论著。然而，左翼对任何文艺思想的接受都不是以艺术为标准，而是以政治为标准的，这两人在理论表述中总是强调艺术的特殊性，与"党文学"的要求不符；所以，左翼阵营整体上对这类人的思想不予关注，甚至有意忽略。一俟苏联文艺界在政治上否定普列汉诺夫和卢那察尔斯基，左翼方面立即开始对这两个理论家的文艺思想进行批判。瞿秋白还于1932年12月专门撰写了《文艺理论家的普列哈诺夫》对普氏文艺思想进行批判，其批判所取的立场与"拉普"的

---

① 麦克昂（郭沫若）：《桌子的跳舞》，《创造月刊》1928年第1卷第11期。

立场一样，认为普列汉诺夫的思想中有资产阶级唯美主义"为艺术而艺术"的倾向。

2. 左翼文论话语化的意指实践

"左联"作为中共政治斗争的外围组织，其工作目标是政治斗争及宣传活动，其具体工作任务是由中共中央宣传部领导下的"文委"或"国际革命作家联盟"直接下达。"左联"理论家中间，除鲁迅和郑伯奇，清一色的都是中共党员。党员不仅要接受组织纪律约束，还要无条件服从组织任务及工作安排。职是之故，左翼文论家不可能像普通文论家那样以制造概念、传播知识、指点文坛、激扬文字为研究目标，也不可能从趣味或意愿出发从事批评、研究；他们必须为组织、为任务而写作，为权力斗争目标而写作。左翼文论家的政治身份注定左翼文学理论只能走向话语之途。

左翼文学理论的话语化首先表现在理论认识中的权力争夺与思想控制。政治与权力的关系难舍难分，凡有政治的地方必有权力之争。权力通过某种话语形式才能得以施行，各种话语领域因而也成为权力斗争的战场。在文艺研究领域，除了以求真为目标的学者，还有各类行管人员：他们不以知识创造为意，而以发号施令为趣；他们不在意学术有无建树，而在意能否上台显摆露脸、下台指手画脚。一句话：这类人在意的是体制所赋予的掌控文坛局势和动向的权力，内心涌动的是操纵、控制他人行动的欲望；在他们眼里，权力为体，学术为用。

在话语领域，权力之争就是话语领导权之争。"领导权"（hegemony，亦译"霸权"）也就是权力支配权，在精神领域，就是在思想秩序中的支配和控制权。谈到文化和精神领域里的"领导权"问题，20 世纪后期的中国学者都据西方文论资源，把它归功于意大利马克思主义者葛兰西。其实，苏联文艺界在 1924 年 5 月 9 日召开的"对文艺的党的政策"会议上，已经开始讨论这个概念，一些作家"总是谈到霸权"①。时不分古今，地不分中外，党派不分性质，只要有阶级，有利益，有争斗，有统治与被统治，就会有领导权（霸权）问题存在。即使是同一话语阵营，同样也存在

---

① ［日］藏原惟人、外村史朗辑：《文艺政策》，水沫书店 1930 年版，第 135 页。

话语权的争夺问题，因为"单对某一派言，它还会有争夺，为领导权，为宗派，为行帮与私人利益，为口号，甚至于为个人意气爱憎，而有各种争夺。凡稍稍知道年来中国文坛内幕的人，对于这件事就必然明白它是如何情形"①。一些文艺知识分子之所以在乎权力、争夺权力，是因为他们明白：在文学场中，权力话语总是具有发声优先权。

左翼文学阵营也照样存在权力等级，"左联"内部话语权力争夺因此不可避免。左翼内部的"国防文学"与"民族革命战争的大众文学"两个口号之争，除了内容理解上的分歧，还有一个谁先谁后、正统与非正统的问题，说白了也就是话语权问题，当时的作家大都能看到这一点。郁达夫认为两个口号内容大致相同，没有争论的必要，由于"年轻的新人不屑落在文坛前辈之后，才引起这场争论"②。茅盾直言两个口号论战的起因在于"英雄主义的作怪，惟恐'领导权'旁落"③。夏征农主编的左翼刊物《新认识》也说这一论争根子里"就是统一战线的'主体'或'领导权'的问题"④。当事人之一的胡风后来的回忆同样坚持这一论争的领导权争夺问题，他说当时左翼内部一些青年作家"文坛关系有了，政治靠山和资本靠山有了，文坛权威如果能够确立，那会取得怎样一种地位的辉煌前景完全在握"⑤。

然而，两个口号不同于普通文人所提的文学概念，它们关联着左翼组织关系及其对外形象；双方争论的结果不仅有碍内部团结，也有损左翼阵营的集体形象。郁达夫说"文坛上派别之争，影响政治感情"⑥，沈从文更是借机批评左翼阵营"一派作者之间，在争真伪，争嫡庶……不为事实而战，将为名分而战"，这是"文坛上的多反复投机者，明争暗斗的倾向"的不良表现。⑦ 左翼文艺家发现两个口号之争的不良社会影响后赶紧对此

---

① 沈从文：《文坛的"团结"与"联合"》，《国闻周报》1936 年第 13 卷第 45 期。
② 郁达夫：《今日的中国文学》，《郁达夫全集》第 11 卷，浙江大学出版社 2007 年版，第 252 页。
③ 茅盾：《再说几句》，《生活星期刊》1936 年第 1 卷第 12 号。
④ 新认识社：《文艺界的统一战线问题》，《新认识》1936 年 9 月 20 日第 2 号。
⑤ 胡风：《鲁迅先生》，《新文学史料》1993 年第 1 期。
⑥ 郁达夫：《今日的中国文学》，《郁达夫全集》第 11 卷，浙江大学出版社 2007 年版，第 252 页。
⑦ 沈从文：《文坛的"团结"与"联合"》，《国闻周报》1936 年第 13 卷第 45 期。

展开批评，郭沫若说"同一阵营内为着同一的目标，同一的意识，而提出了两个不同的口号，作为对垒的形势，这无论从对内的纪律，对外的影响上说来"① 都不好。

两个口号之争的权力意味从组织程序看很易明白。以宣传为目标的文艺口号不同于以知识建构为目标的文学定义或命题，"左联"所提的任何文艺口号都要体现中共的政治意图且须经"左联"党组审议。鲁迅虽是"左联"盟主，但在组织上毕竟是党外人士，他提口号不和周扬商量，而是和茅盾、胡风这等普通"左联"成员商议，从组织程序而言缺乏合法性。郭沫若在《蒐苗的检阅》中说得很清楚，两个口号之争的根本原因在于手续不备，假使"民族革命战争的大众文学"在提出时履行组织程序，也许不会有任何争议出现。

鲁迅这个党外的布尔什维克根本不懂得政治圈内的规则，他只是从艺术的角度考虑这场争论："如果一定要以为'国防文学'提出在先，这是正统，那么就将正统权让给要正统的人们也未始不可，因为问题不在争口号，而在实做；尽管喊口号，争正统，固然也可作为'文章'，取点稿费，靠此为生，但尽管如此，也到底不是久计。"② 此段话显得十分书生气，一向思想深刻的鲁迅，看待这个问题时却没有显出其应有的深刻：权力话语者的目标恰恰在于"争口号"而不"在实做"，而且他们"喊口号，争正统"根本不是为了"作为'文章'，取点稿费"，就是为了取得话语支配权，显示自己在文坛的地位。

不过，鲁迅以文学家特有的生活敏感，发现了权力话语者的统治与支配意识：这类人虽然具有现代文人的身份，立身行事却像封建权贵，摆出"奴隶总管"、"文坛皇帝"③、"元帅"和"工头"④ 的架子。鲁迅还发现了权力话语者假革命、真自私的一面："心术的不正当，观念的不正确"、心

---

① 郭沫若：《蒐苗的检阅》，《文学界》1936年第1卷第4号。

② 鲁迅：《答徐懋庸并关于抗日统一战线问题》，《作家》1936年第1卷第5号。

③ 鲁迅：《致欧阳山》，《鲁迅全集》第14卷，人民文学出版社2005年版，第133页。

④ 鲁迅：《致胡风》，《鲁迅全集》第13卷，人民文学出版社2005年版，第543页；在1936年5月15日致曹靖华的信中也提到"自以为在革命的大人物""手执皮鞭"的"工头"，《鲁迅全集》第14卷，第99页。

胸"比'白衣秀士'王伦还要狭小"、"理论与行动上的宗派主义和行帮现象",同时洞悉了他们内心的真实动机:"借革命以营私","争座位,斗法宝","锻炼人罪,戏弄威权",也指出了他们进行权力争斗的手段:"将败落家族的妇姑勃豀,叔嫂斗法的手段,移到文坛上","抓到一面旗帜,就自以为出人头地,摆出奴隶总管的架子,以鸣鞭为唯一的业绩","拉大旗作为虎皮,包着自己,去吓唬别人;小不如意,就倚势(!)定人罪名,而且重得可怕"、"扮着'革命'的面孔,而轻易诬陷别人为'内奸',为'反革命',为'托派',以至为'汉奸'";敢如此胡作非为无非因为他们"包办"着"左联"的"领导权"。①

左翼内部两个口号的"正统"之争鲜明体现了话语的外在控制原则,话语的外在控制原则是通过排斥规则实现的。话语排斥规则是特定社会群体、组织中的规则或潜规则,这些规则或潜规则决定了谁有权说谁无权说、什么话题可以说什么话题不能说、在什么场合可以说在什么场合不能说、说出的对象何者为真何者为假;排斥规则及其实施结果形成了不同形态的话语。实施排斥规则者往往是那些占据权力中心、能够禁止别人说话的集团或个人。比如"左联"作为一个政治组织,鲁迅虽然是名义上的盟主,却不是这个组织真正的中心人物,"左联"真正的中心人物是中共党组负责人。根据组织程序,"左联"相关口号应当由党组负责人周扬或徐懋庸召开"左联"党组会议,而后由秘书处发布。从组织程序上说,鲁迅是党外领导成员,"左联"党组扩大会议可以邀请他参加,但党组本身的会议可以把他排除在外,甚至对其保密。"左联"的几任政治负责者中,周扬和徐懋庸,的确也是如此对待鲁迅的,这种做法虽然从统战和人情的角度显得不妥,但从组织程序上确也没错。周扬、徐懋庸们一是年轻气盛,二是受党内官僚习气和关门主义的影响,在许多事情上既不和鲁迅商量,又不向鲁迅解释说明,由此造成彼此之间的隔阂、成见和许多不必要的误会。

"左联"的权力者之所以那么认真地争口号、争领导权,是因为在权

---

① 鲁迅:《答徐懋庸并关于抗日统一战线问题》,《作家》1936年第1卷第5号。

力话语系统中，话语的真理性及意义恰恰就是由权力系统中的位置而非认识上的真知灼见所决定的。在权力决定真理的时候，权力者自然要借助组织力量堂而皇之地压制、禁止和排除他人的声音。左翼文坛的权力者十分明白权力话语的内涵，他们追求的不是自己能否道出文学的真理，而是自己是否具有陈述文学真理的表达权；他们在意的不是自己说得对不对，而是自己是否有权说。部分"左联"领导者正是为了保持自己在左翼文艺阵营的话语地位，才以"革命"为护身符，对其他左翼作家大加排斥，因而导致左翼文艺阵营内的宗派主义和关门主义。"莫斯科"及当时中共最高领导人发布指示解散"左联"，理由就是"左联"有严重的"关门主义"、"对非普洛者的态度更只是谩骂，大有'非我族类，群起而诛之'之概"①。

　　话语意指实践完全受制于组织制度的约束和限制。理论认识无权力限制，话语行为却受政治组织内的制度与规则限制。苏联因政治需要解散"拉普"，同时也废除了"拉普"提倡的"唯物辩证法的创作方法"。同样，王明控制下的中共中央根据共产国际的指示，一纸书信就可以解散战斗了6 年的"左联"；从此，"左联"以往所有的理论主张和理论政策不复存在。在"左联"内部，周扬、徐懋庸们之所以敢"小不如意"就"定人罪名"，那是因为他们"倚势"，"势"就是政治组织（如"国际革命作家联盟"、"左联"）以及这些组织内部相应的制度、规则（如《保密条例》、《惩治××条例》）。

　　"左联"文学理论的话语化其次表现在其意指实践的不稳定与前后的不一致性。话语的存在方式与知识的存在方式有很大不同，知识更新是由人们的认识水平和思维方式决定的，话语则是由组织和制度内的条令决定的；知识成果一旦产生，会有相当长时间的稳定性，话语却不具备稳定性，话语陈述可以随时根据政治、权力、意识形态等的需要随时修改。左翼文坛的"左倾"关门主义完全是由国际国内的政治因素造成的，其改变也是由政治因素决定的。在中共中央高层领导张闻天、毛泽东相继批评

---

① 萧三：《给左联的信》，《文学运动史料选》第 2 册，上海教育出版社 1979 年版，第 329 页。

"左倾"关门主义，国际组织通过"左联"驻莫斯科代表萧三写信批评
"左联"的"左倾"关门主义之后，时任"左联"党组书记的周扬立刻在
理论上来了个一百八十度的大转弯，发文声称："宗派的自满对于我们是
毫无因缘的。我们要承认革命文学之外的广大的中间层文学还拥有着大多
数读者这个事实。"① 周扬由一个"左倾"的"关门主义"者一跃而为"开
门主义"者，从逻辑的角度看匪夷所思，从话语的角度看又十分正常。政
治是人生激流中的漩涡，任何人一旦涉身其中，便人在江湖，身不由己，
再想脱身，难上加难，从此只能"长恨此身非我有"。任何政治组织内的
成员都必须放弃个人意志，服从上级意志和组织安排，化个体独立人格为
组织规定的政治人格。周扬"左联"时期在观点上的出尔反尔、前后矛
盾，只有从这个角度才能理解。周扬不是普通的批评家或理论家，而是中
共文艺官员和政治宣传员；在这种特殊的政治角色规定下，周扬没有独立
人格和认识个性可言，他必须在任何时候都不折不扣地执行上级部门的意
图，党所令他必须行，党所禁他必须止。

　　左翼文学理论的话语化还表现在左翼理论家只会从话语（政治立场、
意识形态、矛盾斗争）角度思考和看待问题，在话语之外不会思想。左翼
文论的中坚人物大都是中共文宣系统话语权的执掌者，他们关心的不是文
学创作与理论认识水平的高低，而是理论口号的构制与宣传，这使左翼文
学理论成为苏联文学理论的镜像与文化意义上的"他者"。左翼文学理论
以苏联文学理论为中心和参照，根据苏联的政治意志进行理解、规定、塑
造、建构。例如，30 年代初，在苏联"拉普"提倡的"唯物辩证法的创作
方法"规训下，左翼文艺创作出现了"概念主义的倾向"，"到一九三零年
我们的有一些批评家却又更进一步号召我们的作家：尽可大胆的把'政
论'加进作品里去，本来我们的作家，在初期因为误解了'宣传'的意
义，已经有些人写了不少的'口号标语'，到后来自然更乐于把一些抽象
的议论放到作品中去了，而且在一九三零年那一'发狂'时期的空气下，
不如此，仿佛便大有右倾的嫌疑，因之有一些在初期本来得努力避免概念

---

① 　周扬：《现阶段的文学》，《光明》1936 年第 1 卷第 2 号。

化的作家，也有些动摇起来，在作品中大发议论了。这样的结果，我们有不少的作品，于是织成了'论文'，直到今天我们的新旧作家中，这样的流毒还残存着"①。

话语化的理论，其结果就是取消理论。话语场中，只有政治、权力、欲望、意识形态等的角逐和争斗，不再有艺术和真理。左翼文学理论走向话语化之途以后，根据政治话语的要求和话语的排斥原则，除了上级组织指示和苏联文学理论，一切理论对象都被左翼阵营排除在外，外国文学理论中，除了苏联的"社会主义现实主义"理论，无论是 19 世纪以前的各种理论还是 20 世纪初盛行的现代主义理论，统统成为左翼文学阵营的否定和排斥对象。故此，在 20 世纪 30 年代的左翼文学理论中，从文学知识层面能够找到的文学概念，只有社会主义现实主义理论中的"典型"、"形象"、"真实性"等几个有限的术语了。

第三节　左翼文学批评话语的叙事特征

批评之维的左翼文学话语是指左翼批评家配合中共政治斗争需要在文艺领域展开的批评活动，这种活动的目的不是对文艺创作现象及规律进行探讨，而是借文学批评进行政治宣传，对与己政见不合者进行讨伐攻击，肃清文艺领域里的异己声音，因而属于典型的话语批评。与左翼文学学术话语一样，左翼文学批评话语也是中共政治话语在文艺领域的重要一翼。左翼文学批评话语的最终价值旨趣是文艺政治学，而不是艺术学或美学，因而和普通学术意义上的文学批评有别。左翼文学批评话语的主要践行者是以周扬为代表的"左倾主义"批评家。

一　批评活动的政治化

20 世纪 20、30 年代，苏联、日本文坛的"左倾主义"思想深深影响了中国文坛。中共领导下的"革命文学"、"左翼文学"均因之沾染上了强

---

① 寒生：《文艺大众化与大众文艺》，《北斗》1932 年第 2 卷第 3、4 期合刊。

烈的"左倾"色彩，成为中国现代文学批评和研究领域"左倾"思想的历史根源。

马克思主义创始人在探讨文学问题时，强调文艺与社会之间的中介性，坚决反对把文学艺术等同于宣传工具的庸俗社会学做法。但是，受政治因素支配的苏联批评家根本无视这一要求；他们视文学为政治斗争工具，把政治斗争的思维搬到文学批评领域，动辄以"革命"的名义评判与己见不合的对象，做诛心之论，然后对之上纲上线，其批评文本呈现的多是政治意图和权力控制欲望。

苏联的政治化文学批评通过政治渠道很快传染给了中国左翼政治文艺批评家，左翼政治文艺批评家也都习惯以政治性质作为衡量文艺作品价值高低的标准，在他们的批评文章中，批评语言中的艺术符号被置换为政治符号，批评应有的艺术目标被政治目标所取代，文学层面的认识论争转化为政治层面的思想斗争。左翼文学批评语言在由艺术符号到政治符号转换的过程中，艺术消退了，批评失落了。

从 20 世纪 30 年代的社会情况来看，左翼文学批评的政治化、"左倾"化是自然而然，也可以说是不得不然的结果。"左联"一开始就把文学定位为夺取政治统治权的宣传工具，左翼批评家批评自由主义文学的"艺术至上"论时，坦陈左翼文学批评的目的就是"找着运用艺术来帮助政治斗争的正确方法"①。既然文学只是政治革命的工具，那么文学就得为政治所用；只要能达到政治斗争的目的，文艺变得不成其为文艺都行，"因为革命是最高利益，不能为艺术障碍革命。为革命牺牲一切，谁也无反对之理由"，在批评"奉侍于革命"之后，"就对于它牺牲一个'艺术'的称呼，也没有什么不可"。② 这种文学理念和思想逻辑注定左翼文学话语不能允许文学有自己的目的，文学一旦有自己的目的，追求精神独立，革命家再想把它当成工具就不再可能了。正是由于这种原因，左翼批评家把批评目标不是定位在鉴赏评析文学作品的艺术性方面，而是定位在政治分析与社会批判方面，从而使"政治视角的批评"变成了"文学批评的政治"，最终

---

① 易嘉：《文艺的自由和文学家的不自由》，《现代》1932 年第 1 卷第 6 期。
② 胡秋原：《浪费的论争》，《现代》1932 年第 2 卷第 2 期。

导致文学批评彻底政治化，成为文学领域里的政治话语。

30年代前期，左翼批评家对"文学的真实性"的讨论就是学术批评政治化的典型例证。"文学的真实性"本是一个普通的文艺理论问题，周扬在讨论这一问题时，偏偏把它视为政治问题："文学的'真实'问题，……根本上是与作家自身的阶级立场有着重大关系的问题"，"只有在对于文学作品的阶级性的具体分析中，看出它所包含的客观的真实之反映的若干要素，这才是对于文学的真实性之正确的理解"。① "真实"、"真实性"本属哲学认识论对象，硬把它们拉到政治领域中去，跟"阶级立场"、"阶级性"这类政治问题搅到一起，无疑是牵强附会之举。"文学的真实性"在本质上是一个认识论层面的文学理论问题，它跟政治扯不到一起。硬把文学对象作为政治对象探讨，其理之谬如同把鹿作为马研究分析，结果如何自是不言而喻。

政治化批评的逻辑就是权力逻辑，它不是通过摆事实来讲道理指出对方认识或观点上存在的问题，而是对学术问题上纲上线，把学术问题升格为政治问题，再从政治态度和立场的角度定性判断对方观点的意识形态属性，给被批评文本的作者进行党派政治斗争中的位置排队。以冯雪峰批评胡秋原为例，他没有从学理上指出胡氏思想的缺陷或不足，而是直接对其观点进行政治定性："胡秋原曾以'自由人'的立场，反对民族主义文学的名义，暗暗地实行了反普洛革命文学的任务，现在他是进一步的以'真正马克思主义者应当注意马克思主义的赝品'的名义，以'清算再批判'的取消派的立场，公开地向普洛文学运动进攻，他的真面目完全暴露了"、"我们要在一切人的面前暴露他的狡猾"。② 这种政治化的批判没有任何事实材料作依据，因而属于凿空之论。

周扬是左翼文艺界政治化批评的代表。周扬的批评文风完全承绪了20世纪20年代末"革命文学"时期左翼作家的批评风格，其批评文风的政治化、左倾化较之成仿吾、冯乃超、蒋光慈、李初梨、钱杏邨等人实有过之，他在批评时爱作诛心之论的习惯又为上述作家所不及。以其对苏汶的

---

① 周起应：《文学的真实性》，《现代》1933年第3卷第1期。
② 洛扬：《"阿狗文艺"论者的丑脸谱》，《文艺新闻》1932年6月6日第1版。

批评为例，周扬分析说："苏汶先生说'左翼文坛有一点不爽快，不肯干脆说一声文学现在是不需要'，他的意思是很明白的，就是说，你们'左翼文坛'如果'干脆说一声文学现在是不需要'，那末，我就不怕你们再用文学这个武器去帮助革命了。革命没有武器，这对于资产阶级的确是最'爽快'没有的事了！苏汶先生的目的就是要使文学脱离无产阶级而自由，换句话说，就是要在意识形态上解除无产阶级的武装。"① 在理论论争中，论敌的意图——"他的意思"——只能根据其表述本身，而不是断章取义基础上的联想式推断，联想式推断无论如何都给人以深文周纳之嫌。好在当时的周扬没有政治权柄在握，这种诛心之论并不能给被批评者造成生存上的威胁与伤害。但在半个世纪后，这种以意图伦理为根基的政治化批评曾给成千上万的文人学者带来牢狱或血光之灾，致其妻离子散、家破人亡；就连周扬本人也饱受"请君入瓮"之害。② 茅盾作为30年代文坛的见证人谈到这种情形时说道："30年代的评论，纯属学术观点上的百家争鸣，谁都不把它放在心上；而六十年代的批判，却成了决定一个艺术家的政治生命和艺术生命的帽子和棍子。"③

周扬对苏汶的推断是否属于深文周纳的联想，摘引苏汶的原话一看便知：

文学不再是文学了，变为连环图画之类；而作者也不再是作者了，变为煽动家之类。死抱住文学不放的作者们是终于只能放手了。然而你说他们舍得放手吗？他们还在恋恋不舍地要艺术的价值。

我这样说，并不是怪左翼文坛不该这样霸占文学。他们这样办是对的，为革命，为阶级。不过他们有一点不爽快，不肯干脆说一声文

---

① 周起应：《到底是谁不要真理，不要文艺？》，《现代》1932年第1卷第6期。

② 具有反讽意味的是，"文革"期间姚文元正是以周扬之道，还治周扬之身，他在批判周扬时，使用30年代周扬惯用的批评语式："他借一九六二年五月是《在延安文艺座谈会上的讲话》发表二十周年的机会，又玩弄了一个打着红旗反红旗的大阴谋。他把手下的资产阶级'权威'，集中到北京，以'写文章''总结经验'为名，发动了一个反毛泽东文艺路线的高潮。这伙人在周扬、林默涵的领导下，过着贵族老爷的生活，一天到晚密谋着如何打击左派，如何反党反社会主义反毛主席，干了许多见不得人的肮脏勾当。"（姚文元：《评反革命两面派周扬》，《红旗》1967年第1期。）

③ 茅盾：《我走过的道路》中册，人民文学出版社1984年版，第145页。

学现在是不需要，至少暂时不需要，他们有时候也会捐出艺术的价值来给所谓作者们尝一点甜头，可以让他安心地来陪嫁。其实，这样一来，却反把作者弄得手足无措了。为文学呢，为革命？还是两者都为？还是有时候为文学，有时候为革命？①

从"第三种人"苏汶的原论证来看，他无非讥讽"左翼文坛"过于强调宣传价值，让文学作者们在文学与宣传之间进退失据，但无论如何也没有"怕"无产阶级"用文学这个武器去帮助革命"的"意思"。至于"苏汶先生的目的就是要使文学脱离无产阶级而自由，换句话说，就是要在意识形态上解除无产阶级的武装"，更是无中生有、人为给苏汶扣上的政治帽子，因为苏汶这样的学者虽然不革命，但也不是反革命，其用心还没有如此险恶。

鲁迅认为在论辩中采用这种伎俩的人心术不正、方式愚蠢："据我的经验，那种表面上扮着'革命'的面孔，而轻易诬陷别人为'内奸'，为'反革命'，为'托派'，以至为'汉奸'者，大半不是正路人。"② 冯雪峰也认为这种方式十分不妥，他建议周扬立即改变乱扣政治帽子的恶习："理论论争，应以理论制胜，不应以大帽子压人。……这一点，对于周扬特别重要。"③

把普通问题转换并定性为政治问题，甚至往对方身上泼政治脏水，希图借政治这只"肮脏的手"剪除对方，本是政治家加害对手、铲除异己惯用的手段。在翻云覆雨的政坛，这种情形不足为奇。但在学术批评中，如此做派有别有用心、借刀杀人之嫌，是学风和文风恶劣的体现。胡秋原对此感慨地说："不在理论上反驳！而一口咬定他人是什么'党'什么'派'，就是'攻击左翼文坛'，就是'反动'，这样的文过主义，泼妇主义，真是怕人！"胡氏进而指出，通过戴政治帽子，"无须什么辩论了，怪省事的。呜呼，自由人当诛，左翼理论家圣明，尚何言哉！然而我要说，这样懒惰的办法与可怜的暴论，是难于使一个有理性的人心服的"④。

---

① 苏汶：《关于文新与胡秋原的文艺论辩》，《现代》1932 年第 1 卷第 3 期。
② 鲁迅：《答徐懋庸并关于抗日统一战线问题》，《作家》1936 年第 1 卷第 5 号。
③ 吕克玉：《对于文学运动几个问题的意见》，《作家》1936 年第 1 卷第 6 号。
④ 胡秋原：《浪费的论争》，《现代》1932 年第 2 卷第 2 期。

　　中国左翼批评家的这种做法不仅受中国古代文字狱传统的影响，更是受当时苏联文学界恶劣批评文风的影响。在20世纪20—30年代期间，苏联文艺界进行政治斗争时，权力方解决论敌的方式就是给他扣上一顶"托派"的帽子。左翼理论家批评胡秋原时，也运用过这种手段："胡秋原……嘴里不但喊着'我是自由人'，'我不是统治阶级的走狗'，并且还喊着'马克思主义'，甚至还喊着'列宁主义'……这真正暴露了一切托洛斯基派和社会民主主义派的真面目！"① 对于这种政治指责，被批评者很不以为然，局外的读者也会感到莫明其妙，因为当时的中国"根本没有这种组织"②。

二　批评认识的独断化

　　在左翼文学批评话语中，批评认识的独断化为其重要话语特征之一。批评认识的独断化是哲学独断论思维在批评领域运用的产物。独断论（dogmatism）是主观化、先验化、绝对化的哲学认识论，独断论的"独断"之处在于：论者可以在没有任何事实验证与逻辑分析的情况下，就主观断言某种观点的真实性、正确性，而且论断一旦作出，只许人信仰，不许人怀疑，更不许人批判、反驳。独断论者在绝对主义思维的支配下，常常以真理的代言人和真理的化身自居，从来不会觉得自己的观点可能存在错误。从后现代主义的立场看，独断论是本质主义和真理一元论在绝对主义思维框架下的本体陈述，这种本体陈述因缺乏经验事实的验证与逻辑必然性的证明沦为专制与独裁的思想话语。

　　左翼文学批评独断化的首要表现是逻辑推论主观化。逻辑推论主观化是指批评家在评价对方思想或观点时，不是以事实或材料为依据，而是以悬想或猜测为依据，对批评对象作主观推断。在与"自由人"胡秋原进行论争时，瞿秋白说道：文艺作品"高下又用什么标准去定呢？用贵族阶级的标准，用资产阶级的标准，还是用无产阶级的标准？对于这一点，他是没有说明的。大概是用所谓'自由人'的立场做标准了。因为这个缘故，

---

① 洛扬：《"阿狗文艺"论者的丑脸谱》，《文艺新闻》1932年6月6日第1版。
② 胡秋原：《亚细亚生产方式与专制主义》，《读书杂志》1932年第2卷第7、8期合刊。

所以胡秋原的理论是一种虚伪的客观主义"①。以"大概是用所谓'自由人'的立场做标准"的悬想推论出"胡秋原的理论是一种虚伪的客观主义",在逻辑上无论如何都难以让人折服。周扬的主观性更甚："自由主义的创作理论的本质是甚么呢？就是不主张'某一种文学把持文坛'，干脆一句话，就是要文学脱离无产阶级而自由。"② 稍有逻辑常识的人都能看得出来，在"不主张'某一种文学把持文坛'"与"要文学脱离无产阶级而自由"之间逻辑关联会有多远。批评者如此推断，被批评者自然不会心服。胡秋原认为周扬的批评牵强附会，是一种"檄文"式的"深文周纳"，其"革命的态度与革命的武断着实令人可惊"，并对此抗议说："争论是常事，不能以为人家偶尔说了一句于自己或某一人不利的话，就疑心有什么'阴谋'。"③

左翼文学批评独断化的第二个表现，就是以集体意志压制个体意志，以群体名义压制个体，以宏大叙事压制个体叙事。其具体表现是：

> 借革命来压服人，处处摆出一副"朕即革命"的架子来……你批评了他的一句话，他们不认为你是在只有在这一句话上和他们不同意，他们要说你是侮辱了革命，因为他们是代表革命的。于是，一切和他们不同意的话都可以还原到"反动"这个大罪名上去，使你无开口的余地。他们从来不和他们之外的人取过一次讨论的形式；他们不开口便罢，一开口便"狗"啦"羊"啦地一大批。这不仅是蛮横，实在是一种手段。实际上，整个的革命都可能有错误。难道文艺的指导理论家们的话就一定百分之一百地"正确"，而旁人的话就一定百分之百地"不正确"吗？④

独断批评家在批判他人观点时，总是把自己摆在先验正义的位置上，

---

① 易嘉：《文艺的自由和文学家的不自由》，《现代》1932 年第 1 卷第 6 期。
② 周起应：《到底是谁不要真理，不要文艺？》，《现代》1932 年第 1 卷第 6 期。
③ 胡秋原：《浪费的论争》，《现代》1932 年第 2 卷第 2 期。
④ 苏汶：《"第三种人"的出路》，《现代》1932 年第 1 卷第 6 期。

视自己为民众的代言人、历史意志和社会真理的化身，甚至是价值评判的尺度本身。基于这种先验政治正义的逻辑预设，独断批评家自信自己所持的信念是世界存在的合理依据，与自己观念不一致的就是敌人，因此在批评之时怎么刻薄、怎么恶毒就怎么说，仿佛不如此不足以显示自己的革命性。但这种理论作风不能让人心服，左翼阵营内部都觉得有问题，茅盾批评这种人物"自信只有自己是百分之百的正确，而别人都是百分之百的错误"①。自由主义者胡秋原在与周扬进行思想交锋时，理直气壮地反驳说："不要用革命去吓似乎意见不同的作家"，"不能够以为一戴上革命之冠"或"一挂革命招牌，就怎么样乱说都是天经地义了"，"在文化之领域，这是行不通的"。②

　　左翼文学批评认识的独断化还表现在"政治优位化"。"政治优位化"源于周扬"阶级性，党派性""对于文学的政治的优位"③ 的认识。所谓"政治优位"是指主体在判断文艺现象时，政治标准第一、艺术标准第二。在"政治优位"观念的支配下，左翼批评家无条件断言政治文艺的真理性："愈是贯彻着无产阶级的阶级性，党派性的文学，就愈是有客观的真实性的文学。……无产阶级的主观是和历史的客观行程相一致的。这虽是一些由我们说得烂熟了的话，然而这是真理！"④ 很明显，由于缺乏合乎情理的逻辑分析，这种口号式的叙事话语虽然貌似雄壮，实则苍白无力。

　　政治优位论者习惯从对方的政治立场、政治态度、政治动机出发，评判他人观点的对错。立场、态度、动机和自己一致的，错了也是对；立场、态度、动机和自己不一致的，对了也是错。周扬在对极左文人钱杏邨和自由主义者胡秋原进行评价时，采用的就是这种极为主观的独断式思维：

　　　　钱杏邨比起胡秋原先生来，却始终有一个优点：就是他总还是一个竭力要想替新兴阶级服务的小资产阶级知识分子，他的东拉西扯之

———————————

① 茅盾：《再说几句》，《生活星期刊》1936年第1卷第12号。
② 胡秋原：《浪费的论争》，《现代》1932年第2卷第2期。
③ 绮影：《自由人文学理论检讨》，《文学月报》1932年第1卷第5、6期合刊。
④ 周起应：《文学的真实性》，《现代》1933年第3卷第1期。

中，至少还有一些寻找阶级的真理的态度。而胡秋原呢？他却申明永远只相信"高尚情思"的文艺，而"文艺的最高目的就在消灭人类间一切阶级的隔阂。"他已经肯定的认为艺术不应当做政治的"留声机"。钱杏邨虽然没有找着运用艺术来帮助政治斗争的正确方法，可是，他还在寻找，他还有寻找的意志。而胡秋原是立定主意反对一切"利用"艺术的政治手段。①

这种唯立场论、唯态度论、唯动机论的思维方式，是典型的唯心主义思维逻辑，不要说从辩证唯物论的角度不能成立，就是从普通逻辑学的角度也难说得通。

从文化角度而言，仅有政治优位，思想还不够牢靠。政治优位必须辅之以道德优位，因为政治合法性若无道德合理性为根基，便无法取得公众的支持，这也是中国古代政治哲学家一再强调"道统"先于"政统"的学理原因。左翼政治批评家承继了中国古代政治哲学衣钵，又接受苏联极左思想的洗礼，把哲学先验主义、绝对主义、教条主义与中国本土的集体伦理结合起来，创造出"政治—伦理批评"的话语新类型。政治—伦理批评话语的建构策略是：通过扩大主体指称，打造先验话语主体——作为政治文艺宏大叙事主词的逻辑通名"我们"。

在左翼文艺的政治化批评话语中，作为集群主体符号的"我们"泛指持有无产阶级思想和立场的群体，它具有政治、社会、道德三重所指，既有"进步阶级"、"真理化身"等政治意素，也有"组织"、"团体"等社会意素，还有"我是人民，我是群众"② 等宏大主体意素，其所指并不确定，而是据论者的叙事需要，随时划分相应的主体范围。由于"我们"的内涵可伸可缩、游移不定，既可指代任一集体甚至全体，又可在事实上一无所指，所以在进行批评时，"我们"成为一个攻防兼备的思想斗争利器。批评对了，当然是"我"的功劳，因为批评文本是我个人智慧物化的结果；批评错了，我不用为此承担任何责任，因为我的批评是代表"组织的意

---

① 易嘉：《文艺的自由和文学家的不自由》，《现代》1932 年第 1 卷第 6 期。

② Gurl Sandburg：《我是人民，我是群众》，纯生译，《中国青年》1926 年第 122 期。

见"、"大家的想法",错误当然不能由我一个人扛着,而应当由"我们"集体承担。至于"我们"到底指代哪些具体的人,那是"组织"上的事而不是"我"的事了。

叙事主体"我们"体现的是集体伦理的精神软暴力,因为它常以集体的名义把话语主体的意志强加于他人。由于逻辑上"我"等于"我们",所以"我"在批评"你"时,无论对错都会理直气壮、底气十足;因为"我"代表的是"组织"和"人民",所以"我"在批评"你"时,"你"要与"我"不一致,就是与"我们"不一致,也就是与"组织"和"人民"不一致;而"你"与"我们"不一致,说轻了是"自外于人民",说重了是"人民公敌"。逻辑通名"我们"的符号修辞威力如此之大,权力话语主体又怎能不热衷使用这一具有先验道德优越感的宏大主体符号?

"我们"身份的模糊性,在周扬的批评文本中能找到很多可用作个案分析的实例。在 30 年代左翼批评家的文章中,周扬对"我们"的使用率非常高;瞿秋白、冯雪峰在文章中也有使用"我们"的时候,但很少见。因此,以周扬的文章为例证非常具有代表性。在刊发于 1933 年第 4 卷第 1 期《现代》杂志的《关于"社会主义的现实主义与革命的浪漫主义"》一文中,周扬有 11 次用到"我们",但其语义各有不同。这些语义各不相同的"我们",其意义类型可以划分为四组。为醒目起见,凡句中"我们"两字均以黑体显示。

组一:

1. 给那些嘲笑**我们**"今日唱新写实主义,明日又否定……"的自由主义的人们一个再嘲笑的机会……

这里的"我们"是专指,指称对象是左翼理论家。

组二:

2. 假如**我们**不从全体去看这个苏联文学的新的发展……

3. **我们**从恩格斯的文学的述作中就可以看出这位科学的社会主义

的创始者对于文学的技巧是给予了怎样的注意。

4. 但**我们**如果注意到古浪斯基和吉尔波丁在最初提出"革命的浪漫主义"这个口号来的时候……

这三个句子中的"我们"纯属赘词，因为它没有具体的指称对象，无论从何种角度都无法看出"我们"具体指的是谁。

组三：

5. **我们**知道，第一次把社会主义的现实主义的理论有系统地提出来，是在全苏联作家同盟组织委员会的第一次大会上。

6. 首先，**我们**在这里强调这个新的提倡的现实的根据之必要。

7. 只有这样，**我们**方才能够明了这个问题的全貌吧。

该组第 6、7 两句话在原文中前后相连，这里为了分析方便才把它们分行排列，但前后两个"我们"所指是不一样的。第 6 句中的"我们"和第 5 句中的"我们"所指一致，其指称对象不是某个群体"我们"，而是个体之"我"，也就是论文的作者本人；因为该篇文章是中国第一篇介绍"社会主义现实主义"的文章，在此之前，中国学界最早能够了解到的理论信息，也就是 1933 年 8 月 31 日《国际每日文选》第 31 号刊登的日本学者上田进所作《苏联文学底近况》中提到的"社会主义的写实主义"概念的报道。"社会主义现实主义"提倡的"必要"或"不必要"，只有介绍者自己清楚；其他人，不要说普通读者，就是左翼一般理论家也未必清楚"社会主义的现实主义"提出的理论背景，更谈不上这一理论有无"强调"的"必要"。所以，这个"我们"谁也代表不了，只能代表论者周扬自己。第 7 句中的"我们"才具有群体意味，但就是这样的一个"我们"，也不是一个普适性的概念，而是指作者自行"代表"的所有阅读并接受这篇文章观点的读者。

组四：

8. 但在这里，**我们**必须注意：这决不说文学理论上的辩证法的唯物论可以抛弃……

9. 但是，在这里，**我们**也不能把"社会主义的现实主义和革命的浪漫主义"看成两个并立的东西……

10. 从上面所说的看来，**我们**对于"唯物辩证法的创作方法"这个口号的不正确，大概可以明了了吧。

11. **我们**应该从这里学习许多新的东西。

该组四个句子中的"我们"均为论者逻辑上暗中假定的集体对象。句8中的"我们"是论者假定的在思想和信念上与其一致的人群，即左翼阵营内的"革命同志"；句9中的"我们"没有所指，只是论者假定的"大我"，即他所认为或设想的不"把'社会主义的现实主义和革命的浪漫主义'看成两个并立的东西"的潜在性的隐含读者；句10、11中的"我们"是作者虚拟的阅读这篇论文、思路随着作者一起转的读者，以句10而论，如果一个人不阅读这篇文章，"对于'唯物辩证法的创作方法'这个口号的不正确"，就无所谓"明了"或"不明了"。

但在洋洋洒洒地作了长篇大论之后，周扬在文章最后一段突然改变了人称："我算是把吉尔波丁所提倡的'社会主义的现实主义'的理论，作了一个简单的介绍了。"说到底，"我"才是这篇论文的真正话语主体，不同角度和层面的"我们"不过是叙事主体（我）的不同化身。让个体主体"我"变身为集体主体"我们"，目的是为了借群体的形象和力量增加理论威势。

三　批评思维的偏执化

面对批评对象，左翼文学批评话语表现出相当偏执的一面，这种偏执在思维层面的表现就是思考问题两极化、对立化、绝对化，不允许中间状态存在，不允许普通作家在政治上持中立立场。思维偏执者在认知和行为上易走极端，其认知上坚执于"要么全对，要么全错"，其实质上倾向于"要么全有，要么全无"。思维偏执是一元论思维的必然结果，而一元论的思维和认识必将导致思想独裁与精神专制。

批评思维的偏执在左翼权力文艺话语中非常普遍，其首要表现就是思维两极化、对立化。这种思维让左翼批评家患上了思想僵化的教条主义毛病，他们认为带有"无产"、"革命"字眼的作品才是革命的，否则就是反革命，至少是不革命的。公式化的文艺作品，如果读者不爱看，"革命文学批评家就奋然作色，以为'不爱看'者都是反革命"①。在批判自由主义者的文艺观念时，左翼批评家采用的几乎都是这种思维方式。瞿秋白批评胡秋原的"勿侵略文艺"论时说："当无产阶级公开地要求文艺的斗争工具的时候，谁要出来大叫'勿侵略文艺'，谁就无意之中做了伪善的资产阶级的艺术至上派的'留声机'。"② 这种两极化与对立化的思维让左翼批评家患上了思想领域里的政治过敏症，任何人，只要他不用左的思维方式去思考和看待问题，就会被左翼批评家视为敌人。"自由人"胡秋原"虽然很勇敢地痛骂反动的文艺派别"，却因为没像左翼批评家那样"去暴露这些反动阶级的文艺怎么样企图捣乱群众的队伍，怎么样散布着蒙蔽群众的烟幕弹"，就被左翼指为"鼓励着反动阶级的杀伐精神，把剥削和压迫制度神圣化起来"③。"第三种人"苏汶因为反对政治家以文艺做宣传工具，便被左翼批评家斥为"在客观上，就帮助了地主资产阶级……含着很大的反无产阶级的，反革命的性质"④。

要求一般文人在政治立场和倾向上无条件地站到无产阶级一方，像共产党员那样思考和写作，显然强人所难、违反人之常情。1927 年国共分裂后，凡与共产党沾上边的文艺家随时面临被杀戮的危险。国民党大肆捕杀共产党人，中共内部脱党、退党之事时有发生，连中共中央总书记向忠发、中央特科科长顾顺章被捕后都做了叛徒，遑论普通文人学者！在严酷的白色恐怖中，文艺家能够坚持艺术信仰，保持学术中立已属难得，要求他们都像左翼作家那样，冒着被捕被杀的危险，宣扬共产主义文艺思想，很不切合实际，"因为我们不想杀身以成仁"⑤。就连鲁迅也坦陈："人们谁

---

① 茅盾：《〈地泉〉读后感》，《阳翰笙选集》第 4 卷，四川文艺出版社 1989 年版，第 87 页。
② 易嘉：《文艺的自由和文学家的不自由》，《现代》1932 年第 1 卷第 6 期。
③ 同上。
④ 丹仁（冯雪峰）：《关于"第三种文学"的倾向与理论》，《现代》1933 年第 2 卷第 3 期。
⑤ 林语堂：《编辑后记》，《论语》1932 年第 6 期。

高兴做'文字狱'中的主角呢"①？如果左翼以外的作家真的像左翼批评家说的那样，大胆"暴露这些反动阶级的文艺怎么样企图捣乱群众的队伍，怎么样散布着蒙蔽群众的烟幕弹，怎么样鼓励着反动阶级的杀伐精神，把剥削和压迫制度神圣化起来"，别说做"自由人"，就是想做"第三种人"也不可能了。所幸当时国府的文艺检查官员没有按这种思维方式对待自由主义文人，如果他们也按这种思维方式去分析，认为自由主义者"客观上帮助了中共与无产阶级，包含着反政府的性质"，那还不把他们都投到大牢里去？

　　社会是一个多元的存在，分工不同，社会角色自然有左有右，不左不右的人更是大量存在，不可能要求所有人都具有同等的精神境界与思想追求，"这时代需要革命人物，然而这并非是说一切事情都该放下，人人都去革命"②。企盼神州尽舜尧，作为诗人的道德理想主义诉求自然无可非议，一旦要所有人都按一种模式去生活，按一种方式去思考，按一种倾向去写作，只能变成思想上的一花独放，形成艺术领域里的思想独裁与精神专制。就此而言，左翼批评阵营对"自由人"、"第三种人"、"论语派"、"与抗战无关"论等方面的文字围攻，实有思想"肃反"扩大化之嫌。

　　左翼文学批评在思维上偏执性的另一表现就是"顺我者友，逆我者敌"，左翼批评家对待保守主义者梁实秋的态度便是例证。20 世纪 20 年代后期，梁实秋因反对文艺工具论和文艺宣传观，遭受左翼作家的激烈批判，鲁迅曾骂之为"丧家的资本家的乏走狗"。十年后，梁实秋改奉文艺工具论，在与朱光潜进行"文学的美"的论辩中，反对朱光潜的超功利主义文艺观，因而赢得左翼阵营的好感，左翼批评家立即捐弃前嫌，与这位"丧家的资本家的乏走狗"握手言欢："在主张文学的现实性和功利性一点，我们和梁实秋先生的意见大致是相同的，我以为这是一种健全的文学主张。"③梁实秋既然在价值观上和"我们"（左翼阵营）走向一致，左翼批评家自然视之为革命文学的"同路人"了，以往的"乏走狗"也被左翼

---

① 何家干（鲁迅）：《从讽刺到幽默》，《申报》副刊"自由谈"1933 年 3 月 7 日。
② 梁实秋：《小品文》，天津《益世报》"文学周刊"1933 年 12 月 21 日。
③ 周扬：《我们需要新的美学》，《认识月刊》1937 年 6 月 15 日创刊号。

批评家友好地改称为"梁先生"了；因为"梁先生在他的文章里所表现的文学的见解接近了现实主义"，左翼批评家也随之转变态度，开始"完全同意梁实秋所说的'文学应当鼓励读者思想，激励读者感动，引人类向上，有意无意地使人类向幸福迈去'的话"①。坚持文艺自律的沈从文所受的精神待遇则是完全相反的光景。沈氏要求作家与文艺宣传保持距离，"向历史和科学中追究分析这个民族的过去与当前种种因果……对于中华民族的优劣，作更深刻的探讨，更亲切的体认，便于另一时用文字来说明它，保存它"②，这种论调明显与工具论文艺观格格不入，让左翼批评家极为反感。此文刊出不久，左翼批评家即撰文指责"沈从文……着重于'专门研究'"，"向作家提出'特殊'的要求，也无非是要造成一批误国的文人"，"他结论所含的毒素，却比白璧德的徒子徒孙梁实秋直白的要求，更多，更毒，也更阴险了"③！

左翼文学批评"非我即敌"的偏执思维在当时就遭到人们的质疑。胡秋原称这种思维是"一定要我站在普罗文学的观点来立论。就是说，反对民某文学必须拥护普罗文学"④。苏汶质问说："是否一切非无产阶级的文学即是拥护资产阶级的文学？"，"在左翼文坛看来，中立却并不存在，他们差不多是把所有非无产阶级文学都认为是拥护资产阶级的文学了。这是论理学上的拒中律的奇怪的应用。他们的推法是这样的：不很革命就是不革命，而不革命就是反革命，因此，除了很革命之外便一切皆反革命。他们看来，作家的路只有两条，一条是做煽动家，那就是很革命的路；另一条呢，只有反动"。⑤

左翼文学批评在思维上的偏执与极端，是极左思想在文艺领域的典型表现，这种极左思想有历史与政治两个方面的根源。

从历史根源来说，非友即敌的偏执思维是"非我族类，其心必异"的政治思想的遗传，这种思想传统源远流长，以致在政治领域人们习惯"党

---

① 周扬：《我们需要新的美学》，《认识月刊》1937 年 6 月 15 日创刊号。

② 沈从文：《一般或特殊》，《今日评论》1939 年第 1 卷第 4 期。

③ 巴人：《展开文艺领域中反个人主义的斗争》，《文艺阵地》1939 年第 3 卷第 1 期。

④ 胡秋原：《浪费的论争》，《现代》1932 年第 2 卷第 2 期。

⑤ 苏汶：《"第三种人"的出路》，《现代》1932 年第 1 卷第 6 期。

同伐异"。从政治根源来说，这种偏执性思维是当时国际国内"左倾"文艺思想影响的结果。夏衍回忆说："本世纪 20 年代末到 30 年代初，不仅在中国，而且在苏联、欧洲、日本都处于极左思潮泛滥之中，苏联文艺界有个'拉普'，日本文艺界有个'纳普'，后期创造社同人和我们这些人刚从日本回来，或多或少地都受到过一些左倾机会主义的福本主义的影响……小资产阶级革命急性病，也反映到党内，使党内的'左'倾情绪也很快地发展起来了"①，"在立三路线统治时期，我也以'左'为荣，以'左'为正确"②。在苏联极左思维的影响下，左翼批评家在批评中不是从文艺现象的实际出发，而是从现实政治的需要出发，不是从马克思主义理论的基本观点出发，而是从政治家意旨影响下的路线和立场出发，以为越"左"越革命，可谓把马克思主义之"经"给念歪了。

　　政治根源有三种因素，而且这三种因素比文化因素更为根本。一是 20 世纪 30 年代中国极为恶劣的社会政治生态。当时的国共两党政治斗争你死我活，没有中间的选择，这种残酷的政治斗争必然会对共产党考虑问题的思维方式有影响。这种影响波及文艺领域，导致左翼批评家在话语层面过分的政治敏感，任何与共产主义文艺话语不一致的声音都会被怀疑为国民党文艺特务所为，或是在政治上与国民党合谋，至少被考虑为是在帮国民党的忙。二是中共党内最高领导者对文艺的看法。政治文艺话语无疑受政治的引导和支配，而政治路线和方向无疑受政党内部最高领导者思想的左右。根据当时中共最高领导人之一的张闻天的说法，左翼文坛的极左思想与中共党内最高领导者的形而上学思维有关："我们的几个领导同志，认为文学只能是资产阶级的或是无产阶级的，一切不是无产阶级的文学，一定是资产阶级的文学，其中不能有中间，即所谓第三种文学。"③ 无疑，这一因素才是"左倾"关门主义思想的最为根本的原因，因为党的最高领导者的看法会通过会议决议或红头文件的形式传达给党的各级机关，作为政治指示让党的各级部门奉命执行。三是国际文艺组织的影响。"左联"成

---

① 夏衍：《懒寻旧梦录》（增补本），生活・读书・新知三联书店 2005 年版，第 92 页。
② 同上书，第 95 页。
③ 哥特：《文艺战线上的关门主义》，《斗争》1932 年第 30 期。

立后，对自身阵营内的"左倾"思想有所意识，并在执委会决议中提出"必须和过去主观论左倾小儿病及观念论机会主义的理论及批评斗争"①；但在事实上很难做到这一点，因为"左联"在文艺组织上接受"国际革命作家联盟"的指导，而"国际革命作家联盟"是受苏联政治控制的文艺组织，苏联文艺界的极左思维必然会通过这一组织传导给中国左翼文艺家。

不管出于何种原因，左翼极左批评不但降低了左翼文艺阵营的形象，而且导致左翼理论阵线的思想关门主义，这在思想斗争中无疑会给共产党的思想统战造成伤害。"第三种人"苏汶当时就看到了这一点，并从逻辑上分析了极左思维的不良政治后果："左翼拒绝中立……我觉得是认友为敌，是在文艺的战线上使无产阶级成为孤立。"② 中共高层对此情况有所觉察，中共中央政治局常委张闻天对这场文艺论战很快从政治的角度给予了理论回应，他撰文批评了左翼文艺阵营存在的"非常严重的'左'的关门主义"，认为"这种关门主义不克服，我们决没有法子使左翼文艺运动变为广大的群众运动"，他列举了"这种关门主义"的两种表现："第一，表现在对'第三种人'与'第三种文学'的否认"，"第二，表现在……凡不愿做无产阶级煽动家的文学家，就只能去做资产阶级的走狗"，他认为这两种认识"是非常错误的极左的观点"，因为"革命的小资产阶级的文学家，不是我们的敌人，而是我们的同盟者"，"排斥这种文学，骂倒这些文学家，说他们是资产阶级的走狗，这实际上就是抛弃文艺界的革命的统一战线，使幼稚到万分的无产阶级文学处于孤立，削弱了同真正拥护地主资产阶级的反动文学做坚决斗争的力量"，"要使中国目前的左翼文艺运动变为广大的群众运动，坚决的打击这种'左'倾空谈与关门主义，是绝对必要的"。③ 在这篇文章中，张闻天指出了左翼极左批评的局限与错误所在——大大束缚了作家的创作自由且大大缩小了文学的范围，也指出了文艺统战的复杂性：作家群体在阶级本质上属于小资产阶级知识分子，他们在精神和心理上非常敏感，要和他们搞联合不仅需要策略，更需要细致、耐心，

---

① 《中国无产阶级革命文学的新任务》，《文学导报》1931 年第 1 卷第 8 期。
② 苏汶：《"第三种人"的出路》，《现代》1932 年第 1 卷第 6 期。
③ 哥特：《文艺战线上的关门主义》，《斗争》1932 年第 30 期。

甚至必要的礼貌和谦恭；要尊重作家的艺术选择，给他们以创作上的自由，不能要求普通作家像中共党员作家那样去写作，更不能强迫他们做事情。要通过耐心地解释和说服争取他们，而不是排斥和谩骂。

政治对文艺的影响立竿见影，张闻天这篇文章刊发不久，冯雪峰等人立即写文章向"自由人"和"第三种人"伸出了思想上的橄榄枝。但是，思想、认识转变是极为复杂和困难的事情，左翼批评家虽然迫于政治要求向自由主义者示好，其抵触情绪仍然难以彻底改变，其认错程度也极其有限。冯雪峰撰写《关于"第三种文学"的倾向与理论》，通篇仍是指责性文字居多，除了结尾段落中一句极其含糊的说辞，谓"'左翼文坛'的左倾宗派主义的错误的纠正，是这次论争所能得到，应当得到的有实际的意义的结论吧"①，全文没有一句提到左翼文坛犯过"错误"，并且该句前面一句"他们不需要和普罗革命文学对立起来，而应当和普罗革命文学联合起来的"，也明显是责任外推，把双方对立的原因归咎于自由主义批评家，这种认错态度显得极为勉强，其真诚性也大打折扣。

30 年代前期，中共中央一直受苏联政治操控，长期奉行极左路线，左翼文坛极左思维积习难除。1935 年 12 月 27 日，毛泽东在陕北中共会议上作《论反对日本帝国主义的策略》报告。报告从政治统战角度批判了中共阵营中的"关门主义"，指出"关门主义'为渊驱鱼，为丛驱雀'，把'千千万万'和'浩浩荡荡'都赶到敌人那一边去，只博得敌人的喝彩"，是革命者"幼稚病"的表现，并严厉指责"关门主义在实际上是日本帝国主义和汉奸卖国贼的忠顺的奴仆"。② 作为中共中央重要的政治文献，毛泽东报告对左翼文艺阵营的影响力度可想而知。1936 年，左翼文艺界开始对极左批评进行政治检讨和理论清算。何家槐的文章在此方面颇具代表性，何文批评左翼文坛中的教条主义、宗派主义等不良倾向，认为以谩骂和扣帽子的方式进行文艺批评十分不妥，要求左翼作家考虑和服从抗日统一大局，对作家们"不问观点和立场，趣味和嗜好跟我们如何不同，只要他还

① 丹仁：《关于"第三种文学"的倾向与理论》，《现代》1933 年第 2 卷第 3 期。
② 毛泽东：《论反对日本帝国主义的策略》，《毛泽东选集》第 1 卷，人民出版社 1991 年版，第 155 页。

有救亡抗敌的诚意，我们都应该采取善意的和批判的态度……即就是过去主张错误的人，只要现在他们以行动来表示他们抗敌救国的志愿和决心，不再做危害民族的丑事，我们也愿意而且应该与之携手"①。就连"左倾"关门主义代表人物周扬也撰文表示，"'左'的宗派的观点，有时时加以纠正和指摘的必要"，他还引用苏联文艺领导人吉尔波丁的话说："一切宗派主义不可避免地会招致和现时的政治任务的隔离"。② 就在当年，"左联"解散，极左文艺批评的声音开始淡出 20 世纪 30 年代的中国文坛。

四　批评语体的檄文化

左翼文学批评话语在语体上的特征就是写作程式的"檄文化"。"檄文化"是指左翼文学批评语体多用政治口号对论敌进行非难，把学术批评变为对论敌的道德指控与政治讨伐，学术论文成为意识形态斗争使用的政治檄文。在古代，一方在发动军事进攻前，往往先发布一篇征讨对手、制造声势的文告，这种文告被称为"檄文"。檄文通过宣布对方罪恶、攻击对方缺陷、彰显己方优点、宣扬己方声威等方式，以争取民众舆论支持，动摇对方军心。檄文的文体特点一般是"事昭而理辨，气盛而辞断"③。

左翼文学批评话语承绪了古代檄文写作的一般思路，在批评时总是先从政治道义上指陈对方的缺点、错误。瞿秋白批评民族主义文艺，首先以标题的形式显示民族主义文艺的"屠夫文学"性质，然后下笔指斥其为"中国绅商"定做的"鼓吹战争"、"杀人放火的文学。这就叫民族主义的文学"④。茅盾批判民族主义文艺，一下笔就说：

> 国民党维持其反动政权的手段，向来是两方面的：残酷的白色恐怖与无耻的麻醉欺骗。
>
> 所以在一九三○年上半期普罗文艺运动既震撼了全中国的时候，

---

① 何家槐：《文艺界联合问题我见》，《文学界》1936 年 6 月 5 日创刊号。
② 周扬：《关于国防文学》，《文学界》1936 年 6 月 5 日创刊号。
③ 刘勰：《文心雕龙·檄移第二十》，《文心雕龙注》，人民文学出版社 2001 年版，第 379 页。
④ 史铁儿：《屠夫文学》，《前哨》1931 年第 1 卷第 3 期。

国民党一方面扣禁左翼刊物，封闭书店，捕杀作家，而另一方面则唆使其走狗文人号召所谓"民族主义文艺"，正是黔驴故技，不值一笑。这所谓"民族主义文艺运动"便是国民党对于普罗文艺运动的白色恐怖以外的欺骗麻醉的方策。①

令人遗憾的是，左翼文学批评话语虽然不乏"气盛"、"辞断"，却在"事昭"、"理辨"方面做得不够好。在行文过程中，左翼政治文艺批评家常以威吓、侮辱、谩骂等粗俗的手段代替逻辑论证与推理分析，从而使左翼批评话语的理论品位大大降低。左翼批评家徐懋庸给鲁迅写信，称对胡风这样的异议者"打击本极易，但徒以有先生作着他们的盾牌……所以在实际解决和文字斗争上都感到绝大的困难"，鲁迅对此极为愤怒地写道："什么是'实际解决'？是充军，还是杀头呢？在'统一战线'这大题目之下，是就可以这样锻炼人罪，戏弄威权的？"② 左翼文学批评手段的粗鄙不仅让左翼以外的人士不以为然，也让左翼文坛内部一些作家甚为不满：鲁迅曾撰专文《辱骂和恐吓决不是战斗》③ 批评这种以打击、恐吓、侮辱、谩骂代替说理和论证分析的恶劣文风。聂绀弩对周扬批评徐行时使用"无耻的政客"、"民族的送葬者"、"抉进棺材里去"之类的说法表示反对："统一战线真正不过如此，那面目岂不太狰狞，容量也岂不太狭小了吗？"④ 郭沫若也反思说："我们站在社会主义立场上的人每每有极端的洁癖，凡是非同一立场的人爱施以毫不容情的打击，在目前我们确应该改换这种态度了。"⑤ 威吓与侮辱手段可能与左翼文学批评家居于上海、受上海滩流氓无赖作风的影响有关，行文谩骂大概与列宁的文风有关。20世纪20—30年代，列宁文章的中文翻译数量较多，列宁有关文学批评的文章中，常出现一些骂人的语句，如那篇有名的《党的组织和党的出版物》，其中就有"无党性的写作者滚开！超人的写作者滚开！"这样的语句。领袖就是榜

---

① 石萌：《"民族主义文艺"的现形》，《文学导报》1931年第1卷第4期。

② 鲁迅：《答徐懋庸并关于抗日统一战线问题》，《作家》1936年第1卷第5号。

③ 鲁迅：《辱骂和恐吓决不是战斗》，《文学月报》1932年第1卷第5、6期合刊。

④ 耳耶：《创作活动底路标》，《现实文学》1936年第1期。

⑤ 郭沫若：《国防·污池·炼狱》，《文学界》1936年第1卷第2号。

样，俄国革命领袖既始作俑，中国革命后辈跟着学习、效仿也属常理。

左翼文学批评话语在批评手段上的粗鄙还表现在给批评对象乱戴政治帽子。周扬批评胡秋原的"自由人文学理论"，先从政治立场上指斥胡秋原，说他"比民族主义者还要恶毒"，"是以口头上拥护马克思主义甚至现实主义，来曲解，强奸，阉割马克思列宁主义，以口头上同情中国普洛革命文学，来巧妙地破坏中国普洛革命文学的。如果不认清这种社会法西斯的政策和把戏的多方面的形式之具体的实质，我们是没有办法认识这位'阿狗文艺论者'的'丑脸谱'的。只有从国际的，国内的普洛列塔利亚运动的实践的新的阶段的见地，从哲学上的列宁的阶段的见地，我们才能够彻底地暴露这位'阿狗文艺论者'的复杂的反动的姿态"。[①] 对被批评者的观点不进行学理的追问与分析，而是把想当然的政治帽子随随便便扣到对方头上，批评中再没有比这种做法更容易的了。这不是以理服人，而是以公理和正义的名义压人，这属于思想上的偷懒行为，也是批评者在思想上无力、理论上无能的表现。

受苏联政治文艺话语影响，左翼文学批评话语在叙事风格上形成下述政治逻辑形态：语词的宏大化、语义的政治化以及由此而致的语体的公式化、公文化。

宏大语词的使用与中共的政治宣传习惯有关。中共早期意识形态宣传者喜欢制造政治话语，尤其是政治口号。与国民党相比，中共尽管是一个后起之党，然而在意识形态的建构与宣传方面却远远超过前者，甚至丝毫不弱于苏联的布尔什维克。中共领导阵营中，陈独秀、李大钊、瞿秋白、张闻天、毛泽东等皆为一流理论人才，国民党除了孙中山，罕有理论人才与中共上述理论家匹敌。在某种意义上来说，中共是中国现代"党文化"的缔造者，许多现代政治领域里的宏大语词，都是中共创造。作为意识形态领域中的政治口号，"国民革命"作为名词虽不是中共发明，但作为革命口号，却是中共早期精神领袖陈独秀在 1922 年第 2 期的《向导周报》上发表的《造国论》中提出，并为国民党方面采用，成为后来政治领域中流

---

① 绮影：《自由人文学理论检讨》，《文学月报》1932 年第 1 卷第 5、6 期合刊。

行的术语。中共理论家大多具有极强的政治理论抽象力和概括力。民国时期的许多政治口号，倒是中共"分析并归纳中国一切乱源而定出"①，并得到大多数人的广泛认可与使用。

国民党缺乏制造政治文化的理论高手，在"党文化"与"政治文化"领域只得向共产党讨饭吃。中共从苏共或日共那里所借用的一些专业政治术语如"左派"、"右派"、"左倾"、"右倾"、"干部"、"腐化"等诸多词汇，国民党人也经常使用，成为国共之间和国民党内政敌互相攻击时的强力符号武器，"大凡要陷害他人，只须任封一个'反动'和'反革命'的罪号，便足置对方于死地而有余"②。国民党人对这类政治符号一提起来都心有余悸："共产党……造作'左派'、'右派'、'西山会议派'、'新右派'等等名词，任意加于本党同志之上。受之者如被符魇，立即瘫痪而退。"③

这一事实表明，在国民党权力组织中，政治文化结构之维缺失。政治文化结构性缺失的原因有两层：从政治层来说，国民党早期"联俄"、"联共"，苏联及中共的政治文化模式对其影响很大，国民党人十分熟悉这套叙事模式，并且习惯了使用从别人那里借来的东西；从组织层面来说，国民党的"容共"政策致使一部分共产党员被吸收进国民党内，这些双重身份的党员在骨子里信仰的是共产主义学说，操的是共产主义的思想信念，他们所言所行都受中共政治话语的影响和约束，其思想和言述模式不能不影响到他们周围的国民党人。

政治文化的结构性缺失使得国民党政权无论在党务还是行政上都不自觉地借用中共政治话语。1927年国民党武力清党分共时所发的密令很能说明这一点：

> 国民政府秘字第一号令开：共产党窃据武汉，破坏革命之罪行，
> 数月以来，肆行残暴，叛党叛国，罪恶贯盈，最近实施卖国之外交，
> 以取悦于帝国主义者；又复爪牙四布，荼毒民众，使湘鄂两省演成大

---

① 陈独秀：《本报三年来革命政策之概观》，《向导周报》1925年第128期。
② 大不韪：《党军治下之江西》，《醒狮》1927年1月7日第118号。
③ 蒋介石：《谨告全国国民党同志书》，《时事新报》1927年5月16日。

恐怖，我先民固有之美德，数千年所恃以立国者，亦皆败毁无余。综其所为，祸有甚于洪水猛兽，瞻念前途，不寒而栗。政府奉行先总理之遗教，誓竭全力，期三民主义之实现。惟欲建设平等独立之国家，必先扑灭一切反革命之势力。①

政治文化结构性缺失的结果是，国民党在心理上虽极不情愿，却在事实上不得不匍匐于共产话语之下，"打倒帝国主义"、"打倒军阀"这样的口号，在中共进行理论宣传之后，"甚至于国民党中的反动派和一班工贼，他们向民众攻击共产党，有时不得不自称他们也反对帝国主义，因为他们恐怕若不如此说，民众会马上看出他们是帝国主义者的走狗"②。可见语言作为软暴力对人的强制与规约作用，这种情形被存在语言哲学描述为"话说人"而不是"人说话"。

国民党元老胡汉民意识到了共产党宣传口号的厉害，"特重共党思想之清除"，"展堂先生驳斥共党邪说，特别注重共党口号之批判，对共党所唱之'占领机关、为其左派'及'打倒知识阶级'等口号，均有精辟之批驳"。③对国民党政治文化结构性缺失的严重政治后果，胡汉民也进行了反思，他认为国民政府治下社会不稳定的原因就在于社会上流行的"口号……多半为共产党所制造。共产党……其所用利器，首在制作口号，用口号以扰乱革命战线，减少革命力量；用口号以挑拨离间，颠倒黑白。国民党人忽焉不察，随声呼唱，不久而社会观听为之动摇……纷乱之事，层见层出"④。

中共理论家的本意是要通过创造相应的宏大语词，为人们描述一个在社会生活中充满不公和腐败的黑暗社会现实，以此唤起人们的"阶级意识"，诱发人们对统治者的不满、怨恨及斗争意识，导致社会骚动乃至革命，动摇乃至推翻国民党政权的统治。以后的事实是，制造口号者目睹口号的威力，

① 蒋永敬编著：《民国胡展堂先生汉民年谱》，台湾商务印书馆 1981 年版，第 391 页。
② 陈独秀：《本报三年来革命政策之概观》，《向导周报》1925 年第 128 期。
③ 蒋永敬编著：《民国胡展堂先生汉民年谱》，台湾商务印书馆 1981 年版，第 396 页。
④ 同上书，第 395 页。

崇信抽象语词的力量，把制造口号视为改造社会的思想力量中的有力因素，于是自觉或不自觉地形成制造口号的惯性。所以后人看到，在左翼权力话语批评文章中，尤其是周扬的文学批评文章，抽象的政治名词充斥于文章的字里行间，仿佛不如此不足以显示批评家的革命激情。

在左翼文学批评话语中，语词宏大化的具体表现是：叙事者使用的关键语词都是外延宽泛、内涵空洞的抽象的政治、哲学词汇，其话语主体就是抽象的集群符号"我们"。以瞿秋白所作《文艺的自由和文学家的不自由》① 为例，该文使用的哲学名词有："真理"、"宇宙观"、"人生观"、"唯物史观"、"辩证法唯物论"、"唯心论"、"反映生活"、"客观主义"、"意识形态"、"政治的价值"，该文使用的政治名词有："革命"、"立场"、"斗争"、"宣传"、"批判"、"分析"、"煽动"、"肃清"、"剥削"、"压迫"、"专制"、"反动"、"阶级性"、"反动阶级"、"统治阶级"、"封建残余"、"资产阶级"、"小资产阶级"、"自由主义"、"马克思主义"、"无产阶级"、"思想战线"、"文艺战线"等。

语义的政治化表现在充斥宏大语词的语句在语义上指向政治诉求。即使对非政治对象，左翼组织也习惯从政治角度对之进行定性批评。比如"左联"成员周全平以"左联"代表的身份参与"中国革命互济会"的工作时贪污公款，这本来属于经济犯罪行为，但"左联"却从政治和道义的角度对之进行谴责，说这是"极无耻的反革命的行为"、"卑污无耻的背叛革命的行为"，"此种反动的行为"触犯了"工农劳苦大众利益"，"此种卑污的反革命的份子，万难容许留在队伍之内。一九三一年四月二十日常务委员会决议将周全平开除"。②

左翼文学话语批评的代表人物周扬明确宣称："我们要用文学这个武器在群众中向反动意识开火，揭穿一切假面具，肃清对于现实的错误的观念，以获得对于现实的正确的认识，而在这个认识的基础上去革命地改变现实。"③ 左翼

---

① 易嘉：《文艺的自由和文学家的不自由》，《现代》1932 年第 1 卷第 6 期。

② 《开除周全平，叶灵凤，周毓英的通告》，《前哨》1931 年第 1 期；《文学导报》1931 年 8 月 15 日。

③ 周起应：《到底是谁不要真理，不要文艺?》，《现代》1932 年第 1 卷第 6 期。

文学话语批评的政治诉求表现在所有艺术问题的探讨上，对任何一个艺术问题，左翼话语批评家都不会只围绕艺术本身来谈，而是一定会把艺术问题归结到政治问题上去，周扬的批评文本提供了这方面多重的例证。文学的真实性本是一个普通的艺术问题，但周扬却不这样想，他认为"文学的'真实'问题……根本上是与作家自身的阶级立场有着重大关系的问题"，"作为无产阶级文化之一部分的无产阶级文学，并不是以隐蔽自己的阶级性，而是相反地，以彻底地贯彻自己的阶级性，党派性，去过渡到全人类的（无阶级的）文学去的"，"所以，政治的正确就是文学的正确。不能代表政治的正确的作品，也就不会有完全的文学的真实"①。即使是文学创作方法，周扬也硬要把它往政治上靠："进步的现实主义的方法就是在现实的革命发展中真实地、具体地、历史地去描写现实，以图在社会主义的精神上去教育勤劳大众。"②

以语词宏大化和语义政治化为思维根基，左翼文学批评话语在语体形式上呈现出公文化的公式写作套路，其用语之干瘪、抽象、空洞，如同行政机关签发的指令性批文，让人读后味同嚼蜡。不妨还以周扬的批评文本为例，直观地感受一下檄文体批评文章的写作风格。在《文学的真实性》一文的结尾，周扬写道：

> 只有站在革命阶级的立场，把握住唯物辩证法的方法，从万花缭乱的现象中，找出必然的，本质的东西，即运动的根本法则，才是现实的最正确的认识之路，到文学的真实性的最高峰之路。③

左翼文学批评话语的檄文体风格后继有人。在 20 世纪 40 年代后期，经林默涵、邵荃麟等人的推演，左翼檄文体批评再度复活，且其极左色彩比周扬更甚。20 世纪 50 年代以后，檄文体写作被学术界充分吸收，形成恶劣的"批判体"八股文，文学批评的学术性从此荡然无存。

---

① 周起应：《文学的真实性》，《现代》1933 年第 3 卷第 1 期。
② 周扬：《关于国防文学》，《文学界》1936 年 6 月 5 日创刊号。
③ 周起应：《文学的真实性》，《现代》1933 年第 3 卷第 1 期。

第七章　20世纪30年代京派文学理论的文化表征

　　被后人称为"京派"的自由主义文人群体并非严格意义上的流派，因为它没有明确的组织章程，也没有相应的组织成立会议以及组织成立时的社团主张、文学宣言，只是一个有着相近文学观念与创作倾向的文人群体。

　　然而，这一"组织"松散的文学团体，在文学批评与理论领域精耕细作，取得了不菲的成绩。"京派"文论在30年代与左翼文论以及狭义的"海派"文论三足鼎立，在文学观念上与后两者简直势同水火：左翼文人鼓吹文艺政治功利主义，海派文人追逐文学的商业效益，京派文人对这两者都深恶痛绝。从30年代中国文坛的批评状况来看，文学观念的激烈冲突主要体现在京派文论与左翼文论的两军对垒中：左翼文人以政治宣传为文艺本体，京派文人以艺术独立为文艺本体；左翼文人宣扬文艺工具论，京派文人倡导文艺自律论；左翼文人宣扬阶级性，京派文人倡导自然人性；左翼文人宣扬社会伦理中的集体主义观念，京派文人倡导社会伦理中的个体自由理念。

　　京派文人反对以文艺为宣传工具，反对政治化的文艺批评，处处和左翼文人对着干，很容易被人理解为和共产党过不去，是和左翼文坛唱对台戏。如果对京派文人及其理论在思想定位时仅仅止于上述表象，京派文人很容易在政治上被定性为"反动"的文人群体。然而，把学术对象及其问题按政治对象或政治问题处理无疑太过简单，因为京派文论与左翼文论的冲突再往深处说是一个文化冲突的问题。

第一节　文化冲突与文学道德重铸

为何说京派文人与左翼文论的冲突是一个深层的文化问题？这还得从20世纪初的新文化运动说起。20世纪初期，中国需要思想革命和文化启蒙，个体自由与人性解放因而成为当时"五四"时期文学革命的核心论题。至30年代，中国举国陷入政治斗争的旋涡，各种社会力量与政治集团都在进行激烈的利益博弈，也都试图利用文学叙事为己方摇鼓助威；此时的京派文人疏离政治洪流，执着于文学的艺术性与审美性，执着于"五四"时期的部分文学主题如人性、人道主义等论题，这与以宣传为目标的左右两翼的政治文艺自然不相宜，视宣传为文艺生命的左翼文人对此更是不能容忍，双方磕磕绊绊自然难免。京派文人与左翼文人虽然在文艺观念上分歧严重，但在政治上与共产党却不曾有什么怨仇，冲突的根本原因在于双方认识旨趣与价值立场的对立与歧异。

一　京派文论与左翼文论的文化冲突

20世纪30年代，作为官方意识形态话语代表的三民主义文学与民族主义文学在理论上乏善可陈，京派文学与左翼文学成为理论上的竞争对手，二者之间的理论冲突从未间断。

冲突的起因首先源于主体因素的差异。京派文人与左翼文人的出身背景及社会地位不同，这种差异导致他们在认识立场上永远不可能取得一致。左翼文人大多是职业革命家，他们以笔为旗，把文学活动作为整个无产阶级解放运动的一部分。京派文人多属学院派知识分子，他们既没有左翼革命家的政治觉悟，也没有左翼革命家的使命意识，因而对社会时政采取回避态度或第三方立场。避世的京派文人受中国传统士人心态影响，对社会有忧患意识，却又缺乏抗争精神，于是逃到文字世界求安慰。林语堂在谈论此类文人心态时说："国亡无日之际，武人操政，文人卖身，即欲高谈阔论，何补实际？退而优孟衣冠，打诨笑谑，知我者谓我心忧，不知我者谓我胡求，强颜欢笑，泄我悲酸……"① 持第三方立场的京派文人不问时政，倾全力于艺术自身的发展。

主体身份及其立场差异导致双方价值旨趣的对立。左翼文学的价值目标是当下的社会关怀，其主体推重文学的政治价值，关注作品在当下的社会影响及宣传作用；京派文学的价值目标是彼岸世界的终极关怀，其主体推重文学的普世价值，关注作品长远的文化影响及艺术水准。左翼革命者奉行集体政治伦理，他们以"求新兴阶级的解放"② 为己任，以文学"助进政治运动的任务"③ 为荣光，化文人圈子成为政治团体，化艺术信念为政治"斗争纲领"，并以"文学的个人主义浪漫主义艺术至上主义"为排斥和斗争对象④。京派文人奉行个体艺术伦理，他们"以文体及思想解放为第一要着"，以艺术自身为目的，以"为艺术而艺术"为能事，鼓吹"性灵"、"个性"（林语堂），宣扬"直觉"、"表现"（朱光潜），追求"空灵"（宗白华），倡导"象征"（梁宗岱）等等。

由于认识立场和价值观有异，京派文人与左翼文人在对文学作用的认识上出现巨大偏差。在左翼文人眼里，革命是意义本体，文学是实现革命目标的工具；工具可以有很多种，而且其中任何一种工具，都可以根据本体需要随取随弃。在京派文人眼里，人生就是本体，社会革命只是人生的一种特殊样态，它不能取代其他生活样态；文学是人生意义的组成部分，是人生审美化的一种类型，而不是社会革命的手段。左翼文人要求文学为政治革命作宣传，要求文学革命化、政治化，京派文人针锋相对，要求文学远离政治、去政治化。京派文人认为，文学要想自由独立就必须远离政治；如果作家想"改造社会，推动革命，使人类生活进步一点，完美一点"⑤，那也只能通过艺术的方式从精神上引导民众，而不是投身政治。在京派文人看来，文学家与政治家的职业身份和努力目标在性质上根本不同："一个政治组织固不妨利用文学作它争夺'政权'的工具，但是一个

①　林语堂：《编辑滋味》，《论语》1933年第15期。
②　《中国左翼作家联盟的成立》（报导），《拓荒者》1930年第1卷第3期。
③　《上海新文学运动者底讨论》（通讯），《萌芽月刊》1930年第1卷第3期。
④　左联执委会：《无产阶级文学运动新的情势及我们的任务》，《文化斗争》1930年创刊号。
⑤　炯之（沈从文）：《再谈差不多》，《文学杂志》1937年第1卷第4期。

作家却不必跟着一个政治家似的奔跑。（他即或是一个对社会革命有同情的作家，也不必如此团团转。）理由简单而明白，实行家是有目的而不大择手段的，因此他对人对事是非无一定，好坏无一定，今天这样明天又那样，今天拥护明天又打倒，一切惟看当时情形而定，他随时可以变更方法而趋向目的，却不大受过去行为的拘束。"①

也由于认识立场和价值观有异，京派文人与左翼文人在文学接受方面同样分歧巨大。

左翼批评家是不拿枪的革命者，他们视文学阅读为大众接受政治思想教育的一个途径，因而视文学接受为一个严肃的政治问题。他们主张"文艺大众化"，其目的不是为了让大众都能享受文学作品的艺术之美，或大力提高文学作品的接受范围，而是为了通过文学作品唤起人们的阶级意识和革命意识，达到政治宣传目的。有鉴于此，左翼革命者把"文艺大众化"简化为一个纯技术问题：用人人都能明白的艺术语言讲述共产革命思想。

京派批评家视文学阅读为一个纯粹的艺术问题，他们完全站在艺术立场上考虑文学接受问题，认为文学接受与读者的知识水平、审美情趣、理解能力有关，是一个包含体验品味、审美鉴赏、知性判断、理性推理等诸多因素的复杂精神活动。正是在这种意义上，京派文人对左翼文人的"文艺大众化"主张无法认同，他们认为文学接受并不是读者认不认字或认字多少的问题，而是建基于艺术素养之上的艺术理解问题。梁宗岱说真正的文学接受不是让读者都能读懂那些表面的文字信息，而是让人感受那让人"说不出所以然的弦外之音"②，"愈伟大的作品有时愈不容易被人理解，因而'艰深'和'平易'在文艺底评价上是完全无意义的字眼"③。朱自清也说有的文学类型比如"诗到底怕是贵族的"④，"文学不能全部民众化"十

---

① 炯之：《一封信》，天津《大公报》副刊"文艺"1937年2月21日。

② 梁宗岱：《文坛往哪里去》，《诗与真·诗与真二集》，外国文学出版社1984年版，第58、59页。

③ 梁宗岱：《新诗底十字路口》，天津《大公报·诗特刊》1935年11月8日（1935年上海商务印书馆出版梁著《诗与真》时，改名为《新诗底纷歧路口》）。

④ 朱自清：《中国新文学大系》第8集《〈诗集〉导言》，良友图书印刷公司1935年版，第3页。

分"显然","少数底文学","多数自然不能鉴赏"①。

由于两种接受观念无法通约，所以京派批评家与左翼批评家在大众化问题上怎么也讨论不到一块儿去。面对同一对象，双方往往各美其美，各以其所是而非其所非，在整个接受问题上无法展开对话，更无法达成共识，因而在整个 30 年代，双方的相互批评与理论论争接连不断。

此外，理论背景的差异导致双方在研究文学作品时入思路线出现差异。京派文人的思想背景为欧美现代文论，欧美现代文论的主要流派是唯美主义、表现主义、印象批评、新批评，这些理论流派共同的哲学基础是康德的主体论美学。受欧美现代文论影响，京派批评家在文学研究中喜从主体、文本、文学性等因素入手，走的是审美论路线，其研究视角多从人生、主体、审美、印象、技巧、形式等非政治、非意识形态成分切入。左翼文人的思想背景为苏联政治文艺话语，政治文艺话语以文学为意识形态宣传工具，在文学研究中把研究者的政治态度、阶级立场摆在首位。受苏联政治文艺话语的影响，左翼批评家在文学研究中喜从文学作品的外围入手，走的是社会论路线，其研究视角多从党性、阶级性、文学与时代的关系等艺术以外的成分切入。

京派文人与左翼文人的认识冲突从表面看是两种文学思想的冲突，从深处看实为两种文化类型的冲突，即传统儒家政治文化与道家审美文化的冲突，以及欧美审美文化与苏联政治文化的冲突。儒家"修身齐家治国平天下"的政治理想落实在文学领域，就是要求作家"为时"、"为事"而做诗文，要求文学作品能够针砭时政、泄导人情，总之是以文学为政治教化的工具；儒家精神主导的文学因此成为"入世"的文学。道家"无为"、"心斋"的思想落实在文学领域，就是一任主体恣情山水、逍遥人生，受此思想影响的文学因此成为"出世"的文学。儒、道两家思想虽经"五四"时期激烈的反传统主义的思想冲击，也只是受了一点精神皮外伤，还没有达到伤筋动骨的程度，"拯救"与"逍遥"、"入世"与"出世"的艺术精神对立依然深藏于现代文人之心。后经欧美审美文

---

① 朱自清：《民众文学谈》，《朱自清全集》第 4 卷，江苏教育出版社 1996 年版，第 26 页。

化与苏联政治文化的精神浇灌，"拯救"与"入世"的传统文化理想演变为"一切文艺都是宣传"的革命文学理念，"逍遥"与"出世"的传统文化理念变脸为"为艺术而艺术"的唯美主义理想。经由现代外来文化发酵以后，儒、道两家的诗学理念在话语层面也就变了质，其冲突不再是主体对待社会的态度冲突，而是转变为艺术自身作为"工具"还是作为"本体"的认识冲突。

二　京派文人对文学道德的思想重铸

道德属于伦理领域，是"真善美"之中的"善"之维度。真、美两个维度与文学的关系，京派文人以"诗与真"为主题进行了理论上深入的思考，其具体思想本章第二节将对之作专门论述，此处不再赘叙。"善"之维度的"道德"与文学发展的关联甚大，京派文学群体对之进行了清理式的思考。

中国是一个过于道德化的国度，道德化的文学思想传统给艺术的自主发展压上了一个沉重的包袱，也使文学与道德的关系变得越来越难以处理。20 世纪 30 年代，京派文人群体在文艺与道德关系上，作出了富有现代意识的思考；他们没有在传统思维上纠缠，不再关注"文学该不该表现道德"或"文学应当表现什么样的道德"之类的传统问题，而是把目光投向了文艺创作主体，在作家应当遵守的艺术道德与职业道德之维展开了理论分析。

从文学作品的角度出发，京派文人认为"学术思想道德文章四事不同"[①]，"人性的发扬"为文学作品"最高的道德"[②]，文学的道德作用就是能够造成一种"新的人生观，一种在个人生活民族存亡上皆应独立强硬努力活下去的人生观"[③]，而不是在文学作品中赤裸裸地"宣传道德"，因为文学的道德不是道学，"道德是人性向上的坦白的流露，一种无在而无不

---

① 林语堂：《论现代批评的职务》，《林语堂批评文集》，珠海出版社 1998 年版，第 138 页。

② 刘西渭：《八月的乡村》，《咀华二集》，文化生活出版社 1947 年版，第 24 页。论文原名《萧军论》，连载于香港《大公报》1939 年 3 月 7、8、9、10、13、14 日的"文艺"副刊，1942 年文化生活出版社出版《咀华二集》时收录此文，更名为《萧军》；1947 年再版时改为《八月的乡村》。

③ 岳林（沈从文）：《上海作家》，《小说月刊》1932 年第 1 卷第 3 期。

在的精神饱满作用，却不就是道学"①。在京派文人看来，文学的道德是给人们提供精美的艺术品，以及由此而来的审美享受与精神愉悦。沈从文认为，"文学有个古今一贯的道德，就是把一组文字，变成有魔术性与传染性的东西，表现作者对于人生由'争斗'求'完美'一种理想"②。

文学作品道德化后失去了艺术意味，退化为非艺术对象，有文学之名而无文学之实，这是京派文人所要反对的。按梁宗岱的说法，以"消遣"和"宣传"为目的、忽略艺术性的浅薄作品"必须摒除出文艺之国"，文艺领域只应保存下述两类作品，一类目的是给人们"纯思想纯美感底悦乐"，另一类目的是作为人们"精神底灵丹和补剂"。③ 京派文人没有走向认识极端，他们并不否认文学传达道德或政治思想的正当性，他们只是强调教化内容应当蕴含在艺术对象中，而不是赤裸裸地说出来。老舍就曾明确地说，思想、道德、哲学等内容只要不是整本大套地去论去说，而"是以具体的事实表现一些哲理……拿事实或行动表现"④ 还是可以为人们所接受的。

刘西渭也表达了与老舍此说极为相似的看法，他说非艺术对象如"真"和"善"当然可以在作品中表现，但这种表现不是抽象地赤裸裸呈现，而是通过修辞手段对之加以艺术美化，同时辅之以情感发酵，使之融化在一个个"具体的生命"⑤ 里，让思想在无形中传播，而不是"在艺术以外，用实际的利害说服读者"⑥。

京派文人的文学道德观后人可以如此理解：艺术家的社会责任和道德义务就是给人们提供货真价实的艺术品，在文学叙事中应当保持价值中立；如果文学家也去搞宣传，那就是在和政治家、宣传家争饭碗，于本职工作有失职之嫌。沈从文在一篇文章中借一个朋友之口表达了上述认识："把文学附庸于一个政治目的下，或一种道德名义下，不会有好文学。用

---

① 李健吾：《〈以身作则〉后记》，天津《大公报》副刊"文艺"1936年1月20日。
② 沈从文：《废邮存底》，天津《大公报》"文艺副刊"1935年6月23日。
③ 梁宗岱：《诗·诗人·批评家》，天津《大公报》副刊"诗特刊"1936年5月15日。
④ 老舍：《言语与风格》，《宇宙风》1936年第31期。
⑤ 刘西渭：《〈边城〉与〈八骏图〉》，《文学季刊》1935年第2卷第3期。
⑥ 刘西渭：《神·鬼·人》，天津《大公报》副刊"文艺"1935年12月27日。

文学说教，根本已失去了文学的意义了。文学作品不能忍受任何拘束，惟其不受政治或道德的拘束，作者只知有他自己的作品，作品只注意如何就可以精纯与完美，方有伟大作品产生！"① 1932 年 10 月 15 日，在杭州创刊的《小说月刊》的《发刊辞》很能说明京派文人在创作领域保持价值中立的艺术立场：

> 我们只会凭自己的一点呆力气握着笔写，不会用手执旗高呼，也不会叫口号，若是可能，只想用自己写出来的东西说话……我们也没有"立场"（这是最流行的口号），要有那便是"写写写"，站在客观的不加入任何打架团体作小丑的表演的立场上我们写一点而已，写坏了，自己负责。

京派文人反对道德化的文学，却不反对文学化的道德。为了彻底消解旧的文学道德理念，京派文人从多重维度论述了文学应当具有的现代道德品格。

首先，京派文人从文学传播角度论述了文学应当承负的"国民教育的责任"。沈从文以"岳林"之名在 1932 年第 3 期《小说月刊》发文，呼吁文学编辑及文艺副刊负起"道德的责任"，注意引导"民族的健康"和"向上自尊"，多刊发有益民族性格提升的文学作品。京派文人以文化上的道德理想主义态度，要求文学生产者严肃地对待文学传播，如果承办刊物，则"一个文学刊物在中国应当如一个学校，给读者的应是社会所必需的东西"，如果支付稿费，也应当多给那些"对于这个民族毁灭有所感觉而寻出路的新作家"，而不应当给那些对民族和国家兴废无动于衷"不三不四的文人"。②

其次，京派文人从文学创造的角度提出了文学主体应当具备的职业道德。京派文人认为，文学家要给人们提供具有良善道德价值的作品，自己应当是一个具备良好职业道德素质的人，他应当"心胸廓然，不置意于琐

---

① 沈从文：《风雅与俗气》，《水星》1935 年第 1 卷第 6 期。
② 从文：《论"海派"》，天津《大公报》"文艺副刊"1934 年 1 月 10 日。

琐人事得失，而极忠实于工作与人生"①。在沈从文看来，文学家的职业道德就是尽自己分内"应尽的责任，作事不取巧，不偷懒"，"不大在乎读者的毁誉；做得好并不自满骄人，做差了又仍然照着本分继续工作下去"②；"一个诗人很严肃的选择他的文字"并能在创作时想到"把生命如何应用到正确的方向上去，不逃避人类一切向上的责任"③，在创作上既不投机也不靠作品渔利，这才算履行了自己的职业责任，这也是任何职业作家对社会应有的负责态度。

京派文人从作家应有的职业道德出发，反对任何非严肃的文学创作态度。沈从文把当时文坛非严肃的文学态度分为两类：一是"白相文学的态度"④，亦即以"玩票"心态"游戏"文学的态度；二是卖弄"名士才情"、以"商业竞卖"为目标的海派文学态度，持这种态度的作家在创作时投机取巧、见风转舵，全然置艺术道德于不顾。在这两种状况的影响下，当时文坛的作家普遍对文学缺乏信仰，文坛"最缺少的也最需要的，倒是能将文学当成一种宗教，自己存心作殉教者，不逃避当前社会作人的责任"⑤的艺术殉道者。萧乾从文学接受的角度批判了部分作家缺乏社会责任感的创作态度，他呼吁作家"努力跳出个人主义的圈子"，尽一下"对时代的义务"，不要为了艺术"丢弃了大众"。⑥ 可见，京派文人并非对现实冷漠，他们只是反对作家急功近利，反对作家把复杂的人生和社会生活简化为单一的政治生活，试图以此对文学与社会的关系作出合理、深刻的解释，在文学与人生之间建立一条艺术的、人性化的通道。

京派文人还从文学创作与世界观的关系出发，探讨了文学创作态度赖以支撑的深层思想根基。刘西渭认为作家的职业精神和职业道德取决于其"对于人生的态度"⑦，作家"对于人生的态度"是作家人格、境界等主观

---

① 沈从文：《〈徐志摩纪念特刊〉附记》，天津《大公报》副刊"文艺"1935年12月8日。
② 沈从文：《文学者的态度》，天津《大公报》"文艺副刊"1933年10月18日。
③ 甲辰：《卷头语》，杭州《小说月刊》1932年第1卷第3期。
④ 沈从文：《窄而霉斋闲话》，《文艺月刊》1931年第2卷第8号。
⑤ 沈从文：《新文人与新文学》，天津《大公报》"文艺副刊"1935年2月3日。
⑥ 萧乾：《创作界的瞻顾》，天津《大公报》"文艺副刊"1934年11月28日。
⑦ 刘西渭：《〈雾〉〈雨〉与〈电〉——巴金的〈爱情的三部曲〉》，天津《大公报》副刊"文艺·星期特刊"1935年11月3日。

因素对于人生的状况的投影。宗白华从哲学角度对作家"人生态度"的内涵进行了逻辑解释:"以广博的智慧照瞩宇宙间的复杂关系,以深挚的同情了解人生内部的矛盾冲突。在伟大处发现它的狭小,在渺小里却也看到它的深厚,在圆满里发现它的缺憾,但在缺憾里也找出它的意义。……包容一切以超脱一切,使灰色黯淡的人生也罩上一层柔和的金光。觉得人生可爱。可爱处就在它的渺小处,矛盾处"①。

在文学道德问题上,人们可以清晰地看到京派文人在文学发展上所做的理论努力。他们一方面从理论上解构着旧的文学道德,另一方面又在实践中建构着新的文学道德。他们对道德化文艺的反感与对政治化文艺的反感是一致的,这种反感不是出于对哪个党派的憎恶,而是出于捍卫其所信奉的艺术和审美理念。就此而言,京派文人的文学观念在本体论与实践论(康德意义上的)方面实现了统一。

第二节　京派文学理论的精神向度

真、善、美是任何艺术都无法回避的三个价值向度,真与美两个向度被京派文人表述为"诗与真"的维度。"诗与真"(Dichtung und Wahrheit)本为歌德自传的书名,梁宗岱借用这一名称表达他对艺术与世界二者之间基本关系的理解;这一认识成为京派文人在艺术与世界关系理解上的理论共识。梁宗岱如此定位"诗与真"的关系:"真是诗底唯一深固的始基,诗是真底最高与最终的实现。"②

在文学世界里,"诗"的向度是指文学的艺术和审美之维,"真"的向度是指文学的自然和社会之维,诗与真的交汇就是艺术、审美和自然、社会之间的融合。"诗与真"实为宇宙万象的两面:"诗"是宇宙万象的艺术及审美形式,"真"是宇宙万象的物质及思想形态。"诗与真"的统一因此被京派文人视为文学的最高境界,在他们看来,文学创造的目标就是通过

---

① 宗白华:《悲剧的与幽默的人生态度》,《宗白华全集》第 2 卷,安徽教育出版社 1994 年版,第 67 页。

② 梁宗岱:《〈诗与真〉序》,《诗与真·诗与真二集》,外国文学出版社 1984 年版,第 5 页。

"诗"（艺术）的手段探索"真"（实在——自然、社会、主体自身等）的
存在法则。

一 京派文学理论的文化旨趣

"真"的世界是存活于两间的自然世界和人类社会，其范围至大至宽：
"宇宙之大，万象之繁"、"现代人生"、"东西文化"、"中国思想"、"人生
心灵"①，可谓不一而足。人生在世，一谋生存，二求发展。"发展"不仅
是指工作、事业做好做大，还指追求自我实现与精神超越。一般说来，人
关心的问题类型与其生存境遇有关。人在为生计而奔波时，他关注的一定
是形而下的温饱问题；人在衣食无忧之时，一定会关注形而上的精神问
题。同样对文学进行外部研究，京派文人与左翼文人的着重点大有不同：
左翼文人多数成员出身社会底层，部分成员生计都成问题，故其文学之思
落脚在经验维度的社会关怀之维；京派文人多为学院派知识分子，优裕的
生活为其形上玄思提供了坚实的物质基础，故其文学之思落脚在超验维度
的终极关怀之维。

京派诗学的"真"之维度主要落实在文化层面，具体可分解为下述对
象：人生状态中的超越意识、文学创造中的普世主题、多元宽容的文化理
念。这几个层面的观念展现了京派文化诗学这样一个特点：文学知识与艺
术经验、人生体验合一。

超越意识是人类特有的文化属性。人尽管不能彻底摆脱动物性，却总
是通过文化因素不断提升自己，让自己越来越多地摆脱身上的动物性成
分；文化提升的动力，就来自人的超越意识。超越意识并非人皆有之，它
只存在于某些特定的个人或群体，后者如京派文人。京派文人的超越意识
源自日常生活的低俗状态与其高雅理想之间的落差："我的世界完全不是
文学的世界，我太与那些愚暗，粗野……接近熟习"②。理想与现实的巨大
落差让京派文人难以接受，并因而成为其超越意识的心理驱力。京派文人
追求的超越不是生存残缺的补足或生活缺陷的克服，而是"人生深一层的

---

① 林语堂：《叙〈人世间〉及小品文笔调》，《人间世》1934 年第 6 期。

② 沈从文：《生命的沫题记》，《现代文学》1930 年 4 月 1 日创刊号。

境界与意义"① 的实现。只有对"生命的意义"② 进行深度精神探索，个体生活的精神价值才能彰显，这就是京派文人超越意识的基本理解。

京派文人对人生意义的拷问集中在"永久的哲理，永久的玄学问题"上，具体说来就是"我是谁？世界是什么？我和世界底关系如何？它底价值何在？"③ 这类玄学之思。正是它们把京派文人的诗学探究引向人的心灵和精神世界，引向神秘而不可言说的一切，诸如"宇宙的神秘"、"生命的奇迹"、"生命的境界"、"心灵内部的诡幻与矛盾"④ 以及"永恒的深秘节奏"⑤ 等。超越意识不同于宗教信仰。宗教信徒倾向神秘主义和不可知论，京派文人却相信宇宙法度虽然"看不见，然而感得到"⑥，且能通过艺术手段使之"凝定，永生，和化作无量数愉快的瞬间"⑦，文学主体的宇宙意识正是由此而生。以宇宙意识为契机，探究"人类灵魂之隐秘"、"宇宙之脉搏，万物之玄机"⑧，从"无限的'永久的'立场"观照"宇宙人生问题"⑨ 顺理成章地成为京派文论的玄学主题。"宇宙意识"是京派文人思想中的一个深度节点，它在京派文人中间普遍存在，闻一多、宗白华、梁宗岱三人可谓宇宙意识论的代表。闻一多说宇宙意识就是"本体意识"⑩，宗白华说宇宙意识就是主体对于"世界和人生的深度意识"⑪。

---

① 宗白华：《歌德的〈少年维特之烦恼〉》，《宗白华全集》第 2 卷，安徽教育出版社 1994 年版，第 28 页。

② 沈从文：《长庚》，《沈从文文集》第 11 卷，花城出版社 1984 年版，第 293 页。

③ 梁宗岱：《保罗哇莱荔评传》，《小说月报》1929 年第 20 卷第 1 号（1935 年上海商务印书馆出版《诗与真》时将该文改名为"保罗梵乐希先生"，并在内容上稍有改动）。

④ 宗白华：《悲剧的与幽默的人生态度》，《宗白华全集》第 2 卷，安徽教育出版社 1994 年版，第 66 页。

⑤ 宗白华：《我和诗》，《宗白华全集》第 2 卷，安徽教育出版社 1994 年版，第 154 页。

⑥ 刘西渭：《鱼目集》，天津《大公报》副刊"文艺·星期特刊"1936 年 4 月 12 日。

⑦ 梁宗岱：《文坛往哪里去》，《诗与真·诗与真二集》，外国文学出版社 1984 年版，第 55 页。

⑧ 梁宗岱：《论诗》，《诗刊》1931 年第 2 期。原文为梁宗岱写给徐志摩的信，《诗刊》刊出时目录中没有显示，正文起讫页为 104—129 页，但没有题目。1935 年，上海商务印书馆刊行《诗与真》时，收入此信，题名为"论诗"；其后，梁宗岱著作的相关版本均沿用"论诗"之名。

⑨ 宗白华：《歌德的〈少年维特之烦恼〉》，《宗白华全集》第 2 卷，安徽教育出版社 1994 年版，第 35 页。

⑩ 闻一多：《宫体诗的自赎》，《闻一多全集》第 6 卷，湖北人民出版社 1993 年版，第 26 页。

⑪ 宗白华：《〈屈赋中的鬼神〉编辑后语》，《宗白华全集》第 2 卷，安徽教育出版社 1994 年版，第 250 页。

宇宙意识是超越意识的极致，有了它，人才能够以悲天悯人的胸怀，理解人生和宇宙，理解社会上的是是非非、恩恩怨怨；有了它，人可以既能接纳人生、社会中好的一面，又能承受并宽恕坏的一面。正是因为有了宇宙意识和悲天悯人的情怀，京派文人得以超越个体存在，在文学创作与批评方面走向人生、人性这类文学母题——它们也是文化诗学的普世主题。

京派文人谈文学，完全以宇宙意识为参照，把人生作为世界的本体依据，他们说"一切是工具，人生是目的"①。既然"人生是目的"，文学自然应当以人生为对象。所以周作人说"欲言文学须知人生"②，林语堂说作家的任务是"认识人生"③，沈从文说作家的使命是"领悟人生"④、"透彻了解人生"⑤，宗白华说文学的最高使命是表现"生命的真相与意义"，用生花之笔提示下述问题："人生是什么？人生的真相如何？人生的意义何在？人生的目的是何？"⑥ 林语堂还从逻辑上论证了"人生"作为文学母题的普适性。新文学发轫之时，一些作家围绕"为人生而艺术"与"为艺术而艺术"产生过激烈的争论。林语堂认为这种争论在逻辑上毫无意义，因为任何创作对象和题材都是人生的一部分，任何艺术客观上都是人生的一种反映，所谓"为人生而艺术"在语义上同义反复，纯属废话，"为艺术而艺术"与"为人生而艺术"因此在概念上并不构成对立。林语堂指出，文学上存在"为艺术而艺术"与"为饭碗而艺术"的对立，也存在"真艺术与假艺术"的对立，唯独不存在"为人生"与"为艺术"之间的对立。⑦

由于理解结构等因素的差异，京派文人对文学应当表现的"人生"内

---

① 李健吾：《〈使命〉跋》，《李健吾创作评论选集》，人民文学出版社1984年版，第551页。
② 周作人：《画蛇闲话》，《周作人散文全集》第6卷，广西师范大学出版社2009年版，第197页。
③ 林语堂：《今文八弊》（中），《人间世》1935年第28期；语堂：《且说本刊》，《宇宙风》1935年第1期。
④ 沈从文：《群鸦集附记》，《创作月刊》1931年5月1日创刊号。
⑤ 从文：《真俗人和假道学》，《中央日报》副刊"平明"1939年5月15日。
⑥ 宗白华：《歌德之人生启示》，天津《大公报》"文学副刊"1932年3月21日。
⑦ 林语堂：《做文与做人》，《论语》1935年第57期。

涵的理解并不相同。例如，林语堂理解的人生内涵主要是人性、人情，他对创作的要求是"言必近情"①，沈从文则把人生理解为植根于日常生活的"人事"，他认为"植根在'人事'上面"的作品才能"贴近血肉人生"、"具有普遍性与永久性"。② 京派文人对"人生"母题的关注并非一概出于艺术超越这一精神诉求，有的作家谈人生是为了明哲保身。30 年代因言获罪、因言罹难的事时有发生，一些报刊商怕累及自己，以致在征稿之时"吁请海内文豪，从兹多谈风月"③。学贯中西的京派文人自矜其学，"多谈风月"甚感不雅，多谈"政治"又恐犯忌，他们虽不愿像左翼者那样投身革命，但也不想被人骂作"反革命"，因此在创作时只能采取中间立场："谈社会与人生"④，或者谈"经验"与"人生"⑤。

从文化的角度看，京派文人所谈的"人生"论题相当富有合理性。20 世纪 30 年代的中国虽然阶级、民族之间的矛盾和斗争异常激烈，但这毕竟是社会发展中的异态境况。在常态的社会生活中，个体之间的"冲突斗争"、普通人的"内心生活"才是人生的永恒主题，这些恒常主题的微小叙事比以战争画卷为对象的宏大叙事更能彰显"人性"以及"人生的意义与价值"⑥。就此而言，京派文学的"人生"论题深化了"五四"文学先驱所提的"人的文学"思想。从社会语境的角度看，京派文人所谈的"人生"论题又有相当大的局限性。因社会地位及生活处境不同，不同的个体眼里会有不同的人生。仅以当时的文人群体而论，颓废文人的人生是烟花柳巷、风花雪月，京派文人的人生是沙龙舞会、赋诗作文，左翼文人的人生则是阶级斗争、集会宣传。脱离人在社会中的阶级地位与文化身份谈人生，极易陷入凌空蹈虚一途。比如，当梁宗岱强调文学活动的生成最终取决于"我与物底关系"⑦ 时，他没有想到文学活动中的

---

① 语堂：《且说本刊》，《宇宙风》1935 年第 1 期。
② 沈从文：《论穆时英》，天津《大公报》副刊"文艺"1935 年 9 月 9 日。
③ 《编辑室启事》，《申报》副刊"自由谈"1933 年 5 月 25 日。
④ 林语堂：《谈女人》，《论语》1933 年第 21 期。
⑤ 刘西渭：《苦果》，天津《大公报》副刊"小公园"1935 年 8 月 4 日。
⑥ 宗白华：《莎士比亚的艺术》，《宗白华全集》第 2 卷，安徽教育出版社 1994 年版，第 156 页。
⑦ 梁宗岱：《诗·诗人·批评家》，天津《大公报》副刊"诗特刊"1936 年 5 月 15 日。

"我"并非抽象的认识主体，而是受阶级意识、政治无意识、审美素养制约的活生生的人。所以，京派文人所说的"人生"只能是特定审美观念下"理想化的人生"①，其作品"所追求表现的"也只是审美乌托邦情致下的"人生系统"②。

与"人生"这一文学母题相应，"人性"是京派文化诗学的另一个普世主题。20 世纪 20 年代末，保守主义者梁实秋与左翼文人鲁迅还因为这一问题发生了一次激烈的论战。梁实秋认为，文学要实现其不朽的目的，必须描写永久不变的人性，其例证是莎士比亚的戏剧。这一看法引起鲁迅的不满，鲁迅认为在阶级社会中没有永久不变的人性，只有此时此地的阶级性，其例证是：捡煤渣的穷人没有石油大王的烦恼、奴仆焦大不爱贵族小姐林妹妹。梁、鲁二人各执一端各有局限：梁实秋执着于人性中普遍性的一面而否定了阶级性这一特殊因素，鲁迅执着于阶级性这一特殊成分而否定了人性中的普遍性因素。其实，人性中有善亦有恶，人生中有和谐亦有斗争。和平稳定、日常生活是人类社会的常态，战争动乱、刀光剑影是人类社会的异态。不是所有的人都处于对抗性矛盾与斗争中，即使是敌对双方，也不是时时都处在斗争或战争中。由于阶级的存在，阶级性的存在不可否认，尤其是在阶级斗争激烈的时候，阶级性在个体身上还会表现得极为强烈；在阶级利益相对均衡、阶级矛盾相对缓和、生存竞争相对较小的时候，人性中善良、美好的一面就会凸显，永久不变的人性（共同人性）成分如同情、理解、友爱等占据主流，乐善好施、扶危济贫、解人之难、毫不利己专门利人甚至舍己为人之类的美好行为就会发生。鲁迅否认永久人性的例证也并不合适，他说焦大不爱林妹妹只是其个人猜想，现实生活中的"焦大"未必不爱"林妹妹"；退一步说，即使焦大真的不爱林妹妹，那也很可能是生理、心理、年龄等自然因素使然，未必是因阶级性所致。不承认永久人性的存在，就无法解释英王爱德华八世放弃王位娶一个民间再婚女，也无法解释在种族歧视强烈之时，美国白人女郎下嫁黑人这类现象。

---

① 李健吾：《〈使命〉跋》，《李健吾创作评论选集》，人民文学出版社 1984 年版，第 551 页。
② 郁达夫：《文学漫谈》，《青年界》1932 年第 2 卷第 3 期。

京派文人普遍相信"人性的存在"①，"人性的丰富与伟大"②，相信人类生活中存在"平凡的人性的美"③，相信"人类的情感"中存在"普遍趣味"④ 和"普遍的情绪"⑤ 诸如"人道主义"⑥、"深厚的同情心"⑦ 等，认为衡量文学作品的文化标准就是"合于人性"⑧，强调文学评价必须以"深厚的人性做根据"⑨。从理论上说，京派文人对"人性"的认识比较客观。他们看到了现实中"人性的丑恶"⑩ 因素，尤其是人性中残存的兽性。但是，他们注意到，即使是那些凶残的侵略者，其人性因素也没有完全泯灭，这从"俘虏的忏悔，及各战地敌尸身上搜出来的日记，通信等文件里一看就可以明白"⑪。他们据此要求作家在创作时对人性进行全面把握，反对作家把敌人公式化地刻画成一个面孔。京派文人还看到了人性恶的普遍性，这种普遍性的典型表现就是民族存亡之际政府、军队中普遍存在的贪污、腐败。人性恶的普遍存在是京派文人想利用文学进行人性教育和启蒙的社会基础。

京派文人对人性的思考在其所处的时代与主流要求不相和谐，但在那个时期过去之后，这种不合当时之"宜"的文学思想却能够给常态社会中的人们提供绵醇的艺术情趣。

多元宽容的文化理念是京派诗学"真"之维的重要内涵。京派文人大多具有欧美留学背景，深受西方民主理念熏陶，"力倡真理多元"⑫，反对

---

① 刘西渭：《〈边城〉与〈八骏图〉》，《文学季刊》1935 年第 2 卷第 3 期。

② 宗白华：《〈歌德评传〉序》，《宗白华全集》第 2 卷，安徽教育出版社 1994 年版，第 42 页。

③ 沈从文：《论冯文炳》，《沈从文全集》第 16 卷，北岳文艺出版社 2002 年版，第 146 页。

④ 同上书，第 145 页。

⑤ 李健吾：《〈以身作则〉后记》，《大公报》副刊"文艺"1936 年 1 月 20 日。

⑥ 刘西渭：《读〈里门拾记〉》，《文学杂志》1937 年第 1 卷第 2 期。

⑦ 宗白华：《我所爱于莎士比亚的》，《宗白华全集》第 2 卷，安徽教育出版社 1994 年版，第 177 页。

⑧ 刘西渭：《〈雾〉〈雨〉与〈电〉》，天津《大公报》副刊"文艺·星期特刊"1935 年 11 月 3 日。

⑨ 刘西渭：《答巴金的自白书》，天津《大公报》副刊"文艺·星期特刊"1936 年 1 月 5 日。

⑩ 刘西渭：《〈边城〉与〈八骏图〉》，《文学季刊》1935 年第 2 卷第 3 期。

⑪ 郁达夫：《从兽性中发掘人性》，新加坡《星洲日报》1939 年 5 月 6 日副刊"晨星"。

⑫ 宗白华：《〈新实在论之知识外在关系说〉编辑后语》，《宗白华全集》第 2 卷，安徽教育出版社 1994 年版，第 247 页。

单一的线性思维方式，反对非此即彼、二元对立的黑白逻辑。他们认为文学家在观念和趣味上不能"倾心于一个现象，便抹杀掉另一个存在"①，而应当"各是其所是，但不必强旁人是己之所是"②。他们在批评实践中很好地履行了自己的多元文化观：虽然十分讨厌文学宣传，却也绝不因此否认文学的政治价值与社会价值。

正是出于多元文学观的考虑，京派文人才去"弄一点有趣味的轻文学"③，在"纯文学"之外，还去关注"民间文学"、"通俗文学"④的发展。京派文人经营的通俗刊物如《论语》《人间世》《宇宙风》《天地人》《西风》《逸经》《文饭小品》等，皆以轻松、幽默、闲适为目标，可谓文学多元化的实践。

在与左翼文学阵营进行理论对阵的过程中，京派文人以实际行动表明了自己的多元主义文学立场。首先，他们在观念上并不排斥马克思主义文艺观，他们在谈论文学本质时常常借助马克思主义的文学认识论的反映论。比如刘西渭说"艺术是社会的反映"、"文学是人生的写照"⑤，朱光潜说"诗是现实的反映。现实无论是内心的或是物界的"⑥。其次，在批评实践上，京派文人并不反对马克思主义文学批评的存在，他们只是不满马克思主义文学批评存在的缺陷："一件作品，我们往往加重社会的关系，运用唯物史观解释一切的成就。这并没有错，可惜中途遗失了许多。"⑦尽管如此，京派文人还是能够"容纳左翼作家有价值的作品，以及很公正地批评这类作品。同情他们，替他们说一点公道话"⑧。

对左翼文学批评，京派文人也保持了相当的宽容，说"唯物史观的文

---

① 刘西渭：《读〈篱下集〉》，《文季月刊》1936年第1卷第1期。

② 朱光潜：《心理上个别的差异与诗的欣赏》，天津《大公报》副刊"文艺"1936年11月1日。

③ 施蛰存：《致戴望舒》，《施蛰存七十年文选》，上海文艺出版社1996年版，第955页。

④ 周作人：《关于通俗文学》，《现代》1933年第2卷第6期。

⑤ 刘西渭：《〈雾〉〈雨〉与〈电〉》，天津《大公报》副刊"文艺·星期特刊"1935年11月3日。

⑥ 朱光潜：《心理上个别的差异与诗的欣赏》，天津《大公报》副刊"文艺"1936年11月1日。

⑦ 李健吾：《从〈双城记〉谈起》，《大公报》"文艺副刊"1934年1月17日。

⑧ 岳林（沈从文）：《上海作家》，《小说月刊》1932年第1卷第3期。

学批评亦自成一家"、"足供参考"①。可见，京派文人反对的只是左翼文学中的机械唯物论与庸俗社会学，而非马克思主义文学观本身。左翼文学阵营把京派文人视为国民政府的帮闲，甚至是帮凶、敌人，实在是对京派文人的误会。

二　京派文学理论的审美之维

文学具有多重功能，主体对文学功能的认知与选择受多重因素的影响，最主要的是受主体身份类型的影响。根据主体对社会权力及话语的支配状况，人们可以把它划分为三种类型：权力主体、精英主体、大众主体。"权力主体"就是社会生活中操控各类话语的统治集团，"大众主体"就是没有话语权的普通民众，"精英主体"指处于统治集团与普通民众之间的高级文艺知识分子。高级文艺知识分子也是社会生活中的被统治者，他们和普通民众的区别就是身份流动性大一些，进入统治集团的可能性多一些。统治集团是各类艺术话语规则的制定者，他们视文学为意识形态宣传工具，文学的真假美丑全在最高权力者的欲念之间；如果文学的存在影响到统治者的支配地位，统治者会毫不犹豫地把文学打入艺术冷宫。普通民众是被动的艺术话语接受者，他们的主体性受统治者的操控；由于缺乏足够程度的教育，他们对文学的诉求本能地追求娱乐成分。高级文艺知识分子是受过良好艺术教育的文化群体，这个群体中的少数成员会有机会进入统治集团的权力中心，参与意识形态规则的制定与话语控制，但其大多数成员在社会生活中处于不上不下的中间状态，通过艺术创造追求审美至境成为他们安身立命的生存根基——19 世纪后期的西方唯美主义者如此，20 世纪 30 年代中国的京派文人群体亦如此。

京派文人崇尚美，追求美。李健吾认为美"充满人性的力量"，是"力量的力量"，它借助特定的艺术形式提升人的境界，"修补"人残缺的"生命"。② 老舍说"美"是艺术中"最要的成分"，凡"活的文学"都"开

---

① 不明（周作人）：《阿 Q 的旧账》，《华北日报》1935 年 2 月 2 日。
② 李健吾：《序华铃诗》，《李健吾文学评论选》，宁夏人民出版社 1983 年版，第 251 页。

着爱美之花"。① 沈从文说能够"超越习惯的心与眼，对于美特具敏感"②
的作家才能创作出上乘的文学作品。

美在本质上无关利害，康德这一认识经王国维介绍宣传，在 20 世
纪初已为中国文艺界人士熟知。京派文人受西方唯美主义文艺思潮及
克罗齐美学思想影响，在审美无利害观念上达成了共识。萧乾说审美
反应建立在主体和对象具有"心理上的距离"③ 基础上，朱光潜说美的
欣赏的主观前提是把"实际人生的距离推远"④，李长之说"艺术必须得
和实生活有一点距离，因为，这点距离的所在，正是审美的领域的所
在"⑤。如何在文艺实践中保持距离感？李长之提出了这样的认识："明
白是做的，做的和真的一样，这就是艺术。"⑥ 这就是说，保持审美距离
必须领会"假戏真做"的审美游戏规则：艺术虽然是虚拟的游戏行为，
主体在创造和欣赏时偏偏不当作游戏，而是当成严肃认真的实事来做；
另一方面，主体在欣赏艺术对象时，千万不能把这种游戏行为当成实事
去看待、评价。

京派文人对审美距离的理解并不完全是西方现代审美理论影响的结果。
在中国古典艺术史上，庄禅意境对各类艺术创作影响至深，无论创作还是欣
赏，人们都崇尚含蓄。所谓"象外之象"、"景外之景"、"味外之旨"，不过
是要作品在物与境、事实与意义之间保持距离，不能把作品意思写得太白、
太实、太透。在京派作家的创作中，许地山作品的空灵，废名作品的朦胧，
沈从文作品的淡远，其共同理论特点是"同'人生'实境远离，却与'诗'
非常接近"⑦，这类艺术风格绝非一个"心理距离"所能解释通透的。

京派文人对美的诗学追求主要体现在"和谐"、"趣味"这两个诗学范
畴上，他们以"和谐"、"趣味"为主题，建构文艺美学论题，同时又以现

---

① 老舍：《论创作》，《齐大月刊》1930 年 10 月 10 日创刊号。

② 沈从文：《潜渊》，《沈从文文集》第 11 卷，花城出版社 1984 年版，第 283 页。

③ 萧乾：《欣赏的距离》，天津《大公报》"文艺副刊" 1933 年 1 月 8 日。

④ 朱光潜：《从"距离"说辩护中国艺术》，天津《大公报》副刊"文艺" 1935 年 10 月
27 日。

⑤ 李长之：《鲁迅批判》，《李长之批评文集》，珠海出版社 1998 年版，第 56 页。

⑥ 李长之：《张资平恋爱小说的考察》，《清华周刊》1934 年第 41 卷第 3、4 期合刊。

⑦ 沈从文：《论中国创作小说》，《文艺月刊》1931 年第 2 卷第 4 号。

代审美精神消解文艺领域的宏大叙事。

　　无论在东方还是西方，"和谐"都是古典时期最为核心的美学理念。元典文化时期，人们把整个世界视为和谐统一的状态，"和谐"被人视为无限世界的基本特征。及至19世纪末到20世纪初，人与自然、人与社会、人与人之间的矛盾冲突愈来愈激烈，以冲突、断裂、荒诞为特征的现代派文艺思潮一拨又一拨出现，文艺领域里的"和谐"观念始被人们打破，但这并未动摇一般人在艺术领域所持的"和谐"观念。20世纪前30年，西方先锋派文艺虽然一度流行于中国文坛，京派文人也只是有选择地接受了部分流派的理论，如梁宗岱之于象征主义，朱光潜之于表现主义。未来主义、超现实主义等先锋文学类型及其理论几乎不为京派文人注意，大概与其远离古典和谐精神有关。"和谐"是京派文人批评文章共有的理论主题。梁宗岱在写文章时，最爱引用德国哲学家莱布尼茨的那句话："生存不过是一片大和谐"；宗白华论中西艺术精神，刘西渭、沈从文评论文学作品，采用的尺度也是"和谐"。宗白华感叹宇宙的伟大、大自然的美丽、世界的"圆满宁静与和谐"[①]，他认为作家的最高使命就是用心谛听"宇宙静寂的和声"[②]，然后用生花妙笔描述"人与宇宙的和谐"[③]，把世俗琐碎的对象化成和美的音乐。刘西渭表达了与宗白华极为相似的看法，他说"一部作品和性情的谐和往往是完美的标志"、"一个伟大的作家，企求的不是辞藻的效果，而是万象毕呈的完整的谐和"[④]，并据此要求作家"回到各自的内在，谛听人生谐和的旋律"[⑤]。朱光潜从理论上把艺术上的"和谐"诉求规定为"在混乱中创秩序"、"雕琢一种有秩序的形式出来"[⑥]。沈从文认为"和谐"在创作上的表现就是"节制"，他不欣赏郭沫若的诗，原因就在于郭诗"不会节制……不能节制的结果是废话"[⑦]。

---

　　① 宗白华：《歌德的〈少年维特之烦恼〉》，《宗白华全集》第2卷，安徽教育出版社1994年版，第28页。
　　② 宗白华：《我和诗》，《宗白华全集》第2卷，安徽教育出版社1994年版，第154页。
　　③ 宗白华：《歌德之人生启示》，天津《大公报》"文学副刊"1932年3月21日。
　　④ 刘西渭：《九十九度中》，天津《大公报》副刊"小公园"1935年8月18日。
　　⑤ 刘西渭：《鱼目集》，天津《大公报》副刊"文艺·星期特刊"1936年4月12日。
　　⑥ 朱光潜：《给申报周刊的青年读者（二）》，《申报每周增刊》1936年第1卷第33期。
　　⑦ 沈从文：《论郭沫若》，《沈从文全集》第16卷，北岳文艺出版社2002年版，第155页。

　　京派文人为何倾心于和谐美学？这里既有深层的文化原因，也有一般的社会原因，更有特殊的个体原因。从文化层面上讲，人的天性渴望稳定：一个动荡的世界让人缺乏安全感，从内心深感恐惧不安。中国俗语所谓"乱离人不如太平狗"印证了人类渴望和谐的天性，"和谐"文艺观的普世价值正是由此而生。从社会层面上说，和谐是稳定、秩序的保证，一个长期处于冲突的社会，必然会在耗尽相应的能量后陷入崩溃、灭亡。30年代的中国社会战乱不断，人们普遍缺乏安全感，京派文人提倡"和谐"审美观实具极为现实的社会心理基础。从个体层面来看，京派文人的"和谐"审美理念与其生活状况有关。京派文人不是报刊达人，就是名流学者，他们的生活是书斋读书、沙龙会友。在他们的社会交往中，只有志趣相投的情感与思想交流，没有激烈的政治斗争，更看不到刺刀见血的战争。久处和谐生活状态的京派文人在艺术欣赏方面自然喜欢以和谐为主导的古典艺术风格。

　　然而，京派文人的审美理论有着难以破解的社会索结：美是丑的近邻，没有对现实生活假恶丑的不满，人们不会去寻求美。人间没有"正道"时，人才会把审美活动作为"避难的蚌壳"以"完成精神的胜利"①。进而言之，无利害的美恰恰是利害无法解决时的精神产物。美给人的精神安抚不过是现实矛盾在精神和心理领域的替代性克服。审美的圆满理想是现实世界残缺的批判尺度，美的世界是人类理想的世界，因而是非现实或超现实的世界。由于这一原因，京派文人的审美追求在那个时代遭遇了尴尬，因为在"一个狂风暴雨的时代，艺术的完美和心理的深致就难以存身"②。换言之，在民不聊生、社会充满动乱的年代，审美属于精神奢侈品，审美文化很难与政治文化和谐共存，这也是京派诗学一再与左翼诗学发生龃龉的原因。

　　"和谐"毕竟只是宏观的美学原则，在具体的创作与欣赏中，尚需微观的艺术尺度。"趣味"就是京派文人在文艺创作和欣赏方面所设的审美尺度，"趣味"理论的代表是朱光潜。朱氏在30年代中期最爱谈"趣味"

---

① 李健吾：《〈以身作则〉后记》，天津《大公报》副刊"文艺"1936年1月20日。
② 刘西渭：《八月的乡村》，《咀华二集》，文化生活出版社1947年版，第41页。

问题，且论"趣味"必强调"纯正"。究竟何谓"纯正"，朱光潜并没有给出规范性的定义，而只是作了两条描述性的说明："文艺上的纯正的趣味必定是广博的趣味"①，是"能凭空俯视一切门户派别者的趣味"②。广博、客观、不存门户之见，用于说明文人的多元立场和宽容意识则可，用于界定艺术趣味实在勉强。综合朱氏本人以及其他京派文人有关趣味的论证可以得知，京派文人所说的"趣味"其实就是指文学作品所表现的古典平和的艺术情调与审美风格，诸如"醇朴"、"静穆"③。当然，在阶级斗争激烈的 30 年代，"醇朴"、"静穆"的趣味并不能为一般人所接受。鲁迅对此嘲讽说："在风沙扑面，狼虎成群的时候，谁还有这许多闲工夫，来赏玩琥珀扇坠，翡翠戒指呢。他们即使要悦目，所要的也是耸立于风沙中的大建筑，要坚固而伟大，不必怎样精；即使要满意，所要的也是匕首和投枪，要锋利而切实，用不着什么雅。"④ 在以笔为旗的左翼文人看来，京派文人的趣味只能把人引向逃避斗争、逃避现实的象牙塔，让人变得软弱。

京派文人的艺术趣味非常接近。李健吾追求深致含蓄的艺术情调，其作品节奏和情调的发展"类似梦的进行，无声，然而有色；无形，然而朦胧；不可触摸，然而可以意会"⑤。周作人、废名推崇"冲淡"的艺术情调，其文字风格"平平实实，疏疏朗朗"⑥ 有如天籁。沈从文深受这种艺术风格的影响，他喜欢以"静穆和平"、"调和"为基调的作品所散发出来的"缥缈的美"⑦，也因此心仪废名作品于"原始的单纯"、"清淡朴讷"中所表现的"素描的美"⑧，欣赏许地山作品中所透露的"静的，柔软忧郁的特质"⑨，

---

① 朱光潜：《谈读诗与趣味的培养》，《朱光潜集》，花城出版社 2009 年版，第 177 页。
② 朱光潜：《谈趣味》，天津《益世报》"文学副刊" 1935 年 3 月 6 日。
③ 朱光潜：《说"曲终人不见江上数峰青"》，《中学生》1935 年 12 月第 60 号。
④ 鲁迅：《小品文的危机》，《现代》1933 年第 3 卷第 6 期。
⑤ 李健吾：《新诗的演变》，天津《大公报》副刊"小公园" 1935 年 7 月 20 日。
⑥ 废名：《谈新诗》，《论新诗及其他》，辽宁教育出版社 1998 年版，第 79 页。
⑦ 沈从文：《论施蛰存与罗黑芷》，《现代学生》1930 年第 1 卷第 2 期。
⑧ 沈从文：《论冯文炳》，《沈从文全集》第 16 卷，北岳文艺出版社 2002 年版，第 145 页。
⑨ 沈从文：《论落华生》，《沈从文全集》第 16 卷，北岳文艺出版社 2002 年版，第 162 页。

称颂朱湘诗中的"和谐同美"、"外形的完整与音调的柔和"①，赞叹闻一多诗歌"在平静中观照一切"的"柔软的调子"及其"在文字和组织上"达到的"纯粹"②。沈氏依据"缥缈"、"静穆"、"平和"、"从容"、"明丽"这类趣味标准评定文学作品的优劣，并因此颉颃左翼文学观；他说郭沫若、茅盾的小说纯粹"糟蹋文字"，是艺术上的"失败"，对这类作品"不发生坏感的只是一些中学生"，这种宣传品式的写作章法适宜于檄文、宣言、通电，却不适宜于小说，这种糟糕的写作状况与其"委之于训练的缺乏，不如委之于趣味的养成"。③

在和谐美学观支配下，京派文人十分排斥政治化、道德化的文学叙事语式，这种叙事语式西方人称之为"宏大叙事"④。"宏大叙事"是指话语主体在描述有关事实或现象时，把单个事实或事件的性质、意义提升到族类、群体等抽象层面，赋予其重大的政治意味，并用抽象、笼统、缺乏具体所指的意识形态语汇对之加以描述。宏大叙事只考虑集体和单位的存在，偏重总体性与整体设计，却不考虑个体尤其是底层微小人物的感受，忽略局部、边缘化对象的存在以及生活的细节、偶然的事件，追求共同性、普遍性、集体性，忽略特殊性、差异性、个体性，以大文化单位取代全部文化，以一元取代多元。宏大叙事在人类各国历史上皆有表现，且其话语形式极为相似，比如法国的启蒙哲学与德国古典哲学对人类历史进步的预言和描述。

在中国文化语境中，宏大叙事就是百姓所谓"官样文章"，或文人所谓"袍笏文章"，用学术语言表述可称之为"道学叙事"；与之相应，以"道学叙事"为特点的文学批评可以称之为"道学批评"。中国历代统治者及其帮忙或帮闲文人惯常使用宏大叙事欺骗人民群众：明明靠阴谋诡计夺

---

① 沈从文：《论朱湘的诗》，《文艺月刊》1931 年第 2 卷第 1 号。

② 沈从文：《论闻一多的死水》，《新月》1929 年第 3 卷第 2 号（本文所出原刊封面清楚印有"上海新月书店发行民国十八年四月十日"字样，北岳文艺出版社出版的《沈从文全集》第 16 卷《论〈闻一多〉的死水》第 114 页文末却注为"本篇原载《新月》第 3 卷第 2 号第 3 卷第 2 期"，明显时间有误）。

③ 沈从文：《论郭沫若》，《沈从文全集》第 16 卷，北岳文艺出版社 2002 年版，第 156 页。

④ "宏大叙事"的法文词是 grand récit，英语有 grand narrative 和 master narrative 两种译法。

得政权，偏要说是"奉天承运"；明明自己想当官，却说"我辈不出，如苍生何"；明明是为一己之利谋私，却要说成是为民众谋幸福。20 世纪初期，在西方现代政治文化的影响下，以庙堂语言为根基的中国道学叙事形成一种广为流行的叙事语式，至 30 年代愈演愈烈。林语堂讽刺这种情形："抒论立言文章报国者滔滔皆是"，"开口主义，闭口立场"；① "制牙膏必曰'提倡国货'，炼牛皮必曰'实业救国'。于是放风筝亦救国，挥老拳亦救国，穿草鞋亦救国，读经书亦救国，庸医自荐，各药乱投，如此救国，其国必亡，不亡于病，而亡于药。吾国如要得救，各人将手头小事办好，便可得救"②。沈从文痛感"中国始终是一个道学家的国家"，他在反思道学叙事时指出，"人生文学"一派"写出不公平的抗议，虽文字翻新，形式不同，然而基本的人道观念，以及抗议所取的手段，乃俨然是一千年来的老派头"③。

"宏大叙事"在 30 年代文学批评界的表现是：道学批评者用一些听起来气魄宏大、意义深远，指涉内容却十分空洞的词汇对某个文本或某种文艺现象评议，其叙述策略为"滥用名词"，以宏大语词的抽象描述代替文本事实的具体分析，以致文章中充斥抽象的名词、口号。由于中国的道学批评者缺乏西方科学主义训练，对自己使用的宏大语词的具体含义缺乏深究，以致其批评文章缺乏严密的逻辑。胡适说这类文章的致命缺陷就是"同一个名词用在一篇文章里可以有无数的不同的意义"，"造成铿锵空洞的八股文章"，明确指出这"不是可以忽视的毛病"，任何一个真正的批评家对此都"不可不戒"。④ 由于政治原因，胡适的这种告诫在中国文坛几乎不起什么作用。几十年后，在"文革"时期的中国，30 年代的道学叙事演变为恶劣的"社论体"⑤ 叙事，把文学批评的学术因素破坏殆尽。

京派文人对道学批评者的喜爱和滥用宏大语词颇不以为然。刘西渭奉

① 语堂：《且说本刊》，《宇宙风》1935 年第 1 期。
② 林语堂：《今文八弊》（中），《人间世》1935 年第 28 期。
③ 沈从文：《窄而霉斋闲话》，《文艺月刊》1931 年第 2 卷第 8 号。
④ 胡适：《今日思想界的一个大弊病》，《独立评论》1935 年 6 月 2 日第 153 号。
⑤ 刘小枫：《我在的呢喃——张志扬的〈门〉与当代汉语哲学的"言路"》，《二十一世纪》1992 年第 14 期。

劝批评家不要执着于抽象的语汇，他说各种理论名词"临了都不过是一种方法"，"任何主义不是一种执拗，到头都是一种方便"①。林语堂指斥道学叙事说："欲以一主义独霸天下，以一名词解决人生一切问题。殊不知人生不如此简单，可尽落你名词壳中，文学亦有不必做政治的丫鬟之时。故此文学观吾无以名之，名之曰'不近人情的文学观'。其文不近情，其人亦不近情。人已不近人情，何以救国？"② 林语堂经办刊物，鼓吹性灵，提倡灵活自由笔调的小品文，亦是为了从实践上对抗道学叙事的空疏之风。郁达夫说林语堂"耽溺风雅，提倡性灵，亦是时势使然，或可视为消极的反抗，有意的孤行"③，可谓得林氏思想之旨的三昧之言。

第三节 京派文学理论的自律诉求

在充满了政治喧哗与骚动的 30 年代，京派文人坚守艺术的象牙塔，坚持"为艺术而艺术"的审美理想，在文学自律方面提出了独创性的理论认识，并对文学自律的对象进行多方位的理论探讨。从民族文学建设的长远角度看，京派文人在此方面所做的工作必不可少：只有政治诉求没有艺术基因的文学实在算不得文学，只有政治思想没有审美思想的文学理论也算不得文学理论。

一 京派文人的文学自律选择

在 20 世纪 30 年代，中国内有阶级之间的激烈斗争，外有帝国主义国家的侵略，这种状况让文学家很难专心于艺术创造。坚守象牙塔还是走向十字街头？为文学而文学还是为政治而文学？这成为任何文人都无法回避的精神选择。这一看似两难的问题在当时又实在不成其为问题，因为无论国府文人、左翼文人还是自由主义文人，都有自己的政治立场和艺术立

---

① 刘西渭：《答鱼目集作者》，天津《大公报》副刊"文艺·星期特刊"1936 年 6 月 7 日。
② 语堂：《且说本刊》，《宇宙风》1935 年第 1 期。
③ 郁达夫：《中国新文学大系》第 7 集《〈散文二集〉导言》，良友图书印刷公司 1935 年版，第 16 页。

场，应当选择什么或不应当选择什么，他们心里十分清楚。

京派文人选择了"为艺术而艺术"的文学自律路线。京派文人为何作出这样的选择？是他们不关心现实？还是他们没有社会责任感？答案是否定的。在 30 年代残酷的社会斗争环境中，京派文人清醒地知道"文学并不是高于一切的东西"①，艺术家不可能躲进书斋浅斟低唱。沈从文明确主张作家"置身到一切生活里去"，直面鲜血淋漓的人生，去看"杀戮争夺的情形"，去听"爆裂哭喊的声音"，去闻"烟药血腥的气味"，然后用"自己的言语"把它们描述给读者。②叶公超要求作家"走出一般人所谓的象牙之塔来，大步地踏入'现实'里去，去观察它，剖析它，冷静的在它浮面的纷乱下，发现人生的'内实'的新方面"③。唯美倾向甚浓的宗白华断言："当着国家危急存亡的关头，和千百万人民都在流离失所的时候"，诗人如果"只管一己享乐，忘却大众痛苦，那就失掉诗人的人格了！"④林语堂说他"看不出为艺术而艺术有什么道理，虽然也不与主张'为人生而艺术'的人意见相同"⑤，并说"避开现实，结果文调愈高，而文学离人生愈远，理论愈阔，眼前做人道理愈不懂"⑥。朱光潜也说"十九世纪所盛行的'为文艺而文艺'的主张是一种不健全的文艺观"、"'为文艺而文艺'的信条自身就隐含着一种矛盾"⑦。由此观之，象牙塔内的京派文人并不乏现实层面的社会关怀。

京派文人既然不乏现实意识和社会责任感，他们主张文学自律的原因又是什么呢？

从理论上看，京派文人主张文学自律系出于反叛传统"载道"文学观的精神需要。"载道"文学观是实用理性在文学领域里的思想表现，这一功利主义文学观念在中国流传长达数千年，至 20 世纪 30 年代仍然余脉不

---

① 沈从文：《废邮存底》，《武汉日报》1935 年 5 月 10 日。
② 沈从文：《现代中国文学的小感想》，《文艺月刊》1930 年第 1 卷第 5 号。
③ 叶公超：《"现代"的"评传"》，《新月》1932 年第 4 卷第 3 号。
④ 宗白华：《唐人诗歌中所表现的民族精神》，《宗白华全集》第 2 卷，安徽教育出版社 1994 年版，第 140 页。
⑤ 林语堂：《做文与做人》，《论语》1935 年第 57 期。
⑥ 语堂：《且说本刊》，《宇宙风》1935 年第 1 期。
⑦ 朱光潜：《我对于本刊的希望》，《文学杂志》1937 年 5 月 1 日创刊号。

断。京派文人既受道家散淡闲适、恣情山水思想的熏陶，复受西哲"审美无利害性"、"为艺术而艺术"等观念的影响，对儒家载道文学观念深恶痛绝，他们从效用角度否定了文学应当载道的学理根基。周作人明确说他"不觉得文字与人心世道有什么相关"①，理由是"文字在民俗上有极大神秘的威力，实际却无一点教训的效力，无论大家怎样希望文章去治国平天下，归根结蒂还是一种自慰"②，并因此提出"文学，只是以表达作者的思想感情为满足的，此外再无目的之可言"③，并宣称"载道……于我没有缘分"④。周作人还从学理上论证了把文学作为载道工具的偏颇，他说"文学有言志与载道两派，互相反动，永远没有正统"⑤。

从现代文学观出发，周作人倡导"文学的自由"，即"文学既不被人利用去做工具，也不再被干涉"，提出"如要积极地为集团服务或是有效地支配大众，那么还是去利用别的手段"。⑥ 林语堂从现代文化的角度论证了载道观对文学艺术的危害，他认为30年代的中国文学谬承"理学道统"和"文学即宣传"的双重"遗毒"，"使文学成为政治之附庸"。⑦ 林语堂对于现代型的"载道"文学观即"主张唯有宣传主义的文学，才是文学"⑧的认识颇不以为然，他对"使文学成为告白，成为呼号，成为大雷的无产阶级文学与民族文学"⑨皆持反对态度。叶公超从游戏的角度谈到了文学的非载道特质："写诗可以当作一种游戏看，凡是游戏都有合乎本身性质的规则，这些规则都有一种启迪的功用；它们强逼着诗人去找出路就是强逼他去完成一种诗的形式。"⑩

---

① 周作人：《〈夜读抄〉后记》，《周作人散文全集》第6卷，广西师范大学出版社2009年版，第368页。
② 知堂：《关于写文章》，《大公报》1935年3月14日。
③ 周作人：《中国新文学的源流》，《周作人散文全集》第6卷，广西师范大学出版社2009年版，第59—60页。
④ 知堂：《洗斋病学草》，《大公报》1934年10月20日。
⑤ 岂明：《半封回信》，《新晨报》1930年4月7日。
⑥ 知堂：《文学的未来》，《自由评论》1936年第17期。
⑦ 语堂：《且说本刊》，《宇宙风》1935年第1期。
⑧ 林语堂：《做文与做人》，《论语》1935年第57期。
⑨ 沈从文：《论汪静之的蕙的风》，《文艺月刊》1930年第1卷第4号。
⑩ 叶公超：《音节与意义》，《大公报》"文艺"1936年5月15日。

　　左翼文人以文学为政治宣传工具，下笔即是"天下国家"、"古今治乱，国计民生"①，从学理上说，这种文学类型不过是载道文学的现代变体。京派文人毫不客气地批评左翼文人的陈旧思想逻辑："他们只是在指导作家与读者重新回到'文以载道'的道上。'道'虽不同，其为'道'也则一。对于社会革命，或者不无帮助，对于文学，我只能说它们是落伍。"② 从这一理念考量，京派文学与左翼文学的思想论战属于文学观念的冲突，不属政治性质的意识形态斗争。

　　从现实角度看，京派文人主张文学自律是对当时文坛创作水平"差不多现象"的抵制。30 年代的中国文坛虽有一个接一个的文学运动、文学口号、文学论战，却不见多少有艺术品位的大作品产生。主体方面的原因，就是大部分作家内心对艺术自律性的诉求为外在功利性的冲动所取代，"革命"、"抗战"、"救亡"等现实政治主题要求压倒了"启蒙"、"自由"、"民主"等普世文化理念的追求。以文学为政治运动工具的艺术理念具有道义上的话语优越感，"我们的艺术不能不呈献给'胜利不然就死'的血腥的斗争"③ 成为作家引以为自豪的口号，这种情形导致文学创作领域严重的公式化、概念化。更由于抗战原因，在朝在野的政党都提倡文艺抗敌，结果作家一窝蜂地都去写抗战题材。为了宣传抗战，作家又都追求政治效果，忽视对作品艺术水平的追求，文学作品千篇一律，沈从文概述这类文章的特点是"内容差不多，所表现的观念也差不多"，同时提议文学界开展"反差不多运动"，以消除这种不良文风。④ 可惜事与愿违，在当时政治化的社会环境中，文学自律的观念既惹权力者心烦，也得不到文学同行的认可，"反差不多"论出台后受到了文艺界激烈的文字围攻。

---

　　① 郁达夫：《中国新文学大系》第 7 集《〈散文二集〉导言》，良友图书印刷公司 1935 年版，第 9 页。
　　② 叶公超：《"现代"的"评传"》，《新月》1932 年第 4 卷第 3 号。
　　③《中国左翼作家联盟的成立》（报导），《拓荒者》1930 年第 1 卷第 3 期。
　　④ 炯之（沈从文）：《作家间需要一种新运动》，天津《大公报》副刊"文艺"1936 年 10 月 25 日。

二　京派文学自律的理论表达

在中国历史上，文学一直处于他律的发展状态，原因就在于国人受孔子"兴观群怨"说的影响，从工具论的角度定位文学的价值，直接向文学索取道德、教育、宣传、知识，致使文学的艺术本色尽失。京派文人对此深为反感，他们反对新老载道文学观，反对创作上的"差不多"现象，目的就是为了让文学走向独立和自律。

为了让文学回复到艺术本位，京派文人从理论上作出了诸多努力。他们首先从目的论角度论证了文学独立性的理由。李长之认为文学"只可以本身为目的，不能另有目的"[①]，因为对文学要求艺术以外的目的，势必使文学沦为该种目的的手段。刘西渭认为"真正的艺术品"是"一种自足的存在。它不需要外力的撑持"[②]。沈从文认为缺乏独立性的文学将会失去自身存在的理由，其意义也会经常被人所歪曲，并因此强调"文学实有其独创性与独立价值"[③]，"作品有它应有的尊严目的"[④]。在沈从文看来，如果文学只是作为经济或政治的附庸而存在，则其存在的意义实在不大，人们就不必再谈论文学。叶公超从创造论的角度论证了文学的独立性，他认为人生存在着三个世界："现实世界"、"情感世界"、"艺术世界"。"现实世界"包括自然界和人类社会两个层面；"情感世界"就是人类与它们接触后的产物；"艺术世界"就是以前两者为基础的人造世界，它"是人的意愿、欲望，以及观察所创造的"，"是人类心灵（the human mind）的流露"，"完全是人为的"，"与现实是分立的"。[⑤] 叶公超的三个世界论给文学自律提供了经验事实，给文学走向独立提供了充分的理由。

京派文人对于文学自身存在目的论的分析意义重大：承认文学本身的目的性和独立性，就得承认"为艺术而艺术"的合理性；承认了"为艺术而艺术"的合理性，文学工具论自然失去其合法性；文学工具论失去合法

---

① 李长之：《红楼梦批判》，《清华周刊》1933年第39卷第1期。
② 刘西渭：《神·鬼·人》，天津《大公报》副刊"文艺"1935年12月27日。
③ 沈从文：《记丁玲》，《沈从文全集》第13卷，北岳文艺出版社2002年版，第207页。
④ 沈从文：《给某教授》，天津《大公报》副刊"文艺"1935年9月15日。
⑤ 叶公超：《现实世界与艺术世界》，天津《大公报》副刊"文艺"1934年7月21日。

性以后，文学的创作与研究必然走向艺术本体论一途。而从逻辑上来说，艺术本体论必然把文学研究引向文学"自性"（文学性、艺术性）认识，而非文学以外的"他性"（政治性、商业性）认识，并在理论上给作家提供了"纯艺术创作成立的条件"①。

京派文人既以"纯艺术"为文学本体，他们便在创作上反对文学工具论的理念，在批评上不满文艺社会学的方法。文艺社会学批评被京派批评家李健吾称为"从外面判断作品的价值"。"从外面判断作品的价值"其实也就是现在人们习称的"外部研究"方法。"外部研究"、"内部研究"的说法源于美国新批评理论家韦勒克、沃伦合写的《文学理论》，该书初版于 1942 年，后随新批评理论的流传，这种说法闻名于世。客观地说，30 年代的中国学者已经尽悉"外部研究"论的精义。李健吾在一篇批评文章中写道："从艺术作品里面，我们可以看出社会的反映，但是多数人却偏重历史的知识，从外面判断作品的价值。"② 作家李健吾对"外部研究"的理解和认识虽然精准，却没有对之进行深入的逻辑阐释，这一缺陷为职业学者梁实秋的论述补足了。梁实秋说："社会学的批评的先决问题是认定文学的创造乃受社会影响的支配，故批评文学作品应解释其当时社会之状况……但是……解释社会状况，只能算是解释了作品产生的状况，不能算是评衡其内容的价值……最好的研究文学的方法是在作品里面去研究，不是到作品外面去研究。"③

30 年代的中国学者所说的"从外面判断作品的价值"与"到作品外面去研究"，其实就是韦勒克、沃伦所说的"外部研究"；彼时中国学者所说的"在作品里面去研究"，实际上就是韦勒克、沃伦所说的"内部研究"。可惜，这些富有理论启发意义的思想未能从逻辑上延伸或展开，更没发展成自觉的研究方法，湮没在历史文献的文海之中，"内部研究"和"外部研究"的发明权遂成为美国学者的知识专利。

---

① 沈从文：《论施蛰存与罗黑芷》，《现代学生》1930 年第 1 卷第 2 期。

② 李健吾：《从〈双城记〉谈起》，天津《大公报》"文艺副刊" 1934 年 1 月 17 日。

③ 梁实秋：《文艺批评论》，《梁实秋文集》第 1 卷，鹭江出版社 2002 年版，第 302 页。

三　京派文学自律的对象类型

京派文人在宣扬文学自律信念的同时，也在圈定并探索着文学自律的对象。从 30 年代的理论与批评实践来看，京派文人对文学自律对象的探讨主要集中在形式、技巧、语言文字等几个方面。

在文学系统之中，最能体现独立意味的文学因素就是文学形式。京派文人明乎此点，于是先从理论上确立了文学形式的作用与地位。宗白华说作品之美全仗其"谐和的形式"①。梁宗岱说"形式"是一切作品的"生命"和"永生的原理"，因为任何作品都"不能离掉形式而有伟大的生存"，而在作品的生存过程中，"只有形式能够抵抗时间底侵蚀"。②"形式"的作用及地位既明，文学创作的努力方向也便豁然开朗。梁宗岱把文学创作的目标定位在"全副精神灌注在形式上面"③，李健吾则以"形式"为本体参照，批评中国传统作品只顾说教，"缺乏形式"，导致文学作品的"粗陋，淫邪，庸俗"④。

京派文人对文学形式作了两个方面的探索，一是形式美的理论基础，二是文学形式的类型。形式美的理论基础是"匀称""均衡""和谐"等古典审美法则，京派文人大多认可这些观念。梁宗岱说"一件艺术品底美就是它本身各部分之间，或推而至于它与环绕着它的各事物之间的匀称，均衡与和谐"⑤，这种看法与亚里士多德的诗学理念及黑格尔的美学理念完全一致。沈从文之"组织的美，秩序的美，才是人生的美"⑥ 的说法与前者相去亦不远。李长之专门探讨了文学的形式类型，他把文学形式分成两种："一是外的形式，一是内的形式"，提出"外的形式"就是"体裁"，"内的形式"就是"风格"。⑦ 从形式的本体认定再到形式类型的区分，可

---

① 宗白华：《歌德之人生启示》，天津《大公报》"文学副刊"1932 年 4 月 4 日。
② 梁宗岱：《新诗底十字路口》，天津《大公报》副刊"诗特刊"1935 年 11 月 8 日。
③ 梁宗岱：《保罗哇莱荔评传》，《小说月报》1929 年第 20 卷第 1 号。
④ 刘西渭：《中国旧小说的穷途》，天津《大公报》"文艺副刊"1934 年 10 月 6 日。
⑤ 梁宗岱：《诗·诗人·批评家》，天津《大公报》副刊"诗特刊"1936 年 5 月 15 日。
⑥ 甲辰（沈从文）：《卷头语》，杭州《小说月刊》1932 年第 1 卷第 3 期。
⑦ 李长之：《论研究中国文学者之路》，《现代》1934 年第 5 卷第 3 期。

见京派文人对文学形式因素的重视程度。

京派文人虽然十分看重形式，却坚称自己不属"形式主义者"①。的确，京派文人虽然尊崇形式，却不是形式的奴隶。李长之指出："形式为人用，人不为形式用。在每逢人们忽略了这一点的时候，文学便走上了死路，每一个文学革命，无非是这一点的认识的觉醒。"②梁宗岱对形式在文学作品中的作用作了相当精准的定位，他说："内容和形式是像光和热般不能分辨的。正如文字之于诗，声音之于乐，颜色线条之于画，土和石之于雕刻，不独是表现情意的工具，并且也是作品底本质。"③

形式的构造和组成依赖一定的艺术技巧，对技巧的作用及运用规则的探讨十分自然地进入京派文人的理论视野之中。李长之看待技巧的作用之高，到了技巧与内容等量齐观的程度："技巧的重要，并不次于内容，在创作一篇文艺作品时，技巧的重要，毋宁说是有过于内容。其所以为艺术者，不在内容，而在技巧。因为技巧是文艺别于一般别的非文艺品的唯一特色之故。文艺品不成了法律，不成了广告，不成了传单，其故在此。"④

这段文字看似在谈论技巧的重要性，实则是在谈技巧与内容之间的关系，里面暗含着一个很有价值的思想：技巧（形式）即内容，技巧（形式）与内容不可分。沈从文认为技巧与内容是统一的，他说"人类高尚的理想，健康的理想，必须先融解在文字里，这理想方可成为'艺术'。无视文字的德性与效率，想望作品可以作杠杆，作火炬，作炸药，皆为徒然妄想"，他因此要求作家"莫轻视技巧，莫忽视技巧"。⑤

中国古代作家大都不刻意追求技巧：受儒家思想影响的作家以"载道""明道"为精神旨归，以"合时""合事"为现实目标，追求"辞达而已"的阅读效果；受道家思想影响的作家追求"出水芙蓉""人淡如菊"的纯朴状态，视技巧为多余。无论儒家诗学抑或道家诗学，均视"品"

---

① 萧乾：《为技巧伸冤》，天津《大公报》副刊"文艺"1935 年 11 月 13 日。
② 李长之：《论新诗的前途》，天津《益世报》"文学副刊"1935 年 4 月 3 日。
③ 梁宗岱：《谈诗》，《人间世》1934 年第 15 期。
④ 李长之：《我对于文艺批评的要求和主张》，《现代》1933 年第 3 卷第 4 期。
⑤ 沈从文：《论技巧》，天津《大公报》副刊"小公园"1935 年 8 月 31 日。

"格""调""神""韵""骨""气"等为艺术至境，形式、技巧被视为表达艺术至境的工具或手段。就此观之，京派文人谈形式论技巧不啻是对传统主流文学观的反动，京派文人自己也是如此看待技巧理论的："谈到技巧，是给古老的创作理论一种攻击；提出史的文学时代的观念，是后来文学革命的导火线。"①

和中国传统诗学相反，京派文人视技巧为艺术成功与否的关键因素。李长之说："语言文字的特性关系于文学技巧，且关系于一民族之整个思想的方式，换句话，简直又可以说关系一民族的文学创作的内容了。"② 他还不无极端地说"技巧的极致，往往是内容的极致"③。刘西渭也十分看重技巧在创作中的作用，他认为"故事算不了什么，重要在技巧"④。刘西渭还把技巧提高到与"现代性"有关的高度，说"一件作品的现代性，不仅仅在材料（我们最好避免形式内容的字样），而大半在观察，选择和技巧"⑤。

京派文人重视技巧在思想上是形式本体理念的逻辑结果，在经验上是作家创作技巧普遍匮乏的刺激结果。用萧乾的说法，当时的作家"在技巧上……太安分……太不创造"⑥。不懂技巧或缺乏技巧的作家在创作时只好在艺术以外的对象上用力。当时作家"共通的毛病"就是以"感情排泄"代表艺术表现，"写作时全不能节度自己的牢骚"，其作品传达给人的都是一些"极力避去文字表面的热情"。⑦ 等而下之者干脆以迎合低级读者的欲望需求为写作目标，根据"大众要什么"创作一些低级趣味的作品。⑧ 这类情形让京派文人十分反感，在他们看来，作家怎样表现事实或思想比事实或思想本身更重要，技巧比内容更重要，缺乏技术含量的写作必致作品艺术品位和水平降低，而缺乏技术含量和美学水准的作品最不能让人容忍。从理论水准来说，京派文人的这种认识和俄苏形式主义者及英美新批

---

①　李长之：《王国维文艺批评著作批判》，《文学季刊》1934年1月1日创刊号。

②　李长之：《论研究中国文学者之路》，《现代》1934年第5卷第3期。

③　李长之：《我对于文艺批评的要求和主张》，《现代》1933年第3卷第4期。

④　刘西渭：《读篱下集》，《文季月刊》1936年第1卷第1期。

⑤　刘西渭：《九十九度中》，天津《大公报》副刊"小公园"1935年8月18日。

⑥　萧乾：《创作界的瞻顾》，天津《大公报》副刊"文艺"1934年11月28日。

⑦　沈从文：《谈诗》，《创作月刊》1931年第1卷第2期。

⑧　甲辰（沈从文）：《郁达夫张资平及其影响》，《新月》1930年第3卷第1号。

评理论家在同一起跑线上，他们之间完全可以就某一理论问题进行接轨或展开对话。

然而，什么样的东西算作技巧？技巧都包括哪些因素？大多数京派文人对此似乎不愿深究，只有李长之是个例外。李长之把技巧使用的核心因素归结为"美"和"力"，把技巧类型划分为"风格"、"手法"、"结构"三类，并把"风格"界定为"作者对于语言文字的运用"，把"手法"界定为"乃是说了些什么，写了些什么的问题"，把"结构"界定为"在大处一种穿插、连络的问题"。① 在该文中，李长之分别从"技巧问题之静力学观"与"技巧问题之动力学观"两个方面，考察了文学创作的诸种技巧，并把它们概括为八条原理：原理一：技巧的根本原则是以特殊表现普遍，以具体表现抽象；原理二：技巧与内容，有不可分性；原理三：一个作家的技巧是统一的；原理四：技巧本身需要调和；原理五：技巧的最高点是表现情感的型；原理六：技巧的获得在从容；原理七：技巧以能够表现作者个性为起点；原理八：从发展的观点看，技巧与内容是互为消长的。论者认为前五条属于静力学的类型，后三条属于动力学的类型。李氏之论是否科学、能否为人接受暂且不说，单是他把"技巧"这一技术对象提升成为理论对象并加以系统深入的论证所表现的入思能力及逻辑水平就让人不得不感到佩服。

像对待"形式"问题一样，京派文人虽然十分看重技巧，却不是唯技巧论者。比如，最爱谈论技巧的沈从文却一再告诫作家"莫滥用技巧"②，他认为"技巧必有所附丽，方成艺术，偏重技巧，难免空洞。技巧过量，自然转入邪僻"③，很担心作家因过分追求技巧而落入技巧主义的陷阱。

在语言文学中，形式和技巧的真正用武之地还是语言文字本身。"自律对象"或曰"内部研究"的对象也是以语言文字为媒介的作品。因此，语言文字不能不成为京派文学研究中的奠基性因素，恰如李长之所言：

---

① 李长之：《论文艺作品之技巧原理》，《天地人》1936 年第 4 期。
② 沈从文：《论技巧》，天津《大公报》副刊"小公园"1935 年 8 月 31 日。
③ 沈从文：《论穆时英》，天津《大公报》副刊"文艺"1935 年 9 月 9 日。

"不知道语言文字的特色、特长和缺陷，是难以彻底的明了文艺的技巧课题的。"①

　　文学使用的工具或曰媒介是文字，大多数京派文人对此有所反思。李长之说"所有的艺术，无不具有特殊的借以表现的材料，这就是工具问题……文艺所借以表现的是语言文字，因为语言文字的不同，也形成各具面目的种种作品"②；朱光潜谓"艺术家在心里酝酿意象时常不能离开他所习用的特殊媒介或符号"，"文学所用的传达媒介是语言文字"③；刘西渭称"语言——表现的符志"④；沈从文说"文学作品简单说来不过是用文字拼拼凑凑产生的一种东西"⑤。这些大同小异的说法其实表达了同一个意思：文学是语言的艺术。只是30年代的人们对文学的学科意识尚不十分明确，对文学的语言艺术特质虽有思考，却未升华为学科定义。尽管如此，京派文人对语言文学的基本创造法则还是有着相当深入的领悟，对文学活动中语言文字的使用规则也进行了多重层次的思考。

　　首先，京派文人看到了文字性质与文学之间的关系。叶公超指出："诗人的工具是文字。文字有声音，有意义（广义的用法，包括诗人所欲表现的一切）。文字的声音本身可以产生各种隐微的和谐，有时还能帮助意义的传达。"⑥ 沈从文也出于文学表达与意义之间关系的考虑，要求作家在创作前首先理解文字的性质和意义，在他看来，"一个作家不注意文字，不懂得文字的魔力，纵有好思想也表达不出"⑦。

　　其次，京派文人看到了文字使用中技巧的作用。沈从文指出，"单是文字同思想，不加雕琢同配置，正如其他材料一样，不能成为艺术"⑧，其意无疑是说，艺术的形式、意义完全是技术安排的结果。梁实秋对此讲得

---

① 李长之：《论研究中国文学者之路》，《现代》1934年第5卷第3期。
② 同上。
③ 朱光潜：《"创造的批评"》，天津《大公报》"文艺副刊"1935年4月14日。
④ 刘西渭：《〈雾〉〈雨〉与〈电〉——巴金的〈爱情三部曲〉》，天津《大公报》副刊"文艺·星期特刊"1935年11月3日。
⑤ 沈从文：《一般或特殊》，《今日评论》1939年第1卷第4期。
⑥ 叶公超：《论新诗》，《文学杂志》1937年5月创刊号。
⑦ 沈从文：《一封信》，《中学生》1935年6月1日第56号。
⑧ 沈从文：《谈诗》，《创作月刊》1931年第1卷第2期。

十分清楚，他说"文字是一种符号，其本身无所谓美与不美"，但是，"经过适当的选择与编排，便能产生意义，在读者心中可以发生几种不同的作用"。① 为了证明文学创作中"适当的选择与编排"的作用，梁实秋还以文学作品中"音乐"与"图画"效果的生成为例作了论证。他说文学作品的音乐感依赖作家对于作品中文字的"腔调节奏之抑扬顿挫，其韵脚、头音、双声、叠韵之重复和谐"等的安排，如果"字音的清浊、尖圆、平仄、急徐、宽窄"等因素安排妥当，都"能给读者以一种听觉上的快感"；而作品的"图画"效果同样有赖文字的使用：小至"一词一语，或则含蓄，或则旖旎，或则典雅，或则雄浑，或则隽逸，仪态万方，各有其致"，大至"小说的结构往往有建筑性的美；戏剧的布局也有其穿插错综之妙"。②

文学的艺术效果完全取决于文字的使用安排，如何使用文字就成为文学创作中必须留心的关键，京派文人自然明白这一点，所以他们要求作家创作时一定要师法古人的文字推敲功夫，注意"选择材料，处置它到恰当处"③，并在阅读优秀文学作品时留心借鉴，"了解那作品整个的分配方法，注意它如何处置文字，如何处理故事"④。

京派文人在思考文学的语言特征时，发现了语言文字种类本身对文学形成的影响，并由此专门考虑到汉语言文字的特征。首先对此问题作出思考的是李长之。李长之说："语言文字的特色、特长和缺陷，显然的在一般的原则之外，又有带了民族的色彩的划分，所以，谋中国文学的建设基础，便不能不首先把握'中国的'语言文字之特色、特长和缺陷了"，"对中国的语言文字，我们也需要来一个彻底的考核。到底具什么优长，我们该利用之，到底有什么缺陷，我们该补救之，到底有什么特色，关系到我们中国人一般的思想方式，表现方式，以及美学上的价值与意义，我们该发见之"。⑤ 李长之虽然思考到了汉语言文字本身的使用问题，却因其学术

---

① 梁实秋：《文学的美》，《东方杂志》1937 年第 34 卷第 1 号。

② 同上。

③ 沈从文：《谈诗》，《创作月刊》1931 年第 1 卷第 2 期。

④ 沈从文：《一封信》，《中学生》1935 年第 56 号（1935 年 6 月号）。

⑤ 李长之：《论研究中国文学者之路》，《现代》1934 年第 5 卷第 3 期。

背景所限，没有作出进一步的研究和推断：李是一个理工科出身的大学生，缺乏语言学方面的基础训练，虽有较高的文学天分和哲学功底，但于语言学毕竟是外行。倒是北大西语系教授叶公超对中国文字的语法特征进行了精彩的理论分析，他说中国文字的表现力"在语词上"，西洋文字的表现力在"结构"；"中文的句法往往有文法的意义"，所以不必像西方文字那样讲究"文法的完整排列"；"中文的语句多半好像是以短的语词构成"，"缺少连带关系的工具，所以语法的断逗短而多，同时也不能有很长而复杂的句子。一句里有三个'的'字就要倒塌的样子"；因为中国"文字是单音的，而同音的文字又这样多，所以不得不在单音字的声调上做功夫"。① 叶公超的论述可谓切中汉字性质及使用特征的肯綮，这对作家及文学研究人员深入理解汉字的性质及特质无疑具有启发作用。

作为文学艺术本体的语言，其局限也为京派文人所洞穿："语言帮助我们表现，同时妨害我们表现"②。这一认识虽然只是批评家的片言只语，但在20世纪前期的中国学界却是空谷足音，因为这一认识正是20世纪存在语言哲学的核心命题之一：语言敞开又遮蔽。京派文人不同于西方的职业哲学家，思考语言的本质不是他们的理论特长，也不是他们的工作性质；他们凭着自己的写作和批评实践，能够领悟语言自身的局限，真是十分难得。

---

① 叶公超：《谈白话散文》，《中央日报》副刊"平明"1939年8月15日。

② 刘西渭：《〈雾〉〈雨〉与〈电〉——巴金的〈爱情的三部曲〉》，天津《大公报》副刊"文艺·星期特刊"1935年11月3日。

结语　理论缺陷与后设反思

20 世纪 30 年代是中国文学话语发达的时代，而非中国文学理论发达的时代，就整体理论水平而言，该时期文学理论研究存在着一些严重的缺陷，这些缺陷表现为以下几个方面。

一　文学基本理论建设薄弱。文学基本理论在 30 年代的发展乏善可陈，这主要表现在该时期文学基本理论命题在内涵规定上游移不定。例如，"现实主义"是影响中国文坛长达一个世纪的重要文学命题。20 世纪中期以后，随着政治新秩序的建立，它成为规范中国大陆文学发展的主流文学话语中的核心话语。但是，这一重要命题在 30 年代并没有一个相对稳定的认识，而是随着社会政治的变动及外来政治化文学的影响在内涵方面始终处于游移状态。30 年代初，受日本文学的影响，文坛流行"新写实主义"的概念，后来受苏联文学界的影响，"新写实主义"的概念又被置换为"社会主义的现实主义"概念。这种情形表明，30 年代的中国理论尚未走向成熟——学科成熟的标志就是该学科在研究中形成了相应的研究范式，而成熟的核心概念与独立的研究方法是范式架构中不可或缺的因素。

二　没有发展出完整的理论系统。有学者指出，20 世纪 30 年代的文学理论"没有系统化、条理化、理论化"[①]，这主要表现在 30 年代的文学理论家"没有一个人系统地论述过"文学理论应当"包括哪些范畴，有何基本特征，与过去的文艺有啥区别，等等"。[②] 原因有很多，其中三个特别值得注意。第一个也是首要的原因是该时期文艺界大多数人缺乏明确的学

---

① 张大明：《不灭的火种——左翼文学论》，四川文艺出版社 1992 年版，第 187 页。
② 同上书，第 188 页。

科意识。早在 20 世纪 20 年代末，林语堂就已觉察到这方面的问题，他对此检讨说："中国只有评文美恶的意见，而没有美学，只有批评，而没有关于批评的理论，所以许多美学的问题，是谈不到的（刘勰《知音篇》稍稍谈及，但是仍未能提出批评本身的问题）。"① 第二个原因是该时期大多数文学研究者缺乏基本理论建设意识。20 世纪 30 年代初，梁实秋对此有所反省，他在与徐志摩的学术通讯中谈到，"什么是诗？这问题在七八年前没有多少人讨论，偌大的一个新诗运动，诗是什么的问题竟没有多少讨论"；他认为新诗作者只侧重语言形式即"白话一方面，而未曾注意到诗的艺术和原理一方面"。② 第三个原因是该时期大多数文学研究者缺乏科学意识和科学精神。"学问"和"治学"必须运用"科学方法"，即求事之"所以然"，"去推理"、"求系统"，而后才会"有系统的纯正的科学建树"；"文学研究也是如此"，文学研究的出发点就是要找出"一条明白合理的文学界说"即"文学的本质"。③ 上述观点是老舍在 20 世纪 30 年代出版的《文学概论讲义》所提的问题。这种意识在当时极为难能可贵，然而，在实践中却是相当难；即便老舍本人，也只是思想上明此理而已，他也没有在此方面努力。在热衷纯艺术和纯学术研究的京派文人中间，真正具有科学意识、运用科学方法进行文学研究的人，除了工科出身的李长之，再也找不到第二个人。在理论上最有建树的京派文学理论提供给人们的也不是纯粹的知识论诗学，而是饱含作家情感及生命感悟的体验论诗学。

　　三　错过了两次理论发展良机。有两次理论良机，被 20 世纪 30 年代的中国文艺界错过。一次机遇是文艺大众化。文艺大众化问题本来是一个文艺接受的问题，它牵涉到作者与读者、文艺形式、文艺语言、文艺价值等文艺基本理论问题。然而，参与讨论的理论主体大多从宣传角度看待这一问题，这就使问题变了味，最终演变成为一个学术色彩淡政治意味浓的半政治半文艺问题；一个富含大量理论资源的学术矿藏，竟因精神采矿者作业方式的不当，未得到合理的开采利用，本应产生在中国的"接受美

---

① 林语堂：《〈新的文评〉序言》，《语丝》1929 年第 5 卷第 30 期。
② 梁实秋：《新诗的格调及其他》，《诗刊》1931 年 1 月 20 日创刊号。
③ 老舍：《文学概论讲义》，复旦大学出版社 2004 年版，第 1 页。

学"这一学科，却因政治的影响与中国学术界擦肩而过。另一次机遇是胡秋原的马克思主义文学思想。在国外的马克思主义研究中，有"西方马克思主义"这一特殊流派，"西方马克思主义"与正统马克思主义的区别就是其研究思路不再立足于经济决定论，而是立足于心理和文化，是谓"文化唯物主义"。自称自己研究立场是"自由主义态度与唯物史观方法"的胡秋原，走的恰恰就是文化唯物主义的研究思路，他主张"在文艺或哲学的领域，根据马克斯主义的理论来研究，但不一定在政党的领导之下，根据党的当前实际政纲和迫切的需要来判断一切"。① 与左翼文学家研究文学必以经济、政治为起点和归宿不同，胡秋原论文学喜欢从"根本的问题"讨论起，"一提起艺术便要谈到艺术的定义，不但谈到，而且定要把它当做'谈艺术的第一个问题'"，很显然，这是"两种马克思主义"，"一方面背着政治的使命，另一方面却背着真理的招牌"。② 这"两种马克思主义"其实就是"学术马克思主义"与"政治马克思主义"、"文化唯物主义"与"政治唯物主义"的分立类型。本来，胡秋原应该从自己的文艺思想中发展出一条"东方马克思主义"之路。然而，胡秋原的马克思主义文学观没有好好发育，并在后来销声匿迹了。

上述理论缺陷的形成有多种因素，其中几个核心的要素不能不察——它们对 30 年代文学理论发展的影响至为关键。

30 年代的文学理论主体对该时期文学理论的相关问题具有不可推卸的责任。该时期文人从整体上来说，对理论发展抱实用态度，这是造成文学理论研究难成系统、难以深入的重要主观因素。左翼文人热衷于政治活动，一般文人受政府号召或社会影响，难以埋头学问、以学术成就贡献于社会和世人，而是走向公共知识分子一途，为政治摇旗呐喊。自由主义文人虽然安居书斋，但其兴趣多在文学创作而不是理论，故不舍得在理论问题上多花心思，其理论上的感悟或创见多是点到为止，难以形成系统严密的理论体系。

30 年代的社会体制对文学理论发展的制约也相当大。彼时的国民政府

---

① 胡秋原：《浪费的论争》，《现代》1932 年第 2 卷第 2 期。
② 苏汶：《关于文新与胡秋原的文艺论辩》，《现代》1932 年第 1 卷第 3 期。

对人才没有做合理的社会角色分工，要求文艺家去尽社会政治义务，许多文艺家自己也心甘情愿地做文艺宣传的工具，社会因此多了一些"华威先生"式的政工人才和宣传人员，却少了一些出色的作家和学者，这些情形自然影响到文学理论的培护、发育。从长远角度考虑，无论政府或个人，作出这种要求和选择都属文化上的短视行为。因为知识进化相当缓慢，其自身的积累不能间断，即使在战争年代也是如此。因为战争不会永远持续下去，战争过后，还要建设；和平立国和建国都要靠知识和文化。因战争原因中断发展的精神对象，一旦战后需要进行重建，那因战争中断的知识链条再想接续起来就不是那么容易了。就 30 年代这一特殊时期来说，虽然国民党官方的"政治中心"观和中共的"革命"、"解放"观都有其存在的理由，但对此类观念不能不加变通、强求一律。在不同种类的人物中间，应当有社会角色分工。让教授和科学家扛起枪来作为普通士兵到前线打仗，在那个教育、文化资源极为匮乏的年代，无疑是巨大的文化浪费；让所有的文人都去做政治宣传员，尤其让那些具有卓越艺术才能的艺术家去做普通的文艺宣传员，无疑是对文艺人才资源的巨大浪费。文人应当有其社会职业和角色定位，他们对国家的贡献有多种渠道、多个层次，不能从政治和时局的角度对之一刀切，正如 1929 年国民党第三次全国党代会决议所说："使个人能为社会生存之总目的，各献其健全之能力。"① 30 年代初，北洋大学一位院长因忧心国难而绝食，就有学者表示异议，认为"知识阶级是国家的命脉"，不能轻易绝食，而应"切实的干去"，同时引《大公报》社论说："国家需要人才者，甚迫切而久远，无论国难如何严重，挽救之责，应由纯洁爱国者担负。……不应……轻视知识阶级本身之使命。"②

学术政治化是影响 30 年代文学理论发展最为核心的因素。在 20 世纪 30 年代，政治斗争严重干扰文学的生长，文学政治化倾向严重，文学理论的发展也因而显示出浓厚的意识形态色彩。意识形态的对立与斗争妨碍了

---

① ［日］多贺秋五郎：《近代中国教育史资料》"民国编中"，日本学术振兴会 1972 年版，第650 页。

② 楼邦彦：《知识阶级的路》，《清华周刊》1931 年第 36 卷第 518 号。

人们对文学现象的理性思考和分析，该时期的文学理论争鸣一般都是意识
形态层面的话语斗争而非学术层面的思想论争。普通理论研究因缺乏思想
主旋律成为众声喧哗的多声部理论杂语，丧失了学科与知识的建构目标。
因此，30 年代这一历史时期的文学思潮、文学运动、文学论争虽然每次都
进行得轰轰烈烈，却在理论与知识方面没有产生多大推进。蒋梦麟在反思
当时学界的精神状况时指出，学术发展的前提是研究者能够"取宁静致远
的方针，好好下数年埋头工夫，然后再来谈运动，这才不会有内容空洞的
运动"①。

---

① 《蒋梦麟畅谈北大教育方针》，《北平晨报》1934 年 11 月 9 日第 9 版。

参考文献

张大明：《三十年代文学札记》，天津人民出版社 1986 年版。

"左联"成立会址恢复办公室编：《中国三十年代文学研究》（论文集），上
海社会科学院出版社 1989 年版。

中国社会科学院近代史研究所民国史研究室编：《一九三〇年代的中国》，
社会科学文献出版社 2006 年版。

朱晓进：《政治文化与中国二十世纪三十年代文学》，人民出版社 2006 年版。

李春雷等：《媒介与学术——以 20 世纪二三十年代为视角》，天津古籍出版
社 2007 年版。

刘淑玲：《〈大公报〉与中国现代文学》，河北教育出版社 2004 年版。

艾晓明：《中国左翼文学思潮探源》，湖南文艺出版社 1991 年版。

林伟民：《中国左翼文学思潮》，华东师范大学出版社 2005 年版。

俞兆平：《中国现代三大文学思潮新论》，人民文学出版社 2006 年版。

毛庆耆等：《中国文艺理论百年教程》，广东高等教育出版社 2004 年版。

张大明：《中国象征主义百年史》，河南大学出版社 2007 年版。

程正民等：《中国现代文学理论知识体系的建构》，北京大学出版社 2005
年版。

陈建华：《"革命"的现代性——中国革命话语考论》，上海古籍出版社
2000 年版。

董学文等：《中国当代文学理论（1978—2008）》，北京大学出版社 2008 年版。

贾植芳等编：《中外文学关系史资料汇编（1898—1937）》上、下，广西师
范大学出版社 2004 年版。

李欧梵：《上海摩登——一种新都市文化在中国（1930—1945）》，北京大学出版社 2001 年版。

殷国明：《20 世纪中西文艺理论交流史论》，华东师范大学出版社 1999 年版。

张来民：《作为商品的艺术》，中国社会科学出版社 2002 年版。

〔德〕马克斯·舍勒：《知识社会学问题》，华夏出版社 1999 年版。

〔英〕大卫·布鲁尔：《知识和社会意象》，东方出版社 2001 年版。

〔英〕迈克尔·马尔凯：《科学与知识社会学》，东方出版社 2001 年版。

〔英〕马克·J. 史密斯：《文化——再造社会科学》，吉林人民出版社 2005 年版。

〔奥〕卡·诺尔—塞蒂纳：《制造知识——建构主义与科学的与境性》，东方出版社 2001 年版。

〔法〕福柯：《知识考古学》，生活·读书·新知三联书店 1999 年版。

〔法〕福柯：《词与物——人文科学考古学》，上海三联书店 2001 年版。

〔法〕福柯：《主体解释学》，上海人民出版社 2005 年版。

〔法〕福柯：《必须保卫社会》，上海人民出版社 1999 年版。

〔法〕布尔迪约等：《再生产》，商务印书馆 2002 年版。

〔法〕布尔迪厄：《言语意味着什么》，商务印书馆 2005 年版。

〔法〕布尔迪厄：《国家精英——名牌大学与群体精神》，商务印书馆 2004 年版。

〔法〕布迪厄：《艺术的法则——文学场的生成和结构》，中央编译出版社 2001 年版。

〔美〕海登·怀特：《话语的转义》，大象出版社 2011 年版。

〔美〕伯克霍福：《超越伟大故事：作为文本和话语的历史》，北京师范大学出版社 2008 年版。

〔美〕马克斯·韦伯：《学术与政治》，生活·读书·新知三联书店 2005 年版。

〔德〕哈贝马斯：《重建历史唯物主义》，社会科学文献出版社 2000 年版。

谢少波：《抵抗的文化政治学》，中国社会科学出版社 1999 年版。

李宏图编译：《表象的叙述——新社会文化史》，上海三联书店 2003 年版。

P. Macerey, A theory of literary production, Routledge & Kegan Paul, 1978.

L. Althusser, Reading Capital, NLB, 1970.

G. Ritzer, Postmodern social theory, McGraw – Hill, 1997.

J. H. Turner, The structure of sociological theory, Wadsworth, 2003.

G. Ritzer, D. J. Goodman, Modern sociological theory, McGraw – Hill, 2004.

G. Ritzer, Contemporary sociological theory and its classical roots: the basics, McGraw – Hill, 2003.

后 记

文学理论史的意义在于它能够给已往的文学理论活动提供一个相对合理的解释。作为文学理论断代史研究，本书目的旨在通过历史形态学的研究方式，对 20 世纪 30 年代的中国文学理论赖以形成的社会语境、生成机制及其相应的理论形态及其所履行的社会功能进行解释，同时对当时不同形态的文学理论在价值追求、叙事模式等方面的理论向度加以描述。我不敢奢望这项研究能够找到文学理论的"发展规律"，更不敢说以此研究为契机，"预测"文学理论或文学的"发展规律"。因为社会发展有太多的变数，人们的艺术趣味更是充满变化与偶然，谁也说不准文学的对象、体裁、思潮、运动会有何种情况出现，会在何时出现，文学理论也因此无法像自然科学理论那样，发现规律，提供预测，它至多能够对过去的经验事实提供某种哲学理解或文化解释。

在选择这一历史时段的文学理论作为研究对象时，我也曾有过犹豫。

20 世纪 30 年代是中国现代历史上社会状况最为复杂的时期。且不说各色帝国主义者对中国的蚕食、侵略，单以内政而言，国民政府与赤色政权以及各地军阀之间战争接连不断，城市资本家剥削工人，地主豪绅鱼肉乡里，民众生活苦不堪言，阶级斗争异常尖锐。与此社会状况相应，文学领域各种话语纵横交织，"东西交汇"，"潮流太复杂"［林语堂：《今文八弊》（上），《人间世》1935 年第 27 期］。作为思潮形态的"古典主义"、"浪漫主义"、"现实主义"、"现代主义"千帆竞帜，作为话语形态的国府"三民主义文艺"、"民族主义文艺"和中共领导下的"左翼文艺"更是百舸争流，作为美学形态的"京派"诗学则是傲然屹立。这些不同形态的文学理论你方唱罢我登场，城头变换大王旗。因政治斗争的介入和影响，该时期文艺上的学术讨论常常演化为意识形态的斗争和对抗，本应作为学术讨论的"百家争鸣"常常沦为意识形态性质的"百家争战"。争战最为激烈的左右两翼各持"主义"的思想令牌，指责对方为文艺上的不义之师。手执"自由"、"民主"灵旗的自由论者摆出不偏不倚的架势，对国府"三民主义"文艺意识形态与左翼的"共产主义"文艺意识形态各打五十大板，斥官家为"阿狗"，斥左翼为"独霸"。左右两翼虽然你死我活、势不两立，但在对付自由主义文艺时立场出奇地一致，它们都不容许作为批评者的第三方存在，结果自然是对自由论者联手夹击，使之热热闹闹地出场，悄无声息地退场。在如此复杂的情形下，要描述、概括这十年间的文学理论状况，无论从精力还是从智力上来说，这对我都是一个巨大的挑战。

政治因素的考量也让我在选择这一对象时颇为踌躇。政治场上的风云常常波谲云诡，其黑白变化对人文学科研究的影响立竿见影，人文学科的研究者在相关问题的认识、评价上如不能随之而变，则必承担相应的政治风险，如与之俱变，则学术研究的科学性和客观性无由保证。30 年代的文学与政治牵扯甚多，对之进行研究就无法回避政治因素。从 30 年代后的历史看，国人对该时期文学的评价十分吊诡：在当时的文艺意识形态争战中，国府与左翼的批评家各为自己所属的意识形态阵营立下赫赫战功，事过境迁之后，双方意识形态权力层却都对这一历史时段的文艺评价不高。在大陆，"'30 年代'这个历史概念，长期遭到林彪、'四人帮'的严重歪曲和诽谤，使许多不了解世界和中国历史的人们竟把'30 年代'看成是一个不光彩的名称"，而海峡对岸的"台湾反动分子至今还在咒骂'30 年代'的革命文艺，把它称作'幽灵'"，这可真是"对于历史的莫大的颠倒和嘲弄"（周扬：《继承和发扬左翼文化运动的革命传统》，《人民日报》1980 年 4 月 2 日）。

虽曾犹豫，但我最终还是选择了这一课题，而且这一选择同样基于两个方面的考虑。

首先，选择这一课题出于自己从事学术研究"可持续发展"的考虑。

系统性、连续性是学术研究的题中应有之义，任何一个学者在从事学术研究时都应当考虑到这一点。在申报课题的关口，我的博士学位论文"中国40 年代文学理论形态研究"刚刚交付中国社会科学出版社出版（书名改为《话语与秩序》），为了推进自己对 20 世纪前期文学理论发展过程的思考，也为了保持自身研究课题的连续性，我决定选报"20 世纪 30 年代中国文学理论研究"这一课题。

选择这一论题还有另外一个考虑。在文学理论研究领域，基础理论和理论史研究一直是一个薄弱区域，因为这方面的研究成果不好发表，即使发表也很难引发人们的关注，更难成为理论的热点；从功利角度考虑，一般学者都不愿做这类研究。在理论史研究区域，中国现代文学理论史研究尤为薄弱，现代文论的断代史研究更是无人问津。但我清楚地知道，缺乏断代史研究的成果，人们对相关时期文学理论的理解就会陷入猜测和想象；而我同样清楚地知道，缺乏断代史研究的成果，现代文学理论百年发展的总结性写作一定会在材料方面受局限。这些情形促使我以此历史时段作为自己的研究选题。一些学者在全国文论会议上的发言成为刺激我下决心选择这一"冷门"区域作为研究对象的契机：有的人不了解 20 世纪前期中国文学理论的发展状况，一口咬定"文艺学"的概念是 20 世纪 50 年代舶自苏联；有的人在发言中把"文学"、"文艺"作为两个内涵独立、互不相干的概念来谈。这类情形让我痛切感到：没有现代文论史的研究成果支撑，当代文学理论研究多么容易陷入清议空谈；缺乏现代文论史的了解，一些风口浪尖上的学问离真正的学术多么遥远！大而空的研究，怎么和国际接轨？概念不清的学术，又何谈推进和发展？前人言"学术无大小"，在我看来，真正的学术不仅"无大小"，也"无冷热"；在这种观念的激励下，我下定决心以此课题为研究对象。

在课题研究过程中，我再次体会到那个虽是常识，但是人却未必真能知、真能行的问题：知识的积累与进化是一个缓慢而曲折的过程，任何一个概念、范畴或命题，都凝聚了无数学者的心血，是那些知名和不知名的研究者共同艰辛探索的结果；在对它们进行分析或判断时，如果判断者在此方面的历史知识储备不足却又轻易做出否定判断，这种态度即使不说是草率，至少也可以说有失谨慎。

马拉美说，思想是写出来的。我的研究体会却是，思想是改出来的。课题于 2012 年 1 月结项后，我开始着手修改课题文稿。在修改过程中，原觉思虑成熟的观点或表述，细察章节乃至全书语境，越琢磨越觉其不妥当，越推敲越感到不满意。为此我不得不对原来的观点加以改述，而相关材料也不得不随之加以替换，相关段落也不得不随之加以增删。

感谢中国社会科学出版社编审黄德志老师，她热情举荐本书的出版。感谢中国社会科学出版社文学部主任郭晓鸿博士，她慨然应允做本书的责任编辑。感谢我的博士同窗好友、中国青年政治学院中文系井玉贵教授，他帮我认真校对了本书的初稿，并对几处表述不妥的句子提出了质疑和修改建议。感谢中国社会科学院外国文学研究所党圣元先生、深圳大学副校长李凤亮先生、北京师范大学文学院赵勇先生，他们一直在学术上给予我帮助，对于本课题的完成更是给予了有力支持。感谢在本书部分内容刊发方面给予我帮助的朋友，他们是：中国人民大学文学院张永清教授，华东师范大学中文系朱国华教授、刘晓丽教授、王峰教授，《湖南社会科学》副主编禹兰女士，《商丘师范学院学报》执行主编高建立先生、《中州大学学报》副主编刘海燕女士。

张清民

2015 年 1 月 24 日夜于古城开封